铁葫芦

工厂男孩

生存不难
生活不易

丁燕 著

SPM
南方出版传媒
花城出版社

图书在版编目（CIP）数据

工厂男孩 / 丁燕著. —广州：花城出版社，2016.5

ISBN 978-7-5360-7891-8

Ⅰ. ①工…　Ⅱ. ①丁…　Ⅲ. ①纪实文学—中国—当代　Ⅳ. ①I25

中国版本图书馆CIP数据核字（2016）第061731号

责任编辑：文　珍　周思仪
特约监制：何　寅　刘盛楠
特约编辑：刘青丽
版式设计：书情文化
封面设计：棱角视觉

书　　名	工厂男孩 GONG CHANG NAN HAI
出版发行	花城出版社 （广州市环市东路水荫路11号）
经　　销	全国新华书店
印　　刷	北京鹏润伟业印刷有限公司 （北京市大兴区长子营镇李家务村委会南200米）
开　　本	880毫米×1230毫米　32开
印　　张	11
字　　数	270,000
版　　次	2016年5月第1版　2016年5月第1次印刷
定　　价	38.00元

如发现印装质量问题，请直接与印刷厂联系调换。
花城出版社网址：http://www.fcph.com.cn

目录

CONTENTS

第 一 章　电子厂的开工日..........001

第 二 章　住进B224..........031

第 三 章　工厂路的秘密..........055

第 四 章　男工来到电子厂..........081

第 五 章　午餐风暴..........119

第 六 章　十九岁出门远行..........149

第 七 章　母与子的战争..........173

第 八 章　追时代的“90后”..........199

第 九 章　错位的学生，错位的人生..........225

第 十 章　学生工的抗争..........255

第十一章　定过亲的女工..........283

第十二章　给“女神”打电话..........305

后　　记　为何滞留在樟木头..........337

第一章
电子厂的开工日

农历正月初七，电子厂正式开工。

从东莞市区到樟木头镇，像一级级走下台阶；而从镇中心到工厂路，又像来到另一块大陆。这条路只有一条主干道，两侧除厂房、宿舍，还夹杂着形状各异的农民房。到处是飞土扬尘、断瓦颓垣的破烂路，到处是迅疾狂飙披靡不能御的大货柜，到处是一个个方形亚克力的小灯箱，到处是粗糙，到处是狰狞。从2014年至2015年，这条不起眼的窄巷子，书签般强行插入我的脑海，成为我最重要的活动场所。慢慢地我发现，时间越久，这条路也如宫崎骏的奇幻城堡，变得顺眼许多。

春节让这里有了些许变化——大红色从各处跳跃而出（大红色的对联、大红色的灯笼、大红色的礼盒、大红色的外套），形成种感性、调皮、突如其来的美。但每一个走在工厂路上的人都知道，红色不过是偶尔的童话。节后，这些颜色不会像花朵般慢慢枯萎，而是突然间，在某个时刻，像患上失忆症，所有的鲜艳一并消失。突然间摄影棚灯光大亮，黎明将至，才发现这里的真相原来是，灰白的楼宇、棕黑的人群。

从空中俯瞰电子厂，会奇怪那些蜂巢楼组合成一个大哑铃——左侧宿舍区（操场、十几栋六层楼），右侧厂区（厂房、仓库、办公楼）。三十多年前，这里还只是一大片荒滩（夜晚是漆黑旷野，根本无明显建筑地标供辨识）。当第一座楼房从暴晒的红土层中拔地而出，像引擎，点燃了此地的改变。车间里亮起的白炽灯、轰隆隆的发动机、统一样式的工装，皆带来一种“有什么事就要发生”的暴力宣言。就像字典的编纂总跟不上字词变化的速度般，大荒滩的昨天已远如旧石器时代，倏然不见了踪影，现在的这一片，早已繁织错绣成工业版《清明上河图》之不可或缺的一角。

早晨八点半，穿着湖蓝滚边马甲（滚边颜色不同，职位不同）的工人从宿舍走出，穿过高耸的大王椰，黑压压地会聚在篮球场。突然响起的鞭炮声，制造出亲密祥和的气氛：晨会开始了。而真的很奇怪——一年中的第一次会议，十分钟便宣告结束。人群四散后，半空中仍浮动着充满现实感的硫黄味，地上残留着妖异的红碎屑。

顶着禁令放炮，完全是中国农民会有的举动。难道这家工厂的日本老板是个“中国通”，笃信完成了这一类似宗教的祭祀之后，便可让工人们内心平衡，勤力工作，继而让利润肥大？

直至鞭炮炸响，空中飞扬起小朵焰星，直至那极便宜的小炮仗制造出流弹四射的华丽效果，电子厂才从宿醉中醒来，准备干活。

宿舍管理员阿坚高大帅气，忙得昏头涨脑，却总是笑吟吟的，浓黑的瞳孔放光。

“奇怪得很，从2013年开始，男工变得比女工多了。”他从《宿舍分配表》获悉这一信息后，险险地吓了一跳，像窥见谜中之谜，浑身一悚栗。

阿坚的办公室是平房最顶头的那间，门口挂着“宿管”的牌子。墙上小黑板的表格清晰显现着2014年电子厂的男女比例——全厂总共三千两百人，住宿舍的两千五百人中，一千六百人是男工，九百人是女工。阿坚感慨："九十年代，工厂里八成都是年轻女工哦。"

城市需要工厂来提升GDP，而工厂运转需要工人来当帮手，但现在的电子厂，和珠江三角洲其他工厂一样，正遭遇"招工难"的问题（据中国城市劳动力调查数据：到2011年，新生代农民工，以"80后""90后"为主，占总人数的60%；有50%的农民工集中流向六个省市：广东、江苏、浙江、福建、北京、上海）。

2013年是转折之年。

变化似乎发生于2007年：各个工厂都出现了招工难现象。员工的离职率也从千分之几开始接近百分之一。到2008年上半年已较为明显。很多工厂有订单，但长期招不够人手，老板就鼓励老员工介绍老乡和朋友入厂，并对介绍人给予奖励。

2013年，东莞长安镇某厂的招工广告是——"入厂满一个月，即送千元大屏智能手机"。

直至2013年，工厂里男工多于女工似乎已成大势，阴性帝国近乎全盘失守。那座古老大宅院不断坍塌断裂，已变得摇摇欲坠。成千上万朵花茎迎风而立的场面被逐日消解，直至，年轻女孩儿稀缺如蓝宝石。

电子厂工人的构成不似河流般一股股浑浊，却如彩色眼影盒区块明晰——主力是长期工：劳动合同一签一年（但能干满者为数不多）；辅以零时工：只和工厂签短期合同（刚出门的男孩大多选择这种方式，觉得签长了受限制）；再用学生工来调剂：寒暑假到来后，来工厂实习的大中专学生皆满脸青春痘，情绪紧绷，暴雨般呼啦啦地来，呼啦啦地走。

一旦开工，电子厂便如钟壳内的齿轮自动运转起来：咔嗒、咔嗒。每一刻都被放大、净化、定格，变成产品后出库方可流逝而过。这地方实在像一道拼盘——货柜车与小学生、物料单与鸡蛋饼、QC

（质检员）与美式咖啡。人一旦来到电子厂，难免会为一种混搭、戏谑的风格所裹挟，会努力让自己处于见怪不怪的状态。

进入宿管办的男工，顶着各类时尚发型（长长短短，棕棕黄黄），而阿坚却是不变的黑平头（他也是“80后”）。问他为何如此“大众”，他将双手用力一拍，做出个摩擦手势（一个具有喜剧色彩的手势）：“管理者要以身作则哦！”

关于男工发型，阿坚有自己的观察——1995年、1996年出生的男工，最喜赶潮流，穿时髦的衣服，做古怪的发型；2010年，男工流行烫小卷；2011年是染黄色，半边长到遮住眼睛；2012年是鬓角短平，但会剃上字母（Z）或各种符号（十字架）；2013年至2014年流行挑染，一缕红一缕蓝，还流行将头顶两侧剃平，中间高耸如草堆，脑门处是三角形。

我脱口而出：“莫西干头！”（莫西干族人留的发型。）

但阿坚却是第一次听说“莫西干”。

啊！从印第安人中的莫西干族，到作家库柏的小说《最后一个莫西干人》，再到电影，直至贝克汉姆的莫西干发型，“莫西干”已基因突变，不间断地转化，转化，像驾控一艘星舰迷航，顶端一明一灭地孤寂飞行，直把印第安部落祭典的精髓全部抽掉，只剩脑袋上的三角形。称自己为“莫西干”的是一代人，顶着“莫西干”发型的却是另一代人，这之间发生了多少事我不得而知，而传说只是传说，现在只是现在。

阿坚讪讪一笑：“估计男工们也都不知道莫西干，只是看别人理了这种发型就跟风。”

人像软体动物般栖身于词汇的贝壳。人对居住地了如指掌，但却并不知道屋子因何而建。人永远都弄不明白那些词语以何种速度传递又进行了何种交配，而最终与自己相逢。现在，所有和原始莫西干有关的气息全部消失殆尽，我看到的莫西干，一路贬值，已经彻底世俗化。

于是，发型在工厂成为颜色革命，席卷了所有雄性青年；于是，下班后男人们将帽子摘掉露出头顶，穿墙凿洞地往厂门外挤，急着去大街上挺着身架晃悠招摇；于是，电子厂不得不做出如下规定：“男工不得染三种以上颜色的发型。”

啊？怎么会——三种以上？！

……会。

要想蜕下过去身份，在另一个部落嬉笑夸谈而无任何负累，便要经过一个痛苦万分的过程——恍如蜕去人皮，背叛自己的族裔，以一种悲剧化的状态，换脸、换血、换发型、换名字，慢慢熬煮成“另一个人种”。一毫毫、一寸寸地变，很难很难地改变。直到像关掉电脑一样忘却所有过去的联系，将自己重塑。

阿坚总结“90后”男工的特点——喝酒、抽烟、打牌、赌博（多数在外赌，有时也在宿舍）。

我不解：“这是种发泄压力的方式？”

阿坚的两眼像那种装电石的脚踏车前灯，有一种奋力踩踏后从晦暗的内里烧出的灼灼强光，他颊肉乱颤地大笑：“啊！男人并非压力大才这样，这是他们的天性哦！”

脏话是男工最明显的罪。

其实宿舍和车间离得非常近，简直楼挨楼，但却各有各的日月星辰，你方唱罢我登场。进入车间要被检查（通过电子设备搜身），这已昭示了一种确凿的事实——在工厂帝国，车间才是正殿，宿舍不过是偏殿。透过硕大玻璃窗能看到车间内部——开阔的空间里拉开一条条线，线的两侧站着一丛丛穿着相同服装的工人，箱子被拉出、拉进……你所看到的场景如彩塑那样神情隐晦，因为这一切都被利润包裹，有着一言难尽的金字塔生物链复式结构网络。

男工们在车间里经受了什么，别人不得而知，但回到宿舍后，他们会高频率地发射那个字——在北方是“操”，在南方是“屌”。“屌毛”是男工最常见的互称。“傻屌”简直是爱称。并非到了最激烈、最难忍、最不堪的时刻，这些词才怦然迸发，在工人们的平常生活中也是处处可见。

香烟是男工最孤独的罪。

每天上午和下午，电子厂的车间各有一次工间休息时间，每次十分钟。听到铃声后，男人立即从工位上站起来，大步流星地走进吸烟室，摸出烟包，拿出一支烟塞入口中，点火。当浓烟从口、鼻中同时冒出时，整个人像要融化。烟瘾大的人，十分钟内能连抽两根。

在夜晚的宿舍，烟头更像是男人的肢体（一种似是而非的肢体）；像最敏感、最容易受伤的生命末梢；像所有幼嫩的胚芽，有着令人心悸的柔软。嘴唇轻轻上扬，拉出意味深长的笑容后，开始用力吮吸，如婴儿咂乳，再让薄雾喷吐而出，吐得一本正经、实心实意。啊，那些刚刚布满胡楂的嘴唇为蒙昧的感官所启示，所做的喷吐姿态那样沉迷（宛如初尝禁果）。

男工吸烟的模样像发狠，每个人都如夜间畜栏里反刍胃囊中青草的公牛。苦熬苦站十小时，是需要痛快瓦解一下。猛吸一口，肉身像雾般获得自由。虽然这空挂挂的自由实在有些寂寞，但总算能熬到睡眠降临，在床上倒成个“大”字形。天天做一样的工作，一直做，一直做，真的会让人发癫、发痴，然后发疯。于是，头顶金黄卷发、身形瘦削的男子，从齿缝间迸出“屌毛”后，从耳侧拿下香烟，点燃，猛烈吸咂，再狠狠用鞋尖踝灭火星。

恋爱，是男工所有罪行中，最核心的罪。

“90后”喜欢进大厂，觉得“人多好玩”“容易找对象”。从墙报上可知，厂内有各类社团（羽毛球社、器乐社、乒乓球社、篮球社、舞蹈社、骑行社），业余生活貌似相当丰富。但我还是看到了那句威严训诫——“不得勾肩搭背”。

这话真是煞风景（而我真的隔着玻璃看到了）。

这是什么意思？——别再装模作样了，你们什么事都干得出来，嘴上君子就免了吧。然后，一道捉贼的电筒光圈便落在了一对男女身上。

从进入电子厂的那刻起，这个封闭空间所形成的场合，一直都在强调纪律、规矩、制度。我虽然看到男工女工成群走过，却从没把这些工装人落实到性别上。直至现在，看到这歇斯底里的喊话，那锋利狂狷的真相才裸露出来——这里不仅是工作的竞技场，还是性别的角斗场。在这里，到处晃悠着正值求偶期的男女，那些嘴角抿着骄傲或谦逊弧线的年轻个体，很容易被爱火击中，上演一出大红大绿的感情戏。

然而那句警告语——“不得勾肩搭背”却让行为走向了它的反面——此地的男女如胶粘苍蝇，越想震动翅翼挣脱出来，却为越来越黏稠，甚至喘不过来气的暗示（性的暗示、青春的暗示）所捆缚，每个人都带着嗑药后晕茫茫的痴傻陶醉状，空空地张着嘴，像是期待着什么。

夜晚从宿舍楼穿行而过，你会惊诧地发现：原来整个电子厂都弥漫着澎湃的荷尔蒙。从一小格、一小格玻璃窗里望进去，发现这里是个肉身森林——那些横七竖八的肱骨、肩胛、背脊，那些黝黑或青白的臀部，那些紧绷或肥腻的大腿，那些纺锤状的乳房或胸前贴着两粒梅干的乳房，那些金黄头发和噘起的嘴唇，共同组成了一个鬼魅世界，像超市里巨大电视墙晃动的各种小画面。

一个滑轮小子从眼前飞驰而过（牛仔裤、立领黑夹克、银拉链、麦粒色头发），驶向另一个装扮如他同款的女孩（同样黑夹克、银拉链、麦粒色头发）。这些注定要相爱的男女，像脑中被放置了卫星定位系统的候鸟，毫无困难地在电子厂浩荡的人群中找到另一个，然后四目相对，光焰爆炸。

盗窃之罪，是无知无耻之罪。

十九岁的石一跟着姐夫（劳务公司的头）来到电子厂，做“学生代表”（协助工厂管理和他一起来的近百名四川凉山工），所以他对车间并不熟悉，“只进去过两次”。这男孩解释自己的名字时，说“石头的石，一二三四的一”，但即刻被阿坚纠正为“单人旁，衣服的衣”。阿坚用厂里的统一标准来修正别人的名字，根本不理睬名字所有者自己的声称。于是，个人的“一”为集体的“依”所替代。

那男孩满脸羞涩地微笑，虔诚地聆听阿坚的教诲，扮演那种招之即来、来之即笑的乖崽模样。他有一米六八，精瘦黧黑，脸庞窄细，五官精致。若他的个子再高点，脸盘再大点，皮肤再白点，完全可以去演电影，因为他的五官简直凸凹得异常绝妙，像神迹被凡人目睹。那眼睛如大山深处的黑泉，那鼻梁耸立得实在陡峭，而嘴唇的弧线简直是工笔画，最可怕的是那睫毛根根墨黑翻翘，闪动着豪华的男性气味。这样奢侈的五官，每一样单看都是冒险，却会聚在一个有限面积中，让人看了又看，欲罢不能。这面孔美到摄魂，既野蛮又无辜，简直像照妖镜，其余人全是丑八怪，根本不该存在。

然而，他嘴一张，整个大厦即刻坍塌：每一个汉字都如空中白布，被吹得破破烂烂、丝丝缕缕，又像不上釉的土陶，砺且涩，疙疙瘩瘩。进入电子厂对这个凉山男孩来说，不仅是进入工业时代，还进入了一个被汉语命名的象形文字世界。他不知道“一”被公然篡改后，自己的名字已折损了原本的含义——这简直堪比对他本人的折损。他仰着那张蜡像雕琢般的面孔，慢慢熟悉电子厂、熟悉汉字的过程，其实就是被折损的过程。在陌生的语言丛林里行走，处处是陷阱，处处是倾覆。他虽已失去重心，但在颠踬于途中努力不让身体倾斜，让眼前世界如好莱坞大片，一幕幕渐次清晰。

凉山男工到后的两个月，简直是麻烦不断、惊险连连。

第一饭堂内有个小卖部，卖饼干、花生、瓜子、牛奶、啤酒等（和厂外小店并无差别），但却贴满一行行手写纸条：“你已进入录像区”“偷一罚百，并送公安局，请自觉”“本店已装有录像监控，请自觉”“小本生意，请不要对我下手”……各类威胁恐吓或请求哀告，五花八门。

有两个男工在厂外小店偷了东西，被扭送至附近派出所（据东莞市公安局调查；厂区案件的制造者大多是年龄在二十岁上下的男工）。阿坚的脸上浮现出老人般的耐力，微微一笑：“这种事儿，不能着急。”他打算过两天再去领人，“让他们受受苦也好。”他说之前厂里来过很多河南工，也是浑身毛病，但后来，“都变好了。”

“驯化需要一个过程。”这句话轻轻飘过。

“驯化”！我的脊背一紧。

躺在宿舍的第一天夜里，所有人都会陷溺于一种沥青般的感伤之中：这就是你所要面对的生活。宿舍和家的区别绝不仅止于一张床。夜晚醒来，瞪大眼睛，耳边是不同睡姿的人发出不同频率的喘息，如蚕吃桑叶，窸窣交汇，在半空中构成巨大的梦网。

那难以描绘的一刻，宛若自己是被连根拔起的大树，可怜全部根系裸露在外枯干痉挛。而整个房间如达利的画那样融化变形，到处充满荒瘠悲哀。而这被羞辱被伤害的受挫一刻，这无所依傍颓靡哀婉的一刻，只有你一个人去正视。你像在接受一场震撼训练，惊诧地想：这里真是糟透了，这里像医院的大型育婴室，像好莱坞机器人之坟场，像蜜蜂缩在蜂巢的孔格。

凉山男工对电子厂出现的各类事物充满了好奇，简直如婴儿般充满了对陌生世界的好奇。没见过灭火器，拿起来便乱捣鼓；没见过电脑，便在键盘上一通敲；每层宿舍楼内都有管电的闸门，他们四处乱跑，把闸门拉下，让整栋楼彻底漆黑，像受惊的鲸鱼沉入大海深处。

“为什么要这么做？”

“就想看看拉下来会怎样……”

那电光石火的一瞬，阿坚听到自己牙齿错位时发出的咯吱声，腰脊深处筋弦崩断的咔嚓声。他想骂最脏的话，但大脑却一片空白，像蓝色波光粼粼无人戏耍的游泳池，蓝得如反光镜面，所有信息离场，只剩空白迷茫。

阿坚解释说他们也许有“偷”的概念，但却认为，“偷东西算不上严重的事”（尤其是偷外面人的东西）。于是，他眼睁睁看一个男工把食堂旁停放的自行车撬开，骑上车就准备走，便迈着慷慨大步，赶过去逮个正着。狠狠地询问为什么（看你怎么狡辩！），怎么都没想到对方那样坦白：“自行车放在那里反正没人骑，我骑一下再放回去好了。”

阿坚体验到的茫然源自于另一陌生的层次，像小时候贪玩，一回头发现父母全然不在身边，四处荒凉，如冰封湖面。这时他才意识到，他和他们之间的差别隔山隔水。在他们的世界里，“东西是可以共用的，用的时候无须给对方打招呼。”那阿坚要怎么办？只好训斥两句，迈着松垮大步，自顾自地安慰一句：“老虎不和斑马一般见识。”

手机，是所有罪行中最魔幻之罪。

宿舍鱼龙混杂，人员流动性大，所以新工人进厂的第一件事，便是学习和陌生人相处（如何时时提防他人）。厂门口最明显处赫然张贴《宿舍防盗宣传十五条》，反复强调——手机在充电时，一定要确认门已关好、反锁；睡觉时，手机、现金不能放在枕边；不要当众数钱，钱财不露白；不要取太多现金放在宿舍。

把两三个月的工资攒下来，买一款时髦手机，已是“90后”的头等大事。现在的电子厂，早已不是“以衣相人”，而是“以机相人”。女工们的手机经过精心装扮，贴上各种小挂件或假钻石，让它替自己珠光宝气。玩手机的女工，面孔上泼染着紫蓝炫光，像一群脑壳内软组织被邪恶医生摘去后的美少女系列，两腮瘦削，眼神安静（“她们不好追的哦”“她们都有男友的哦”）。

每个人都捏着手机，像一艘撞了冰山的船上每个人都穿起救生衣——无一例外。手机在桌上吱吱叫得蠢蠢欲动，像只大甲虫，被弄翻了个，脊背着地肚子朝天。无论是短信、微信或QQ留言，都让那甲虫想挣扎翻身又不成功。挣扎着，挣扎着……手机和它们的主人都挣扎着。每一个捏着手机的人，都散发着一股难掩的孤独味。

且看公告栏通知——各位工友：近期招聘人员较多，发生了多起失窃案。从昨晚到今天，A栋和B栋就被盗了五部手机。对此，希望全体员工提高防护意识，锁好门窗，将手机、钱包等贵重物品保管好，最好是随身携带或锁在铁柜内。

有三个凉山男工撬鞋柜偷手机（两个望风，一个作案），抓住后集体抵赖，异口同声地哀号：“我们啥都没干啊！”

阿坚瞪大眼睛：“监控上都有啊。”

男孩们面面相觑，不知啥叫“监控”。把录像调出来，看到自己如男主角般在电视里晃，他们大惊：“你，你，你是怎么把我们弄到电视上的？”

他们不承认那是“偷”，而是——“柜子一拉就开了，手机自己掉了下来。”

“监控”一词秘密地流传开来。原来监控不是电视，而是一片波光幻影，能照出人的梦来；监控还是一种精神镇压。甭管你在家乡是怎么机灵古怪的孙悟空，怎么也经不住“监控”的盯视。“监控”如神兽，所过之处，寸草不生。

阿坚的声调趋向绝望，哀号道：“哎哟，还有人放火！”

原来有个男工进入宿舍，看到床上残留着纸张，便在地上拢成堆点燃。至阿坚急匆匆赶来欲PK纵火犯时，他无辜地辩解：“反正那些东西也没用了！”

一股巨大的愤怒像触电般让阿坚闻到自己嘴里的焦臭味，他的脸像引火般暗暗燃烧，皱眉道：“问题不是有用和没用，而是，你怎么能，怎么敢，在宿舍，点火？！”

阿坚的整个身体都在发抖，像胃里结了一层薄冰，心跳急速到无法自控。

对方眼神如羔羊，慢悠悠地缓声道：“我真的，真的，不想烧房子啊。”

发火是一种状态，类同恋爱，要“你知我知”。现在，无论阿坚骂出怎样的词语，其结果都是——无效。所以，他把视焦收回，把暴风骤雨吞进肚腩，从骇得想暴跳到突然——突然间，丢盔弃甲，大笑起来。

直至这时阿坚才发现，哇靠，原来他说话的内容乃至理论，在对方面前，自己的话竟是如此空洞莫名。于是后来，阿坚把他们当透明人或植物盆栽那样穿过，那样视而不见。阿坚意识到，在电子厂这丝丝入扣地咬合转动的秩序之外，还有死角之地存在。那些地方貌似被现代化的火车遗弃，但它们却一直存在。

“来自不同世界的他们”，果然有着太多不同。譬如，他们喜欢席地而坐，或直接躺在草坪上。阿坚让我看窗外——十几个男孩，或蹲、或躺、或趴，将一块单薄草坪当床单用。阿坚忍不住隔窗大喝，让他们“起来，起来”。他心疼那草坪上十四棵小树（他亲手所栽），叶子已逐渐发黄。

男孩们喜欢唱歌（情歌吗？隔空调情吗？），他们唱的时候身体像发光的水母，无法抑止地款款摆动，眼得厉害。凌晨下楼时开唱，中午出车间后开唱，下夜班在厂门口也唱。他们还真有为艺术殉道的劲头，无论多慌张多恼火的时刻，都坚定地选择亮出喉咙——开唱！

那感性嗓腔磁性放电，清冽炸开，有些难度极大的高音，也能皱眉龇牙顺溜溜拔上去。那声音熠熠发光，像小提琴弓弦铮铮作响，而全然不像注塑机孵化出上亿个一模一样之成品，反而浸染了歌唱者自己的小情绪（忍耐、调皮、宽容、狂野）。他们比赛，一个和另一个间有细微的倾轧张力，这又令每一个都拿出最好的自己（但这唱法却被冷峻戒令折断——不得大声喧哗）。

两个月后，如大海退潮，凉山男工呼啦啦地走光，楼道里没有人影晃动，但墙壁缝隙间依旧漾着音符。那是真正的欢快，那种欢快已被机器复制年代遗忘了多年。那欢快绝不是有意为之，而是从大山的深处自己长出来的。

男工众多，不仅引出发型问题，更让宿舍原有的规则失衡。

在非宿舍楼的居住环境，男女差异性的鸿沟会被适度遮掩。你每天都能看到街上或办公室，走动着干干净净精神抖擞的男人，但如果这些人生活在同一间宿舍，他们的形象便会遭遇彻底颠覆。男工宿舍像地下洞窟，各种乱七八糟的东西都掀肠刨肚地袒露：地上堆着矿泉水瓶，顶部的吊扇脏污生锈，椅背上毛巾在滴水，运动鞋晒在牙缸旁，被褥揉成团看不出原本的颜色。

宿舍楼的布局都一模一样——单个小房间面对一条长廊。只有两个楼梯。每天上班或下班时，楼梯上全是脚步匆匆的人。每层楼有二十八或三十个房间，每个房间不到二十五平方米。每间宿舍都编了号："A139""D326"，像一只只被怪锁扣住的箱子。每个窄促斗室的空间都被铁架床隔开，貌似每个人都拥有独立的空间，但空间和空间之间却是相连的。

长期居住在这货柜仓库一隅，压迫感不会减少，反而会增强。但是在外面租房房租又贵得离谱，不安全、离工作地点远……种种因素凑在一起，你会很快明白，为什么成千上万的人如沙丁鱼，将自己的身躯塞进宿舍。从此，这个人便脱离了乡村轨道，开启了他的受难之旅。

女工虽貌似柔顺，但更琐碎；男工虽性子烈，但更简单。譬如：四川凉山男工到来前，宿管让女工腾出一楼搬到二楼，她们磨磨蹭蹭，一个月都没搞定，最后，"不得不停水停电，强行搬迁"。如果是男工，一声"搬"，两三天便空空荡荡。阿坚能理解女工：人一旦定居，便讨厌搬迁。而女人又喜欢买东西，零碎多，搬一次家不容易；又担心搬过去和新宿友处不好。男工衣服少，麻烦少，被子凉席一卷，抬腿就走。

电子厂虽然喜欢招女工，但从管理的角度讲，阿坚更喜欢男工——能"吼"得住。面对女工，却不能只靠"吼"——她们更复杂。在电子厂，女工从来都是强者，而不像她们靠身体力量较劲时所处的低层次。女工最大的好处，"怎么说呢，就是柔顺。"譬如，宿舍卫生按床号轮流打扫，如果某一天，轮到的那人刚好加班，宿管让别人帮忙时，女工总会点头：“可以啊！没问题啊！”而男工总会反抗：“不关我的事！不该我干！”

厂内有洗衣房，洗一次衣服三元。男工若要洗衣，会搜罗了全宿舍的一起洗；女工总是洗自己的。女人会持家，能省钱，买了东西一个人偷着吃；男工更喜欢“有酒大家喝”。所以女工比男工能存住钱；所以，男工要想致富，就要先脱开那帮狐朋狗友，找个女人一起过。

我无意间转到宿舍楼后，发现两楼相夹的窄道顶部搭着塑料棚，侧墙满是灰蛇般垂挂而下的粗细塑料排水管，窗外铁栅栏缀满短裤、袜子、T恤、毛巾。我朝里走了几步，感觉在下雨。抬头，不觉惊骇——无数衣衫像鸟儿栖息大树，羽翼张开。

也许最能体现南方工业化特征的，莫过于这些湿漉漉的衣衫——密密麻麻重叠，像从来都不曾被取下，像一群有呼吸的鬼魂，像被戕害后的残破躯体。它们在那样局促的空间里争抢阳光，简直，就是它们主人生活的真实写照。

宿舍不仅逼仄，且吵得要命：各种声音从各个不同的角落发出，肥大浓厚。打开水、聊天、吃零食、洗衣服，令整栋楼如蜂巢般躁动。这些一模一样，涂着号码的封闭小屋，像一幕幕幻灯片之影像，充满沧桑。这些由钢筋水泥构成的巨兽，好像能自己繁殖，长出新的部位，在深夜缓慢地移动起来。

后来我发现，原来厂内并非只是穿工装的人，到处可见便装者（白发老人、垂腴油腹之中年男、骑自行车的儿童、躺童车的婴儿）。原来，厂里不仅为工人提供宿舍，还有另一种形式的屋子：家属楼。其外表和宿舍并无差别，但内部是一个个小套间，带独立卫生间和厨房。单房月租一百五，两房三百（比厂外小宾馆略低）。

老孙五十五岁，从吉林延吉市来，帮儿子照看孙子。他体格壮硕，长相气派，推婴儿车的步伐不怒自威，实乃人中翘楚。在岭南，难得看到这样装扮齐整的闲人，连那一头大麻纤维般的黑发都被梳得丝缕顺服。

老孙张嘴，一口东北话脆生生地如长白山大雪！他感慨，说儿媳妇大学毕业，学林业，在厂里做文员，虽专业不对口，但一个月也四千多，而儿子一个月六千多。我惊诧，以为他儿子是研究生，但他局促摇头："没有，没有，他初中毕业。"

此话不假——儿子是厂里的大厨。大厨能娶到大学生？现在，不愁找工作的是大厨，不是大学生！况且，儿子长得那个帅！"和我年轻时像一个模子打出来的。"

老孙用一种故意嘲弄的喜剧腔调补充："连追女孩的手段也和我一样啊！"

儿子儿媳都在食堂吃饭，基本不花钱，家里只剩他和老伴及孙子。我想当然地帮他设计生活："那你老伴买菜做饭，你带孩子喽？"他笑着摇头："唉，我家的女人都不做饭！"

我恍然大悟："那您，也是大师傅？"他羞涩地点头。

他老伴（也五十五岁）在旁边玩具厂当清洁工，一个月两千多。儿子儿媳的工资悉数存下，老伴的收入缴房租、买日用品。老孙没有养老保险（据2010年中国城市劳动力调查数据，农民工参加城镇基本养老保险、城镇基本医疗保险、失业保险和工伤保险的比例均在10%以下，远低于城市居民的相应比例），但他对现在的生活相当满意，并无那种举目无亲，被孤独、疲惫缠身的哀叹，只是对岭南的天气略有抱怨，感觉这里和明净爽飒的延吉差距太大——"热起来真是难受！"

屋子像烤炉，冷气开一整天还是顶不住，入夜后感觉天花板和墙壁把吸了一天的热又持续吐出。半夜醒来，推开卧室的门朝客厅走去，感觉炸弹爆炸后的热力依旧在灼烧，温度不下三十九摄氏度。从四月至十月的漫长夏日简直像噩梦，热得让人抓狂。头晕、脑袋缺氧、张着嘴喘不上气。“又不下雪！”“到处是虫子！”“身上起疹子！”……

但是，慢着，“这里能挣上钱儿！”“这里能存住钱儿！”

“钱”在老孙嘴里发音古怪，用力从唇间蹦出时，后面总裹着个无限柔情的“儿”。

他笃定地望着我：“有手艺也不一定能存住钱儿。”

那声音听起来非常江湖沧桑：“如果自己开饭馆，累，麻烦，到头来还存不住钱儿。”

老孙将此前经历的可笑的事就这样一笔带过，而那种创业失败的痛却如遭斧劈，热乎乎的血也是流过一摊的啊。好在老孙有个结实体魄，没被那场大劫难把命索去。此后老孙得了智慧，教导儿子务必放下幻想，以能“存住钱儿”为第一要义。

于是老孙安然踱步岭南小镇，将种种不适化为乌有，眼瞅着身旁只有他一半年龄的小伙子呼啦啦潮涌来又潮涌去，而他岿然不动，只因这里“能存住钱儿”。

“热了喝凉茶，虫子多时放樟脑丸，起红疹抹清凉油，想看雪回老家去……哪里有过不去的坎！”老孙呵呵笑，一派好脾气。不，他并不想死守着故乡，对那滞重封闭之地不抱任何浪漫幻想。他只求带好孙儿，解决儿子的后顾之忧，一家五口团圆。

说话间，他的老伴回来了：黑白格圆领衫，黑色紧腿裤，短发，干练得像四十岁。当奶奶的一把将孙儿从车里抱起，虎虎生风地朝前走，而老孙推着空车，依旧不紧不慢，肃然端庄，毫无半点浮躁之气。这爷爷、奶奶和孙子一同走在南国的街道上，让长白山的雪变成了一个梦中的等待。

再见，北国；再见，千里冰封，万里雪飘。

小罗三十一岁，细条身子，小长脸，肤色青白，女人般娟秀（甚而，娟秀得有些孱弱）。他这种模样在农村叫“相公身子”——最怕痛，在田里被蚂蟥叮一口就要喊爹喊娘。现在，他手里拽着个一岁多男孩，胳膊上挎着个灰布小袋，芹菜从袋口招摇而出。阳光洒下来，让男人和孩子的脑袋上都顶着团亮光。这画面貌似温馨，却让我感觉别扭——原来，“好男儿志在四方”的中国广告语，到了电子厂已遭无情地变形。

小罗极其寡言，即便开腔，也话音绵软（不是没吃饱饭，是元气不足）。孩子从手中挣脱，跑到前面玩，当爹的就脚步颠晃追过来，揪住后衣领，生怕他摔跤，可这个大人自己却像比萨斜塔，即刻就要坍塌。唉，男人变成这个样子，真是太……太……太对不起观众了。再加上孩子和芹菜，简直是对雄性几千年累积塑造而成伟岸形象的鞭笞减损。

一路减、减、减，直减到不能再往前的边界时，男人到底是什么?

小罗在电子厂做了四年，老婆做了三年。老婆生子后，他便辞职带孩子，日常生活靠老婆三千元工资维持。为何是他当全职爹地？他父亲早年过世，母亲七十多岁（自然无法帮忙）；丈母娘有自己的孙子要带，而请保姆花的钱比工资还高，又不放心，索性——自己带。

——谁带?

……这时，女工强悍于男工的大势起了作用。

小罗和老婆都来自湖南乡村，初中毕业，都是普工，但老婆挣的比他多（每个月多五百吧）。小罗的脸上纠结出一团苦笑——到了这时，总算有了气急败坏的男子汉气概，娘娘腔变得尖锐：“哎哟，我们干的活是一样的哦！”但他没老婆干得快、干得好，所以拿的钱少。听老婆尖啸咒骂时，这个腼腆木讷的男人哆嗦着，简直不是用耳朵来听，而是用鼻窦、额头、后脑勺来接受刀割。

小罗不会跟暴躁老婆计较，通常以含混表情敷衍，以维持家庭稳定（后来，我在厂门口见到了他老婆——腰肢臃肿，像块戈壁滩大石，有双略突出如甲状腺亢进病人特有的金鱼眼，手脚又不成比例地小巧）。

好丈夫小罗微微一笑：“带孩子比上班累啊，所以我让她去上班了啊。”

于是，这个家的最低收入者当起了全职保姆；于是，小罗挎菜兜、领孩子。他苦笑承认：“她是比我能干哦。”

这是传统阴阳界限崩解之时吗？这样的结果，不但吓坏人，也绝望人。

阴盛阳衰，其惊吓度简直不啻于大白鲨闪现，而现在，我们都在海滩，都在水里，随时随地能看到三角形旗帜滑来滑去，不折节屈就简直不可能。

小罗的脸并不黝黑毛糙，反而细腻光滑。他整日领着孩子，买菜做饭，从厂门口进进出出，怎么会这么自然，一点儿也不觉得委屈？这男人像经历了一场灾难，搁浅在某处的礁滩上，无法更进一步，便接受了残次品的命运。

我深知每天和尿布、奶瓶、锅碗、汗衫搅在一起的滋味。日子久了，会感觉手上脚上套了枷锁，让人发癫发疯。那样的时日，根本就是贫乏、空洞和无趣的组合。一直磨，一直磨，直至孩子脱手，自己也头发油腻、步伐邋遢、面孔模糊，整个人都走形变样如风干痨病鬼，完全不解外面人事全非时空挪移。

从普工到家属——小罗的地位似乎又降了一等。然而走在阳光下，迈着细碎步子的他，嘴角始终挂着浅笑。那笑一直盛开，让他整个人被一种明亮、愚痴的表情笼罩。

院子里出现了另一个孩子（和小罗那黑瘦儿子不同），太阳光一照，蚕宝宝般白胖。

父亲叫阿勇，四川人，从部队退伍后南下打工，先在镇派出所做协警八年，又到电子厂当保安四年。老婆是老员工，干了十二年（后来我在大门口见到她：纤细、白皙、戴金丝边眼镜、绾发髻，像女教师）。

他很怀念干协警的日子——“不累！”而且，“只是白天上班”。电子厂的保安分白班、晚班，各上十二小时。和小罗一样，阿勇家也没老人帮忙带孩子，所以夫妻俩采用“老婆上白班，老公上夜班”的生活模式。

阿勇患有严重失眠的原因，完全拜职业病所赐——一天天晚上上班，神经长期紧绷如钢丝。若被保安队长或主管在巡逻中发现打瞌睡，那就是灭顶之灾（立即开除）！每周还要参加三次训练（每次一小时：嗨！呼！哈！一群废材陷溺于自恋感伤中）。但他丝毫不敢懈怠、抱怨或离职（眼瞅着人到中年却毫无技能，再就业的机会非常小）。

他苦笑：“其实，保安也是高危职业。”

他的同事抓了名偷盗的打工者，虽受到工厂表扬，但却被偷盗者（治安拘留完后）及其老乡饱揍至打断鼻梁；另一名女保安，执勤中被男工强行袭胸。报警后，对方称“她发骚在前”，弄得她愤然辞职；另一名矮个保安，例行检查时和男工发生冲突，对方仗着个头高，直接把他打翻在地，并夺走工作证！

保安要管的都是些什么人？那些孤寂之夜中的异乡人，城市边缘人，潜在的疯子或自杀客，一旦触到霉头，那层包裹在外的透明皮肤破裂后，便幻化出一个超级变形金刚。所以保安的分分秒秒，都过得非常小心。保安要不惜交出自己，让尊严被蹂躏，把正常人不可能忍受的强暴和屈辱视为某种试炼。就像……就像爱上绑匪的“斯德哥尔摩综合征”患者。

当保安容易吗？熟悉工厂制度，熟悉每一个经过门口的人，熟悉全厂的消防设施，熟悉车间的业务流程……需要三四个月时间。剩下的，就是面对各类突发事件。然而，保安的头号敌人其实是……寂寞。尤其是夜班，保安们十二小时铁青着脸，挂着张阴骛沉默的面孔巡逻，时刻提防那黑暗中更粗暴残酷之事的发生，真是种难言的煎熬。

阿勇笑自己从来不买外衣，只买内衣。“有保安服嘛！”但显然，阿勇和小罗不同——好像那制服是种紧箍咒，能让人全身绷直不松懈（在小罗身上有种万念俱灰的松垮劲）。阿勇不同——鼓绷绷皮肤，亮晶晶眼神，手脚动作迅疾，浑身干练。

此前，阿勇一家一直住在厂里家属楼，但上个月搬到厂门口对面“温馨住宿”。那边两房四百八（比厂里贵一百八），但离大儿子学校近，买菜方便，房间更宽敞。

原来，那骑自行车转来转去的九岁男孩，是阿勇的大儿子！

那男孩精瘦白嫩，美得不可方物，俊得堪比少女漫画中的男主角。

我问他叫什么名字，他眨着又大又亮的眼睛道：“同学们都叫我徐掌柜。”

徐掌柜小学四年级，各科成绩八十分左右（且低于全班平均分）。看我摆出煞有介事深聊学习的样子，他小脑袋中的微型宇宙即刻发出信号（哇靠，这女人像老妈一样唠叨吔），登上自行车，挥手大喊“拜拜”，转瞬便钻入炭笔画般的黄昏人潮，不见踪迹。

阿勇面有愧色，说忙着照顾小儿子，根本没时间管教大儿子，所以徐掌柜便如蒿草般野生野长，性格日趋古怪。那孩子对谁都那样——有股说不出来的轻微警戒和冷淡。而那个小点的孩子有父母疼爱哄慰，娇气得很，整日哼哼唧唧要抱要吃。

对徐掌柜来说，下午四点半放学后，实在是有太多无聊时光不知如何打发。于是他甚至学会了打台球。而且，也去网吧打游戏。甚至——去街边冷饮店装模作样点果汁点咖啡点冰沙。总之，徐掌柜已玩遍工厂路各个缝隙，知道怎样将手中多余的垃圾时间一一打发掉。

“路上倒都是熟人……”孩子出去玩，父亲不怕被坏人拐走，可总那样宽松放养，成绩自然节节溃败。但做父亲的哪有时间辅导？真的拿起书，脑袋里也是团乱麻，怕讲错了更添麻烦。若去辅导班，那简直不是去辅导，是去烧钱。去了两个月，花了两千元，成绩和原来一样，就不去了。

索性，一切靠孩子自己。

于是，乱七八糟做完作业，四处逛街乱玩，小黑影子出出进进地混在上班下班人群里，如野蛮无厘头之古惑仔少年版，直至夜深脏兮兮地返家。从孩子口头禅的变化中，父亲隐约感受到他小小年纪，已偶然闯入冷酷阴鸷的男性秩序圈内。虽然只是逛一逛，但那粗暴影响却已刻印脑海，让他时不时下意识地模仿。

阿勇比小罗忙，比小罗健康，比小罗清爽、利落、现代化。然而，我却发现，这两个貌似完全不同的男人，其实很相似：都太过温顺太过平实。难道，农业社会因仰仗男性气力，故家族谱系以男性为主的千年传统，真的会在电子厂被颠覆？在这里，我所见到的男性，都太过阴性化（该收的收，该藏的藏，敦厚憨直，不见一丝火气）。

或者，那更聪明、更气派、更雄性感十足的，早已从普工位置飞升，到更高处游弋？

张老太在长条石凳上晒太阳：枣红上衣、灰裤子、布鞋。但她并不悠闲，眼神像绳子，牢牢拴在花丛旁玩耍的男孩身上。她离那两岁孩子不远，似乎放手让他玩，但又能即刻伸手抓到他。老太太皮肤黧黑，颧高颊塌，浑身的能量都浓缩在眼仁里——只那么深深一瞥，便将经年累月积攒的经验都释放出来。显然，张老太是带孩子的高手。和老孙、小罗与阿勇比，张老太“艺高人胆大”——别人费尽心思干得歪歪扭扭的事，她如庖丁解牛。

带孩子是门技术，融心理学、社会学、自然学、地理学于一体，再加上耐心、耐力、苦熬、苦煎，最终才能出师。对精明的张老太来说，一切尽在掌控中。过些时候，她喊孩子去撒尿；又过些时候，她喊他来喝水；而孩子玩耍时，她既不拎后领，也不跟踪背后，只貌似放松地坐在石凳上，安静地晒太阳，半闭眼皮，鼻尖冒汗。

见我踯躅不行，在石凳一侧坐下，她展开眼皮，上下打量，主动询问：“来找工作的？”

看我支吾，即刻理解：“还没找上？”

“喔。”我越发含糊其词。

她睁大眼睛，充满激情地将我一板一眼看了一遍：“你不是广东人？”“你从哪里来？”

这种对话像折子戏，一出赶着另一出，不演都不行。我只能蹦出两个字：“新疆。”

“那么远？不像啊！”老太太的眼神先是错愕，然后，打了一道闪电。

我赶忙解释：我是出生在新疆的汉族人。

老太太的眼睛长长的，介于双眼皮和单眼皮之间。这双眼睛非常锐利，是双有雄心壮志的厉害人的眼睛，也是双见过世面的眼睛。现在，两柱电光照在我的颊上：“要我给孙子打个电话吗？”

“孙子？！”

我感觉智商当场减半，情商亦陡然下降。

“我孙子在这个厂上班啊！”

“那，那男孩是谁？”我愚蠢地发问。

后来我发现，生活中出现的细节总是跳跃式的，毫无逻辑的，根本不像小说家设计的那种单线条因果关系。在那样的故事里，主导性人物、主导性情结、主导性情绪，一手遮天地独霸了作者和读者的视野，即便有一些偶作的闲笔，也只不过是对主线的零星点缀。

实际的生活根本不是这样。

老太太的声调腴软甜蜜，维持着一贯的酷：“啊？那是我孙子的大儿子！”

即：她的重孙。

我们对视时她一直在忍，且忍得住，才不致让眼睛嘴巴鼻子总之满脸咕噜噜冒出笑来。她像站在遥远时光橱窗里的老模特，一字一字清晰播报：这几天我的孙媳妇在坐月子，刚生下第二胎，是个女孩……

“重孙”“孙媳妇”“二胎”……这些词汇让我愣怔，不知所措。这些她的家族小隐私、小逸事、小典故，何以要恩赏于一个陌生人？我感觉周围的所有物件都像外太空飞行船内的文件、水杯，皆浮在半空丧失了地球吸引力。

我再次端详眼前这位老人：身板硬朗，手脚麻利。可她居然，比“奶奶”还高一个级别！而她居然还如此矫健、雄武，站起来如松树般挺拔（这身形定是长年劳作历练出来的）！

这家人的年龄构成呈阶梯状——张老太六十六，儿子四十六，孙子二十七，重孙两岁，重孙女刚出生。张老太的儿子、儿媳十几年前从绵阳来东莞打工，一直在虎门服装厂，月收入四五千。孙子中专毕业后在樟木头电子厂做了七年，从普工干到主管。

张老太突然福至心灵，像乡下亲戚般热络："你要想进厂，我孙子肯定有办法！"

像我这样完全没有根基和脉络的游离分子，突然一头栽进电子厂，会让人觉得惊诧不已——我连最基本的坐标都没有！在张老太的眼中，我即刻幻化成被生活的苦难压扁，乃至有一堆如泣如诉故事要讲的弱女子，急需她出手相救。

我笑了。第一餐厅门口综艺十足地立着大广告："如果老员工介绍新人进厂干够三个月，奖励五百元。"啊，如果一句话就能介绍我入厂，那五百元简直"得来全不费工夫"。但我知道，张老太对我的热络绝非仅为"五百元"——她有着那样一双精力充沛的眼睛！她早已习惯帮忙，根本不觉得麻烦。

我摆手连说谢谢时，她的失望那么明显。

这一边晒太阳一边照看重孙的老太太，完全没有她这个年龄的衰芜、阴郁、自怨自艾，却总是充满兴味。她描述从大玻璃窗所觊觎到的车间——长条大桌、大小轮轴、一堆堆板子、一排排箱子……实际上，从窗外的角度根本看不出内里的美丑细节，但那个硕大场景却如动物内脏被打开，轰然一下，栩栩如生款款摇摆，在白炽灯下尽着让她看，像宽银幕大电影，既壮观触目，又惊心动魄。

老太太不由生出慨叹："我要是年轻的话，也会进去做工，在那里做工，比种地强多了！"

樟木头振通汽车站是露天的：所有车辆都停在塑料大棚下。

直至电子厂开工日，这个车站的乘客才算饱和——近千辆公交车（此前多半静止不动），现已悉数忙活起来。远望，车站像核武太空城般简约；近看，各类车辆簇拥着（出租车、三轮车、摩托车、小面包），构成复式小宇宙。

穿鹅黄马甲的辅警，将腿半跨在摩托上，眼神四处逡巡；铁架撑起的广告栏中，各类招工信息一层粘一层，斑驳如白癜风；大理石地面异常干净：没有果皮纸屑，没有垃圾袋方便筷；银色钢精护栏吊挂编号：79、80、81……广告牌簇新，清晰地标明方向（樟木头←→沥林），及“途经线路”（百佳商场、石马、大龙、窑山……）。

站内充满节日气氛，随处可见红色焰苗影绰燃烧——路灯的左右两侧，各挂三连缀灯笼；车窗吊红色中国结；车头揽客女一身黑色运动装，脖颈露出火红高领毛衣。各类小吃摊红红绿绿，将鱼丸、玉米、花生、烤肠、饮料、水果直摆到大门口。

下车乘客褪下羽绒服，拖着拉杆箱的身影，笨拙如莅临月球。显然他们来自寒带，下车后竟像踩在完全不搭界的另一个界面，滑进另一个歪斜了一点点的世界（仅歪斜了一点点，便已全然不同）。

那些说着普通话的女孩，颊上敷着薄如蝶蛾翅翼的细粉，鼻尖像冰糖雕的一样精巧，服饰妥帖，线条柔韧；那些青年男子，将羽绒服放在捆扎好的被褥上，露出灰线衣，仰头喝矿泉水。那不急不慌的模样，和我曾在乌鲁木齐火车站看到的打工者（那种急吼吼，浑身肮脏，衣衫褴褛，目光混沌，似置身荒野钟乳石洞穴中的样子）截然不同。

车站门口聚着一群人，大包小包堆在脚旁，显然是个大家族——两个中年男人在忙着找出租车，两个中年女人看管着两个男孩（四五岁的累了，趴在拉杆箱上，深蓝牛仔裤的臀部是排英文字母；八九岁的，将羽绒服敞开，斜靠着拉杆箱）。而那个六旬老妇，短发灰白，脸色黝黑，但浑身干净（蓝衣蓝裤）。我总觉哪个地方不合拍，再回头始知——袜子太雪白，手工布鞋太墨黑。

一对型男型女走过，互相拥搂（男的拎外套，露短袖T恤；女的穿米黄薄毛衫，牛仔裤），从花发老妇旁走过，像两个原本毫不搭界的事物，在某个特殊时刻、特殊地点无意交错——刺啦，如烧铁炉中的炭火跃入冰水。几秒后，那登对男女飘逸离去，将一抹古怪残留于老妇瞳孔，像目睹电视剧中的男女主角走下屏幕。

2010年年底，刚到樟木头时，我曾在振通汽车站旁的小屋住过一段时间。

夜晚从超市向小区走去，能听到路旁暗暝光线下整面山坡上，蛐蛐的叫声粘成一张大网。那哧哧声，像干菊花被开水冲泡后再次鲜活，格外妖冶。

四年过去了，我再次走过这个路口，发现原来的山坡早已没有了我印象中的线条、构图、远近比例，而被夷为平地，七八栋高楼拔地而起，水泥结构的建筑粗壮坚实。主体已完工，但四周尚围着木架、纱网。从楼顶兜头吊挂下硕大鲜红条幅：“已开始出售”。这些巨大圆柱体所携带的水泥质感，远超过我平时在市区所见，简直像到了好莱坞未来世界。

我记得到达小镇的第一个清晨，站在阳台，因长途旅行而精疲力竭，睡眠不足，有种强烈的错位感。夏蝉知了、知了地喧鸣，将我从头到脚包裹。

很奇幻的——前一天窗外是中天山博格达雪峰，现在，却任蝉声像成群硬壳甲虫往灵魂里钻。这不对等的地理感受多么费解而荒诞，让每一棵草都拖着悠长阴影，让我越发清楚地看到这个事实：在这个岭南小镇，我根本就是孤零零一座被废弃不用的电话亭（无熟人，无亲戚，无同学，无朋友，无同事），独独伫立，四壁蒙灰。我已身处偏远绝世状：无身世，无坐标。我心神不宁，想像一个疯子那样尖叫。

没有人能详细穷究那第一天、第一次、第一种的冷酷异境。

我惊恐，感觉从安稳世界被突然转入不稳定之所在——是的，我在冒险；是的，我抛弃了故乡的全部安全防线。而我将要面对的世界如此簇新，未知，灼烫；而我注定是那徜徉天地的流浪汉，过去种种，只是繁华一梦，全不作数，从这一天起，我要咬牙苦干，才能抵挡住太多异乡的刺屑。

一直以来，我都觉得自己随时可以离开。

我任由炎热的天气折磨，任由货柜车的轰鸣袭击，任由牙尖嘴利的蚊虫叮咬，任由这一切的摆布，畅想着这种感觉会很快过去，世界将重新变得实在，我会因再次看到博格达雪峰而欣慰。直至2014年1月，当我从汽车站返回电子厂，站在宿舍楼下时突然愣怔。在那个被魔咒住了的静止瞬刻，我目睹到蝎蜇般的毒刺写实地刺穿了这件事的真相——因僭越了地理契约，出现在不该出现的地方，我的返程之路早已断绝（瞩目博格达不过是我心魔投射的幻影）。

现在，我和所有来到这里的人一模一样——只能往前，无法后退。

一对情侣午饭后踏着钟点进厂

年轻女子是工厂路的强势者

第二章
住进B224

拎着大塑料袋走进电子厂时，我不敢看保安。

一个尽职的保安，完全能从我的身形中看出虚弱。我根本不像主人那样熟门熟路，而像在过机关暗道：脚步狐疑、脊椎僵硬。显然，那个寸头男只是个长得魁梧健壮、杵在门口的制服道具。然而，即便是训练有素的军人，单靠肉眼，也很难在人潮中辨认出“非本厂员工”。况且，那透明大塑料袋是所有新员工的金字招牌。当保安的视线捕捉到那行李，便在心里已缴了械，默许通过。

不巧得很——我和下班的尖峰时刻劈面相对。

迎面而来的工装人多似江鲫，形成一处处即兴旋涡，我简直是逆流而行。迎面而过的每张脸都那样相似，如克隆复印般地令我窒息，我尽力收缩，把自己压成一束影子。等那澎湃人潮如洪水般涌过后，才大口喘气。

进入厂区，有序扑面而来——楼房排列有序、人们衣着有序、时间安排有序、车间工作有序。一切都按部就班，像启动后的火车，除非有明显理由，否则，它便行驶在规定的里程中。院内的细叶榕、大王椰、杧果树，叶片纹丝不动，常年不褪色地幽绿着。这些植物总让我感觉惊奇——还有一个平行于机器的植物世界，在完整地进行着光合作用。

这两个世界是两种节奏，两样频率，但在电子厂却各走各路，不犯冲。

乡村人涌向城市，这不仅仅是一场中国版工业革命，英国、美国、日本、意大利都曾有过类似的发展阶段。在中国，进城打工的乡村人被称为“农民工”。而“农民工”和“资本”的博弈，直到现在，似乎才有了真切改变。

现在，男工大举入侵电子厂，入侵车间，入侵宿舍楼。

跟着女宿管阿丽走在通道中，我尽量悄秘低行，免得撞上两侧身影。

我匿居的B栋，正夹在A和C之间。从外表看，根本不知哪栋住女工，哪栋住男工——每一栋都是邻居的翻版，都是灰黑墙面；每一栋楼内每一个人的命运，看似毫不相干，却又难舍难分。

记得第一次目睹这些素朴楼群，我恍如进入大学城，灰白弥漫了整个空间（灰白的天空，四周环伺着大楼的阔影亦灰白）；一旦深入，却像进入《红楼梦》“太虚幻境”，所看景象皆如铁树开花：里面和外面全不相似。是的，楼道内是不折不扣的宿舍模样——棕红房门面对面，醉眼般一个瞪着另一个，中间是条长长的通道。昏昧的光线下，女工们面孔恍惚，身形如野猫。而走着走着才发觉，那通道地面刷着极为古怪的墨绿油漆，经年累月，现已斑斑点点地蜕皮，露出大小水泥点，似一条冬眠蟒蛇。

楼道长得不近情理，一直走，一直走，一路走过非但没有肃然感，反被残破寒碜吓了一跳。是的，它是旧的，好像这是一条昨日之路，同时也是一条末日之路，而它居然填塞进那么多擦肩而过的人影。一抬眼，看到楼道尽头处吊着个黑枪眼——不觉愣怔，挪不动步。

细看——是监控摄像头。

在那肃然黑洞的逼视下，我感觉自己肾上腺素高涨，脚步颠晃。

有那么一秒，我像电影里定格后静止不动的画面，像红灯时拉起手刹将挡位放在N。我进入的是一个怎样的微型宇宙？好像厂门外的都被封印起来，而这里有另一种幻术。这里的人们所承受的高压远非槛外人所能理解——所有人简直生活在一种俄罗斯轮盘赌的紧张中。

但阿丽并不知我曾止步。她走在前面，手臂一摇一晃，鞋跟咯噔咯噔。逆光中，她将所有的光亮汇聚一身，像先知领着信徒。她毫不掩饰鞋跟与地面碰击的笨重力度，啪嗒、啪嗒，浑然不知自己已触犯淑女禁忌。她以走在田埂的节奏向前，至一扇门处停止，举起圆环大钥匙盘，从零碎中遴选一把，窸窣捅开。那扑簌声响令我脊梁发紧，不知自己等下会和怎样的眼睛对视。

B224的屋门敞开后，我看到里面灰蒙一片。阿丽开灯，白光如水银泻下：空空荡荡，并无一人。她将钥匙取下后递给我，朝一个空铺一指，母牛般黑洞的眼里骤起柔光："你，就睡那儿吧？"这句话里全是肯定信息（经由一种商量的疑问句式，一种抱歉带笑服侍人的甜软音质，传递出再清楚不过的信息）。她要走（要给两岁女儿打预防针），所以褪去惯常的湖蓝马甲、灰T恤、黑长裤，换上出门的墨绿长裙、黑丝袜、浅口坡跟皮鞋。她甚至没让鞋尖朝屋内挪动一寸——她的雍容和里面的粗陋完全不配套。

"我走啦！"回头的一瞬，阿丽找到了属于自己的娇媚模式，然后疾步逃出墨色长廊。

自2014年1月，我选择东莞樟木头镇工厂路作为主要研究地点时，根本没想到，这段时间会如此之长——直至2015年10月才结束。近两年间的几乎所有周六、周日和假期，我都消耗在这条路上。我反复行走于工厂路——这条路集中了小镇最重要的几个大厂。电子厂、纸箱厂、塑胶厂、汽车配件厂、服装厂，一溜烟排下去，或港资或日资，或兴旺或萧条，或整齐划一或杂芜毛糙，都如细微神经，跳动在这经济血管上，让这里混杂了乡野、科技、江湖等各类味道。

但我在工厂路最初的田野调查是一连串的尝试和错误。

和女工喜欢向同类吐苦水不同，我的性别特征在我试图研究青年男工时成为不利因素。我如何才能进入男工宿舍？如何寻找到采访对象？如何将那些隐没在人群中的特殊个体找出来？男工对陌生人的戒备心更强，根本不愿正面回答问题，更别谈走入他们的生活。当我试图找他们聊天时，发现他们下班时间多为晚上九点，而采访结束后的十一点已无公交车。

直至阿坚出现，才给我穿插些许意外的好运。他不仅是电子厂宿管，还读过我的《工厂女孩》。当我说想在电子厂门口租住小宾馆时，他胳膊一挥：“就住在厂里吧。”

直至住进B224，我的调查才有所突破。

事实上，住进宿舍比参观宿舍有意思得多。一旦置身其中，这个转弯即撞墙的卡夫卡式小城堡便真切起来。这艘小船连同簇拥它的波涛都触手可及。此前，船上的一切都是荒腔走板的幻影——参观者永远不会了解一艘船的真相，以及风暴、海水的湿度、各种生物的交配、死亡的过程。对参观者而言，一切都像是上网Google搜寻出的资料，被遮蔽的东西实在太多，而他们所能提出的要求又实在太少。他们会说这船“好壮观”，却因从未参与航行，也就很难深入其中。

现在，我坐在B224的船舷边，快速切换着脑际频道，感觉眼前的一切都触手可及——环墙放置着五张高低床，四张的下铺都搭着布帘子，只剩我的这张空空荡荡。铺好被褥躺下，发现床板坚硬如铁。身体习惯性朝前一拱，但脑袋一空，一阵生疼，发现枕头掉在了床下——脑袋碰到了铁栏杆。若要睡得安稳，最好有两个枕头：一个竖着堵空隙，另一个横着放脑袋。

对了，我还需要布帘子。

人类文明从远古进化而来，一路颠簸，至二十一世纪中国东莞电子厂女工宿舍，便浓缩成一块布帘子。我收拾了床单、拖鞋、牙刷、面霜，自以为面面俱到，却忽视了布帘子的必要性。现在，四张床都垂帘听政，形成封闭小皇宫，只有我这赤裸大张，破坏风格。现在，无论我的床单、枕头、被套如何干净整洁，都如手术中的人体内脏，让人不忍盯视。三人成众，二人为仁，既住进宿舍，便要服从这里的基调，不能让自己的床像异物般傻乎乎摊晾。

需要遮挡——即便文明被挤压到最低一层，依旧需要遮挡。需要一块布（一个绝缘体，一个防护罩），让对方和自己的行动，处于视而不见、盲无所觉的状态。若在别处，聚起如此繁多的颜色和图案，会显得混杂，而在宿舍，一块块布挤挤挨挨，居然有种古怪的和谐——许是周围环境太过粗陋，这些织物的纤细柔美反倒珍贵。

后阳台一米宽，两侧的两个小屋宽不过两米。左屋贴瓷砖，挂钩垂着毛巾、搓澡巾——像是冲凉房。但莲蓬头在哪儿？这里四壁皆空，无任何凸起物。右屋是卫生间：底部嵌白瓷凹槽，墙角立垃圾桶，后窗栏杆积满灰尘。但水龙头在哪儿？既没看到水箱，也没看到水龙头。返回左屋转了一圈，又回到右屋——我在两个屋子里转来转去。阿丽走得匆忙，什么都没交代，只留下这个戈壁滩让我自己勘查。

我静止在阳台上——对面A栋的窗户上挂满衬衫和牛仔裤。如果他们能洗衣，那这边一定有水龙头。便再次折回小屋，仔细逡巡，盯视每一寸。这宿舍好生奇怪——连水龙头的位置都那样诡异。

终于，看到根细长灰管爬行在阳台窗口下，真的缀着个小水龙头

（难怪我遍寻不见）！

在宿舍，所有烦琐的欲望都被凝练提纯，而只剩下最后的、最本质的（根据2010年中国城市劳动力调查数据，农民工的居住地点中，93%有自来水，79%有卫生间，37%有管道煤气或天然气）。

显然这个屋子是陈旧的——屋顶吊着陈旧的大风扇（湖蓝叶片粘满油污）；水泥地涂着陈旧的绿漆（但地面平整，垃圾入篓）；两排陈旧的铁柜，上下共十个（一张床配一个柜）；半空中拉扯着铁丝（吊着十几件陈旧的衣衫）；只有一张五十公分的小桌（于是，靠桌的床主人便成了土豪）；而我亦幸运——床对面倒扣着个纸箱（箱底可作桌面）。但宿舍并没有异味——风通畅无阻。绛红门板虽皲裂，但门板上方的玻璃窗大敞，任风穿过阳台，穿过厅堂，再穿过门板后，自由飞翔。

原来，海边电子厂宿舍的风格，是城乡结合地带的风格；原来，宿舍的外形虽已都市化（水泥、瓷砖、电灯、吊扇、插座），但内里却依旧飘着浓烈乡村味——贴满瓷砖的浴室，要舀水手工冲凉；在嵌着凹形便盆的卫生间，要端水冲刷。

我再次躺下，形销骨立，摊平身体。脊椎下的薄床板，像硬生生长出锥子。唉，还需要垫子——厚垫子。我在硬板床上迷糊了一阵，起来后肩酸腰痛，口干舌燥。但我没有水杯和暖壶，亦不知在哪里打水。燥热原本只潜伏在皮肤下，等发现时已格外壮大，如星星之火燎原。现在，我需要水，大量的水。而突然，我想到要喝可乐。

这是种怎样的异变？起初，只是想喝水，而喝水在宿舍是件困难的事，于是甚而想到喝可乐——比水更高级的东西。于是，可乐不仅仅是饮料，还是惊喜和胜利。明知有防腐剂，会发胖，但那干渴的滋味却如芒刺在背，唯痛饮才能治愈。原来苦到极致，竟能催逼着欲望长高再长高；原来石头再重，也压不住春笋拔节。从床上跳下，满眼都是两个字：可乐。

平日的工厂路像个批发市场，人群摩肩接踵、挨挨蹭蹭；小汽车、公交车、货柜车嗡嗡，闷雷般滚过；空气是厚重的：人体的汗腥味、饭菜的发馊味、苹果香蕉的甜腻味、车间的机油塑胶味混合成一种让人不能忍受的味道。而春节后，这里却行人孤单，街面寂寥，榕树静默。偶尔驰过货柜车，也像在溪流里打了个旋，又呼啸向前，越发显得这里宽敞安静。甚至，连垃圾都少了许多。无论厂房、农民房或小商铺，都像商量好了，无一遗漏地贴起对联：左边“宏图大展”，右边“一帆风顺”，中间一个“福”字。

从“减价”“亏本”“狂甩”的大黑粗字中穿过，进入小店，感觉空间整个暗淡下来，像进入一幅黑白照内部世界。抬眼看到老板娘，尖下巴、红唇、吊梢眼飞入两鬓、瞳仁含怒带笑，颇具喜剧性。她的明艳像一盏昂贵立灯，与丑旧的街道完全不配套，悠悠然放着光芒。她的美既明晃晃，又冰凉凉，似乎只是为了演绎某种美丽的形式。

她上下打量我：“新来的？”奇怪如此艳丽的美女却不幸有一副乌鸦嗓子。

见我支吾，又道：“宿舍几个人啊？”

我真的好生奇怪——这种三十岁出头，貌似尚且美丽的女人，总给人一种热而潮湿的感觉。她虽站在一堆货物中，但感觉她的四周像荒芜的沙漠地带。

我简直有些气急败坏：“几个吧……”

于是老板娘哼笑一声，像证明了某种判断，不由得沧桑感慨：“没住满吧？”

她的小店已开了十几年，见证过这里从早到晚人群川流不息的盛况，而现在，她好像还生活在那盛况的余韵中，对严酷的现实颇不习惯。她像站在时光橱窗里，脸上浮现着上一辈人的悲恸表情。但那怨念只是一瞬间，即刻，她返回阳间。

她耐心推介：“铺床的垫子有二十的，也有三十五的。”

但那两种都看不到内里材质。见我犹豫，她另辟蹊径，调门拉高：“还是棉絮最好。”

可那货和我印象中完全不同：脏白棉胎外纵横着粗大网格，但比垫子厚，只需二十五。没别的选择，只能拍板定案，买了。

在这样的小店购物，完全丧失了在大超市纠葛迷阵中穿行，对比对比再对比，最终揪出心仪货物的欣喜。在这里，简直不用挪动脚步，一切都一览无余。时间在这个小店，发生了神奇的倒退——陡然间，退回到十年前。那时，到小店进行极简单货物交易的人，都穿着过大的衣衫，脸型消瘦，眼神笃定。

我选定了一款枕头（十元，蓝黄格布面），老板娘说原本是有雅致些的，三十元，一年都没卖掉，所以只好退货。而水桶（十元）和脸盆（五元）都是中型——为让盆子刚好搭在桶沿上。另购卷筒纸（三元），水杯（十五元），毛巾（十元）。

出现在这个小店的货物是便宜到极点的那种（多数打工者在离厂后，会将铺盖卷整个抛弃，到了新厂再买），盖因打工者消费能力极低。（据2010年中国城市劳动力调查数据，农民工家庭年人均生活消费为12530元，城市居民为12683元。从总量看两个群体基本相当，但除居住消费高于城市居民外，农民工其他类比均低于城市居民。农民工年均居住消费为3605元，是城市居民的2.9倍。67%的农民工租房住，而82%的城市居民有自己的住房。）

“没有可乐吗？”

“只剩百事啦！”

“啊？”

“可口可乐已脱销！”

当即拧开，当即开喝。没想到可乐这么狠，这么解恨，一下子就把舒服灌进五脏六腑血管肌肉，让干旱的戈壁被雨水浸润，最终弥合成一片弹性大地。滋润让口腔像咬破生蚝薄膜，带来股微醺醉意，身体里的最后防卫彻底松懈。

将所有零碎塞进水桶，再拎上棉絮，和老板娘告别时，她意味深长地埋下伏笔：“买什么就过来啊！”出了店一回头，发现店名叫“吉祥”。小小的吉祥店十几年坚守工厂路，简直是个活标本，见证着电子厂如何兴又如何衰（据2010年中国城市劳动力调查数据：农民工家庭设备用品及服务消费年均150元，而城市居民为399元。在医疗和文化娱乐消费上，农民工仅为城市居民的43%和42%）。

返回厂门口时，我已将“新员工”彻底坐实。这个时候的保安，虽然摆出最随便最不经意的身段，但念白却不放松，指着陌生人道——“你，厂牌呢？”“你，身份证！”和他交错时，我像被大拇指按住的暂停键，在定格中微微喘气。然而——没有，没有任何阻拦——他的眼睛被混沌给封印了。进入厂区，心脏慢慢减速，不再踢蹬胸腔。

后来我慢慢知道，保安要盯的人，是那些第一次到工厂的雏儿。他们怯生生，像受惊的兔子。若你沉着笃定，即便没穿工衣，没戴厂牌，保安也不会过问（厂内还住着很多家属）。一旦开始没生龌龊，便会让熟识感凝固，之后，便是清清爽爽地通过。

第二天夜里推门进入宿舍后，那卡夫卡城堡中有股浓郁气味如蛇般攀援而来——六神花露水。所有的空间都被塞爆——所有的。那味道如此之强，像谁把瓶子用力摔在墙上，连空气里都留着香味的牙齿。那香味从鼻孔钻入脑门后，便像煮沸的柏油黏附不去。那味道简直像骑摩托被出租车撞飞，昏迷指数至二或三。

住进女工宿舍前，我设想过自己在那个寒碜空间会闻到臭鞋味、垃圾味、廉价的洗发水味。但花露水竟然被我完全忘却，这是坐在书斋里无法设计的细节。这样的奇迹和恩宠让我无福消受。我深陷困顿，几乎无法呼吸——那味道像把鼻孔舌尖都塞满，黏稠腥腻得难以招架，像深闺女子看到了男人，便把所有能量都聚在一瞥中。长年累月被压抑了多少，囚禁了多少，现在就释放出来多少。甚至远不止被压抑被囚禁的，还变本加厉，多倍数膨胀。

为何“别人”一到，整个空间就发生彻底扭转？我在黑暗中的表情，一定像戏台上陈述悲情的老旦。我要如何开口，发脾气，指责，最终彻底反目？而宿舍特殊的氛围，将这些造反元素无声无息地镇压下去，让狂躁的心最终变成白板。也许宿舍的真实含义，就是“一起”：一起吃饭、一起居住、一起享受嗜好，最终成为秘密死党。

在这个敞开的空间，人来人往，没有必要的隔离，更欠缺适当的沉淀，每个人都磨损掉自己的独特性，而成为城市机器的细碎部分。无论“别人”多么怪虐，宿友都必须无条件忍受。我摸了摸床铺：真好啊。铺了棉絮后，脊椎变得异常顺溜。我努力将那些顺溜放大，让它们大过磁性花露水。最终，身体像火车挂钩被一节节卸开松脱，眼皮沉重，整个人彻底昏聩起来。

早上五点醒来后，我浑身浸染着陌生床铺的酸疼感。后阳台外的半空，挂着一轮手指般纤细的月亮。此刻，阴暗与光亮凝滞并陈，白昼与黑夜静止混合；此刻，整个电子厂像头深海蓝鲸，忽隐忽现，难见全貌。然而，即便此刻，这里也没有彻底安宁——即便无车走动无人说话，那车间发动机持续的轰鸣，依旧让空气阵阵抽搐。

窗外挺立着大王椰，树干身躯高耸，顶部枝丫抓向天空，如倒植的树向着夜空扎根。对面A栋亮着数盏灯，阳台上衣衫打飘沉浮，骇异不似人界，而像卢梭超现实画境。叶缝间，晃动着冷冽小星星。细看，哦，还不止一颗。在那青灰色金丝绒上，繁丽地刺绣着十几颗钻石，明明灭灭，忽左忽右。我复又昏困睡去，坠入混沌梦境。

七点，前门左床的女孩发出了声呻吟。

那是半梦半醒时，从胸腔底部蜿蜒而出的音量，在这单薄如纸的封闭空间里被无限放大，像火苗，又像烫山芋，让我心神错乱。唰啦，手臂起了层鸡皮疙瘩。我甚至闻到股奇怪的味儿（女孩特有的隐秘味儿）。这发现令我震撼：一个人到了连另一个人的体嗅都能辨别，这距离也就亲密得无以复加——而那具躯体我尚且陌生得不知姓名。

我彻底醒了！等瞳孔收缩至能简略分辨暗室线条时，发现左床的女孩翻了个身，背对着布帘子。身躯转动时，涟漪般的战栗通过铁床传来，点燃了我的神经末梢，令皮肤阵阵发紧。而我在这间寒酸小闭室中不能作任何反应，甚而，我还感到了一丝恐惧——不知该如何面对醒来后的她。

昨夜，我用钥匙开门后，看到屋里亮着灯，有位长发女孩像鼹鼠神经质地探头出洞穴那样，占据着自己的床铺。那警觉简直如X光射线，一下子就穿透了暧昧空间，将惊异、好奇、迷惑传递而来。

我不觉尴尬：“不好意思，我住那张床哦。”

她恍惚点头，“哦”。

她的眼珠像被强光晃过，瞳孔一直没有调整过来。她正在记忆频道中搜索，试图将眼前之人与记忆重叠。那双大眼睛似乎是透明的，语气词里有股自我防卫的紧绷。她的脸皮真光——像一汪清水，无风吹起一丝涟漪（而在工厂路常见的脸庞是眼珠充血、眼袋下挂、头发黏得打绺）。她低头整理铺位，一头散开的黑发长及半腰（那黑发简直是一道微型瀑布），睡衣是惯常所见的白底粉色小碎花（若人更丰腴或粗壮，都会显得艳俗，而恰恰，那女孩身形紧凑挺拔，让每一个微末细节都凸凹有致，反有种清丽之感）。

我接了水，开始刷牙洗脸。但睡衣怎么办？我没有帘子。只好拿到阳台上的小浴室，在逼仄空间换上后，再进入内部。再看那女孩，更有种黑天鹅的美：黑发、黑肤、黑目。像一块碧玉，虽不抵羊脂玉温润细白，也别有风味。而她一直那样沉默——不是低头，就是侧身，始终保持着一种神秘，一副不想被侵犯的、过早自觉的靓女之姿。偏偏被灯光一照，她又显得单薄孤立，有种楚楚动人的洋娃娃之感。

我不觉冲出禁忌，冒昧搭话："这里，还有别人住吗？"

她愣住了："没，没有，只我一个。"

她补充道："我来时就这样，一直这样……"

我们对视时，她的脸让我感觉贴了一层特制面膜：可以剥下来，可以看到另一张脸的倒影。如此近距离观察，让她有些心虚，低垂的眼皮一阵乱颤像扑蛾。我奇怪她为何紧张，而她如梦初醒，随即反击："你在哪个部门？"

原来这女孩直觉超厉害——我出现的时间和车间作息表完全不吻合。

我要怎样回答才能对得起那晶亮认真的大眼？

我支吾："一个不重要的部门……"

而她居然当真解除了轻微警戒和冷淡，发出叹息："哦……"

她放下布帘子（深棕色横条），筑起一座肃穆城堡。哦，这是最后的通牒，最后的拒绝——"我要睡觉了。"而我亦厌倦了这种SM式（虐待和被虐）的问答方式。

"睡吧。"我的舌头自行其是地说了句。

现在，我在这里的处境是尴尬——我不该进入她的生活圈，我打扰了她。我关灯后走向自己的床，躺下，努力让自我消失在暗黑中，如一座城池放弃挣扎。我甚至不敢大力呼吸，唯恐一喘气就把小人国给吹塌了。

八点醒来，满室光华，黑发女孩已不见，碎花被折叠成条，帘子搭起，大殿空荡。空间里依旧滞留花露水的味道——那漫山林木入夜后潮湿的、浆果熟烂的腥味。那腥味里有种尖锐的化学物质。我感觉不可逾越的差异在宿舍真切体现：这味道于我是砒霜般的毒药，而于她则是软糖般的甘饴。若这个宿舍住满，将有十个人携带十种不同的审美趣味，大家如何能相互包容，泰然处之？

八点半，阳台外半空中的云堡一座一座，向西缓缓移动，像天神们在大迁徙。直到这时，电子厂才实至名归地忙碌起来——有人推开宿管办公室的门，急切吐诉；有人走向车间，拎着各种物料；各种型号的货柜车出厂，轰鸣声犹如十万蚊子压境而来。

住进电子厂后我慢慢知晓，原来厂内生活并非如计划表般井然有序；原来各种错位和怪诞，惊诧和失序，皆能找到例证。

譬如树篱——不仅提供审美想象，更兼实用。有时，树篱顶着床碎花薄被单；有时是深棕色大竹篾（内摆萝卜干）；有时是几件婴儿连体裤，柔白织物如棉花盛开。午休时，树篱下常坐着对对男女。晚班后，五六个男工攒聚成一团，嬉笑八卦。譬如时间——厂外小摊点的营业时间和车间工作时间犬牙交错、环环相扣。譬如工装——工厂路的行人不似镇中心，每一个人都是单独个体，这里的人以组为单位：深蓝马甲组是电子厂，土黄工装组是注塑厂，粉红T恤组是眼镜厂，湖蓝工装组是服装厂。

白天，电子厂的空中有种综合声响持续轰鸣，分贝最高的是车间发动机，间或夹杂激越电锯声、货柜车笨拙喘息。而最笃定的声音却是切菜声：嘟嘟！嘟嘟！走进贴满土黄瓷砖的灶间（各处塞满纸箱、磅秤、塑料袋、案板），泥腥气扑面而来——那是竹筐里的茄子、芹菜、辣椒、洋葱、生菜发出的混合味道，像来自另一个未来世界，而不是乡间田野。

切菜师傅白大褂、围裙、袖套、胶鞋，手起刀落，正在切茄子。他握着的那把刀，是这个空间里最闪亮的核心。来自重庆的中年男人郑师傅，随一明一灭的刀身起伏，将长茄子切成三四片，再斜切成条。细白条堆成山后，哗啦一下子推到塑料箱。郑师傅慈祥如菩萨，内敛如定窑瓷器，安然于灶间，安然于这把闪着银光的菜刀和茄子山之间。

长宽各一米的六个水池都盛满了清水，里面泡着蔬菜（翡翠芹菜、黄玉土豆、白银茄条），到中午十一点捞出开炒。池边搭着大漏勺：一米长木头把，铁丝网如洗脸盆。我握着木杆，将漏勺伸入水池搅动，却像拽着个铅球。看起来是顿简单午餐，但因吃的人多，便成为一场战役。而灶间是先头部队打前锋的战场。每一样凌晨四点从早市购来的蔬菜，在这里被卸掉盔甲，去掉火气，在锅中翻炒时束手就擒。

还没进入饭堂，便闻到股暖烘烘的味道——各种食物和人体的汗腥混合，再经口腔、牙周、肠胃的交叠，编织出的肥厚味如一记闷棍，让人头脑发蒙。套餐六元、八元、十元（和厂外小摊价格相仿）。墙上标语的核心词汇是“餐厅”——“餐厅5S改善活动周”“餐厅卫生从我做起”“员工餐厅伙食公告栏”。

这个第一饭堂要供应一千多人吃饭。后堂异常忙碌：抽油烟机和瓦斯喷嘴轰轰巨响，乌烟瘴气中白衣人正挥动小铁铲（那样的大锅里，要放多少盐，点多少酱油，搁多少葱蒜）。虽然十二点是吃饭高峰期，但从十一点开始，便会有很多不在车间工作的人来吃饭。所以对后堂来说，十一点是“终结时间”。据说几年前，厂里还有第四、第五饭堂。现在，由于员工大量流失，那种大排场亦日渐萎缩。在电子厂，傍晚六点吃晚餐几乎算是奢侈——下午班从两点直接到晚上九点（称“直落”），所以晚上九点至十点，大多数人会选择走出厂门，到大排档吃消夜。

在厂区漫步，免不了要和广告语劈面相逢。那些硕大词语兜天兜地，像一张蜘蛛网牢牢黏住视线。到处都是汉字，却像被放了鸽子失去联系忘了通关密语的情报员，找不到意义所在。到处都贴着严厉训诫：“不站立、躺卧在椅子上”“不在非吸烟区及禁烟区抽烟”；到处的垃圾桶都标明“不可回收垃圾”“可回收垃圾”（依旧能看到易拉罐、吸管、塑料袋、瓜子皮）。来自各偏僻乡村的打工者，要从这些词语中学习各种技能，把身上那些招祸的触须、刺棘、棱突尽皆藏起隐形，让自己重生为一个簇新的人。

从车间出来的门口通道上挂着：“严禁携带任何火源及易燃易爆品进入厂房（天然气打火机、油类打火机、火柴、天然气瓶）”。在“员工明白卡”中，提示员工掌握“疏散逃生技巧”。在“手机电池充电处”用的是繁体字，但“急救箱保管人联系方法”又是简化字。

洗手池是长条铝合金凹槽，并排三组，每组五个水龙头。墙上口号激亢平庸：“生命来源于水，请节约用水”。另一处复温柔解释：“手帕使用流程”——1.洗手时将手放在洗手盆内，水龙头开小水，防止水溅出；2.洗手后，用手帕将手擦干，避免水滴到地面；3.不要将水甩到地面。

天啊，它真的如此饶舌，反复教人如何洗手，如粗腰老祖母，眉宇浮动川字纹，不厌其烦。阅毕，我深深地、深深地叹了口气，感觉自己好像什么都不会做，浑身充满了贱毛病臭毛病；感觉书写这词语的大人们在捂嘴笑，茶余饭后不忘数落孩子们的缺点。他们宽容地笑着——好像世上最好笑的喜剧就在这里，而这出喜剧的残酷性就在这里。重点就在这里——这样的絮叨一点也不温暖，反而有种对人的尊严的羞辱和损毁。

也许，出现在电子厂的每一句广告语，都可以从相反的方向去思考。譬如这句，“凡正常出满全勤者，可领取四百元（一人）。”但打工者辛苦一年，总盼着春节时提前回家，晚点返厂。家里有老人孩子，一年就见这一次。“回老家就要多休息几天哦！”现在村里摆酒席都在春节。有的打工仔回家过年，天天都在吃酒席。

我在这个“告示”前驻足良久后揣测，所谓里程碑，有时未必是物理的纪念塔或纪念碑，而应是某条界限的崩解吧？如果这样，那么这条小告示，便确凿无疑地像个里程碑。

“亲爱的工友们：你们还为每日洗衣犯愁吗？还为你那双娇嫩的双手洗衣而心疼吗？现在不用犯愁和心疼了，G栋宿舍解决了各位GG和MM的洗衣大事——洗衣房正式开始了，亲们可以充分利用该资源，给你的生活带来阳光和欢笑。嘻嘻（一个笑脸图标）！！”

由此可知：“工友们”的手是“娇嫩”的；洗衣是件“大事”；无论“GG”（哥哥）或“MM”（妹妹），都是“亲们”。这个一锅烩的词语糨糊，混合了中英文、网络术语、流行语汇、动漫图标，具有很强的排他性——它的隐喻和字谜不是为了让意义彰显，反而是为了遮蔽，它只说给能懂它的人听。可怜那些不上网不懂英文不会在线聊天的人，被这些词弄得云山雾罩。

你的心情坏到谷底——如在料峭春寒里等待一树杏花盛开，却不知时光已逝——你看得懂那些字的线条和造型，但它们已不属传统灵长类，反而像沙漠中自顾自独行的骆驼，蔓延着野性鬃毛。你真的无法理解这些残疾语言，因为你的节奏已变得缓慢，你已成为骨灰级恐龙，你已经被“out”（出局）了。于是，这个告示便成了一个分水岭。跨过岭头就是下坡，重力加速度惊人。

夜晚从宿舍楼下走过，看到那些灯光格子间里有身影走动像黑白默片；看到女孩儿的睡裙在阳台夜风里汹涌膨胀；看到男孩儿点烟、吸烟、喝饮料。工厂不是监狱，工人可随时退缩，放弃蛰居。然而，有那么多人咬牙承受，硬是将身体塞入每一张高低床的抽屉里。也许在工厂，职位不仅仅代表职位。人们在操作机器时，还实践着另一种生活，塑造着另一个自我。

电子厂的宿舍和家里的卧室，绝不是一张床的差别。

宿舍有宿舍的制度，而这制度和个人生活习惯会形成潜在的冲突。制度在约束和控制生活在这个空间的人，而人们又在努力寻找制度的缝隙，奋力反抗（那些斗智斗勇的故事，既有趣又充满讽刺意味）。关于车间的制度大多围绕着质量展开；而宿舍里的制度，却是为了控制秩序，为了方便管理。有些制度看来不近情理，而工人们的反应也付之阙如。譬如，那条制度如暴怒大啸——“宿舍不许使用风筒！”可如果晚班回来冲凉，何时能等到头发自然风干？若湿发睡觉，岂不犯了养生大忌？

这天傍晚，我把接了热水的塑料盆架在水桶上洗头（童年时用过这种方式）。半小时后，顶着满头湿发喘气。我不断用手拨拉头发，希望能促其干燥。而直到躺到床上，发根处依旧黏糊。这样睡第二天会头疼，会早生白发，会湿气侵入。怎么办？偷偷用吗？啊，吹风机到了岭南，不仅变成了“风筒”，还变成一个装置，一种观念，一句极简主义的命令！

门被推开后，黑发女孩和我打了个清晰照面。几秒钟的疑惑后，她笑了起来，利索地从床下拽出个大包，掏出吹风机。

我惊诧：“不是不让用吗？”

她一脸诧笑，嫣然对我讲起幼儿园宝宝语，“唉，你怎么连这也不知道哦？”

她拉开房门让我看——隔壁开水房的门口正站着一个女孩，整个身子吊在门边，两颊高原红快熟破皮，用吹风机吹起的黑发像旗帜，明目张胆地招摇。我真傻啊——工厂智慧如大海般深广，够我打捞一辈子。原来，大家都在用；原来，“只要偷偷用，不让宿管看到就好啦！”

这个结实、健康、相貌平常的女孩叫许月芳，十八岁，来自河南。她逐渐卸下心防，畅谈起来。原来她姑父在厂里做事，而姑姑赋闲。有时，她会去姑姑家洗衣服或蹭饭。她在实装部工作：上午七点五十上班，十一点半下班；中午十二点半上班，四点二十下班；晚上五点二十上班，八点二十下班。底薪一千六，晚上加班是双倍工资。

她老气横秋地感慨：“这个厂招的人多，走的人也多。”

据说，“有的人干了十天半个月就走了，有的只干了一两天。”

她洞若观火——主要是“站着上班”。若一天站九个或十个小时，会站散人形站断肝肠。所以对工人来说，休息就是睡觉：从周六晚睡到周日午，直睡到身体像瘫子般不受支配。

但许月芳却绽出温柔笑脸：“我是可以坐的哦……”

“哦……”蜿蜒蔓延，如地瓜藤蔓。她干的是QC（质量检查员），工资比普工高，但休息时间比普工短（中午半小时，晚上半小时），然而，她已觉非常幸福。

看我骇愕惊诧，她那双黑而大的眼睛闪着晶光：“不用站哦！”

但是，“坐着也不能随便动窝哦。”

她红润的嘴唇和下垂的睫毛让脸庞显得温厚。她坐在门口，凉风呼啦啦刮来，浑身哆嗦。“简直是越坐越冷！”

工厂规定：工衣必须要把上衣全部盖住。所以，她的工衣里只能穿短夹克衫。一进宿舍，她便套上过膝的花格呢大衣走来走去。那混搭的多层衣衫，让她看起来像个蚕蛹。若出门上班，便脱掉大衣换上夹克衫，再套上工衣。

许月芳叽叽喳喳，语速快，语调高，满脸浮现高中女生死党情态（何以她没考上大学？），转瞬间蹦跳雀跃时，又展示洁净透明、无栏无界的欢欣——那十八岁的笑容是璀璨的。而这刚刚建立的宿友情最甜蜜、最娇嫩，令我完全不能相信，这就是此前的那个冷少女！陡然间，我们都有了一种客途偶遇陌生人，攀谈几句便成为莫逆的热情。我不禁联想：如果在另一个状况、另一个时空界面认识她，她也许应该有更好的境遇。

许月芳说起“家里”时，特指河南老家。她对“家里”的熟稔亲昵，让我感到空间发生了场景转换——像舞台上背景道具被一一挪走后，整个人便置身于另一种氛围中。“家里”的那些琐事让她念念不忘，她说起来东一嘴，西一嘴，其实也没什么正经主题，但却总是能时不时想起。我想，也许这和她离家时间不长有关。如果她离开老家五年、十年，也许便不会像现在这样。但从她的闲谈可知，她对此地并无太多留恋，似乎转一圈，还是要回到“家里”去的。

奇怪的是，在许月芳的词汇系统中，出现频率最高的是“我姑”而不是“我妈”。她几乎闭口不谈自己的父母。话锋涉及“我姑”时，会止不住发出咯咯咯如孩童般的爽朗笑声。那些音符在空中打个刺激清凉的回旋后，再爆裂开，形成颤抖旋流。她说“春节当然要回老家”时，神情那样笃定。她似乎一直都没有走出一张关系网：在老家是各类亲友，在厂里是姑姑姑父（这些深刻的亲属关系是她最坚强的后盾）。

许月芳踮起脚，从挂在上床的化妆包里取出个东西，又将手臂拉直，准备开始用力喷射。天哪，搅乱我们小世界空气的罪魁祸首，原来是这瓶花露水。

我赶忙制止：“不要，不要。”

啊？女孩顿住，像遭遇严重指控，抬头看我后，又乖顺地将瓶子放回包中。

“太浓了，睡不着。”

我的解释虽然令她无语，但那双柔和濡湿的眼神里分明写着：那味儿多好闻啊。

早晨七点半，“我不是黄蓉，我不会武功”的歌声骤然响起，铿锵有力，有标有点，像砸在水泥地的雨花。这歌声比它那璞玉浑金的主人还野，甚至野得没边没沿。歌声纵横跨越，充满横暴深情。许月芳的一天在她设定的歌声中开始了，这同时意味着——她的宿友，我，也要在这些否定句中开始一天。我不能对“黄蓉”表示任何异议——我害怕好不容易建起来的暖烘烘的友谊，被尖锐打断。

起床后头重脚轻咳嗽，已是确凿无疑地感冒了。原来昨夜后门裂开，有隙风灌进。我赶紧出门去买药。从电子厂大门口走过时，保安撑着那张因强曝光而成版画的沥青脸，矗立在警卫室门口，如静默兵马俑。我感觉自己甩开手臂朝药店走去的样子，既像阿丽，又像许月芳。

我慢慢揣摩出来，原来工厂路这出大戏，每日是按时按点上演的，风雨无阻。

在市区常能见到的那些物品（霓虹灯、鲜花、光洁的大理石地板、干净的陶瓷、舒缓的音乐），在工厂路一概全免。在这里，所有的特点都凝聚成一个特点——粗陋。工厂路除春节涂胭脂抹口红外，其余皆素面朝天，疲惫倦怠：柏油路永远残破不堪，店铺招牌永远沾满灰尘，街角永远堆着果皮纸屑、碎石瓦砾。

凌晨六七点，河南风味的香酱鸡蛋饼便已开张。两米宽的炉架上挂着红底白字广告画（浑身银饰的美女微笑，脸颊旁是三张大饼，价格分别是：二—三—四元）。一对夫妻正忙碌着：男人（蓝底红道T恤）往平锅上擦油，女人（大红宽松毛衣）在揉面。老家面馆的广告亦红彤彤当仁不让（成都担担面六元、宜宾燃面五元）。武汉热干面也及时赶到，雾腾腾加入早餐大军。

原来，工厂路的小摊点并非时时忙碌——中午两点至四点是午休小憩时段。麻辣烫摊主往竹签上串肉片，木桶饭大姐正在洗碗，快餐厅大哥正将方便筷拢成一堆，而黑牙老穆关闭了“行动酷饮”，让冷饮店铝合金小窗如沉睡的眼皮耷拉。四点后，工厂路逐渐复苏。先是菜刀当当，继而油锅刺啦，再是货车轰隆……兵荒马乱，一派大战前肃杀景象。

晚上九点是工厂路的高峰期（下午班是直落：从两点直接上到九点，中间不休息）——当亮苍苍斜阳打着哆嗦下滑时，一群群工装人从门口涌出，组成前锋后卫，果断横扫疆场。与其说他们身陷鸡蛋饼、奶茶、炸酱面、排骨汤中，不如说他们被一种黏稠的城市气味包裹着缴械投降。肉身在车间里委屈了十个小时，若没这点甜头，第二天很难继续。十点后，人流减弱，但小贩们并不收摊——最后的疯狂尚未到来。所以卡车车厢依旧铺陈着水果，小碗菜依旧敞着盖子，麻辣汤锅依旧咕嘟着冒气。

烙饼妇女四十来岁，拿铁铲在锅沿边旋转一圈，又往面糊上磕了个鸡蛋，待蛋黄面白后，淋下两滴清油（不多不少，刚好助面团旋转）。饼子出锅后，堆在圆柱体的顶部。那里已差不多有五六十张。

我脱口而出：“能卖完吗？”

她翻着白眼："加班的人还没下班啊！"

加班对打工者来说是常态。不加班的工厂被打工者看不起。如果不加班，打工者只能拿到当地公布的最低工资，而这最低工资只能保证当月的生活支出，除此之外几乎没有结余。如果加班，工厂会支付加班费。所以每天在车间工作十个小时以上再正常不过。

她将产品分为两类：加蛋豪华型两元，不加蛋普通型一元。她对销售很有信心。她的库存数量，是在长期销售中总结出的经验数据。

油炸饼似乎比鸡蛋饼更受欢迎——总有三五个人站在锅边等。摊主是个矮胖敦实的妇女，五十来岁。从红水桶中揪出团面，捏成扁形，摊在平锅上。面饼被油湮没后，受热鼓胀，形成圆球。这样吃已足够丰美，若再夹火腿夹煎蛋，简直是奢侈。

无论鸡蛋饼还是炸油饼，都是面，都是小麦，都是北方。在工厂路，南方和北方在上演一场残酷的拉锯战——南方是公开版本，北方是私房版本。只看公开版本，对这条路的印象只能是糊里糊涂；而私房版本里潜藏着大量的秘密和细节。

最后一拨人深夜十一点涌出。琥珀灯光下，人群像千手千脚巨型生物，用醉酒步伐朝小摊晃去。工厂路再次喧嚣爆满。满街，全都是工装人排排坐，如一畦畦乖顺包心菜。小吃摊善解人意，配置的各类面、粉、肠，恰能抚慰夜班人之饿痨胃口。

四个女孩亲密团坐，面对大碗砂锅（吃大碗砂锅是工厂路的新近时尚——锅如洗脸盆，蔬菜肉类自选，四人四十块便能搞定）。边吃边笑如一个雕像群组：上身是统一土黄工装（来自塑胶厂），左胸厂牌晃悠，右袖口别着圆珠笔。她们像纯正母猫闻到对方身上的气味后引为同类，松弛下藏在肉垫里的爪子，而尽兴地伸懒腰，说闲话。

我并非想当变态偷窥狂，只是她们嬉笑聊天的声音又亮又急，简直像电影院通过音响设备扩大后直抵耳膜，不听都不行。

“那靓仔对你印象不错哦！”——异性处处闪现。

“你不要出错，出错是最不好的！”——车间的全部秘密。

“他又拍拖了！真的吗？”——如鱼得水的种马。

“那屌毛上了她吗？上了吗？！”——肾上腺素飙喷。

“你们老大斗不过我们老大哦……”——“老大”专指班组长。

“到底75D还是80D？”——乳房浓缩成数字。

磁性声音热络，在雾气中高高低低——那声音里有恭维，有羡慕，有倾轧，有妒恨。那声音并不讲坏话（一个贬低的词都没有），声音只是拿腔拿调地说这说那，但已实施了离间计。声音像个刁婆子，天生喜欢搞破坏；声音觉得太干净了就是拘束，而小小的犯罪才是自由；声音谦卑地说着笑着，让那些印象残骸一一复活，最终，催生出一场奇幻大电影。

直至深夜两点，这条表面粗糙混乱，怎么扫都扫不净的路才算真正撒手。那一缸子人总算离去，入睡。突然间，肚饱昏聩后，过度的疲劳感袭来，像重拳击中脑袋，整个人陷入幽暗。深夜的工厂路，灯影飘动，人雀无声，静若废墟。那些离开家乡离开亲人的打工者，在这里成为统计之外的人群，形成城市之下的城市（他们的城市）。他们积累了那么多瞌睡，简直像急行几昼夜的伤兵，睡着就变成昏迷。

到达这里的这些青年男女，像在进行一场集体性的生命试炼——其对这个世界的空间想象突然扩大，而父辈们传递来的经验不能完全解答疑惑，势必要自己亲历摸索才能应对。变迁满足了他们向外探索的自由和渴望，他们试图挣脱乡村桎梏，到外面的大世界去体验精彩，但是在异乡的生活，却让他们吃尽了苦头。这拨年轻人在这段过渡青春期（从十四五岁初中毕业至二十六岁结婚）中深刻体悟——原来青春，也是要付出代价的。

电子厂对面小店提供的货物价格比较便宜

第三章

工厂路的秘密

要过很久，离开工厂路的打工者才能看清这里的一切。

当你身处其中时，像小猫般混沌——什么都看不见。即便当了主管，成了中层，也是如此。要过很久才能看清工厂路的一切。渐渐地，你想起这些细节，你想起那些事物里总有一些奇异的放纵和阴暗。你这样想下去的时候，会时不时停住思维，想到你是谁，从哪里来，为何在那样一条路滞留那么久（那条路那么敏感、激情和危险）。

像你这样的人在亚洲中国，有近三亿（也许更多）。

当你被山崩地裂的力量推搡，裹挟进工厂路后，身体被分成两半：一半炙热，一半冰冷；一半被烧焦，另一半被冻僵。你的前半生耕种在农田，后半生忙碌在拉线（流水线），晚年却又要返回老屋，静候灯油耗尽的那一刻。在你的青年和壮年时期，你在工厂路劳作，但实际上，你对这条路完全盲目。你已陷入怪圈——无论在这条路上走了多少遍，都像第一天到达时那样处处惊艳。这条路不是史诗般、画卷般、规模宏大的那种类型，而是破碎的、残损的、半遮半掩的。当一切宣告结束，喧闹隐遁，海浪远逝，你不再被车间法则控制时（你渐次失温衰竭），才能看清那些秘密的微粒（那些小小的，隐藏在阴影和皱褶深处的秘密），那样可爱可怜。

交通工具拉开了秘密的帷幕——我是说，摩托车。

东莞曾劳师动众搞出巨大排场，耗费人力物力——禁止摩托车上街。故而平时在街上很少看到大鸣大放的拉客仔。但他们一直都在——藏在街道的拐弯处、汽车站附近、工厂路旁的小巷中。他们总是有规律出现：中午十二点后、晚上九点半后。总是并排几个，形成一组黑色剪影，不怕冷不怕热地挺立。

看到有女人从摩托车上跳下，塞给男人钱时，便知道那是拉客仔。那人蓝衣灰裤，头盔威武，有平而宽的肩膀，长腿卡在车身。他并不热情揽客，只是端坐在一旁，一声不吭。见我招手，他取下头盔后，露出一张黑脸，他眼底深处精光一闪，像用X射线穿透我的身体，覆盖到背后很远的地方。

“走吗？一个人吗？”见我点头，才松弛下来。

“去镇中心多少钱？”

“是樟木头吗？”

“难道这里不是樟木头？！”这说法让我困顿。

他瞪我一眼：“这里是工厂路啊！”

他把这片工厂区简化成“工厂路”，而把镇中心扩大为“樟木头”，好像这两个地名之间不是隶属关系，而是平等关系。这种情况随处可见——电脑培训班老师说：“我们总部在樟木头！”；鸡蛋饼摊前两个工人打招呼：“要去樟木头吗？”在深圳，我也遇到同样的事。在宝安区，两个打扮入时的妇女打招呼：“要去深圳吗？”我惊诧——难道她们不在深圳？她们异口同声，“我们在宝安。”

这些人和我不同。

他们曾深刻地参与到樟木头或深圳的发展中，才会有这样的语言错位，而我是外来者，对此地因迅疾发展而使地名内涵不断扩展的现象浑然不觉。他们总是处在抗拒状态，而我则是迟钝地接受现实，接受地图和公交线路，丝毫没有情感恍惚（或者，他们有着更深刻的自卑，深知自己并不属于那地名所涵盖的实际范围，而只处边缘地带）。

“二十五？太贵了！”

他左右看看，知道不能再固执，便戴上头盔，咬牙挥手，“二十！”

上摩托车无异于上贼船——免不得和这个男人以粘贴姿势出现（远远望去，甚而像耳鬓厮磨的情侣）。第二弊端是速度太快，无遮无拦。风掀起我的头发，像要把天灵盖揭开，冷风急速地扎进瞳孔，很快，眼眶里便噙满泪水。

“有头盔吗？”

“只有一个（已戴在他自己脑袋上）。”

我从未发现，原来小镇的边缘像海岸线般辽阔绵长。以前总慨叹樟木头是个“小镇”，现在才知道，它的周边如八爪鱼触角，远得很，长得很。现在，我并非从樟木头的一头到另一头，而是从“工厂路”到“樟木头”。

道路前方是红灯，可他直愣愣地闯过（这车有牌照！），此前他说，派出所规定这样的摩托只能周六、周日上街。“有牌还闯红灯？”“那个路口没监控哦！”而到了下一个红灯，他放慢速度但并不停车，一拐弯，从靠近人行道的地方滑出去。过了路口，又疾驰向前。

进入条窄路，路面坑洼，中间以水泥墩分隔，土堆、瓦砾蹲伏两侧。我惴惴不安，忍不住询问：“不是这样吧？走错了吧？”而他则一连串安慰，“没错没错，一定会到的。”突然，他拧过身，牙齿雪白，重重地说了句：“你放心。”

这原本是一句最装模作样、最道学的绅士的顺口溜，但我听懂了它的深意——我不是抢劫犯，我是正经人。

其实，他并非全职摩托仔，他在电子厂旁的小厂上班，下班后扒拉两口饭，便赶到厂门口等客（两腿跨在坐骑上，以现代骑士模样）。拉客虽有风险，但能挣点小钱补贴家用，像在日子的钻头上抹些润滑油。而他并非谁都拉，哪里都去（他有他的判断）。

原来在工厂路，摩托仔和乘客都怀着深刻的警惕——互相盯视，揣测盘算；原来，陌生是双向的——不仅乘客不敢坐陌生摩托仔的车，摩托仔也不拉面相可疑的人去偏僻处。他说有个摩托仔被人打劫，身上挨了三刀，躺在地上没人理，自己打了110，在医院躺了一个多月，就为了几百块！黑脸男人一张嘴，满嘴牙齿白森森。“其实，车也不值几个钱，但到了年关，也就说不上了。”

单调是工厂路外在的秘密。

电子厂处于工厂路最西头，和最东头服装厂形成两个制高点，塑胶厂位于中间地带的最凹处。站在电子厂门口朝东看，沥青路似小溪，由高向低漫游，到了尾部又浮凸起来。这条灰色小街像根鱼刺，直挺挺地向下，令人窒息，既藏龙卧虎，又藏污纳垢，形态上和别的工业区（樟木头有多个工业区），或别处的工业区（深圳宝安的工业园）并无太大差别——一条直愣愣的主干道上各工厂左右开弓，其间又嵌挤着一栋栋农民房，两边建筑并非泾渭分明，而是彼此挨挨蹭蹭，经纬交织，粘黏成片，让这里不像清清爽爽的工业区，而像私人居住区。

工厂路上的人和器物，都浸染着一股浓烈的单调味——好像经过用力旋转而陡然缓慢下来，一切都木呆呆。路上到处是尘土和垃圾，得左躲右闪地避开（清理干净后，又很快被糟蹋）。虽然也能看到各处都摆着垃圾桶（甚至竹编垃圾筐），但路上的塑料袋、纸屑、落叶依旧处处可见。无论是四方大面包棉被、绿化带旁的黑车还是榕树下的男孩，到处都是单调、单调、单调！甚至连植物，也不是自在之物（无论杧果、荔枝、扶桑，只为构成一道活篱笆奉献颜色、形状和香味）。

这出滑稽街头剧的女主角是红色塑料凳——站在小吃店前，身姿曼妙，释放乙醚，浅嗔低笑，唤醒你的欲望，让你靠近它。那些凳子，一律掉色、开裂，歪歪扭扭。似乎从大门口走到小吃店的人们，为了生计而劳碌地干着“低档次”的工作，吃饭时也只能坐“低档次”的凳子。

一盏盏路灯是工厂路上的男主角——挺立腰杆，将手臂横搭半空，是“最上镜先生”。它注目这里的一切：柏油路面因暴晒和挤压，不仅皴裂开口，且鱼鳞般翘起团团碎片；货柜车碾过一只粉红老鼠，又激起石子。每夜，它高高伫立，像一朵带磷光的雪绒花，维持着一种高度，一种豁达，一种怜悯，而不让一切轰然坍塌。

绿色台球桌是工厂路上的男配角。你总能看到它：落满灰尘，或被帆布罩着，或盖着一层脏兮兮塑料布。可怜原本骄傲的它，沦落在工厂区后，完全平民化，躲不开灰尘垃圾，逃不掉噪音，只能好坏存亡共处之。即便有人真的来打台球，那台球桌都不复优雅，而降低、贬损为简单工具——只是一张桌子而已。它是老年舞男，青春已逝，淳朴、平静地等着你来。不怕你不来，它知道你需要振作时，会到这里猛击一下，体验那明快爽利、直夺人心的小乐子。

广告语是女配角，是明晃晃的罪，四处招摇的恶之花，毫不知羞耻的罂粟。出现在招牌、告示中的破碎文字，好像是写情书的腔调，密密麻麻，但只是笨拙模仿（没有个人习惯用语）。那些高频音重复唠叨的文字，像一个个词语砖块，内涵并不广阔，也不具有伸缩性——简直像英语或日语初级入门的那些简单词汇，表示将要展开某种新生活，而其实，不过是单调地重复（重复多次，继而成为俗套）。

各种黑、蓝、白、红的字体，像皮肤上起了片荨麻疹，已和肌肤融为一体，像天生就有这些东西；各种词语旋转如达利的梦境。世界的光度被调暗了，复叶森林里塞满呓语，让周遭运行着窒息黏稠的热气。一封封充满灵魂高速运转释放出烧焦气味的情书（又担忧又虚荣）——高价收购电子——会计、英语、电脑——冰冻西瓜——高钙咸骨粥、爽滑饺子王、桂林米粉糖水店——二代身份证相片、港澳台相片回执——大量招聘女普工——外商独资企业，主要生产和组装日系汽车空调出风口系列——作业员（18—38岁），检查员（20—28岁），喷油工（18—35岁）——空调房、电脑房、豪华房、电视房……左一声，右一声，熠熠闪光，挤眉弄眼，充满了暴力秀逗，带着千篇一律的味道，汇成一曲沧桑大合唱。

周末电子厂的倦怠，是意外的秘密。

那天早晨，我下了公交车，定定地站在路口。“行动酷饮”还没开张，让我想先喝杯咖啡提神的幻想破灭。“老家面馆”女老板对老廖说昨晚一点才打烊。“一点啊？！”“是啊，好多小年轻就喜欢夜里逛。”她知道老廖就住在街对面，每天骑电动自行车来上班。“怕要到十一点后喽！”日子久了，工厂路上的小摊主像乡村邻里般知根知底。

这时的厂门口，真是个离奇所在——像看守文明废墟的神龛，弥漫着松懈懒散味（像和周一至周六的快速弹跃极默契地换场）。阳光下，货柜车驰过后遗留的尾气和灰尘凝结成热雾，在半空中迟缓地消散。电子厂铝合金大门只打开了一侧，另一侧紧扣。逼仄通道让人流阻塞，只能缓慢挪动。正在维持秩序的保安，宽肩阔臀，寸头上像下了层霜，白发根根竖立。他不断念叨：“慢点儿，慢点儿呀。”

睡到瘫痪的男女起床后，蝮蛇般无声套上衣衫，以在落叶堆中移动的节奏爬出宿舍，到路上寻找早餐。他们趿拉着拖鞋，便装软塌塌，头发毛茸茸，眼泡肿大，胳膊肿得像假肢。辛苦了一周，没人会轻易地放过这个周日。各个小饭馆都拥塞着比平日多一倍的食客。饭毕，人们走向公交车站，走向街边的黑车，去镇中心游乐场或商场逛一逛，或者去附近工业区找老乡说说话。

此刻的倦怠并非这里的常态，而只是某一极短暂之时间节点。

我好像吸食了微量毒药，身体也变得懒洋洋（在一天的凌晨），甚而有些晕眩恍惚。这些人还是平时的那些工人，只是他们一人分饰两角的行为溢出我的僵化印象。时间仿佛静止、倒退。回到这条路三十年前那个贫穷疏懒的年代，那时的人们就这么散漫。原来拆解电子厂这么容易——只需要一个懒觉，便颠倒乾坤，退回默片时代。

涌出大门的人们穿着自己的衣衫（工装是零度衣饰，没有任何诉求、任何选择，它排斥美和爱美）。男孩明显多于女孩——总是三五成群（个头不高，宽肩细腰，手捏香烟、鬈发耸立、窄腿裤、尖头皮鞋），浑身散发着虚荣而危险的浪荡气。

对这些男孩来讲，从乡村来到电子厂和踏入成人世界，是两个重叠的过程（性欲永远是一个完整的谜）。从原始家乡到楼房工厂，感叹声一直不断发出：“啊，是这样的啊！”他们惊讶地明白：世界如此之大，大过家乡。他们的家乡，高原沃谷，低垂深云，蓝天静谧，以万物为刍狗；到了电子厂，人和人变得如此接近，近到夜里能听到陌生人的呼吸。

我看到了一张熟悉的面孔——小罗（此前在家属楼见过他，说“带孩子太辛苦，所以让老婆去上班”），细长的身上套件黄绿长衫，踢踏踢踏着走来，肩膀一高一低。身旁抱孩子的女人，一头乱发，焦黄脸庞上倒挂三角眼，塌鼻阔嘴，像最粗糙的工匠制作出的最粗糙泥塑。这样一家三口，爬起床没梳洗便直接出了门，直奔小吃摊。

陡然闪出个高个男（宝蓝外套、帅毙牛仔裤），拽着个小女孩（白外套、粉红公主鞋），从人群中凸显。那男人俊美如王子，而女孩更甚（玻璃纽扣大眼睛，翻翘睫毛，白皮肤），像所有天鹅类女孩般，漂亮而冰冷，摆出副不想被侵犯、过早自觉的模样。那瓷娃娃般的面孔时刻提醒着她与大众不可逾越的差异。

有个女人（疏眉淡影、小眼小嘴、孩童般的个头，疲色尽露），陡然抱怨——为什么不把门全打开，周末人多啊！保安循声望去，下巴处的肌肉沉默抖动，眼仁凸起，从瞳孔里射出的小箭，似能穿透对方心肺（你这个多嘴多舌的臭娘们！哪个车间的？看老子怎么收拾你！），可这些话一出口，被改造成——“厂里有规定，不能开哦……”

他满脸堆着不开心的笑，眼神直直地看进对方瞳孔深处。

一种细小而尖锐的恐惧，像一管怪颜色的液体，被针管慢慢地、慢慢地推送进那女人的身体里。啊，她的脸即刻煞白。

在电子厂的超级帝国中，人人都建立起属于自己的经验，那经验里还包括恐惧和悲凉。如果继续反抗，事情闹大，命运会朝狰狞方向发展。也许——也许那女工会失业，而老家父母则无法盖起三层楼。权威这样深不可测——即便那权威通过保安的眼神辐射而出。远在日本的董事长，常年在厂里督阵的总经理，财务室的总监，都是权威的象征。于是，那薄如蝉翼的女工低下了头；于是，对某个规定的不满便这样被镇压了下去。

厂门口关系网的秘密是连环套，需一点点耐心拆解。

这个秘密，是四岁半男孩帮我厘清的。

如果我和那些急匆匆赶来，举着照相机或摄像机的人一样，我是不会朝大门口多看一眼的。是啊——那里有什么好看？无非是小商贩摆的小摊点。当时——当阿林帮我揭开这个谜底时，我根本没有意识到，我在乱茧里找到了根最初的线，袅袅的，丝丝缕缕的，将浩渺现实慢慢地拉扯出来。而那时，我以为自己只是随便坐下来，随便和一个男孩说说话，然后，随便地起身，随便地离去。

那天我闲散漫步，看到厂门口对面有张钢丝床，老农般脏兮兮：床底垫着纸箱，铺了凉席，被子枕头黄黄粉粉，揉成一团。两个男孩挤在颜色堆里，正在看木柜上的电视。14寸小窗口，播着《熊出没》。见我不请自坐，像松鼠般瞪大眼——这个突然到来的大人，比熊大熊二更让他们兴奋。

阿杰六岁半，阿林四岁半，可他们长得完全不像——阿杰白皙挺拔，阿林黝黑结实。阿杰宣称："我是爸爸的宝！"阿林毫不示弱："我是妈妈的宝！"阿杰穿着鞋子，脸蛋干净；阿林光着脚，套在身上的夹克、牛仔裤皱巴脏污，手指发黑，鼻孔里噙着团液体。阿杰已上小学，有了集体生活，会写自己的名字，会做算术，而阿林尚处蒙昧（尚不能完全理解言语的后果，不能理解他和他语言间的相互责任）。

哥哥嘲笑弟弟："他连一加一等于几都不知道哦！"

阿林虽未到学校开蒙，但心智已成熟，被嘲笑后奋力反抗："我奶奶给我两百压岁钱，他才一百哦！"

阿杰根本不理会，扬长而去。返回时，手里多了个梨，坐在床头兀自啃起。弟弟嘀咕了两句，哥哥不理，依旧大嚼。"砰"，弟弟把水枪摔向柏油路，溅起一摊红黄碎渣。

我问哥哥："干吗不和弟弟一起吃？"

他鄙夷："啊？！他鼻涕好脏哦。"

我提出可行性建议："再拿一个给他？"

对方摇头："一个三块钱哦。"

但他到底是哥哥。想了想，走到小木桌前，用切甘蔗的刀砍下一块递给弟弟："洗一下再吃哦。"他自己捏着剩余的梨去洗。那惨遭刀切的梨不洗不行——雪白剖面粘着黑芝麻般的渣滓，根本无法下嘴。但阿林不屑去洗，用牙啃那些黑渣，再往地上啐，再啃，再啐。连续三次后，便大嚼起来。阿杰举着干净梨回来时，朝我递来一个眼色："你看，他就是这样……没办法哦……"

这张锈迹斑斑的钢丝床是男孩们的舞台，两头璞玉浑金的小兽终日跻身于这乱糟空间，自己看电视，自己玩耍，鼻孔里吸着尾气，耳朵里听着噪声，视一切为当然。他们和工厂路一起成长，比花园小区的孩子更犀利更狡黠。他们随便出入厂门口，视保安为无物。

阿杰很快厌倦了对我的探究，起身跑去街对面玩，但弟弟对我的好奇一直持久。男孩啃完梨，盯视我："你家也有小孩吗？"

他说的是纯正普通话，一板一眼。看我点头，并知道我家有个大哥哥时，他大方地说："让他来嘛！我们一起玩！"感动充满胸臆，我点头："好啊好啊！"

阿林说起自己的父母："他们很小气的哦！"口气变得很轻很浅，用眼角瞥了下远处的摊点。继而，他劝我，"你吃一个鸡蛋饼嘛！很好吃的哦！"他像职业推销员（甚至是心理学家），补叙道，"很便宜的哦！"我羞愧点头——直到现在，我尚未品尝过电子厂大门口最明显位置的鸡蛋饼。看我诚心悔过，男孩虽表情严肃，却难掩得意，"说话要算数啊！"

阿林虽拖着鼻涕像只脏猴，却相当瓷实，是那种疯跑、疯玩、疯睡后长出的饱满颗粒。看我手里捏着盒酸奶，他认真埋怨："你怎么只知道自己喝？！"

我愣怔——那一时静静的，反应断在那儿。

他进而引导："也不请客啊？！"

——我真的真的不能相信，这四岁半男孩这么顺溜地说出"请客"！他的生存和交际能力强至此（我养育过四岁半男孩）！他机敏善辩、察言观色、谆谆诱导、嬉笑怒骂（他还不知道一加一等于几），有着超敏感的生存逻辑。

我用狗熊语调道歉："俺错了！俺错了！"

男孩一听，倒进那摊乱哄哄被子嘎嘎大笑，脚丫不断踢蹬，甚至露出肚脐。他左眉上方的额头处有块明显疤痕（显然不是胎记）："是不是你调皮了？"小黑手抬起一指，一辆货柜车疾驰而过："是它！它干的坏事！"

……它？

阿林的眼神变得尖锐，像陡然进入另一个场景，声调高了八度："啊！它，拐弯，拐弯，拐弯……"他的脑袋和胳膊也旋转了起来。"拐弯……然后一直拐一直拐……嘣！一个石头就过来了！""啊！流了这么多血！"他将右手手掌全部张开。"血流了出来！"他把撑开的右手手掌整个放在额头上，像将一块纱布贴在伤口处，嘴里咻啦咻啦，延续着过去的疼痛。

我凝视着这个男孩，仔细盯视他的小黑手，感觉当时——那石子砸向额头的瞬间——并没有被他完全复述出来。那一刻的血腥与惊险，被稚嫩儿童词汇过滤掉太多的细节。然而，我依旧能感受到当时的惊心动魄。"只差一点点！"那如飞弹的石子离眼睛只差一点点。那个时刻，阿林的父亲一定急得想抄起斧头劈向货车轮胎。

男孩又向我描述了他和一把小刀的战斗——他的右手食指上

也有疤。这是他主动交代的——我根本没看到。“嗡，它割了我……”“哗，流了这么多血。”然后，像竖起一杆旗帜，他竖起右手食指。

这就是四岁半阿林的处境——尚未去幼儿园，玩耍在马路边，各种危险车辆和器械四处埋伏，而他依然目光灼灼，笑声朗朗，瓷如牛犊。阿林很会描述动态场景——“嘣！”“啊！”“嗡！”“哗！”象声词脱口而出，恰到好处。在我和阿林的谈话中，他始终占据主动地位。他对此地的熟稔超过我，而他对我亦充满好奇。我们的聊天知无不言，言无不尽。短时间内，像老朋友般熟识。

他再次盯视我手中的酸酸乳，不放心，叮嘱道：“你下次来，一定要请客的哦！”

我继续扮狗熊：“俺请客！俺请客！”

后来的改变，皆源自阿林没心没肺的回答（而我像个蛊惑者）。当这个男孩像念了句“芝麻开门”的口诀后，哗啦，另一个世界陡然显现。而最初的异变凸显时，完全呈庸常状，根本无法设想后期的惊心动魄。

那一刻，我习惯性地问了一句：“你妈呢？”（我以为之后我们的小谈话便可结束）

他指了指正在做鸡蛋饼的女人（中等个，粗壮，扎一束马尾）。

然后，我又惯性地问下去：“你爸呢？”

小黑手指向鸡蛋饼摊位斜侧的路旁。那里停着几辆黑车。

我惊诧：“那是车，不是人哦。”

他嘻嘻一笑：“最前面的那辆，是我爸的哦。”

像为给我亮出答案，一个粗大骨骼、黑红脸庞的男人疾步走向鸡蛋饼摊位，开始帮女人的忙——一个擀面，一个烙饼、装袋、收钱，配合得天衣无缝。显然，这个活两个人干更好：擀面的手粘满白粉，去找钱，食客定会不爽。星期天的早晨，大门口到处疲沓松懈、迟钝懒散，但这对鸡蛋饼夫妻却紧张繁忙，高速运转，几乎要大汗淋漓。我突然反应过来——从厂门口涌出的人越来越多，所以，原本坐在车里等着拉人的父亲赶来帮母亲；同时，我又发现，原来鸡蛋饼的位置堪比眉心，简直是“一夫当关万夫莫开”。

我正要感慨这对夫妻会占位置时，一个推童车的六旬老人走来，胡须花白，相貌衰败，但威武残留。阿林抬头大喊：“爷爷！”这个突然降临的人际关系令我措手不及，惊诧抬眼，再次凝望那黝黑老人。可他并不看我——或者，他早在暗处已打量过我多遍。现在，他垂下眼皮，满心满意，都在童车中的婴孩身上。然后，才把目光慢慢转向阿林。哦！从他那和善的眼神中，我确信他一定是“爷爷”。但这个老人的彪悍霸气也是难掩。显然，他不仅仅是种过地，还走南闯北干过别的营生。我以为那婴孩是阿林父母超生的第三胎，但爷爷解释：“这是二儿子的娃娃。”

“二儿子呢？”

指了指停在钢丝床背后的黑轿车：“那是他的车！他还没起床呢。”

爷爷不仅要照看童车里盖毛毯的男婴，还要卖货。装馒头的白色泡沫箱，搁在一张旧椅上；甘蔗切成段，一节节堆在木桌上；蜂窝煤小炉上坐着茶壶，煮着茶叶蛋。事实上，爷爷异常繁忙——爷爷的另一项工作，是照看阿林和阿杰。

我住进电子厂多日，在厂门口转悠过多次，从未想到黑车与鸡蛋饼之间，是夫妻关系；黑车与黑车之间，是兄弟关系；鸡蛋饼与馒头、甘蔗和茶叶蛋之间，是儿媳和公公的关系。于是，我自作聪明地认为，这个家有两个儿子，三个孙子。

而爷爷却说：“我闺女还有个一岁多的小女娃。”

我瞪大眼睛："你闺女？"

他扬手一指："喏，那个卖水果的。"

哦，鸡蛋饼和水果之间，是姑嫂关系。

我的惊诧像一连串炮仗，在脑海里噼噼啪啪。我好像到达的不是电子厂门口，而是某个村口，每户人家和另一户都有千丝万缕的联系。是阿林，这个四岁半男孩，为这幅"乡村扯秧关系图"画上完美句号。他指了指床边的铁皮柜子："这是我奶奶卖麻辣烫的。"这时候出现的"奶奶"，已令我不觉意外。

于是，这个大家族就这样浮出水面——爷爷奶奶，大儿子二儿子女儿，三个孙子一个孙女，外加两个儿媳一个女婿，共十二人。他们从事跑黑车、卖鸡蛋饼、馒头、甘蔗、茶叶蛋、麻辣烫、水果等行业，将三千人的电子厂门口，牢牢把持。他们的生存技能是人海战术，各处渗透，无孔不入（这方法虽充满乡气，却异常实用）。

还在睡觉的二儿子始终未能出现，但大儿子手叠鸡蛋饼，眼神却如刀片般切来。他抬头，脸上罩着凶气，狮子护仔般大喊阿林，让他去干什么。

我说："你爸在叫你啊。"

男孩置若罔闻："不去！就是不去！"

一个干瘦老妇疾步走来，风风火火，不住口地噼里啪啦，用猪油渣似的焦糊嗓音骂孙子。而阿林的左右耳像是两组独立运作听觉建构互不干扰的系统，可同时收听并维持两个故事的发展。间或，他抬头，用和奶奶同样的语调，同样的频率，将回答发射过去，像飞出一把暗器（四岁半阿林已熟练掌握生存技巧，能自如面对复杂现场）。

干瘦奶奶穿过街道，路过凉床，走向对面楼房。她虽年纪大，体格小，却能一刹那便走得无影无踪。几分钟后，她捏着粉红水瓢出来。那颜色着实刺目，像放大镜，将她的粗黑手背、花白头发、佝偻腰身、衰颓黑脸，愈发勾勒得逼真。奶奶返回时依旧用河南话不停诅咒，声音像受惊夜枭的翅膀，忽而东，忽而西，而阿林依旧置若罔闻、不管不顾。

我有些忐忑不安。

奶奶转过脸，两条蛾眉一拧，盯了我一眼——那是非常复杂、非常刻薄的一眼。

也许，这一切——训斥孩子、拿水瓢、老妇匆忙走过——都是幌子，其真实目的，是催逼我这个外人赶快离开！他们——爷爷、奶奶、爸爸、妈妈、姑姑、姑父，一定上上下下，将我打量了一百遍。他们揣测我是来找工作的？预备摆摊的？人贩子？丐帮？而我的模样像个中学老师。或者，正因为我携带的气息和整个工厂路不符，才令猜测无着落，更加急切地想把入侵者赶走。

越看越不对劲，突然，父亲厉声大喝起来。而他实在舍不得放下手中的鸡蛋饼——这可是一周中难得的黄金时间。平时，工人上班后，整条工厂路车少人稀，要熬到下班才有顾客。而星期天，从早晨八点到中午十二点，总有熙攘人群涌出。再说，他也不能放下大人尊严，跑到我面前说“你不要和我儿子说话”。于是，他还是用那一招：大吼着让孩子去干活，将排斥感通过语调传出来。

我朝那个壮实男人望去。对他，我并不陌生。春节后他从老家返回开始支炉灶时我就见过；每次从厂门口走过，都能看到他晃动的身影。但那时，他不过是个小贩，而现在，他不仅是父亲、丈夫和儿子的合体，还是厂门口的强势力量。这力量，一面来自他的体格，另一面，仰仗他众多的家人。

阿杰在外面转了一圈回来，手里举着几张花花绿绿的纸——是快餐店的优惠券。他指了指大门口：“那里发的。”见我诧异，他得意起来，“你要吗？我给你去拿！”我正思忖着如何离开，现在——刚好走人！我是被奶奶盯了一眼才明白，原来人的神经系统那样敏锐，能从空气中捕捉到喜欢和厌恶的微小分子。于是，我跟在火箭般的阿杰背后，穿过目光灼灼的鸡蛋饼和水果车，闪过厢式货车和搅拌机，来到电子厂门口。

一位粗腰妇女正拿着一沓纸在散发。三十开外，团团的脸上有些婴儿肥（是吃多了汉堡？），她有股厨娘的温柔，但又略显小家子气。她就站在大门口，见人出来就递过去一张，仰着头，厚唇微张，像在等待一个吻。而保安并不阻止（一定白吃过不少汉堡！）那男人暧昧的眼神，在她不知为何能如此丰腴的胸弧上扫来荡去。

阿杰指着为我要来的“超值套餐天天享”说：“才八元，很便宜哦！”这张纸上的快餐，是麦当劳肯德基的乡村版——八元可消费一个汉堡（或三根小鸡腿、三块小鸡翅）；十元可消费两个香辣鸡腿堡。

老板娘湖蓝长衫洗得次数多了，蓝色已泛白，黄皮鞋的鞋跟高得吓人，皮面皴裂。她是骑着旧自行车赶到这里的。她那身落伍土气的装扮，那个简陋的交通工具，皆让我失去到另一条街消费汉堡的愿望。老板娘非常忌讳鸡蛋饼一家。她朝那个中心位置望了望，老僧入定般地说：“他们，厉害着呢！”但是，并不说细节。她缄默如哑口鲑鱼，只是用眼神，用鼻腔的气息，嘴角的颤动，来说明那“厉害”的强度。

两个男孩你追我赶，在货车和人流中穿梭。那些庞大的厢式货车转动脑袋时，臀部还在另一处。它们只要稍微一扫，孩子们的身躯便会变得像落叶一般。然而，他们依旧穿梭、飞翔，让观众呼吸不畅，自己却浑然不觉。跑累了，站定在厂门口，做起小游戏。阿林伸出黑手指喊“西瓜”时，阿杰将两只胳膊抱在胸前，一动不动，只剩眉毛眼睛在飞舞。听到喊“爆炸”，阿杰展开手臂，向两边撒开。阵阵“爆炸”中，男孩们像两只欢实的小熊仔，笑得前仰后合。那种笑从低到高，音阶的跨度成了宽广的一长串排列！大人再也不会这样笑——笑出从一个疆界到另一个疆界的欢乐全程。

孩子们谙熟工厂路的每一个拐弯——这里是他们的战场，他们的人生。

他们将吸着这条路的机油和灰尘长大，像幼兽凭气味分辨边界般，知道自己该怎么做。成年后，他们将从软软的圆形中蜕变而出，无论额头、两颧、鼻梁或下巴，都有着尖锐的棱线，而眼睛也从海豹般的濡湿蜕变成老鹰的锐利。他们将用一种平板干燥、淡然和缓的嗓音复述这里的一切，像在给孩子读一本童话书。他们曾厕身没入这个近距离的、轻暴力剧的真实世界，曾心不在焉、翻弄戏耍地和这个世界打了一个平手。

小贩们相互对垒的秘密，是我后来才发现的。

那个周日凌晨，我走出电子厂宿舍去饭堂，发现门口被一张桌子堵住——内里正在大清洗。收拾碗筷的阿姨一身憨肉，粉团团的脸上绽开笑容：“来晚喽！”胖阿姨在这里洗了十几年碗，来来往往的面孔记下了不少。我曾站在厨房门口看她洗碗，她便爽快招呼我进来，参观那大机器怎么把倒扣的碗送进神秘的箱子，通过水冲、烘干等程序，再让它们干净出笼。我惊诧——才八点，怎么算晚？原来周日很多人不上班，喜欢睡懒觉，所以饭堂备的早餐比平日少一半。

清晨的厂门口异常冷清，除河南人家的大媳妇在卖鸡蛋饼外，并无别的小摊。于是，我不得不和这家河南人正面交锋。多少钱？三块（对方的表情和语言完全错置）！我知道湖北老阿姨的面饼一块，加蛋才两块。等看到递来的饼里卷着烤肠时便明白——她并没多收钱。

我在工厂路出现的频率太高了——自住进女工宿舍，我整日闲逛，看什么都兴致勃勃。

有一次，河南老太忍无可忍，对大儿子大声道："她是干什么的？！"

男人瞥了我一眼，用河南话回复母亲，意为"别管闲事"。

可枯骨一架的老太太提高声调，连珠炮地轰起来——"都来了好多次了！""她想干什么？！"她认定我有企图——难道她认定我在这条路上走来走去兴妖作怪，装天真耍白痴，意为觊觎她的两个孙子（真的很扯，这位老奶奶）……

他们全家人一定讨论过我，因为他们的眼神里有种共同的敌意。收悉到敌意后我自然很恼火。我四处购物，就是不买他家的——无论是面饼、油条或馒头，还是甘蔗、西瓜或菠萝。现在，鸡蛋饼打破了这个禁忌。

傍晚时我和做饼的老阿姨聊天，她是湖北十堰人，五十多岁，快人快语。她每天中午十二点发面，傍晚出来摆摊。她认定自己是工厂路第一个摆摊的。当她在电子厂大门口开始卖饼时，电子厂还不叫这个名字。她的这个位子每月要交两百摊位费。

我说有人在这里卖鸡蛋饼时，她笑，"那是他们占我的位子偷偷卖。"

江湖有江湖的规矩。傍晚她来后，鸡蛋饼便自动隐退。她说那家河南人太强势（简直太霸道）。她说有个卖热干面的湖北老乡和那家人吵架，嘴拙，吵不过，便花钱雇人来骂。叫板了几次后，老乡也学会了套路，可以自己上阵了。"现在，她不怕他们了！"老阿姨哈哈大笑。

第二天凌晨，当我看到卖热干面的女子时，明白她何以骂不过河南人。她实在清秀得过分，矜持古典得像西施莅临——白皮肤，细长眉，柔和的嘴唇，对每个顾客都莞尔一笑。她白围裙束腰，整个人笼罩在一种神秘、明净的光辉里。用大漏勺在滚水里烫面，提起后倒入碗中，加上调料搅拌，她干得一气呵成，干脆准确。两手忙碌着，便将下巴一抬，引导食客把钱放在木板上，再自取零钱。每个人都乖乖听话，乖乖等待。热干面西施像母亲，有种神秘的柔慈力量，能化去情绪紧绷之人的凶戾锐利，将每个人洗涤救赎，为他们的灵魂添加营养素。于是吃面便不仅仅是吃面——吃面的人眼神安宁了，便感觉美味是十足的。

掏出五块放进去后，我像购到了话语权："你是不是有个卖饼子的老乡？"

她迷惑点头："对面那个老太婆？"

老太婆？！

那阿姨若听到，定会浑身筛糠。她虽然老，还没到"太婆"的地步吧？况且，那人是你老乡，不能下手这么狠吧？唉，难道刚才认为她温柔慈祥不过是我的幻觉？

我刺激她："她说她有个老乡卖热干面。"

她仓皇笑笑："都是十堰人啊。"

我单刀直入："你和那家河南人吵过架？"

她烫面的胳膊原本一上一下起伏，突然停顿，像鱼饵被大家伙咬住。她抬起眼皮，镇定地点点头，并不否定："吵过！"她的眼神里残留着少女的羞涩。我好奇，这样一双温婉如母鹿之眼，要和河南老太那尖锐三角眼对视多少回，才能正视它，不怕它，最后占了上风？

她解释，所有在这摆摊的人都交过摊位费，但摆在哪里，是经过强力角逐的。譬如，有些人卖板栗或红枣，只是下班时间堵在厂门口卖半小时，他们便根本不交管理费，只要给厂门口保安行贿便可；而长期摆摊的，分早晚两拨——没人有精力从凌晨四五点熬到晚上一两点。每个人根据自己的习惯及客户群，侧重于一天的某个阶段。譬如她卖热干面，只在凌晨和中午，晚上一般不会再来——她要发面，还要休息。那时，她的摊位便会被河南人家霸占，用来卖水果。有时她中午没来，他们便会撑起摊子，开始卖鸡蛋饼。

我的感觉像参观水族馆，那些鱼游动在透明玻璃内，大小不同，颜色各异，但它们如何在逼仄空间晃动而不相撞？它们排列整齐，各游各的，但却为何能游出一种形式美？也许有时那池清水里突然进入一些攻击性鱼种，但不同鱼类在自我调节后，依旧能维持那个空间的平衡。

亲戚网是工厂路最大的秘密——大得溢出路面，将整个中国濡湿。

工厂路有两类地图——明的和暗的。明的是路名、店名、厂名，暗的是哪个省的人打架厉害，哪个市的人有势力，哪个县的人和旁边县是死对头，哪个村的人霸占了最好位置……明地图和暗地图相互交织，形成迷宫般的大蛛网。

我在工厂路的经历，怪异无厘头，像现代版《爱丽丝梦游仙境》。我像飞蛾——我根本不知道，自我到达工厂路的那一刻起，那个网已轻微颤抖，慢慢紧缩；我又像松鼠——不期坠落到大松林，我不知道这个地方的人或物，各自已互相熟识。我那样没规矩地坐在路边床上，已属犯戒；而后来，我和这里的人的交往，亦不可避免地陷入他们的网络体系中。

某天中午，我想约阿坚和阿丽吃饭，便去宿管办公室找他们。没想到离下班（十二点）只剩十分钟，依旧不断有人推门进来。有的人工衣破了；有的人是四十一号的脚，发的鞋是四十四号的。阿丽朝侧门一指，“到那边自己找，自己换。”然后在单子上签名便可。有人问怎么开放行条，她道，先拿东西下来，放在保安室，再来宿管办开条。这些问题可当即解决。但B401的水管子坏了怎么办？“先写在本子上。”电工道。

电工五十开外，长脸瘦高个，满嘴东北腔。果然，是辽宁人。离下班还有十分钟，他才不会拎着工具去修理。他正和阿彪兴冲冲聊天，说门口的王保安已等不及到明天（二十号发工资）。王保安好打牌，拿到工资不出五天准赌光，后面的日子全靠借债。实在借不到，便觍着脸问厂门口小摊主借（简直是敲诈！）。或者，明打明受贿，让小贩的推车堵在厂门口卖东西。红枣卖得最快哦！阿丽恨恨道：“一天能卖三千多。”阿坚道：“嗯，塑胶厂门口卖得更多。”（那个厂待遇好，女工占七成，消费能力强。）

熬到下班，我们三个朝火锅店走去。店主是个黝黑青年（头发黑得像被墨水泡过），亦满嘴东北腔。他和阿坚寒暄后，引我们坐在木凳上。少顷，从后堂端出石锅的人，居然——是刚才聊天的电工！他依旧穿着工装，但满脸洋溢着服务员的微笑。我知道这家店是他侄子开的，也不是第一次来这里用餐，可怎么都没想到　　　下班后，电工即刻转身成服务员。

打火后，煤气味直愣愣冲出来，浓得要打喷嚏。锅里的鱼已配好料，沸腾起来后，先捞鱼吃，腾出空间，再加羊肉、猪肚、腐竹、白菜。青年店主抱怨：“现在的日子还不如在厂里打工，到处都要花钱。”请服务员太贵，就自己干；玻璃门坏了，修一下又是钱，便一直拖着；自从盘下这个店，便没有周末，没有休息时间，熬人得很，但“来吃饭的人又少，根本挣不上钱儿”。（钱儿！我再次听到了这熟悉的发音！）

这个店虽正对着塑胶厂，可此刻的食客中，没有一个是塑胶厂的人。阿坚用手指了指旁边三桌，“全是电子厂的人啊”。此话不假——每个人都套着湖蓝马甲。所以，店主便央求亲戚朋友们拉人来消费。对那些常客，他自然备有小礼物（送烟送酒）。

我对电工一大家子都在工厂路做事很吃惊，可阿丽却撇撇嘴，“小巫见大巫”。原来，她家几乎所有的亲戚全在工厂路打工——她奶奶家和姥姥家共十二个儿女，加上儿女的儿女，大大小小五六十号。“春节吃年夜饭，要开五六桌才能坐下。”“你们这是集体搬迁啊？！”她笑得花枝乱颤，说在厂里随便走走，就能看到亲戚的身影。说女生楼对面小卖部是她大舅开的（什么时候那店里都有一桌麻将在噼啪）。我记得那店主的模样（精瘦，并不热情揽客）。

饭毕，从火锅店出来，正赶上塑胶厂门口涌出大批女工，上身虽披挂着土黄工装，但腿部却异常花哨：黑短裙、米黄紧腿裤、碎花裤、丝袜。各种款式的鞋：圆头、尖头、银色装饰、细高跟。午饭后，她们去对面士多店买饮料（王老吉、酸奶、蛋筒冰激凌、椰汁），然后边晒太阳边打电话（手指黝黑粗糙，但电话却被装饰得像水晶王宫）。

于是，一群女工举着手机打给地球上的某个人。心爱的人？老爸老妈？闺密？老乡？打电话的女工一张嘴，便陡然发生了巨变——身上还披挂着工装，可家乡话像河流喷涌，她已顺势回到村里，扯着嗓门开始唠嗑。

——让妮子来呀！有工作啊！好找得很！老乡多得很哦！

那种喊话的力度类同躁狂症患者发病。可在塑胶厂门口，这音量却并不突兀。

每一个女工都两颊飞红，像歌剧院女高音在舞台唱到最高音。那音符越过旷野高山、森林平原，稳稳地抵达某个小村。

作为东莞三十二个镇区中的一员，樟木头已是这个城市的必要组成部分，那么这片工厂区从其属性定义来说，亦属于城市。虽然从一开始，城市就是人为的产物（而不是也不可能像农牧业聚居区那样是自然天成），城市的本质是市场聚落（这是它和任何其他聚落的根本区别），但我所目睹到的这条工厂路，依旧只处于半城市化的状态。

工厂路深夜的秘密，不是咖啡，不是货柜车，不是武打片，而是身体。

夜凉如水（差不多十点），“行动酷饮”店外的凳子上没有一个人。一盏路灯下，我要了杯牛奶。老廖笑了：“不喝咖啡？”我摇头，说怕睡不着。在高脚凳上啜完润滑液体后，老廖盛邀我喝杯他的茶。味道涩甜，是土茶。老廖抱歉道，最近一直在忙着备料购物，上午都没开门。

和老廖告别，往电子厂门口走去时，感觉道路异常荒凉——此刻，第一拨下班的人已吃过饭，第二拨人要等两小时后才下班。现在，所有的小吃摊都凝滞着，在昏黄路灯下朦朦胧胧，像一幅终极定本的剪影，等着，忍着，挨着。

工厂路的夜不是真正的夜。这里的时间被生产报表统治，从不曾有一丝真正的放松。虽然街面上的人变得稀疏，但这条路并没有放弃紧张，依旧持有某种对弈的力量。那疾驰而过的货柜车是四方甲虫，将黝黑路面履带般拖起来，轮胎在路面上劈波斩浪，呼呼向前，令我的头皮发麻，感觉那车轮会即刻压在身上。

突然，有个男子从里面快步走出，像呼吸困难的病人吸取氧气般，一口接一口地大喘气。他软软地扶着墙，居然，开始嗷嗷地大哭。他好像不但用嘴巴哭，连胸腔和大腿也在哭，整个人都在发抖。又跟出一个男人，问怎么啦，那人便转过满是泪水的脸。跟出来的人大喊——哭什么啊！他声音粗鲁但举止温柔，用手掌拍打哭者的后胸，一下又一下。

躺在B224的床上，我终于发现工厂路真正的秘密——根本就没有现代意义的工厂。

在中国，工厂亦是乡村（或乡村的变体）。

工厂路虽车来车往，交易繁忙，但在厂房和农民房的空隙，随处可见菜地、芭蕉林、瓦房、杂草，立着出售沙子和水泥的牌子。工厂车间貌似足够现代，但其外围，依旧延续着乡村的话语、秩序、礼仪和道德。

到达樟木头时，我已错过它最高峰的发展期，像一个女人已变老，眼看着衰败在颜面上步步紧逼，点点侵蚀。现在，虽然大小工厂残存，货柜车奔跑，但这个工业小镇的某些关键部位，已发生了改变。三十年疾步快行的发展，让小镇肌体明显疲惫（不再像以前那样生猛躁郁），现在，它只是按惯性步伐徐徐向前，但内里依旧五味杂陈，内力乱窜。它正在调整、储备，积蓄新的力量和新的可能。

而我从未想到，我的生命历史会和这个小镇、这条道路联系在一起。

人们总是会设想，决心南迁时我做了很多准备。不不，不是这样。我并不是做好了精神和物质上的准备后，才迈出有步骤的一步，而是在一股外力的裹挟下，陡然间被吹到南海边的。我到达这里时，像举行了一场向青春时光告别的仪式，整个人相当疲惫。当我拖拽着身体前行时，感觉它像一件旧衣衫，已被磨损得几乎快透明。如果我的身体还是件色泽艳丽的裙衫，我也许不会定居在小镇，且不会反复来到工厂路，还写下这么多感受。

工厂路路口的摩托仔形成了一个强悍阵势

塑胶厂工资高，所以女工多

第四章
男工来到电子厂

岭南给人的异地感觉是十分具有冲击力的：太阳、光线、色彩、楼房、人群，一切都那样强烈，具有极端的美。那些随意生长的作物，已为人类提供了许多食品：香蕉、菠萝、杧果、荔枝。在这里，人们无须辛劳种植，反而要控制作物的生长，免得过于繁盛。事实上，正是这种极致繁盛，使这块土地上所进行的很多实验，都潜在着一种危险——这种危险源自生产过剩。

现在的电子厂，除了照常满植人王椰、香樟树，照常提供各类产品外，它的神话力量正遭遇瓦解。这里逐渐变成像公园那般的公共地带。只有车间——作为工厂的神秘标本——依旧维持着神秘，而其他附属部分，已有了旅游区纪念品商店的味道。

现在的电子厂内，不仅能看到各年龄段的人（过去多为年轻女性），甚至还有穿黑宽腿裤的奶奶、满头银丝的爷爷。他们是来探望子女，还是自己找活干？他们像从陕北窑洞蹑足而来，每一个，都带着兵马俑的隔世感。路过乒乓球活动室，透过大玻璃窗可见地上摊着被褥，他们优哉游哉地喝茶抽烟（臭鞋子就摆在纸杯旁），像坐在自家炕头絮叨陈芝麻烂谷子。这样一个蛮横突兀的画面横陈，灯光将影像投射在粉墙的布景上。像某种动物的肢端，或植物的根茎，它们原本是不该裸露的——不该裸露在不妥当的地方。

劳务公司阿彪一挥手："没有人！"

他说："拿机枪在村子里扫，都扫不出几个打工的！"

他清楚自己说的每一个字："丁老师，在我眼里，你不是人！"

面对那具微型坦克释放出来的震撼力，我不得不怀璧其罪地低下头。

他的解释里有种委屈（有种一直就潜伏在腔体内无处不在的巨大委屈），这让他的声音几乎哽咽："我说的人……嗨！是找工作的人！"

是的，他能一眼挑出那种人——目光怯生生，脚步慢悠悠，刚离开农村开始混城市。

所以……他们（劳务公司），甚至把奶奶爷爷都请到了电子厂？在家乡，这些级别的人可等着孙子端饭来。他们是怀着怎样的勇气，提着被窝卷就翻山越岭而来？他们的棉布大褂、手工布鞋和红枣皮肤，与玻璃窗外的世界格格不入。可他们还是坦然地来了（自1978年始，中国农民在受控的条件下开始进城打工，至今，人数规模已近三亿）。他们坦然地坐在地上，坦然地看不见大玻璃窗外走动的人群（那是一种确信自己在某一确定秩序中的坦然）。

现在，从镇中心坐八路车到工厂路，并不会遭遇堵车，只是路面变得更破碎颠簸。电子厂所在的工厂路，以前曾是块荒草滩，并没有什么特别的记忆。好像是突然间，这里的人和外面的人成为不同星体；突然间，这里成了一个用不同时间计数的世界；突然间，这里的明天变得如离群孤雁般无法预测；突然间，这里的一切都像着了魔，代谢得极快。

现在，这条齿梳般的鱼骨路正承受着各种压力——更多的人穿着工装，更多的农民房挂着粗陋招牌，更多褐色、黑色和红色的大字相交混杂，似要将所有空间占满。每个角落都被塞得满满当当，展演着庞大的海市蜃楼景象。甚至，连空气都变得稀薄。

现在，对东莞樟木头工厂路的电子厂来说，外表还是三十年前的那样：庞大，砖砌；但其内里，却已重新改装——从上万员工（八九成为年轻女性）到三千员工（三分之二为男性）——一个雄性世界正日渐壮大。

宿舍管理员阿坚长脖长腿长手，毫不讳言："到2014年，员工流动率越发增高，每一千人中会有二百五十人离去。"他顺势又说出另一个数据（也许在他心中，这两个数据是哑铃的左右两边）："2014年，电子厂的男工比例已达63%，大多是'90后'。"

男工意味着麻烦、挑衅、悍勇、冲突和不可控。对工厂来说，女工是永远的宝石（年轻女工则是钻石）。然而，女孩们从乡村进入工厂，最多干两三年，等她们熟悉了街道、公交和男人后，便有了更多选择：售货员、洗脚妹、服务员、美容师、二奶（她们的机会一层层一瓣瓣，如蕨草复叶般繁多）。

男工宿舍的窗户正对着工厂路。这栋楼的正面，看起来和这条欣欣向荣的街上的其他房子一模一样：乳白瓷砖、铁艺护栏、长方形玻璃窗。若不是吊挂着密麻麻的长裤长衫白袜子，外人根本不知这是宿舍楼。男工宿舍和女工宿舍只隔几米，可内里完全不同。女工宿舍像一个池塘，水面上落英缤纷，覆满各色各样新鲜初落的漂浮花瓣，总让人感觉贪欢恨短，想以一种极快的速度去打捞，害怕那些花儿因过了期限便翻转到底里。女工宿舍内流动着一种暧昧的阴性氛围，弥漫着各式甜腻而扑簌簌的笑声。而男工宿舍却像眼瞎耳盲的默片，还是那个池塘，但能看到池底烂泥浮游生物，腐烂味让人畏惧，像闯入冬日之湖，一派萧瑟。

阿坚长臂一挥，指着一栋栋宿舍楼，像博物馆讲解员般手势明确，耐心尽责：“这栋，这栋，还有这栋……都是男工宿舍，女工宿舍是对面那栋。”“以前，啊，以前，这些全是女工宿舍！”

这些建筑看起来极为普通——普通的四方形，普通的瓷砖，普通的楼梯，普通的护栏。环绕着这些楼宇的，是普通的草坪，普通的大王椰。每当上班时刻，这些楼宇外很少有人影晃动。但这不是真相（这只是宿舍在一天中最安静的时刻）。等到下班时，这些楼宇王国里便会塞满各类臣民：聊天、吃零食、喝酒、打牌、打架、谈女人、看手机、听音乐。只有那些时刻，这些楼房才会被衬托得活灵活现。

对这些楼房的理解需慢慢体会。若你只来过一次，或抱着参观者的心态，便很难有所发现——因为它们的模样实在太过普通。发生在普通之地的事件，通常会被视为理所当然。但其实，有些事儿并不普通。正是这些貌似普通的宿舍楼，让打工者有了最初的落脚点。他们从这里开始认识工厂，认识城市，认识另一个世界。对他们来说，这些楼宇是整个现代社会的缩影。在这里，他们穿上工装，通过新人培训，跌跌撞撞地变成工人，进入车间，开始工作；在这里，他们终结了乡村的田埂，而逐渐适应了现代化的流水线。这些普通的宿舍楼像一面面放大镜，能映照出当代中国的社会变迁。

到达电子厂的“90后”男孩（据全国总工会2010年抽样调查：“80后”“90后”的新生代农民工已占总人数的60.9%），其经历大致相仿——留守儿童（父母健在的人间孤儿），初中辍学（九年义务教育的截止点），到父母打工的城市打工（第二代之命运轮回）。所以，他们罕有乡村记忆（说起田园农事，只能追溯到父辈）。在厂里煎熬一两年后，像褪去罩衫般褪去胆怯，男孩们对光怪陆离的城市有所掌控（而来自外界的目光也不再是贬损和轻视），但他们的发展可能性依旧弱于女性——和家乡重男轻女恰恰相反。

他们必须接受这个现实：在有些工厂，花同样的时间，干同样的活，女工每天比男工多拿十块钱！在家乡，他们习惯了将女性视为弱势群体，而当性别命运被翻转过来后，不啻为石破天惊。他们不服气，去质问，得到的回答是：不想干就走人！而厂里要裁员，首先遭殃的定是青年男工！女性的耐心和坚韧恰好适合长时间安静地坐在流水线旁，而男性汹涌的荷尔蒙反倒成了不利因素——大胆和冒险在工厂都被贴上了负面标签。

可男孩们何以依旧呼啦啦涌向电子厂？

阿坚像交换一个巨大的秘密，低声道："这个电子厂，几十年如一日，工资按时发。如果遇到周末，会提前到周五发，绝不推后。"

电子厂的内部世界，并非像电视镜头所呈现得那么整齐划一，一旦进入，则意味着接受了某种准军事化的生活。男孩们掏出身份证，填表，培训，领工衣工鞋，有了宿舍和工牌后，开始进入车间上班。他们要立即随物赋形地融入所处的环境，其速度要比变色龙还快。之后，他们的生活，像扑克牌般拥有了两面完全不同的花色——一面城，一面乡。

工装是这座金属丛林的秘密符码。穿上工装的人，会即刻感觉自己萎缩起来，甚而缩得小于自己。一眼望去——通过深蓝马甲上不同颜色的滚边，便可知你在这工厂帝国身处何级（红边是制造部门，黄边是间接部门，白边是客人）。"注意！"保安用枯干的声音不断提醒："注意！"像这种类似的提醒接连进行几十次几百次后，服装的差异和人的差异之间，便建立起无法分离的关系。

这种人造关系不是一下子就能拆散的。见到别的车间的主管，也会敛声屏息；而无须向临时工打招呼，那会降低自己的身份；但对那些根本不用穿工装，却在车间自由走动的人，最好不要用正眼与之对视，他们也许就是老板（浑身散发着至尊者的懒散）；还有一种穿便装的，却无须特别提防，只保持相对松弛便可（不过是访客）。结果，这种暗示关系同时也影响着工人的心灵，不仅包括他们在厂期间，还包括离厂之后，甚至终身。

有一次我到宿管办找阿坚，没想到那个只有两张小桌、四把椅子、一个铁柜的逼仄空间，被人群塞得爆满——甚至，将长队人龙蜿蜒到门外十米远。原来，电子厂逢“5”日办离职。那些铁了心要脱开厂子的人，无论男女皆着便装，身子歪斜，手捏塑料袋，怎么舒服怎么站，浑身懒散，眼神里流露出一派“谁也甭想再管我”的宣告，和隔壁“新人培训室”里那“多多关照”的低语，完全是两码事。似乎，他们不仅脱下了工装，还脱下了和工装相连的各类规则。原来，脱下工装是一场小小的革命——从容不仅回到了肉体，还回到了灵魂。这些蚕突然蜕变成蝶，肾上腺素上涨，已到了要振翅之时。

车间生活浓缩成两个字：纪律。纪律是确保产量稳定性的唯一法宝。纪律让每一项计划都得以实施（而每一项计划都摇摆在看似根本完不成，但通过各类冲杀令，最终在一场暴风骤雨的侵袭下，怪诞完成）。

宿舍生活又浓缩成了另外两个字：疲惫。从车间走出的男男女女类同幽灵，形象模糊，眼睛通红，带着红斑狼疮的一切病症。返回宿舍楼，穿过一片满是乱七八糟胳膊和大腿的长廊，推门进入热气像招摇的洪水，从七八个人身上散发出来（从他们的嘴里、头发根里、腋窝里）。每个人都是一个按摩器，正通着电，神经质地吱吱轰响。在葡萄藤般错织交缠的高低床的某一张，安放下身躯，努力修复，力图让各零件重新达到均衡，以便能应付第二天的劳作。

此时此刻，床格外重要——它预示着休息不再只是自然行为，更裹挟着某种强迫。必须睡觉！必须睡着！和“日出而作日落而息”的乡村传统完全背离：睡觉在电子厂是一种具有轻伤害的可怕行为。如果没睡好，第二天也许会被腐烂发酵的空气搞得昏天黑地，继而会装错货，会被拉长臭训，会被机器吃掉手指，会被重锤砸掉脚趾甲盖。睡觉像钻石切面，能衍生出许多不同面貌的故事。

阿坚拿出沓打印纸，轻声说："日本人的管理……嗯……还是很细致的！"但他即刻补充，"不过中国和日本……"他抬眼看我，"你知道的……"那沓打印纸有十几页，内容从宿管员的姓名和照片开始，清晰地指出各项业务——管理宿舍空床位卫生，排好值日表，确认清洁工具，确认维修跟踪，以及员工是否乱扔垃圾、不洗澡、私拉电线、私自煮饭等，细致琐碎。

这些规定沿用这个日资厂的一贯风格：图片和文字互补。一张白纸被分为左右两边——左边是文字，右边是图片（似乎，制定政策的人拿不准阅读者的文字能力，不得不再费心配上彩色图片）。

有一张图非常简单——床板上放着个吹风机，其文字是——确认宿舍是否使用大功率电器及私拉乱接现象。若发现，将没收并登记，并留下便条（房管已收走×××电器。若第二次发现，没收将不予退还）；对正在使用的大功率电器，没收并罚款五十元，不予退还。

如此累赘的文字，在图片那里被浓缩成那个通体闪光的家伙——吹风机。当它单独摆在赤裸床板上时，像把超大号的手枪。此时此刻，它被定义为宿舍的"非法入侵者"。

我清晰记得有个"90后"男孩郑重宣告："人在，发型在！"

这些十八九岁的孩子，背着双肩包，拖着拉杆箱，蹲在大榕树下等公交车，或在工厂区四处找工作时，一定不会忘了带上吹风机。每天冲凉后，搞头发是最耗时的大工程，可每个男孩都乐此不疲。发型像宫殿那金碧辉煌的屋顶，不能有一丝一毫差池。而用吹风机将丝丝缕缕的发丝吹干，再秘密地让它们组合成各种形状，那样的魔术时刻，被男孩们视为"贵族享受"。而现在，吹风机赫然出现在图片中——要被没收！要被罚款！虽然其余不能使用的电器类还有电饭锅、电磁炉、热得快……然而，吹风机被禁用的痛，是最大的痛！

日本人的思维精确得像仪器——每周用湿抹布擦拭床板一次；每周用手敲打床板十下；每两个月用鸡毛掸清扫一次天花板；门、灯、水龙头、风扇、电源、电线、插头等是否安全……甚至——鞋子要摆放成一条线，不可超越标准线……

白纸上的每一个字，都体现出独属于日式的专注、偏执和天真；每一个字都像咧着的大嘴，在呼哧呼哧地喘气；每一个字都像置身在光天化日之下，阳光细砂纸般把它们的阴影、皱褶及纵深处全都抹去，而变成一张曝光过度的照片。对日本人来说，一切都不可笑——一切都非黑即白。他们正是以这种方式，形成了独属于他们的风格。他们期望良好的习惯如水滴，能穿透最坚硬的花岗岩。

我不知有多少人能——“每周用手敲打床板十下……”这些训诫如老妈絮叨，希望你千依百顺地服从。而那些画面上的扫把、刷子、鞋子，并不让我感觉好笑，反而有种古怪的难受。这种强调一方面显示出耐心，另一方面也显示着偏见——无论新入职的人会做多少，能做多少，管理者都拿出最大耐心，循循善诱，视他们为幼儿园孩童。伴随着这种僵硬絮叨，还有某种滑落——似乎，伴随着农民工的每一样东西（他所处的文化，他所置身的世界），都一一遭遇下滑。

而这些也是事实——有男工将橘子皮从窗口丢下，有女工将瓜子皮吐得满地，有山区男人不习惯每天冲凉，大热天臭烘烘进来，臭烘烘躺下，在深夜臭烘烘打呼噜，而早晨漱口时从喉咙中发出臭烘烘吓死人的引擎巨响。故而，“每天都冲凉”也成为一则条款——冲吧，冲吧，不怕你浪费水，只要冲掉臭烘烘就好！

“管制刀具清查标准”如此规定——每周保安和宿管员对宿舍进行清查，发现有员工私藏刀具，一律没收并交行政处理。对私藏刀具的员工要予以解雇!

“真有动刀血拼的？”

我对男孩们那种灵魂出窍后的行为完全没有把握。

而阿坚虽然笑，但却显出蔑视——宿舍这头动物他日日豢养，身上的每一根汗毛，他都清清楚楚。

用工荒导致缺工，缺工便不得不大量招收男工，而男工多促使厂内频发各类案件。春节后刚开工那段时间，电子厂几乎每天都有丢手机的事。一连串恶性连锁事件的最下游，出现了银光闪闪的刀具。从男工宿舍的角落，常能搜罗出各类长短刀具。据说，河南人和东北人打；河南人也和自己人打。各种械斗都一样血腥，但各有各的目的。

原来，男工宿舍里有汗腥味和生殖味，还有浓重的血腥味；原来，工厂里的男人和工厂外完全不同。主要的区别是：工厂里有一个“群”（不是“QQ群”不是“微信群”，而是现实的“兄弟群”）。这些人年龄相仿，同吃同住同玩，故能一呼百应，同享暴力。

械斗时的男人们都变成了部落人，变成了文明梦境之外的怪物，变成了快刀手、短刀王、飞刀人。他们出洞，把风，搜索，警告，攻击，流窜，在榕树的阴影下抚摸流血的伤口，闻着皮肤上的焦燎味，鼓突的喉头咽下口唾沫，慢慢回忆刚才——就在刚才——他们踩破同类身体时，像踩破一粒紫红葡萄，随着“噗”的一声，汁液肆意迸出。那灵魂猛爆出窍的一瞬，挥臂舞刀朝微弱挣扎的人体做击打、抽插、踩跺之动作，以迅疾速度退化成动物，非要对方脑浆迸裂骨肉纷飞。那隐藏在施虐变态中的激爽快感，外人完全不能体会。

为什么总是男工好勇斗狠？除荷尔蒙催生暴力外还有什么解释？难道通过械斗，这些孔武者可将肉体受到的痛苦幻化成一种能量，缓解并释放掉？难道可把这种能量附加给别人而让自己解脱？难道他不知道，以如此原始方式戕害他人时，他自己也暴露在空白T型台上，被无数灯光照射，浑身一览无余，每一条肌肉赤裸，极易受到伤害？

穿上工装准备上班的那一刻——像一部地狱景观的录像片被按了暂停，他们从空荒之景中回过神来，急匆匆在交班时间赶到车间。进入大门的瞬间，满头大汗被空调冷风收杀，整个人变得格外清醒，对此前发生的冲动不免后悔，然而，事已至此。

是的，这种械斗很难彻底肃清。

几乎所有的男孩都带着暴躁、语焉不详和跃动的孩子气，有着永不驯服的野性活力；而几乎所有的女孩，都被裹覆在透明的襁褓中，既是婴儿又是妈妈，既习惯悲屈又擅长隐忍，像一颗充盈浆汁的蓝莓。男孩们总是身处极端——把自己推向断崖而无后路可转。像月亮牵引着潮汐，他们总是那样不可自控，潜藏在血管和骨髓中的怨憎，总让他们要找碴儿大干一场。事毕，每个人的身上都带着一种被重力拉扯的疼痛。而歇息一段时日，那可怕的冲动因子会再度聚集，剧烈演变，直至，再度爆发。而女孩们总能以柔克刚，以太极拳步伐战胜一切阻塞。

所以，工厂对青年男工的态度极为冷淡。一旦有了女工，即刻将这些任性的不驯服因子辞退掉（找各种理由）。而男工地位远低于女工的处境，也让他们像困在暗黑地窖中找不到逃脱路线的困兽。悲愤的火种一点点聚集，直至烈焰四面八方地灼烧起来。

观看宿舍楼是一回事，进入夜晚的男工宿舍楼是另一回事。

深夜九点半（夜班刚下），跟着阿坚一级级上台阶，进入男工宿舍，对我，不啻为一种挑战——这些宿舍是阿坚随机推开的，事先并无任何安排。我就这样闯入男工的原生态生活，像打开一面古董梳妆镜，抽屉里有门，门后还有抽屉，层层收纳，层层折藏，试图找出些比外表更多的东西。

所以第一眼对视——我和男工们——双方都瞪大眼睛，心跳怦怦。

我直愣愣站在门口，感觉屋里的人皆脸廓极深，肤色暗沉，机警多疑，目光深邃。阿坚说有个老师来搞调查，你们照实说就行。之后，他便隐身而去。

然而，在男工宿舍的访谈，总让我感到异常不安。

我该怎么描述这种不安呢？那是种非常奇怪、非常诡异的感受。在那个阻绝了自然光源的空间里，所有的访谈对象都像从注塑机里掉出来的产品，稳稳地，一件嵌一件地坐在床沿边，疲色尽露。有时我甚至觉得，对方的话我根本没听见。我实在太慌张了——面对这个袒露无疑的生活现场，面对这些汹涌的雄性荷尔蒙分子，我实在无法做到彻底淡泊，彻底局外，即便硬着头皮坐下来，也无法像瓷器般安之若素，总被慌张裹挟。

我和这些男孩父母的年龄相当，所以当我聆听到第一代打工者从家族照片中漂流脱离，进入城市谋生后，他们的孩子成年后，依旧循着老路重复打工时，感觉格外荒凉。他们就像是我的孩子，如今，也如离群孤雁，身心空荡地蛰伏在都市。

我常惊诧于他们的语言表述：他们总是不偏不倚，只陈述事实，而不做任何结论，像新闻报道般简洁明了。我像闯入生产梦境的锅炉房，总是如鲠在喉，总是想追问为什么，但又不得不把疑云嚼碎，吞入肚腩。我不敢多问，实在是怕伤害了这些男孩敏感而疼痛的所在。事实上，他们当真会流露出些许不快——这种赤裸对话，就像硬生生撬开扇贝，让内部的柔韧被撕裂、被裸裎，难受势不可当。

我慢慢察觉，在这些青年男工的内心深处，还有另一个隐秘世界，他们随时可以退缩进去，而外人真的很难进入。但最初进入宿舍时，我并没有明显地察觉，好像那时，沟通的渠道貌似顺畅。然而，退缩、排挤、躲闪、隐瞒——这些字眼在“90后”男孩处都得到一一验证。

事实上，他们只选择他们说得出口的，而更多的内容，被埋藏在冰山之下。

其实，A303和别的房间并无太大差别。

四张高低床靠墙，中间是窄道，床下画着刺目红线——标准线——鞋子要顺着线放，且要在线之内。多为运动鞋（偶尔冒出的皮鞋，或黑或棕，闪着高雅幽光）。床上铺凉席，被褥折叠成块，墙上并无美女招贴画，整个房间也无任何散发个人印记的纪念品小玩意。每张铺都形成了一个抽屉状的狭长空间，除被褥颜色不同外，看起来大体相仿，像一根根树枝，有股持续增殖的内驱力，午夜时会膨胀到骇人程度。

这空间最突兀之处，也许是那天花板的吊扇被一个硕大的圆形铁丝网罩着。这个装置实在古怪，我在别处从未见到，简直像个吊扇怪胎。

何以如此？

阿坚悻悻解释：“是为保护睡在高床的人不被旋转的吊扇伤着。”他扑哧一笑补充，“哎哟，那铁丝网花了好多钱！比吊扇还贵！”

我诧异：“为啥不装空调？”

阿坚的脸上浮现出一种近似父爱的慈祥，眼神充满怜悯，耐心解释（其实，他的话还为电子厂全部巨细靡遗的各种古怪都做了注解）——这是个暂居之地，只能因陋就简。装空调没问题，可工人流动性大，无法将电费平摊下去。吊扇离高床太近，事故频频，索性套个罩子。

于是，这古怪、粗糙甚至丑陋的科技狂想，就这样深深迷惑着那些狼狈挤扁在一条小抽屉窄缝中的乡村青年——无时无刻，那顶部的吊扇都在旋转，将室内空气搅拌得如海啸爆发。而吊扇底下的他，孤零零躺成大字，岛屿般奇怪浮凸。他不能动弹，无法挣扎，更不可逃走，像浑身的每一块小肌肉都被注射了凝固剂，他变成了自己的花岗岩雕塑，就那么被吊扇吹着，吹着。

然而这个空间并无异味——那种我想象中，多名男子会聚后的混杂味。是的，无论墙体、楼道、宿舍内部，虽设备陈旧，款式普通，却也都干干净净、规规矩矩。流动的凉风从窗户穿堂而过，整个空间并没有霉味，反倒有股洗衣粉的清香。房间尾部的拱形阳台，摆放着湿漉漉的运动鞋：绛红、乳白、宝蓝、黄绿。吊起的袜子一律纯白。

然而，无论宿舍怎样整洁、干净、规矩，一旦选择住在这里，便意味着没有隐私。什么角落发生了什么事情，这个空间的人都一清二楚。你知道别人的动静，反之亦然。什么都能听到，什么都能看到。就是这样——大家生活在一起，互相分担生命中这一段时光的麻烦和欣喜。

“这里根本没有隐私！”阿坚道，“除非你不在这里住。”（也许，半夜两点后，这里的每个人能分摊到一点点小隐私。）

“难道工厂就不能提供更好的居住环境吗？”

阿坚的表情有些凌厉，像放了过多发酵粉的面团那样走了形：“嗨！工厂不会费力让工人过舒服的生活。”

我试着用另一种方式再提问：“所有的工人都会选择住宿舍？”

他摇头：“这些宿舍楼建了三十年，结构上没毛病，还能再撑三十年。现在住宿舍的男工多了，但整体人数还是下降了。”

也许，这正是我提问的答案。

反思发展的代价，不如反思发展的逻辑。我们为谁发展？怎样发展？如果工人有其他选择，何苦住宿舍？我们通常所说的家（或卧室、休息室），不仅包含睡觉，更暗含那个空间的私密性——在那里可以沉思、平静，让自己从众人中暂时分离。而在宿舍里无法沉思，更没有一刻安宁，每个人都在打扰着别人。宿舍是个暂居地，类同大街上的人行道。宿舍生活是在开放空间中进行的。这里的一切都是公共的——公共卫生间、公共阳台、公共吊扇、公共空气。只有合上眼皮进入梦乡，才能彻底进入私密世界。

现在的珠江三角洲，虽然大片楼房依旧挂着“大量招收男女普工”的横幅，虽有为工人们准备的大量宿舍，但求职的人却总没有想象的那么多。机器老旧，厂房搬迁，车间废弃。这些恶性循环的结果，难道和那罩着吊扇的铁丝网没有关联？

铁丝网的存在昭示着一个真理：工厂的思维是管理者的思维。

现在，那个吊扇在空中咆哮不止，奋力旋转，发出的呼呼声类同机器人的嘶鸣。它奋力搅拌，试图驱走黏稠闷热。它俯瞰着这间屋里的一切，俯瞰着那些休憩状的年轻躯体如何一点点变得苍老。

高利民一米七，白皙纤弱，一头黄发，一双分外迷人的、弦月般弧线下垂的眼睛。白T恤，细腿牛仔裤，灰帮运动鞋，戏剧感充分。他胳膊白皙，连嘴唇也泛着白，像血液已离开了血管。他的装扮和宿舍完全不配套——像是来做客的，只略略一小坐，即刻要走；而严小强则敦实矮胖，一头罕见的原始黑寸头，粗眉小眼。上身是蔚蓝圆领T恤、湖蓝马甲，下身是藏蓝长裤，彻底一个蓝衣人。他一说一笑，甚为腼腆笨拙，但气质却和宿舍甚为般配，简直就像咖啡伴侣迅速融入咖啡。

两个男孩都住在下铺，都在褥子上铺了凉席，枕头都是那种早已褪色，看不出原色的长方形，被套上都起着一层小毛球（无数个人住过这些高低床，但是这里还是第一个人进来时的模样）。

高利民1996年出生（父母刚满四旬）。此前他在这家电子厂干过一年插件，现在又进厂，干的是运货（运送散热片）。这种工作无任何技术含量，不过是把产品从A处送往B处。所以，他厌倦谈工作。他说的是普通话，语调轻细平稳，但尾音里却裹着浓浓的河南味。

他春节后出门，到达工厂路的第二天，就在美发店里染了黄头发。现在，那异域的金黄映衬着他的肤色，让他有点像混血儿。他觉得黄头发是一张城市的通行证，让他自己从落伍和丑陋中脱身而出。他为掩饰自己的慌张，便问理发师："又有什么时兴的？""又"极具暗示性，说明他一直饶富兴味地关注着美发界的代际更迭。

当他目睹到那个镜中的自己后，倒吸口凉气——慵懒得人事全非。但显然，这帅气男人比前面那个更优雅，更一脸心不在焉，更有城市味。是的，他爱极了这个翻版。他凝视"他"的眼神，几乎是同病相怜地看到了一个命运和自己相近的"难友"。

所以只要黑颜色一长出来便立刻去染。如果发型是严小强那样的黑色小平头，他会感到痛苦得发狂——那是一种籍籍无名的痛苦。这个男孩渴望以某种形式显示自己的独特存在。他通过观察电视剧、电影、画报，以及周边的人来获取时尚资讯，再刻意装扮自己，力图从平庸大众中脱颖。他每天对镜梳妆后才出门，每一天对他来说都是同等规模的梦幻表演。他打心眼里要演得红红绿绿。

而他是怎么找到这个厂的？

"庄里有人在这儿干哦。"

庄里？我心尖一颤。

所有关于泥土、牲畜、雨雪、庄稼、收割、献祭、庙宇的深意，都暗潜在这个词的内部——庄里。高利民也许来自吴家庄、六里庄、榆树庄……总之，是“庄里”。也就是，无论高利民的服饰和发型多么像韩国明星，像身体的某个隐秘部位印戳着乡村签字，灵魂里残留着乡村意志，他依旧是个中国乡村男孩。

他像是一颗冥暗到近似不存在的小行星，在无边无沿的城市里漂流，移动在各个不同的工厂区，工作在各个不同的车间里，但其实，他是按照某种轨道在绕圈，他被一种奇怪的魔力掌控。他的运行路线并非没有规律，乱七八糟，简直根本如大树的年轮或胡萝卜的纹路，完全可按图索骥，有固定规律。在他生命的底部世界，有个磁场在发射能量——“庄里”。于是，即便他在城市的电话亭里一个人打电话，也并非孤立于外部世界，而有千丝万缕的线和点交织相连。

高利民去年在这家电子厂足足干够了一年。春节后，“原是要跟着亲戚去上海开吊车”，可那边的人已招满了，一时间又没找到合适的活，“一咬牙，就又回来了！”

春节真是解释中国乡村的核心词。一连串纠结在一起的奇怪事件（譬如千里奔袭的大规模春运）会让外国人惊诧。若想穿透中国本质，像鹰那般具有观察力，便可拎出这个词：春节。

如果像卫星空拍图巨细靡遗都能看得清，就能看到这样一种简单的规律：近三亿人春节后离开乡村去城市，春节前又再次返回乡村。春节像一年中的大潮汐，将那些攀附在皱卷城市地图上的小蚂蚁一一找到，让它们原路返回巢穴，整顿休养后，再调整方向，继续出发。

所以乡村的过疏化和城市的过密化是一个钱币的正反两面，是城市化进程中两个相对而动的演化趋势。当中国乡村流失了大量青壮年人口后，冲击的不仅是外在的村落形态，更是整个以血缘、亲缘、地缘为纽带的乡土社会关系网络，会瓦解整个村落社会的支持体系和各种社会仪式，甚至会让乡村社会丧失再生产和自我调节能力。

乡村的春节不仅是亲人团聚，还荟萃了各省的打工信息。多数打工者对“经济趋势”之类的大方向一无所知。这些试图在城市寻找工作的人，其实，脑袋里像漏电的线路般噼啪作响，根本是一团乱糟糟。他们只是从亲戚或老乡处摄取到相关信息：哪里缺工？出粮准吗？而节后两三周是找工作的最佳时期。错过了，便一整年都不好找。

重返电子厂，高利民算是老员工，对厂里的一切奥秘都相当清楚（各种门路、人脉、勾当）。他怎能不知那车间里的难受！去年那三百多天的粗糙劳作，早在他内心储存下羞耻的经验，他知道他这样的角色不过是只小蚂蚁，周边是远比他想象的要多得多的财产和大得多的权利，所以……他才想到逃——逃去上海（哪怕开吊车！）。而我根本无法想象，他那样白皙纤细的手指能操作方向盘，让沉重的吊车吱嘎转动，再把货物放下，扑通一声，让地面都哆嗦出涟漪。而就连这样的工作，都充满竞争。

他被逼无奈，才选择了重返电子厂。但凡能有别的出路——任何与开吊车同等的活——他都会去干。可是，他当真有那么多选择机会吗？一旦入厂，他的生活便被时间表排列分割，每一分每一秒都被厂规盘剥得精光。在车间的人，就像五指山下的孙悟空，头顶压着“翻不得身”的符咒。下班后，已被掏空的身子像骨头架，只剩一摊血水。除了尽快睡觉，根本没有第二个想法。周末时，他会试着在附近的几个厂看看招工信息，但却不敢去更远的地方（怕别处还不如这里）。他只能苦熬苦等到下一个春节，返回庄里后，再向老乡打探消息，之后，去他们已耕耘过的地方。若那里破灭，便只能再次返回电子厂。

所以，春节后，他再次返回到了工厂路的电子厂！

他母亲在常平（东莞另一个镇）毛织厂打工，工资计件，已干了十几年。父亲在厂里当保安。父母都是“70后”，都是十八岁时出门，属第一代打工者。每年春节回家一次，脸上总泛着“这个烂地方的烂生活真的没法过”的表情。原本他们可以缠绕依偎、相濡以沫在乡村小泥屋中，而他们却让自己周而复始地每年都去远行。他们有一条铁路，可以到远方去挣更多的钱。

他和哥哥都是留守儿童，跟着爷爷奶奶长大。从他有记忆开始，总感觉哥哥的背影就在眼前晃悠。其实，哥哥只大他两岁，自己都走不稳，还要拽着他。摔跤时，俩人一起摔。他原本以为他和哥哥可怜，可后来发现，村里和他一般大的孩子都是这样野生野长（都是有父母的孤儿）。年纪渐长，他跟着爷爷奶奶下地干活，便慢慢理解了父母：种地又辛苦又不来钱，眼瞅着别人家又盖新房又买家具，他们家明晃晃地落在后面。不是父母愿意远行，而是，要想兜里有钱，就得出门打工。

而最后……终于……居然……轮到了哥哥和他必须（是的，必须！）也出门打工！

奇怪得很，当他走过工厂路，路旁闪过棕榈树、杧果树、荔枝树时，经常有种时空错乱之感，好像走在家乡的土路上。他对父母的原谅，是积累了一堆伤痛经验后才觉悟出来的。

“出门的人不是人，是一条狗啊！”

原来当他父母诉苦，说出门后哪里有什么像样的屋子住，不是窝挤在瓦房里，就是铁皮屋里，或者在桥洞底下、烂尾楼中时，他根本不理解。现在他可以一步登天地住在宿舍里。而父母常常念叨的被追查“暂住证”的戏剧台词，现在，也已经被禁止上演。

“现在打工真的比原来好多了。”他这样咕哝着，浑身透着苍凉味。

为了给哥哥盖房，2013年春节，他父亲辞工回家。干了十几年又去辞工，谁都知道不上算，但为了孩子的婚事（毛织厂最长假期为十四天，不够盖房），做父亲的用力一跺脚，就那么辞了。盖房花的三十多万，是父母十几年的全部积蓄。掏空了那些钱，两个中年人像遭遇车祸后脊椎折断，整个人都变得瘫颓。

二十岁的哥哥，就在那栋三层小楼中举行了婚礼（嫂子是本村女孩）。因未到法定结婚年龄，新人并未领结婚证。但这种仪式庄里人都认。“等到了年龄，再领个证回来就行。”高利民无比清楚地知道自己所置身的乡村世界的规矩。“我们那里都这样。”那些古代大院落，那些长辈，那些木桌木椅，都印刻在他的脑海深处。

他不住抱怨：“家家都想生男孩儿，搞得现在女孩儿全是宝。”

现在的农村，如果男方家里没有楼房，根本没有竞争力。父母怕儿子打光棍，便早早相亲，早早办婚事。婚后儿子出门打工时，把媳妇也一起带上。若媳妇有了孩子，再返回老家生育，让返乡的老人照料。唉，难道，这个循环就是第二代打工者之笃定命运？像一个连环套，绕了一圈又回到了起点；像用遥控器连续换台，屏幕左上角都打着“重播”二字。

突然，高利民咧嘴一笑，眼睛发光，连面颊也泛出红晕。

“明年，要盖我的房了……”原来，他要把哥哥的经历重演一遍。

喂喂，请暂停，请倒带。

——“刚刚花掉了三十万，哪有钱再盖房？！”

我悲恸地想，三十万可不是三十吔！

“哦……”他像喝到醉茫茫被一束亮光照得眯缝眼，迷糊间发声：“向亲戚借喽！”

高利民的年龄摆在这里——十八岁。家里必须为他也建起一栋小楼，才算有了“泡妞利器”（甚至有些父母为儿子买车，只为能带女孩出去玩）。然后，到了二十岁，他便和哥哥那般，先和一个女孩办酒席，住进新房，过两年再去领证。如此，他父母将继续打工，偿还债务（三十万至少要攒十年）；如此，他父母从二十岁至五十岁的全部努力，便是为两个儿子建起两栋小楼，娶两房儿媳妇，最后，抱上孙子。

房子、儿子、孙子——不管走多远，“庄里”的生活还是被这些乡村古训笼罩。只要是庄里人，便极信任地接受了这个角色扮演，毫不犹豫，而不管外围其实已今夕何夕地发生了大改变。难道这是中国农民无可逃脱的宿命，像被悬丝牵挂的木偶？难道这是中国乡村最终的内容，像一出折子戏，唱了又唱？

我惊诧：“为啥非要回庄里结婚？”

而我真是太天真太幼稚了。我以为——在厂里若遇到合适的，便可在打工的城市租房或买房，最终，慢慢融入，乃至成为这里的市民。而这条路何其之难！先不说买房贵上学难，单一点便难倒这个男普工——厂里的那些女孩儿怎么会找他？！即便他精于打扮，知道再多品牌，懂得衬衫配皮鞋，也吸引不了那些巧笑倩兮的蜂蝶女孩。

女孩们远非文学描述中那么诗意，她们有时现实到残酷的程度。她们都生有复眼——已身为食物链结构的金字塔底端，若不能奋力一搏，蒸腾出来，便一直陷在最暗处挣扎。所以其实，女孩们早就懂得了如何彻底改写人生的奥秘所在。没有过渡，帷幕直接拉开——谁能引领我飞升到更高阶层。所以女孩的目标人群根本不是他——而总要比他的档次高上一级。最终败下阵来的他，只能返回庄里，找那些相貌平常家境贫寒的女子为偶，像流浪猫循着原路返回开启过去的旧日子。

好像陡然间，十八岁的男孩变成了八十岁的大爷，中气十足地盘腿坐在炕头，咂一口水烟，娓娓道着过去。好像，这个男人的身上藏着个肉眼看不见的阀门，只要到了时间，按对了启动阀门，便能顺顺当当找到哥哥和父亲走过的那条路；甚至，还能找到爷爷、爷爷的爷爷走过的路。

“找得远，走亲戚都不方便啊！”全部的烦琐都用这极简理论概括掉。

“总不能一辈子打工哦……”

少年在一截浮木上独自漂流了许久，虽然还未看到陆地，但却不断给自己打气。少年的身上看不出血渍和伤口，但他的眼神却随着打工时日的长度，像微调灯光钮那般，慢慢失去了里头的亮度而逐渐晦涩。

高利民初中毕业后便选择了辍学。上高中要交钱，且要住校，且不一定能考上大学，且读完后还要自己找工作……而这明明是一趟无终点的流浪之途。不如从源头就截断吧，趁着还年轻。于是，各条工厂路都塞满了打工妹、打工仔，他们都刚刚初中毕业，一个个不过十四五岁，都是些稚嫩的雏儿。于是，餐厅服务员、保安、送快递的小哥、洗脚妹、保姆、酒店门童，影子般晃动在整个城市的缝隙间。

高利民设想自己未来要“学门技术”，但却不确定是什么技术。好像“技术”是一种神迹，具有戏剧效果，能将他从臃肿的现实中提拔而出，飞升起来。然而，他却不知道那技术的确指：司机？厨师？修理工？总之，技术就是技术。

当他还没有掌握技术之时，好在，尚有个坚实之地在等待着他——“庄里”。

无论怎样迁徙远方，在他乡上演残酷戏剧，混迹丛林风吹雨打，都有一个固定的黑点儿在地图上等待着。好像他从未离开，从未在生命中截下中间那段时光，从未被铁轨甩到一个不知名的厂里，而一直一直，蜗居在那个黑点之上——那个“庄里”；好像是一条忠实之犬，孤单又悲伤地看守着祖先的坟茔墓冢，从未离开过片刻。

“庄里”让一个圆圈最终画成。无论你高居峰顶或落身谷底，都有一个不变的故乡在等待——这是何等的奢侈！在故乡的好处是，至少，你没有那么孤单。只有庄里的人才能够领受这种运气——它能使他们与自己的过去相逢。而这对现在的人来说，真是太难得了。

而如果高利民的孩子出生在城市，继续像他一样漂泊，便会连“庄里”这样的象征物都不复存在。于是，那种没有原点的感觉会袭扰孩子一生。

这个轮回将会展现一幅怎样可怕的图景?

严小强兄妹三人：哥哥已结婚，妹妹在上重点高中。哥嫂也在常平镇毛织厂（哥哥是电工，嫂子是车工）。哥哥在老家镇里买了商品房，加装修，花了四十万。现在，那房里住着他父母（帮哥嫂带两个孩子）。父母开了个小商店，能维持基本生活，且有盈余。去年，父母在村里盖起一栋二层楼（耗资三十万），为他结婚用。两座房子共花费七十万——是父母和哥嫂四人近二十年攒下的血汗钱。

严小强1990年出生，打工已六年。此前他在石碣镇的电子厂干，春节时在老家（又是老家！）和老乡聊天，听说樟木头电子厂工资高，便转战到这里。

“还是回老家找，靠亲戚朋友介绍。”

原来，这种口口相传的方式，从上世纪八十年代初至今已有三十多年，一直是打工族信息交流的主要方式。即便现在的年轻人不会像父母辈去人才交流市场拥挤，可在网吧搜索，到中介公司咨询，但靠老乡或亲戚介绍工作，依旧是最常见、最有效的办法。

好像所有打工的人都是一个大家族的各类亲戚，总能碰到长辈或熟人，总有人在合适的时间来点拨你。他们一字一句地讲述经验，用暗藏在喉结下的特殊语汇，慢半拍，僵硬而欠幽默地道出详情。哎呀，故事总是这样——他堂哥或表叔，她大姨或婶子，在春节那慌乱的气氛里说了那么一个地名后，便让他（或她）节后匆匆上了火车或汽车，奔赴那个神秘之地。

严小强到达樟木头后惊诧发现，原来电子厂周围的小贩，几乎全是他的老乡——河南周口地区的人。无论是开黑车、卖鸡蛋饼、卖水果、开小店的，百分之九十，都是他的老乡。一说村里的谁谁谁，竟然全都认识。有时下夜班到厂门口吃消夜，在迷离的路灯下，他会恍惚感觉回到村头田埂边。路灯非但没有让他看得更清楚，反而越发陷入昏茫，感觉周遭像晃动在波光水影中，整个背景被抽空，被隐蔽，被剥离。

但严小强还是后悔了——石碣电子厂是台湾老板，“和这里完全不同”——“每月收入三千七，这里才三千二！”更重要的是，“那边干活轻松，不站！”

和少爷气浓重的高利民不同，严小强是个典型的乡村男孩：老实、拘谨、质朴。肩膀不算宽，五官平淡，小眼厚唇，看着就让人踏实。他并不娇气，也不是没吃过苦（打工六年的苦像矿坑里密密麻麻的蚁穴凿在内里），但他说“不站”时，声调里有种古怪的颤抖，像某种曾施予肉体的暴力疼痛一直淤积着，无法缓解并释放掉。

“刚开始脚肿腿肿……”“能坚持两个星期就好了！”“可老这样，也不是个事！”“站久了，人累得发疯……”他描述的自己像困在黑暗中找不到援兵的战士。世界被切割成了两个界面：地面上如童话般静好，地下却如泥塘般腥臭。地上和地下分属不同的国度，各自岔开，运转着各自的世界，根本无法沟通。这注定是两个完全不同的世界。一旦离开地下车间，无论怎样描述内里的情形，都会感觉词语不够用。

那男孩定定地看我。

我知道现在，即便用世上最先进的测谎仪，也能测出他没有撒谎。他是个典型的漂泊异乡离家千里的可怜青年。他体内的精血正在被一种特制海绵慢慢地吸干。有一个看不见的机器在运转，冷静而理智地将他的人类意志一点点拆卸、切割、压缩，最终让他变成榨取汁液后的甘蔗渣。

我不禁感到后怕：若这个敦实、健壮、憨厚的男子都无法忍受“站立式”，那年龄再大些的人，将怎样忍耐那撬开骨缝，吸食骨髓的酷刑？眼见着一筐筐新鲜期限到达，不幸腐烂发臭的水果倒入海底，彻底混入淤泥，人已经渐渐地被驱逐出自己的世界。

站着干活比坐着有效率——这是日本厂通过各种实验总结出的经验。在技术时代，缺乏效率是天字号第一大罪状。一个拥有效率的工厂应该是——资本在握的老板大亨通过经理军师控制住整个劳役人群。而对劳役者的管理则是一门不断升级的学问。如何让那些进入陌生城市的少年迅速成长为熟练工，简直如训练谍报员般艰涩。应该有一些场景或事件惊吓到他们，让他们从此变得冷酷，像灵魂里的什么东西被掏空后，才能忍受后来的畸形生活。

日资厂提供的解药是——站立式。

一旦出现那着魔的“站”，灵长类动物便从速度、力量到身体的感应系统，都比坐时更敏锐。身体里的亿万个细胞，都像闪光电路板般能随时作出精密反应。像一只夜枭进入黑暗森林，瞳孔里虹膜的悬浮色素改变后，居然，可以盯住更黑暗的事物进行追捕。

显然，“站”是管理学的勋章，却是生理学的噩梦。久站，是对养生的彻底颠覆。直立行走后，人的双腿原本就承担了过重的体重，故而人类总结出泡脚解乏的种种好处。若一整日都处于站立状，人会变得像棵树，腿脚处于超负荷状态。对整个躯体来说，像上万只蚂蚁爬在脊椎，会让人摇摇晃晃，迷迷糊糊。

当然这和特种部队的军人掌控的施虐——用钳子拔掉牙齿或指甲，用电击棒电睾丸，用沙袋击打肾脏——最终看到眼珠凸出、口喷鲜血、瘫软在地不同。这是种缓慢的，分布在每一分每一秒的僵局之棋，要慢慢地下才行。

也有急躁坏脾气的员工免不了抗议："坐着也能干活啊！""说不定还能干得更好！"而这时，管理者（通常是威严男性，大背头梳得纹丝不乱）抬起细长眼皮，向那人射去一道细小尖锐的目光，像有一管怪颜色的液体被推送进对方的身体——"哦，哪里有又轻松，又舒适，工资又高的工作？""做梦吧！"然后，在嘴角轻轻拉出一个意味深长的笑容；然后，员工的身体便开始扑簌簌颤抖。

那些不能忍受"站立式"的人将成为工厂的故障品，被清除出去。当他们离开后，体内压缩进关于"站"的种种回忆。夜深人静，那些高压式自我训练的时光浮游而出，难免会让熟睡的身体摆出各类古怪姿态——好像，都在尽力地站着。

严小强叹了口气，说幸亏自己早有准备，"进厂时，只签了半年合同"。这个男孩，并非偷奸耍滑之辈，他当然喜欢稳定，当然希望能将一份工作踏实地干下去，但"站"却逼迫着他，要眼瞎目盲地另寻他路。

他已想好的出路是——"合同一结束，便去富士康。"

富士康——我心底险险一惊（2010年，富士康曾发生过十几起跳楼事件），像疯狂的琴师用骨节突起的手指敲击了一个琴键！

陡然间，我像敛翅垂翼的大天使，凝视着冰雕般准备从阳台跃下脱离地心引力的他，凝视着那一瞬间，凝视着那被诅咒过的一动不动的瞬间。

高利民和严小强从外形上看，像两个说相声的人，差异极大。我揣测像高利民那样白肤黄发精瘦的男孩，会一连串抱怨工作累，可自始至终，他都没谈一个“站”字；而和严小强的全部话题，都紧紧围绕着“站”。原来，忍耐力和外貌这样不成正比；或者，高利民也恨透了“站”，只是他没办法，只好咬着牙忍耐；而严小强更活泛，可通过广阔的老乡网，在庞大的信息海洋里奋力打捞，一旦握住稻草，便纵身一跃，逃脱苦海。

出门打工其实没有什么完整的经验可以传授。离家的人像蒲公英的种子般四面八方地飘散，即便是春节时脑海中被某个地名点燃，貌似按图索骥地到达那里，但那毕竟只是一星微光，难以形成璀璨明亮之势，看透整个全貌。这简直是最悲怆的一点——每一个打工者都有一堆辛酸史，可他们却无法将那些经验压缩到一个U盘中，交给后来者。无论怎样的蛮荒经历，必要你自己去请自己经历。

譬如这家樟木头的电子厂，外表朴素内敛，墙上贴着厂规，看不出和别的厂有太大不同。但是领了工衣、工鞋和工帽，进入新人培训室后，会赫然发现，在这个敞开的空间，除两排一米高的长条桌外，没有凳子。

这里什么都有——空调、电子屏幕、广告画、白炽灯、电风扇；只是——没有凳子（无论塑料凳、黑皮软凳、长条木凳）。

一眼望去，这是片由双腿构成的丛林——左腿向前，右腿靠后，身体弯曲，胸膛靠近桌面，右手做着记录。当身体被抽离了凳子的支撑，人便处于紧张状态，连简单的书写都变得费劲。每个人都成了自己的纪念碑：灵魂蒸发了，肉体成为僵硬符号。在这里，无论学习时间多久，学习内容如何，都要站着完成。整个空间里弥漫着一种“被困孤堡”的状态。

上班时间全部要站（早晨七点四十五至十一点五十五；下午十二点五十五至十九点零五），每月换班一次（换班时可休息一天）。上夜班更难熬——到早上七点多下班时，已眼带血丝，缩腰斜肩，却依旧处亢奋状，一时睡不着，折腾到十点才睡。一旦睡着，又如嗑药般瘫软，骨头链条松垮，直至下午六点。起来后随便吃点东西，又赶去车间。加班是必须的（不能想加就加）：每月要上够八十四小时后的时间，才能给加班费。这样忙碌，一个月工资三千多。

干了几天便自行离开的那些人，总是很奇怪自己开始的想法——不就是站吗！但后来，像一本书被膨胀的一分一秒蛀蚀朽烂或水渍冥纸黄页，彻底地腐败下去。那种考验，像是难受被成兆上亿地放大，最后让人变成了木偶，整个掏空了内脏。以为能扛得住“站”的人，开始觉得自己实在太小儿科。哪怕已经干了三天五天，也要走！坚决走！因为那刺心剖肺的疼痛，实在难受。

严小强的眼神突然变得柔和濡湿，充满憧憬。

“我老表在那里，已干了五年，现在当QC。”

“老表”说明关系熟稔；“五年”说明情况熟悉；“QC”（质量检查员）说明具有话语权——这一切组合在一起，便形成了一种无言的感召力。严小强已打工六年，当然不会痴傻天真地以为富士康会好得没边没沿。他到处打听，了解了些基本情况：“那边管理更严，加班费比这边高，可消费也高，就抵消掉了。”

我脱口而出：“那你干吗还要去？”

他抬起眼皮，嘴唇微张，两只手交叉地握着，眼神里的酸楚像电影里孤独的主人翁被人诬陷遭众人围杀，眼看着整个世界变得奇异古怪而惊骇莫名。

他喘气回神，像提醒我忘记了什么，小心翼翼，一字字地吐露而出：“那边……可以……坐啊！”

我一震，呼吸像破拖车排气管般爆出大声，面颊被热空气的波浪灼了一下，不由得火辣辣。

说到底……到底，还是不能感同身受！

是的，阿多诺说“在奥斯维辛之后写诗是可耻的”；是的，他是在亲历，而我在聆听；是的，我们之间处于完全错位的状态。这种错位让我有种抽离之感，常禁不住责问自己——聆听的意义何在？试图理解一个人怀揣着那样的经验度日对他者究竟意味着什么？我根本无力阻止任何一个迫切的呼啸画面，更无力追赶稍见公平的未来。甚至，我只能看到那些人、那些事不得不塌陷坠落越发边缘化。我除了深感无力，时而羞愧时而自责外，还能做什么？

然而，我所剩的也许只有记叙——记叙下这段经历。

如果我没有聆听，或许几年后连当事人自己，都会感觉模模糊糊。这些迁徙者多舛的命运，他们所受到的公开或隐蔽的歧视，都让我觉得不该那么轻易地被忽略。所以记叙是一盏光，能照亮他人暗影中的苦痛，而不让时光河流彻底冲刷干净。

徐富民是广东普宁人，一脸热带橄榄色，眼睛嵌在面孔上显得特别小，似睁非睁，粗腿圆肚像头熊猫，笨笨的样子貌似温驯憨良。饭堂里人潮如蚁，挤来挤去，他吃得飞快，顷刻间便结束战争，走出大门，残阳的余晖像蜜蜂般轻晃肩头。

被阿坚喊到宿管办公室后，他即刻炸开：“啊！这里怎么没空调？！”

难怪他嚷嚷——他已热得双颊酡红，满头大汗，工装背部湿成地图。

阿坚笑眯眯瞪他：“有风扇还不够啊？”

徐富民从腔体深处发出巨大抱怨：“没空调……怎么过日子啊？！”

他的语调是缓慢而略带粤味的普通话。能顺溜说出这种话的人，大多是“80后”“90后”。若“60后”，即便上了大学，普通话也如颠簸破碎的山路，带着股土气。但“80后”“90后”的广东孩子便不同，说起普通话如骑摩托，一溜烟滚下柏油路，并无太大障碍。

果然，徐富民1993年出生。他虽也是初中毕业出门打工，但却和高利民、严小强完全不同——外省人要坐汽车、火车，辗转两三日才到达岭南，而徐富民从老家至樟木头，只需五小时。

这种近距离，给了他强烈的优越感——他并没有连根拔起，而只是平行挪移。他这棵树的根尚完好无损地扎在土里。他无须像北方男孩，为陡然出现的炎热潮闷所惊骇，对浓绿芭蕉树能扩张到三楼窗户而瞠目，对无辣饭菜直皱眉头，四处寻找老乡努力营造人多势众的状态……不，对徐富民来说，打工并没有让生活有太大改变，他还是原来的他，那个习惯了炎热、雨季、茅根粥、凉茶、热带植物的他。

对北方人来说，工厂生活像电视里乱跳乱闪的白花花屏幕，而对他，则是装了根超强力的天线，命运的情节无比清晰精准。

去年，他在樟木头的另一家电子厂做工，因清明要回家祭祖，便辞了工（工厂最长假期为十四天）。

什么？为祭祖辞工？

他抬头皱眉看我，一脸“此人非我族类”的冷淡排斥表情。

还是阿坚有眼色，赶紧快递来解释：“唉，现在是什么年代！工人不愁没工做，倒是工厂愁没人来做！”

而祭祖……

徐富民根本不屑解释这件事的重要性。没错，“祭祖！”周围为父兄们所包围，所亲密相拥，这种聚会所传递的真实感，不仅会让少年确认自己的身份及责任，更有种在一场大戏里演出的笃定感。那种确知自己“从哪里来”的骄傲贯穿他的血脉。是的，四周都是灵魂构造相同、流淌着同一分子血脉的亲人。这种不折不扣的稳定感，会让男孩即便离家打工也没有逃亡的恐惧，而像是在做一场小游戏。

现在，他刚进这家电子厂，还处在新人培训阶段。

阿坚看了他一眼，贼笑起来，几乎是挑衅地询问：“哪个厂更好？”

徐富民胖乎乎的脸上浮出笑容，像浪荡子面对妈咪推荐的各类女孩：“无所谓啊，哪里都一样啊。”（各种不同款型的经验皆已品尝、已体验、已感悟，更美丽、更优雅、更狂野、更火辣）但是，单凭上了三天培训课，他又生出感慨：“不过，好像这边更严肃哦！”

“严肃”？他用的词是“严肃”？

这个刚刚祭过祖的男人恢复到少年时上课的那间教室。

阿坚追问：“那你，干吗不回那边去？”

男工陷进自己的困惑。好像确实，那边和这边有那么一些不同，这不同甚至和此前那些光怪陆离的遭遇大不相同，简直是另一个编剧撰写的另一路风格的剧本。

他扑哧笑了：“不去！不去！”用力摆手。

“是不是，嗯，干坏事了？！”

阿坚像古代诸侯或酋长，一眼看穿那狡黠奴隶的辩解。阿坚所目击到的男工，比徐富民版本更糟的实在太多，那些类同孱弱胎儿处处透着抵死大哭之气的诸多活宝，阿坚一一见识过他们的耍赖武器。

徐富民直摇头：“那边男工多，老太婆多，不好玩哦。”

“什么？……什么？！”我瞪大眼。

然后突然，徐富民的目光朝我盯来，陡然间变得“严肃”——我没穿工装，两眼茫然，浑身散发着和电子厂迥异的气味。我沉湎于一种古怪的腼腆中，像从一座古代大宅院里走来，在静止状态的时间里待得太久，完全不能适应此时光线的急剧变化。

阿坚看我们互相瞪眼，不觉高声朗笑：“什么老太婆！不过是干了十年二十年的女工，最多也就四十吧。”

原来，在徐富民心中，凡二十五岁以上的女人，一律都是——老太婆！

怪不得他要那样看我——我分明已是老太婆！一种无法挥去的失败感像蛇一样，冰冰滑滑地爬上我的身体。原来那黑白眼神里有种叫人眩晕的残忍！原来在工厂路（或整个中国，整个亚洲），都弥漫着一种唯青春论。

那些招工启事明晃晃，上下年龄的截止期限如两把匕首：十八岁——四十岁。人最初的那一截和最后的，都不予理会：因为不值钱。所以入夜时分的工厂路，到处是有着幼鹿身体的洛丽塔女孩；到处的女孩们都垫高了鼻梁，忍住痛打美白针、削颊针，把两眼内眶剪开（真的变成大眼妹啦哦）；到处都是灿烂发光的一张张嫩脸儿，叽叽喳喳，不断发表新鲜言论，而将那些皱纹、弯腰、衰败，通通扫荡到无。

阿坚盯视男工：“你说，到底赚钱重要还是好玩重要？”

对方一副无辜，下巴微妙一歪，坦言：“都重要啦啊！”

那尾音，充满广东人的骄傲。别人出门打工为钱，而他为好玩，为打发时间，为等待机会。所以他一点也不发慌，更谈不上怨憎。他和严小强一样，只和电子厂签了半年合同。

他打算做完后，“和表哥去学做生意啦！”

原来“生意”是个钩子，让他的身体在车间飘浮时总会被末端的实在感紧紧箍住。原来无论厂里的生活多么粗糙，都不必当真，因为有“生意”在等待。于是，这个新入职的男工简直像一个歌星听到掌声后出来谢幕，无论鼻头、脸颊、下巴，皆呈现一种红彤彤的醉感。

这回答像触动了阿坚的心思，他神态惘然，一时愣怔，但又片刻恢复原状，回头向我解释：“他们那边的人，都喜欢做生意哦……”

不知为何，我总觉阿坚对徐富民，要比对高利民和严小强更和善。即便在这种乱糟糟无章法的饶舌对话里，也能感觉到阿坚那深藏的宽容。我揣测这种贵族享受只针对广东本地人。甚至，连阿坚自己都恨不得变成潮州人，即刻离开宿管办，跟着一个“会做生意的表哥”，直接进入“另一个新世界”。

而徐富民大大方方地接受着“被羡慕”，毫无愧意。难道在他心底，会认为像阿坚这样满嘴普通话的小中层，都是外来的侵入者，故而也就接受了他颠倒乾坤的羡慕？反正他就那样咧着大嘴，嘿嘿直笑，迈着狗熊步伐，赫然离场。那具身躯里好像没心没肺，所以才那样不急不慌。出了门，曝白剪影一点点挪移，像走在一片空寂旷野里。

徐富民的家近在咫尺，无须着急挣钱，出门打工是为度过空闲时段。所以，他没有被穷逼得眼红心跳。吃饭，八元菜不眨眼；买鞋，五六百不心疼；看女工，目光海阔天空，希望能捕获到更年轻更漂亮的；若能搭讪，最好不过；继而迎娶，当然也好；即便没机会拍拖（谈恋爱），看看也能养眼。所以在这头“功夫熊猫”的身上，没有紧张叛逆，也没有生存压力，他随遇而安，全盘接受了现实中的一切。

哦，除了，除了那些——“老太婆”。

无论男工如何表白（把自我标榜的话说得天花乱坠当成嚼口香糖），其实都和宿管心中的形象相去甚远。譬如高利民，自我感觉良好，懂得将事情的真相隐蔽变造一番；到了阿坚这里，即刻还原成典型的捣蛋鬼——赌博、抽烟、滑冰、撒谎、说大话，样样有份。

阿坚咧着大嘴笑：“高利民是朵奇葩。”

头发染得金黄，衣着格外夸张，运动鞋穿得久了，懒得洗，丢到一边，再买新的，根本不懂节俭。甚而，还买来小音响，藏在枕头下偷听。最令人发指的，是随意使用别人的东西——毛巾、洗发水、洗衣粉。用完了，还催人家快去买。“我和你关系好，用点你的东西算什么？等我有钱了，买回来，你也可以用。”

阿坚理解在狭窄密室里，想把所有的东西一分为二地拎清，确实不容易。但作为宿管，他有一双悬浮于半空的眼睛，一眼看穿高利民是难得一见的奇葩。

新人培训时，这个男孩头晕脑涨，什么ISO，什么QC，没一个词语他能晓得来源，只是死记硬背。到车间干活时像拉磨的驴，两眼蒙住，兜着一个地方转，根本不晓得磨了些什么。他没受过穷，心智还滞留在少年状态，认为别人和他想的一样，根本不晓得别人讨厌他。他打扮自己，出于一种古老的本能：只要自己更干净更帅气，便能在对雌性猎杀的战场上获得冠军。

我一直记得高利民的手。他的皮肤本来就比一般人白皙，可那双手还是让我吃了一惊

——指甲尖细细的，亮晶晶的，指甲盖像杏仁。这样的手应该长在女人身上：关节太瘦，手指太长，线条欠柔和。而当它属于雄性时，有股古怪的刺目感，好像它不是用来劳作的，而是准备休闲的。主人慢慢受到手的感染，越来越不喜欢劳动，一钱不省，吃饭穿衣样样考究，每日生活在戏台，要装扮好了才上场。至于未来或以后，留到第二天再想吧。

阿坚对男工们都有股遮掩不住的厌弃——像穿过林间小径，无论身旁是荔枝树、杧果树、细叶榕，那些手掌状的叶片都和其余成千上万的叶片差不多，很容易便哗哗轻翻而过。他受够了这些精虫灌脑的年轻人。理解他们，不，哪怕是面对面以平和口气和他们说话，对阿坚，都何其之难。更多的时候，他如天空中盘旋的猎鹰，一下子降落到宿舍草坪，面对那些不听话的家伙，奋力举起利爪。

而劳务公司阿彪和男工的关系，却不似这般非黑即白。当然，他也会让自己刻意地疏远和冷淡男工。他讥诮地点评那些“90后”“一脚踏出了家门，不管家里人吃人。”

看我像被突兀的动作打断呼吸的完整性，定格住，他浅浅一笑。他说男孩们一旦离家，便像鸵鸟般把脸扎进沙堆，身后事一概不管。

这些落叶般簇拥的人群，一到夜晚便如鬼魅流窜，两眼炯炯精光地上演一出出烂舞台剧。白天在无情的集体生活中，夜里便要给自己找抚慰品。归纳起来总不外乎抠女（泡妞）、抽烟、喝酒、喝饮料、上网打台球之类。

情场每每失意的原因，不是没有女人，而是女人身边的男人太多，让女人那柔弱的形体变成了增殖膨胀的异形，可望而不可即。他要怎么才能融入女人们的“群”？进入她们的“姊妹淘”？推开那一扇扇门，听她们吃吃窃笑地交换秘密话语？她们总是晃动在街角的拐弯，以背影或侧面闪过，然后，就淹没在雄性海洋的包围中，根本没有任何罅隙。

所以，在工厂试图勾引一个女孩简直就是做梦。

然后，男孩们便互相寻找同乡，喝酒吃大排档打游戏打台球，或者干脆——打群架。而下半场全是上半场争夺异性大战失利后的衍生品。暗夜时分，这些又穷又没有明天，挣扎在一个工作换一个工作总是从普工做起的边缘人群，会聚成一股强大的气息，不安定地浮游在工厂路。

厂内小店的香烟，原来五元的卖得最快，后来变成十元的卖得最快。饮料的销售总如雪崩，无论可乐、雪碧、凉茶、酸奶、加多宝、冰红茶、脉动，陡然间，变成空荡荡的瓶子被丢进垃圾桶。每一个形状各异的空瓶子，都像圣诞老人派送的各式各样无现实利益却可解决最恐惧小事的道具。是的，每一个男孩的手里都捏着一个瓶子道具。

初次见到编织袋垒砌的瓶子山时，感觉像在游泳池水面下摄影般慢速而不真实——那些瓶子各个狰狞，虽干瘪了肚腩，被混乱错置，像一摊摊尸骸，却并未死透，仍努力伸着脖颈，要抢一口新鲜空气。这堆超现实垃圾，在日光下如蜃影般虚幻，令时间艰涩停滞，弥散着一种无端的悲戚。

我不解——何以男工拿饮料当水喝?

阿彪一派淡泊与局外："嗨，他们觉得能解渴，便拼命往肚里灌，哪能想那么多？"喝饮料像按一次抽水马桶，能让体内的躁郁得到适度纾解。虽然这很荒谬，可下班后工厂路最常见的姿势，便是男工举头喝饮料。饮料喝多了，每个男工都变得有点弱智，有点呆傻，有点缺自尊。

对一进厂就琢磨着怎么离开的男工，阿彪撇嘴："哪里的工厂都一样！"

他举例：有些人离开电子厂时，赌咒发誓，说再也不回来，要把电子厂从脑袋里删除，对，Delete！可过了半年，又来了；还有些劳务公司介绍来的人，点名要进电子厂，说不怕站，只要工资按时发。

无论高利民、严小强和徐富民在外貌、家世及性情上有多大差异，所有进入工厂的人都具有相似性：都是在被迫状态下进行的妥协选择。他们都知道这是暂时行为。总是要走的（去哪里并不明了），但在找好下家前，权且蜗居于此。

从一个厂到另一个厂，加完一次班后赶下一次班，最终，从一个灵气青年被时光雕塑成垂暮老人。那些男工们到底经历了怎样的恐怖黑暗、蚀心之痛、荒暴酷刑、无望恋情，才把自己逼成这样——终身带着苦役者的神情，落落寡欢，我不得而知，只是当我行走在工厂路上时，能明显感觉这条路的无力自拔，像陷落于神经官能征的困境。

而下班时，在厂门口组成的脊背波浪，像浮动的地平线，繁密到难以概括，根本无法辨析出单独个体；而车间永不停歇地传来发动机的轰鸣声，白炽灯洒下刀刃般的辉光。

而一切，就这样顽强地存在着。

宿舍，今夜请将我遗忘

网吧是工厂路最吸引男工的地方

第五章

午餐风暴

到达工厂路的明显标志，是道路两旁的商店置换成各类厂子。

那些原本是旷野、是荒滩、是农田的地方（原本无明显建筑地标），突然簇拥起多家工厂，鳞次栉比地粘贴，奇幻地形成两排水泥建筑的多米诺骨牌。

而工厂路上的一切，都显得匆忙、不固定、非正式。

工厂路有种切肤之痛——打工者的身份问题。打工者干的是工人的活，身份却是农民，这种错位，让他们饱受来自角色、居所和权利的折磨。有一天他们惊诧地发现，自己像成吉思汗，离开家乡的时间太久，路程太远，甚至无法返回，只能将这场战役不断地打下去。这种生活怪圈，让他们一辈子都沦陷于流亡之苦中。即便在厂里已工作十年、二十年，在工厂路已居住十年、二十年，厂还是别人的厂，路还是别人的路，自己还是没成为这里真正的主人，像台球桌上的微尘，可随风而逝（而家乡已田园荒芜、老屋凋敝）。

身份危机（自二十世纪五十年代后，人们的职业和阶级身份被固化，国家以各种方式把农民定格在土地上，使他们失掉了择业和迁徙的自由，由此，城乡和工农间被划上了一道鸿沟）的隐疾，让工厂路上的一切都无法固定下来。正是这种内在危机，造就了一系列外化街景。

从让农民脱胎换骨的工业革命开始，英国花了近两百年走到日落，日本花了一百五十年走到停滞，台湾花了五六十年走到艰涩，而工厂路只花了三十年（以“大跃进”式速度）便产生咂舌效应。有些人在这个潮流中顺势而为，步入满意人生，但大多数不是赢家。

只用了三十年，那些原本笃定信守的观念已如陈年纪念品，散发出怀旧老派之气息。好像一脚跨过国际日期变更线，小小的冒险后，一切都发生了改变。一切曾经坚固的东西都烟消云散了。整个人际关系网都发生了异变，更别提那些溢出家族谱系的青年男女之关系。

上午十一点我走出电子厂大门时，阿杰在大哭。

那个六岁半男孩，穿红色长袖T恤，满脸痉挛，喉头发出尖锐粗野的“嗷、嗷”声。他用手去扯母亲的衬衫下摆，而母亲试图弯腰低头，钻进她家的小轿车，嘴里不断厉声斥责，“不行……不行……”做父亲的，只威严看着路面，双手扶着方向盘，对儿子的发癫行为不闻不问。弟弟阿林，瞪着四岁半圆圆黑眼，坐在钢丝床边，愣怔注目。

天天守着这条街，守着这个厂门口，六岁半男孩被外界强烈吸引，而试图摆脱现在的困境。他比弟弟更敏感，也就更痛苦。那孩子大口地呼吸着饱含工业粉尘的空气，面部扭曲呜咽起伏。那哭声惊天动地，像山谷之风猛然荡来又荡去。孩子急了，破釜沉舟，居然，试图将脑袋钻入车厢。车厢陡然变成一个沉重而豪华的宫殿，被守卫得刀枪不入。于是，那黑乎乎的脑袋，被粗暴地推搡出来。

孩子完全暴露在街道上，和车上的父母有了一定距离。

邻居们被哭声吸引，不时抬头，向事故发生地瞥两眼，但手底下依旧忙碌着。没有人放下手中的活计来拉扯住孩子，劝慰他，再假意胁迫父母给予孩子某种承诺——没有。父母要出门，不愿带上累赘的孩子——这原本是件简单的事，但出现在电子厂门口，便变得格外刺目，像某个桌面一直被白色织物覆盖，突然扯去后，露出的真相分外不堪。

做母亲的急了，光天化日之下，挥掌开揍。

这一刻，这条路像动物被尖刀挑破皮毛，露出内脏般，被潮腥气裹挟。

这一刻的尖锐真相是，这里既不是花园小区，被绿树鲜花掩映，人们的脾气似乎更温和；也不是古老乡村，炊烟老牛田埂，总让邻里间有种你来我往的亲密；更不是单位家属楼，每一户都心知肚明，成年累月，积下肥厚的相处经验，总要在任何时候，都要维护“我们院”的公共形象。不，这里不属于这些性质明确、人群固定的街区村舍，这里只是临时会聚了一群人，住在出租屋，靠从日子里榨出油水过活。

在这条路上，人和人的关系貌似粘连成片，但其内里，又有巨大的缝隙　　好像透过显微镜进入灵魂深处，发现个体与个体间的距离不是一米两米，而是千米万米。

在那种生于斯、死于斯的乡土社会中，每个孩子都是在人家眼中看着长大的，在孩子眼里周围的人也是从小就看惯的。每个人都像植物在泥土里扎下根，每个人都摸熟了别人的生活，自然而然，也会把别人的孩子视为己出；而在律法高度发达的国度，孩子们的归属权又被国家强化（做父母的若当街暴揍孩子，邻居可打电话报警）。

在工厂路，某种沟通的桥梁断裂了。这一户从河南迁徙而来的大家族，貌似人口众多，却依旧只是单独的一户。他们并没有一个族群可以依赖，而像怪客，像飘忽落单不被整个全体理解而流放的怪物。他们没有真正意义上的邻居（没有土地根系，没有社区链条），而是失魂落魄的异乡人，深陷于隔绝孤立状。所以，孩子和母亲的纠缠，像一出发生在舞台上的话剧，无论表演得多么悲惨，都无法引起观众的痛感，像铁路上那根本无交集的双轨。

一个我从未见过的男子闪出：黝黑、敦实，粗大胳膊夹着个婴儿，另一只手举着伞（我揣测他应是阿杰的叔叔）。他从裤兜里掏出一块钱，举着，对孩子喊，希望他能平静。而奶奶——花白稀疏头发、三角眼、满脸阴郁的奶奶，扯开嗓门，像丢出一根高音频绳索，用反复唠叨将孩子捆绑住，坐在小床边，依旧浑身颤抖悸动。弟弟擦干鼻涕，瞪大眼珠，定定瞅着哥哥，默不作声。

河南大家族的午餐正式开始。做饭的是二儿媳妇。她让我惊诧：即便深蓝长袖T恤宽松如道袍，依旧无法掩饰壮硕腰肢，滚圆乳房（但作为产妇，这种水肿可以原谅）。她从电饭煲里挖出米饭，用筷子在大盆菜里啄几下，塞给阿杰。阿林坐在床沿边，吃着奶奶喂来的饭时，眼神依旧同情着哥哥。爷爷并不参与进食，从二儿子手中接过婴儿，站在冰柜前驻守（像兀鹫群进食时，总有几个放哨的）。

端着碗，不愿举起筷子的阿杰，异常寂寞。在强光曝照的街面演出后，他像把所有的激情耗尽，变成一尊木呆呆的雕塑。

目睹混乱后我急需安慰，便在“行动酷饮”处坐定，要了杯特色咖啡。

机器轰隆，香味弥漫，令这个逼仄空间充满现代风格。好像那高脚凳便是拱门或走廊，通向内里的前厅、镜厅、花园，可看到另一个艺术世界。可惜，这样磨制的咖啡，最终却装在了纸杯中（外面印刷着四个绿字：咖啡主义），插上吸管——这是为适应工人们拿了饮料就走的习惯。但我却不想走，一口口啜饮着，和老廖聊天。

坐在红色转椅里，被各种写着水蜜桃、荔枝、杧果、西瓜的塑料大罐簇拥，一张小茶台上摆放着壶和杯，廖老板的公共生活和私人生活间，有着某种迥异的风格——他不喝西式的饮料咖啡，而是中式的茶。他的眼睛闪出的光像汽车前的照明灯。这个小资情调很浓的中年鄙俗男，操一口文艺腔，激烈表白：“他们说我的咖啡没速溶咖啡好！”

他对“他们”的品位，几乎怀有某种仇恨。他愤怒，像受到虐待，像人权遭到践踏，声音变得低沉：“可是，有什么办法呢？这些只喝过速溶咖啡的人！”

“在工厂路，我的咖啡是第一！”

穿上工装之前，这些人散居在中国村庄的各个皱褶中，在他们的身上，浸染着浓重的乡土痕迹，而城市文明的种子，还没有诞生。出门打工，下班后踱步到小店，选择喝咖啡时，只是为了向同宿舍的人炫耀——“我喝过咖啡啦”，而并非因为“我懂咖啡”，才喝咖啡。

在这个社区的这条街上，几乎所有的小店都大烹小割，忙得乌烟瘴气，店门口被方便筷、纸巾、饭盒簇拥，混乱污浊，而只有这家小店，干干净净，而散发着香味。他摆出证据：“我的咖啡豆选料精细，是公司自己烘焙的。”可是，当我问起原产地是否是荷兰时，他又有些语塞，“公司不告诉我们原产地。”他强调，“是公司自己选豆，自己做，再批发给我们。”有些香港老板喝过后，又来喝第二次。他们说，在工厂路附近市场有个咖啡店，用的是三万元的咖啡机，但味道还不如这里。

于是，廖老板得意起来。他的咖啡机才一万元，但咖啡的味道“不仅要有好机器，还要会用，以及原料好”；最重要的是，“要懂咖啡”。所谓的“懂”，是一个漫长的参悟过程。对廖老板来说，像和尚或修士，面对属于他们的宗教，要潜心求索才能懂得真谛。

他说自己“做这行已二十几年”，故不愿加盟连锁店。我煞有介事装懂行：“哦，加盟费很高吧？”他不屑一顾：“不是钱的问题。

对咖啡，我懂得比他们还多，不需要他们指导。我只需要他们的原料。”这个中年男人的理想是，通过做一家小店开始，慢慢扩大，形成自己的连锁店。

无论老廖说什么，我都点头；无论深焙、浅焙、生焙的界限在哪里，无论怎样的机型能烘焙出怎样程度的咖啡，在我看来，都问题不大。我只是喜欢听和咖啡有关的话题。在这个时刻，咖啡就是鸦片，能助我脱离生活现场而进入仙境。

老廖的“行动酷饮”虽然小，但生命力极顽强，在这个路口已挺立七年。很多人换了工作后，再次返回找老乡时，一定要回到小店，喝上一杯。他们对着老廖大喊：“老板，我们想你啦！”七年间，老廖眼前的工人如河流，一波波一浪浪，不断晃动。尤其是那种学生工，只干三个月便哗啦啦不见了，像候鸟。老廖和顾客间建立起的不仅是消费关系，更有神秘的情感联系。打工仔加班后在这里喝饮料、聊天、拍拖（谈恋爱），并不避讳他。单调滋生的孤独是这条路的冰冷核心，所以咖啡简直就是反高潮。

只要往高脚凳上一坐，便能将低等而粗糙的生活暂时放下，体验高尚典雅的浪漫情怀。好像只要一端起杯子，灵魂里某些灰稠的黏液，便被一次性排泄掉（如果每天都累积，人最终会爆炸）。

这时候来了五个女工，叽叽喳喳，要这种冰、那种豆，还有一个，要冰沙，熟门熟路。她们聚在一起，所说的不过是些浮面上的话，但我却能感受到一种深深的愉快。那种快乐，像儿童逃开课堂奔向田野。她们的脸被阳光照耀，反射出光芒，让五官显得特别清晰确切。她们只有二十岁出头，无论牛仔裤或黑短裙，都遮不住那青春的敞亮。

廖老板在那个有限空间里，像跳舞般运动起来。舀出各种原料，通过摇晃或打磨，制成某种液体，再打开冰柜，添上各种辅料，最终，将杯子放在机器上，盖上一层膜，插入吸管，套上塑料袋。只有那个选择冰沙的女孩，举着杯子，高高的山峰耸立，还缀着些小颗粒。大家拥过去，用勺子将山挖平了，嬉笑着说好吃，好吃。

钱是一个瘦女孩付的：三十元。有个胖女孩，还给自己的“老公”带了一杯。胖女孩惊诧：“哎呀，你都付了？”瘦女孩点点头。胖女孩道，“那明天我请你们啦。”她们急着要赶回去上下午班。我惊诧询问胖女孩，上班通过安检口时，有保安和机器的双重检查，怎么能把这明晃晃的食物带进车间？胖女孩笑，“可以带进去的。”

“蓝色诱惑”在招牌上显得格外出彩：高脚杯内的幽蓝液体通体闪光。只需看一眼，心头便麻酥酥，想迫不及待尝试。但我按捺住期待，不得不先把“特色咖啡”喝完。眼瞅着老廖迅疾做出的“蓝色诱惑”，被美丽不可方物的阿梅端起，令我有些后悔今天的选择。

在如此简陋的小店，如此尘土飞扬的空间，阿梅从天而降（黑长发，黑T恤，白短裤，一张小巧的白脸，睫毛低垂，带着股逼人的冷艳，有种毒瘾女人般的颓废风情）。她才二十五岁，但已积攒了足够多的打工经验。她原本在苏州干，是2013年才来樟木头的。阿梅在苏州的日子“一点都不自由”，像生活在世界边缘，会随时跌倒下去。

“一整天都在厂里！”凌晨五点起床进厂，从七点开工至晚上七点收工后，才能出厂。“真的很别扭。”不是工作强度，不是工资收入，而是难以言说的不爽。上厕所要带离位证；时刻被别人盯视；出现不良品被组长骂；犯点小错误便会被罚款。人人都盼着下班，到外面去透透气，快速切换下视觉频道，否则要被憋死。

但老板买断了工人除睡觉外的所有时间——十四小时。

这种做法充满对人性极限的挑战，甚而还有点恶童般的戏谑。

阿梅慢慢明白，老板根本不在乎发给工人的薪水，只需工人一直待在厂里，有活就干，没活可以聊天、玩手机，但就是不能离开车间。如果人体是一幢房屋，配备了各个房间、走廊、管线、植物，但这里却看不到阳光，永远遮着窗帘。每个在房间住久了的人，都会感觉自己像藏匿躲窜的罪犯。

日复一日的困守让阿梅困惑，不知自己该干什么，没有方向，一夜一夜睡不着，内心充满怨念。时间长了，她居然非常厌恶自己的性别。她把头发剪短，下班也穿着工装，刻意养成走路弯腰低头的习惯。然而，她越是努力，她那开花的身体越是坚持要胜过她的伪装。她凌晨照镜，被自己释放的魅力吓得魂不附体：短发簇拥的脸孔熠熠生辉，显露着压抑不住的性感。她的肉体越有魅力，她就越尴尬，总感觉哪里不对劲，感觉自己应有更好的选择，去医院咨询了心理医生后，她毅然辞职。

终于，“蓝色诱惑”亭亭玉立，等到懂它的人。

终于，女工阿梅端起高脚玻璃杯，将嘴唇对准那片蓝色海洋。当液体下落，一瞬间，嘴巴里差点发出颤抖的呻吟，宛如沙漠中百花齐放。好像那有着多棱角的玻璃杯中，装着的不是有色液体，而是曾被密实压抑的女性身躯，终于被释放了出来。

路过美味麻辣烫，我驻足，朝老板小肖望去——他一点也不像别的摊主（不干不净，不堂不正），他像个翘课中学生（白皮肤、尖下巴、单眼皮）。他原本是电子厂员工，前后干过四年半——在资材部当仓库管理员，又到实装部干作业员，2013年辞职搞麻辣烫。先在深圳的工厂区，第二年又搬回樟木头电子厂。

小肖说话也是一派书生腔：“舍近求远不划算！”原来，“无限风光在近处！”和厂内当员工比，“厂外自由，赚钱更多，但身体和精神都更累”。厂里最后一班人十二点十分下班，所以，小肖的摊子要深夜一点才收。

午饭时，采购、洗涤等前期工作已完成，小肖往竹签上串豆腐皮，另一个女人串香菜，三岁小男孩坐在小凳上吃饭——好一幅三口之家的温馨图！

我问女人："儿子几岁了？"

她扑哧一笑："那是孙子！"

她抬起脸，依旧让我无法相信她是奶奶——皮肤白皙，眉眼秀气，除了额头上有隐隐细纹，整个脸庞并不显老。唯一泄密的，是束在脑后的头发中有缕缕白丝。

她指了指小肖："那是儿子！"

小肖面露尴尬，将秀气的尖下巴朝内收缩着，像被我无意间窥视到隐私。他如此的长相和气质，完全是个读书人，可却套着围裙，在遮阳棚下串豆腐皮。他那年轻的母亲，丝毫没有感觉到儿子的难堪（耳朵边沿都变得发红），反而落落大方地笑，说儿媳妇在电子厂上班，她帮儿子一起摆摊。这个做奶奶的，和厂门口男孩阿林那狼外婆奶奶大相径庭。

小男孩的饭盒里是一堆炒粉和两个包子。我让他给我一个包子，他瞪眼："我的！"但我赞他"长得好看""这么会用筷子"后，他又大方起来，将装包子的塑料袋拎起来，"你吃一个吧！"看我摆手，笑得更欢。

孩子一边和我说话，一边朝他那年轻的父亲望去，像小猫瞪着小圆眼，一下一下看主人，传达着对主人的绝对信任。父亲嘴角浅笑，手指忙碌，并不拿眼神回望他。父亲的外表是个乳臭未干的孩子，但那一把把木头签子，已把他消磨得暮气沉沉。

三岁小儿往嘴里放包子时，里面的肉馅滚到地上，于是，他用筷子拨拉河粉里的鸡蛋，试图塞入面团，组合成新的包子。见他拨了几次都没成功，我便帮他夹了进去。他大口大口地啃起来，还用右手接着下巴，预备着将掉下来的碎屑塞入嘴巴。孩子吃得嘴唇红润，满脸严肃，怎么看都好看。

突然，地上多了条黑影。一抬头，棚下多了个穿工衣的大脸女人，眼神如带毛刺的钩子，直愣愣甩来，充满惊诧。我亦惊诧那种惊诧——麻辣烫的配料尚在准备中，这顾客来得也太早了！

正忙碌的奶奶替我解了围："哎哟，妈妈下班喽！"

做妈妈的可是凡人肉胎，猛然看到陌生女人闯入，怎么会放过，那眼神刀一样划过来，流光火辣，让我顿觉尴尬，一下子从凳子上站起，慌乱解释："你儿子好聪明。"又识相地缀了句，"我昨天来吃过，以为中午也有……"

走出摊子三四步，又心虚地回头补充："我晚上再来……"

那张宽幅黑脸终于浮起和解笑意——原来，这个女人不是斜刺里杀将出来，觊觎她的孩子和她的丈夫，原来这个女人不过是个食客。

老孙头发灰白，脊背微驼，灰线衣，灰长裤，像《灰姑娘》的倒错版本。这个灰老头，脸和手比脖颈还要黑，像被火烧焦了似的。小苏矮老孙一头，粉色T恤，姜黄西裤，棕皮鞋，双眼皮里包裹着两颗眼仁，大而无神。两人一前一后，在电子厂大门口转悠，既不像求职者那般焦急，也不像有工作者那般笃定，而是怀揣惊诧，四面寻找好玩与新奇。

老孙和小苏在犹豫怎么吃午饭。小苏倾向重庆小炒，而老孙一个劲儿地说："回去嘛，回去嘛，在外面吃，是要掏钞票的呢……"于是，他们便定格在厂门口。

看我也站在厂门口不动，老孙两眼放光凑来搭讪："找工作啊？"

我慌忙支吾："嗯，嗯。"

“你从哪里来？”

“新疆。”

“那么远！新疆是要下雪的哦！”老孙的眼神变成钻石，闪着贼光；而小苏的眼神是堆甘蔗渣，迟钝乏力、散乱瘫痪。起初，我猜他俩是父子，但即刻便否定了：无论从体型到气质，他俩都相距甚远。老孙像个老赖子，而小孙是个雏儿。

老孙追问：“你老公呢？”

这真是一个怪诞的瞬间——被这样揩油令我惊诧万分！

面对这种单刀直入，我混乱中仓皇抵挡：“哦，在外地……”

老孙像矿工探到了宝藏（那个男人并没有和她在一起），越发来劲：“你孩子多大……”

像后背被推搡了一把，我不由自主地向前跨去，听到自己说出了一个数字，像小旦用假嗓子背台词。这种声道令我警醒——我和灰老头的关系，已发生了异变。现在，他占据绝对主动地位。他上下打量着我，揣测我的年龄，计算我的婚史，判断我的收入，估摸我的处境。千真万确，一朵笑靥绽开在灰扑扑的脸庞，臼齿隔得很开，牙根发黑，牙龈偏高。

我必须马上反击：“你俩是父子吗？”

效果真好。两个人都为我这个判断而惊诧，互相摆手说不不不，又找出各种理由，呈现他们来自不同习性的族群。老孙比小苏有经验——无论是乡村生活或打工生活。老孙已六十多岁，因我对他的关注，像只骄傲的孔雀，不断地开屏、开屏。他变得滔滔不绝。

原来九年前，老孙离开重庆郊区，到江苏打工（那是他两个儿子打工的地方）。他形容那里的工作比广东更自由。话匣子打开，他启动如簧之舌——工资按天计算，没有周末。如果累了，不去打卡就可以。如果要走，老板马上结算工钱，不会拖欠！每天工作十三小时。

一个月有四千块。“天气比这冷，冬天会下雪，要穿棉袄的哦！”

然后，2013年，他的两个儿子转战到虎门一家服装厂当电工，他老伴带着两个孙子回老家上学，而他在樟木头找到了保安的工作，和原来挣得差不多。

我盯视老孙——这个年过六旬的灰老头，是勇斗歹徒的保安？！

小苏终于找到反讽的机会：“他一个月才两千多块钱。”

老孙喜欢显摆，试图让我认识到他是个有力量的男人——“他们那些小年轻，干活还比不过我”……也许，这是真的，然而，他毕竟已经六十多，头发灰白，居然还能找到工作（即便工资不多）？

“年轻人才不喜欢做保安！”小苏仿佛有着一种古怪的刻薄。“那样的工作，只有他才会干！”

老孙、小苏和我，原本，只是在各自的时间段过各自的生活，现在，时空倒错，令我们会聚于正午的工厂路，像早已认识了几辈子的熟人。这种站在马路边的交谈，因时常有惊讶发现而语气热烈，并伴有哗啦啦大笑。直愣愣地探听别人的隐私，让大家都品尝到破坏公众生活和私人生活界限的愉快。

老孙在谈话时，间或插上一句：“回去嘛，回去嘛！”

而小苏总不断眺望小炒店，脚不动窝。

老孙说到兴头，盛邀我去他的厂看看：“走嘛！走嘛！很近的！”

看得出来，这灰老头实在寂寞。然而，他对我的态度越亲昵，越让我感觉不安。但我还是抵挡不住探访未知领域的好奇，小红帽般，跟在了他的身后。

离开工厂路，离开樟深路口，陡然间，我变得渺小，像几乎不存在，只能跟着灰色和粉红色，向前再向前。每向前一步，我便犹豫着是否要后退一步。我想我是疯了！在一个并不属于自己的街区，跟着两个陌生男人，到他们所说的“那个厂”去，这个行为在此时、此刻、此地，是冒险的。因为紧张，我感觉一切都慢了下来。我看见自己在以宇航员月球漫步的动作前行。

某种尖锐的紧张，雾霾般一直笼罩在珠江三角洲工厂路的上空。人们好像是工厂和机器的散件，而无法获得充分休养。即便下班，也不能“回家”，只是回到宿舍或出租屋；即便是节假日，也不能合家团圆，只能和工友搭伴闲逛，或去另一个工厂区找老乡。没有住房，没有团聚，没有完整的归属感，让行走在这里的人干燥、恍惚、混沌。

路过一片五六层高的农民房，向北行一百米，从路口进入小竹街，尽头是个电子伸缩门。这个厂和其他小厂并无差别：一幢三层楼厂房，顶部撑起红字：“恒大”，对面是宿舍楼，仓库中堆满货，厨房里正在炒菜，有人在洗车。

院子中央，用铁丝网围起一个大花圃，栽种着大小上百棵树木（枝丫顶部被剪掉，裹着塑料，像伤员吊着绷带）。这歪歪扭扭的树木消解了工厂的铁锈味，让这里变得像个植物园。但老孙并不知道那是什么树，只敷衍地告诉我，“那是老板的树”。“老板”二字被舌尖推送，无限温柔。

这个厂虽小，但看起来相当正规，甚至可称得上典雅整洁。楼房外墙是统一绛红色瓷砖，宿舍楼的窗户上安装着铁栅栏，院子里铺着水泥地坪。奇怪的是，在工厂大门和仓库间的拐角，两丛金桔中央，有个绛紫供台，上下两层，供奉着排位，摆着苹果。供台的绛紫和楼顶“本厂已通过ISO9001-2008质量体系认证”的金色，似乎构成了当代中国的某种隐喻：乡村道德与工业标准并存出现。

自从进入这个厂后，老孙收敛起放肆戏谑，变得谨慎规矩。他被一群中年妇女围拢（那些妇女似笑非笑地打量着我，眼神像X光），他这样介绍："是她跟着我来的，我也没办法……"

他完全忘了——是他说："走嘛！走嘛！"

显然，灰老头不是单纯的农民，也不是纯粹的工人。他见过世面，有过经历，比小苏复杂。但直到现在我才明白，他比我想象中的更复杂。现在，他皱起眉头，满脸狡猾世故，仿佛我是个觊觎工厂的可疑人。"她说她要找工作……"他无辜表白，慌手慌脚，思维混乱，词语零落（也许，他在邀请我的时候，并没有料到中午时分会有妇女返厂吃饭）。

正如我之前担心的——我根本不该来这儿。

我的出现像是入侵——我的T恤衫、牛仔裤，在镇中心还说得过去，在超市和花园小区也不会引人瞩目，可往这小厂一站，就显得太过文雅。不悦感缠绕在我的心头，于是我甩下老孙，自顾自地绕着厂房转。

广告牌上贴着A4复印纸，正在招聘——保安数名：限男性，有一年保安经验者优先，工资面议。另一侧是"恒大厂消防安全委员会"：并排十几张打印纸，列举出一系列"消防安全管理办法"。最后一页"消防安全委员会组织架构"标注出：总指挥——副总指挥——教导员——警戒组、灭火组、拆卸组、救护组。这两个启事的内容，实际是自相矛盾的：工厂招聘保安的条件，甚至不像"作业员"那样标注出工资和加班费，而只说"工资面议"；于是，两千多的工资只能招来六十岁的灰老头。即便老孙反复表白自己的身体多么强壮，一旦发生危险，我难以想象满头灰发的老人，去灭火，去拆卸，去救护。

当我掏出手机对着广告拍照时，中年妇女们尖啸起来："哎呀，她拍照哦！"老孙讪讪走来，像条软塌塌的影子。他看起来底气不足，满脸堆着尴尬的笑容，语气游移："厂里是不能拍照的哦！"

这简直就是粗鲁的逐客令！

解困的稻草出现——有人招呼："开饭喽！开放喽！"

于是，我走向大门口，礼貌地朝灰老头挥挥手："再见。"

虽然离老孙的距离那样远，我还是听到他如释重负地叹息了一声。

恒大厂对面是片废弃荒地，长着亮晶晶的杂草。半米高草茎多于叶片，黄绿棕褐，内里夹杂着指头肚大的小白花。这片草滩被晒得暖烘烘，散发着一股热气。草滩对面是幢六层楼。从排排小窗可知，是工厂宿舍楼。一件件吊挂的衣衫，挤挤挨挨。在厂房和厂房间，尚留有这样两三百平方米的空隙。

一条细长土路蜿蜒向前，路旁堆着水泥、砂石、碎屑、木棍。一堵红砖墙上，吊着块长方形木板，上面写着四个天蓝色的大字：大众饭店。我环顾四周，并没有任何与"饭店"有关的迹象。踩着土路向前，道路尽头是排水泥房。房后用铁皮加盖的一间间小屋，比原来的房子矮半头，借用水泥房的后墙架起个小木屋，再搭出一个斜斜的瓦楞铁皮屋顶。

墙上再次出现天蓝色大字：大众饭店。箭头指向右方。铁皮房外有一截半人高栅栏，木杆黑污，铁丝网生锈。从里面走出个中年胖妇，将一盆脏水泼进草丛。看我诧异，就热忱地招呼："从这里过！从这里过！"

我恍然明白，这是大众饭店的后门。

从门口望去，通往前厅的入口黑黢黢。我踩着湿滑窄道往里走时才发现，多加的铁皮房是这个饭店的厨房。即便白天如此明亮，那个空间也异常昏暗。我只瞥去一眼，便感觉永生难忘——小小密室里塞满东西。靠墙立着个木架，堆着大小塑料盆，放着各类蔬菜；调料瓶的盖子上积满污垢；煤气灶的台面腻着油污，铁锅里正滋滋作响，搪瓷盆上闪着微弱银光，这个幽暗空间里唯一的希望。

但是，这并不是全部。

这个空间的逼仄、狭小、脏污，是一目了然的，还有种古怪味道从蜷缩处强力释放。高温腐坏变质的食物，纠结成一团味道（并非只是腥臭，而是臭里混杂着甜，以及难闻的香烟味、灰尘味、旧衣服味、小动物的尸体味）。大股怪味无法控制，无法根除，一下子堵住鼻孔，让人瘙痒难耐，只想快步逃开。

前厅大门立着个灯箱广告，再次出现天蓝色“大众饭店”四字。女店主操一口地道的湖南话，招呼我坐坐坐。门厅内放着两张圆桌，一张围坐着四个女人，另一张空着。正墙上贴着幅画像：大背头、双眼皮、嘴角下一颗痣、青色中山装，脖颈处一圈细细的白（毛泽东同志）。画像被红色对联环绕：八方财宝进门庭/四方贵人相照应，横批：迎春接福。这种粗俗的祈福语，让画像上的人好像不是真人，而是门神或灶王爷。

我并不想吃饭，但却不能不在这里消费——否则，没理由坐在这里。

“来一罐加多宝。”

服务员三十多岁，穿红衣，扎马尾，皮肤黝黑，将举在手中的过塑菜单放在桌上后，惊诧重复：“什么宝？！”

这位妇女刚从湖南乡村来，此前，她一直生活在没有“加多宝”的世界中。于是我重复；于是她扭过头，对引我进入饭店的中年胖妇喊：“什么宝？”那妇女用浓重湖南话对她解释，语速奇快。我只听到里面有三个字，红色的！红色的！

于是她打开冰箱，取出了——红色的。

四个女工围坐在我身旁的桌前等饭。她们像电影学院的女生般靓丽（白色连帽T恤、黑夹克、半长罩衫、淡粉毛衫），让寒酸逼仄的大众饭店变成了微型皇宫。她们那样干净，比任何青草、任何花朵、任何香水，都更具诱惑力。工厂一再提高薪水，提供各种升迁机会，渴望年轻女子加盟（男性曾拥有的勇猛、爆发力、创造性，在工厂路是被排斥的）。也许一开始，年轻女子只是流水线上的普工，但如果她们通晓了白话，自学了日语，英文也不差，人又长得靓，便能越界跨入管理层或嫁个好男人。

小竹街是工厂路的缩小版：街道更窄，工厂规模更小。从这个厂的宿舍，能望到那个厂的车间。稀疏的榕树上，挂满"吊车叉车""移印丝印"的小牌子。街边广告栏中的招聘启事，虽用塑料薄膜盖住，但仍被雨濡湿，字迹模糊。而无论工厂怎样表白、许诺、应承，所招揽到的工人数量，总和自己的预期有差距。

于是，那些被濡湿的启事，便一直贴在那里，像一句句连续不断的呼唤：缺工、缺工、缺工（无论是冲压工、品管、注塑工，或床技工、铣床技工、火花机技工、线切割技工，皆缺、缺、缺）。这些招工启事呈现出双重面貌，如希腊神话中的雅努斯门神有两副面孔（一个在前，一个在后；一个是毁灭性的，一个是建设性的）。

小竹街往来的人们衣衫皱巴，神情倦怠，熟稔地打着招呼。"你怎么不睡觉呢？""平时想睡得要死，现在有时间睡，却又在街上逛！"

工人总是试图通过睡眠来补偿自己，然而身体在车间工作时，长期处于紧张、冷漠和僵硬中，让它松弛下来，会像急刹车的火车，顺着轨道向前溜一阵。两个女工，黑长发，穿着牛仔裤、宽松T恤（一个大红，一个姜黄），半蹲在厂门口，胳膊肘架在膝头聊天。她们的皮肤一模一样黝黑，神情一模一样呆滞。她们就那样，在"五金制品有限公司”的电子伸缩门前，一个左，一个右。

路旁便利店是通常所见的那种小店，卖各种吃食日用品，价格比大超市略贵。店门口支起一张塑料桌，前后连带两条塑料凳，顶部撑起一把太阳伞，满地散落着瓜子皮、花生壳。女店主胖得滚圆，上身黑圆领罩衫，下身黑紧身裤，整个像一个黑色汽油桶，威严移动，手脚忙碌（既卖货，又在铁锅上炒米粉，一盒五元）。

来了个穿黄格衫的女子，五十上下，扑通一下，坐在我身旁，粗着嗓门开始打电话。这电话让我不知所措：走，还是继续坐？因那字字句句都和我的耳膜离得太近，听得异常清楚。“你又去煮饭啊，你能煮什么？”“你个没用的东西，你真是没用啊！”“你就这么好说话，真的又回去煮饭了!”“你不煮饭会死吗，你真是一点用也没有啊！”

她的湖南普通话浸泡着厌烦——她厌烦躁动的夏日，厌烦单调的小巷，厌烦她必须要承担的工作，厌烦那个她曾寄予幻想的男人。她满脑凶暴闪念，甚而炸裂在半空，殃及我的皮肤。原来，凶暴的情绪是会传染的，正如高尚情绪会让人醺醺然一般。她的厌烦让我的身体阵阵紧抽，整条脊梁绷直。

我再次打量她：鼻梁处散布淡淡雀斑，皮肤泛红，头发棕黄，滚圆腰肢脂肪堆叠，大腿香肠般欲爆裂，运动鞋软塌塌的。

黄格衫骂一句，黑罩衫便以低八度音调接一句。

“他真是贱啊，又去煮饭了，说老板给他打电话，他就去了……”“他就去了啊……”“所以说贱！要是我，死都不会去的……”“我也是……”“世上还有这种人！说得好好的，不去上班了，辞职，一个电话，又去了，像条狗一样……”“狗一样……”“老板是你祖宗啊，离开就要死啊，没用的东西……”“没用……”

她的脸部肌肉快速抖动，嘴唇上下翻飞，眼神闪着针尖般的光芒。她的诅咒毫无韵律可言，可她却乐此不疲，无法停顿。她在诅咒自己的老公吗？何以如此愤怒，却没迸出“离婚”二字？

下雨了，我到小店里找出把伞，在柜台交钱时，轻声问女店主：“她是在骂老公吗？”

黑罩衫笑了：“是她的相好。”

原来，那个男人已五十多，因“没用”，而被老婆追着离了婚，那男人和这女人“有一腿”。这女人有老公，在离这儿五公里的工厂区上班，他们就住在那里。每天，这女人骑电动自行车到小竹街上班。她是一家小厂（只有二十几个人）的厨师。那男人的厂就在对面，有一百多人。两个厨师在互相交流技艺时，便对上了眼。女人说你技术这么好，什么菜都会做，怎么才两千五？怂恿男人到老板那里涨工资。老板推诿说，好好好，涨到三千八。昨天拿了工资单，还是原来的数。女人说：辞职。今天上午，男人没去上班。但老板打来电话，说先煮饭，工资好说，他便又去了。

所以黄格衫说：“全厂人都会笑话他！这个没用的东西！”

从小竹街朝工厂路返回时，一路上都是小宾馆；玻璃门上一律贴着红色大字：价格实惠。内里一律有张小吧台，撑起个牌子：住宿登记处。大都会有个正在看电视的男人，要不然就是正在捡豌豆或者绣十字绣的女人；一律面貌含混，在幽暗中更加幽暗，连语气都浸泡着霉味。而这些小店的名字一律温馨，有着军团的一致性——啊，怡情；啊，顺风；啊，圆梦；啊，柏豪；啊，佳祥；啊，鸿运。

每条工厂路周围，都会环绕着蜂窝状小宾馆，像一棵树和它的枝叶，或一种动物和它的寄生虫。工厂路和小宾馆构成两个平行的世界，互相补充完善，外表紊乱，内里却有严格界限，不可轻易冒犯。

“温馨住宿”的临时房一天二十元，两房一个月两百八。不是吴生吴太不想投资，而是找到他们这里的人，都是准备进厂或离厂的人，他们的诉求是：越便宜越好、有张床就好、能睡觉就好。我问吴生（黑红脸庞、粗壮的五十多岁男子）有没有临时房出租时，他果断摇头：“没有。”

“别的房子呢？”他笃定回答：“什么房都没有！”

吴生告诉我：“对面电子厂的底薪是两千七，若加班，每月能超过三千。但旁边塑胶厂，最高能挣到三千七（干计件的）。”

“熟手才能挣那么多！”吴生上下打量我，“你干不来的，太累了。”

听我感慨生意这么好时，一张尖下巴、颇为秀气的小白脸从里面探出：“别的地方生意也不好啦！我们这里干净，来的人才多。”

我并不怀疑吴太所说的干净。她自己就是个干净人：西装外套、长裤、坡跟鞋。她的身后是张双人床，被褥整齐，墙上挂着风景画；小桌上放着沓文件夹。两台电视：一台是监控，另一台正在播新闻。另有电饭煲、饮水机、煤气灶。这个狭窄的空间，各种物件高高低低摆放有序，并不凌乱。

吴太的脸不仅白净，且眉宇间总透着股喜气。那种笑容，是打心眼里发出的，是朴素的，但又见过大场面的。一见这样的笑容，就像回到家，像尚未衰老的母亲笑吟吟站在门口。吴太让我进来，并搬出个凳子给我，还问我是否喝水，一系列的礼遇让我局促不安。也许是我的言谈引起吴太的好感，她变得滔滔不绝，而我对她所讲述的每一个细节，都格外留意。

吴太专心做二房东，不搞小卖部，也不绣十字绣。时时盯着监控看，可疑的人不让进，晾晒的衣服统一搭在三楼平台（如遇下雨，他们便帮租客收进屋内）；遇到晚上十二点回来，还唱歌的四川男孩，吴太细心劝解，说很多人上早班已睡下了；租客要上网，便马上拉网线；临时房每日都要打扫，及时清洗被单。虽然现在没房，但并非能一直这样火爆，故吴太还是大力宣扬这里的最大卖点：“干净。”

她举例：收了临时房的白色床单后，不能一股脑丢进洗衣机，而要先泡在盆子里。两小时后，她戴着长长的塑胶手套，拿着刷子刷泡涨了的床单，清理一遍后，再投入洗衣机。

啊……

我的心尖不禁一颤：难道每一张白床单上都遗留着白色粘连物？

难道每个住进小宾馆的人都如猎狗般肾上腺素高涨？

难道每一间简陋小屋，都是偷情男女的欢乐屋？

一旦离开便不能回头，一回头，那里已变成一幢阴森发霉、崩坏坍塌的海边沙堡。

吴生和吴太在内地都有公职，退休后南下，选择做二房东开始新生活。他们的素质决定了他们的眼光和魄力：眼瞅着深圳龙岗工业园一年搬走三家大企业，便果断决定不再和原房东续租。将房间各设施低价贱卖后，转移阵地，来到东莞石碣。干了两年，听说樟木头有房转租，便急匆匆赶来，接下这幢楼。单交给上一任二房东的转让费便是二十万，更别提将整栋楼租下来的花费（这个数字保密）。

如果将大房间打出格挡、在墙上挖出窗户、安装摄像头、买双人床，是任何二房东都能想到的规定动作外，吴生、吴太的魅力在于，敢破釜沉舟，当机立断。前一任二房东总是亏本，其秘密在收来的水费和必须上缴的水费间，有巨大差距。

吴太仔细观察，那两个男孩用水怎么那么少？而那一家五口，怎么会比他们两口子用水还少？租客肯定在偷水，而她又不能到每家去盯水龙头。她拿出一万元，购买了最新水表。

——只要水管开始流动，哪怕滴出一滴，指针便开始旋转。一年后，水费变得收支平衡。

做二房东，不仅是经济学家，更是心理学家。吴太练就了一双火眼金睛，能在几秒钟内上下逡巡，看穿来找房的人，并决定是否出租给他。

“那种说话粗声粗气，穿得古怪，眼神晃动的人，我只说一句，没房。”

甚至是房子已经租给了女孩子，不放心，怕是暗娼，坏了公寓名声，便早起跟着女孩一起出门，假装买早点，看她是否进了工厂大门。若上班时间不出门，三五天不下楼，常有陌生男人来找，她便想尽各种办法，将那女孩赶走。

但她并非彻底保守——对那种男女同居的，她持以绝对宽容态度。

吴太说有对湖南青年男女，春节后一起来租房，到要过第二个春节前，女子生下个男婴，抱着去了男方家，令男方母亲高兴得手舞足蹈。一听女子是老乡，还离得不远，更心花怒放，当即给女方家两万彩礼。两家大人一拍即合：趁春节举行婚礼。婚礼上，男婴打扮漂亮抱了出来，令众亲友邻居皆欢喜。春节后，男婴留给男方母亲照顾，新人再次出门打工，又住进“温馨”。

这个故事有着中国人喜欢的大团圆结局，而我总觉有些怪异。我总认为乡村在对男女关系上有着某种顽固的禁忌，因而让乡村生活更为神秘，不像都市生活，如鸡蛋饼般摊开，一览无余。所以我对这个故事是有些失望的——好像乡村禁忌是一种自卫，一旦没了，便像徒然脱掉层外衣，让人不觉一震。但我又感觉自己太自私：城市道德每况愈下，便寄托于乡村；而如今的乡村并非铁板一块，出外打工的人，带回来的不仅是工资，更是观念上的改变。

吴太又讲述了一个七百元的故事。

说一个很乖的女孩出门打工，每月只给自己留七百元，其余全部寄回老家。而她的房租就两百八。也就是说，她每月只有四百二十元零用钱。可她还要吃饭啊！吴太眼见着这个女孩涨工资，从两千五到两千八，至三千、三千五，但她依旧只给自己留七百。女孩陆续给家里寄了十几万，终于让弟弟娶上了媳妇。

这个故事比上一个更乡土，更符合农村社会的道德体系，可我听了后，仍然感觉不舒服——我无法想象她的长相，但我感觉那女孩的脸上，怎么都会生出几分委屈来；而且那女孩的弟弟，难道没有一丝惭愧？或者，矛盾焦虑的不是女孩，正是我自己——过于传统的乡村世界让我觉得不安，而发生改变的乡村世界，一样让我觉得不安。

我小心翼翼地提出那个问题——有些酒店的夜场女也来工厂上班？

吴太瞪大眼睛，一时语塞。

吴太不仅爱干净，且心理上也有洁癖，容不得脏污女人糟蹋她用双手打扮干净的这幢楼。

吴生回答了这个问题："可能有，但很少。"

我说是不是有些女孩被烂仔控制，没办法才去夜场，吴生爽朗大笑："百分之八十的女孩去酒店，都是自愿的。"

自然，他们是亲眼见过那些女孩怎样蜕变的——开始怯生生拎着包来租房，上班一周后腿肿了起来，但咬着牙挺过来，到月底拿到薪水时开心极了，说"好多钱啊"。然而，就是这个怯生生女孩，某一天，跟着一位同乡大姐（此前也是工厂妹，后来变阔了）离去。再回来时，也阔了。她是来找公寓内女同乡聊天的，但吴太总希望她快点离开。

当我说要走时，刚好有个人来退房。吴生索性把钥匙递给我："你自己去看，我要做饭，没时间陪你啊！"接过钥匙，捏着“409”的小牌，我一步步上了台阶。“四楼右侧。”吴生特别强调。

这幢楼在设计时，并非为了出租，而是自住：楼梯宽四五米（不像其他农民房不到两米）。而且，那样干净（像刚刚被细雨淋过，冲刷掉一切污垢渣滓）。这种整洁是可以一眼望见的，但又让我微微不安，好像昏暗中忽然看到一盏灯。显然，这一切是勤快吴太的功劳。她笑眯眯地拿着扫把拖布，像杂技演员，干活干到浑身发软时，整幢楼便如出水芙蓉，可全盘托出。

一楼楼梯拐角处，有面长镜子。我下意识地从上到下打量了自己一番。感觉自己脸上的灰尘加深了一层，而眉宇间有种轻微的痛苦。我赶紧逃开。

在三楼拐角处，可望到平台阔大。半空中横七竖八地拉着钢丝绳，吊着密匝匝的衣衫、床单、被套、枕巾。温暖之感扑面而来。

在四楼凝立的片刻，扑腾腾的脚步在身旁跺响，是个穿夹克衫的男孩，身体像盆火，呼啦掠过，兀自留下缕酒精味。这种擦肩而过，这种热力，这种气味，皆让我浑身肌肉紧张。这种遭遇让我生出幻觉，感觉对方是另一种属于灵或兽类进化的人形，总之，和街面上所见之人完全不同。

我知道吴生、吴太不会放形迹可疑的人进来，我知道楼道里有监控，我知道这是大白天，但恐惧，并不会被这些外因阻挡——恐惧手起刀落，斩断心尖。

这个男生脖子很长、胡楂茂密，在他尚未套上夹克衫之前，在某间小屋，用牙齿咬开酒瓶盖，对着瓶口仰脖咕嘟咕嘟乱灌一通。那些燃烧的液体，一滴滴进入体内后，即刻着起大火，让他处于高烧状态。他拖着两条腿，脚步时而沉重，时而轻飘。如果他不喝酒，他就是他；如果他喝了酒，即便正午时分，也拉开了堕落的帷幕。

扑通，扑通，一级，又一级。像在别人暴乱荒谬的梦境里穿行。

我把跃动在身体之外的心脏送回胸腔，缓慢爬行，身形像个老太婆。原来，恐惧可以让人提前衰老（怪不得工厂路的人，看起来都一副老相）。于是，我拐入那条逼仄的黑乎乎小道，两侧都是小屋，门对门的距离只有半米。一直走到头，走到407。

门大敞：一个黄衫男孩在刷牙，两个男孩站在床边看电视，床上铺着白床单。刷牙的男孩顶着头红发，另两个是棕发。三个男孩同时抬起脸（脸廓皆极美）——六只眼——齐刷刷地看向我。他们如此相似，无论肩颈手臂、脸颊瞳睫都比女人还楚楚动人，袅娜纤细，眼神皆充满敌意，皆牛仔裤、运动衫、帆布鞋，皆疲惫困倦。而这些混杂信息让我感觉瘆得慌（为什么现在的男孩都充满阴性气质？都像蛇一样冷冰冰？）。

黄衫男孩一面从嘴里取出牙刷，一面用瘦长、弯曲、粘着白色泡沫的手指抓住门把手，砰，将门关上。那门着实单薄，将震颤传至整个楼道，甚至让我的头发梢都噼啪作响。

他们和409只隔着一块薄板。

我哆嗦着，用钥匙开门，转了又转，终于，打开了。

这个瞬间，我已遭遇过多次——突然打开一扇门，突然看到一间屋子。

在南方，我曾疯狂地想拥有一间属于自己的屋子，便在中介的带领下，看了一间又一间屋子。每打开一扇门，都让我有种用小刀划破动物肌体，看到内脏的感觉。在那些小小的空间，不仅蜷缩着床、被单、锅碗和瓶瓶罐罐，还袒露着漂泊、艰涩、悲凉和辛酸。那竹席上飘浮着男女交媾后留下的酸味，那厨房水龙头上的锈迹表明租客多么疏懒，那墙上遗留的《认字表》还悬浮着孩子们的笑声。

而这些经验，通通不能适用于409。

它只是一间小房，一张单人席梦思（床头脏污得看不出原来颜色），侧旁一张矮桌，铺着泛油光的塑料布。卫生间除洗脸池和水龙头外，别无一物。玻璃门隔开的阳台，仅一米宽，放着扫帚簸箕。这就是全部——生活的全部设备。我突然变得异常硕大——被逼仄空间逼迫着膨胀起来。

突然，一个声音从头皮碾过，让我浑身发麻。

原来，车轮碾压的声音是从阳台爬上来，穿过关不严的玻璃门，直挺挺砸向我的脑袋。这声音不是松弛有张，而是持续地张、张、张。偶然的一秒，出现一片空白，好像这世界根本没有汽车，没有轮胎，没有响声，只是一片空地，一种沉默。然而，像电流陡然接通，听到声惨叫，那碾轧声重新恢复，一声又一声。前一声还没有消失，后一声立刻占据了位置。一切都变得粗糙起来，像被一双麻木的手指钝钝地抚摩过。

于是，干净被消解了；整整齐齐挂着衣衫和被单的三楼阳台被消解了；各种码放在鞋架上的鞋子被消解了；我的痴心妄想，在那个瞬间，也被消解了。我试图在这里租一间屋，在这里写作的想法，也被消解了。我不嫌这里的脏乱差，但那种噪声，简直是白蚁集体啃啮脊椎。

我发现我在上楼梯时的小狂喜，那种一切尽在掌握中的自大，慢慢地消失殆尽。在这个令人窒息的小房间，一切都显得那样疏离诡秘。我可以在那张小桌上打开电脑，在噪声中敲打文字吗？更别提在我的隔壁，是三个正值青春期的愤怒男孩；而这整幢楼，真的像窑洞，每个屋子里都蜷缩着一个被囚禁的小动物。

这一单位一单位小到转身就贴上墙的房间，像山坡上乱石阵般铁皮违建迷宫，并非人人都能住得下去。而吴生早看透了我，所以，他根本不愿向我推销，兀自做他的饭。看着我从楼梯上一步步下来，慢悠悠往紫菜汤里滴上鸡蛋汁。

我将钥匙还给吴太时，她依旧笑眯眯。但我却面露羞愧，只想仓皇逃跑。我知道，无论我说什么“噪声太大”“最好有不临街的房子”“哪怕一套二也好”，都不能掩饰这个真相——我没被生活逼到死角。而在我周围行走的那些人，却像疯了一样疲劳不堪。某种生活内部的严酷，推动着他们滚滚向前。他们怀着难以言说的痛苦，像河边的冬泳者，奋力跳进尚有冰碴的河道。他们知道，他们整个的命运都拴在自己弱小的身躯上。

在穷困潦倒的人眼中，公寓内的一切都是美好的：有床，有床单，甚至还有自来水。三块钱买一个水桶，十块钱买一个“热得快”，两块钱买一条毛巾，十五元便能痛快洗澡——生活多么美好！

午餐风暴从十一点到两点上演，让我目睹到一系列荒诞而真实的场景。

农民（并非剩余劳动力，而是顶梁柱）马不停蹄地往城市、工地、工厂前进，试图融入城市的现代化进程（如今到处缺工，年轻人不愁找不到低薪的活）。没有了土地，没有了以亲属为基础的聚落，进城打工便不仅仅是简单搬迁。随着家园的丧失，过去的生活习惯和情感自然也变得烟消云散。人们像坐大巴进入高原，景物唰唰唰地朝后扔，但是景物实在太多，甚至睡了一觉后还没到达目的地，还歪坐在封闭车厢，从而深刻地感到自己太渺小太无依（什么叫离土不离乡，进厂不进城？简直是招之即来挥之即去。）。

我在工厂路看到的，不仅仅是一个小地方的小戏码，更是变革中的中国纵身一跃后扯出的千丝万缕。在这个地带，当乡村伦理像电脑关机般，“唰”地一下屏幕就灭掉后，世界跌进全然暗黑，而明朗的城市契约尚未建立，于是，人际关系呈异常扭曲状。

显然，工厂路社会关系的基准已非过去的道德概念，而以金钱和欲望为轴心。

从乡土中国向城镇中国过渡，是中国城市化的必然结果（从2000年到2010年，中国360万个自然村锐减到270万个；1978年到2000年间，中国新增城市400多个），农村问题已成当下中国最大的忧伤和惆怅。而城市阻塞时是不会砰然一响，发出某种断裂之声的，但春节期间由于交通不畅，众多工厂面临缺工，无不说明在当下珠江三角洲，影响城市发展的，并非只是户籍人口。如果这些城市再不能为大量非户籍人口提供机会，那么这些城市便会逐渐萎缩（从表面上看，原来的经济活力还会残存，经济活动也算热络）。

我最终选择了小碗饭——肉末炒葫芦（三元），肉末炒香菇（六元）。一吃便大呼上当——葫芦外表貌似青绿，但内里已软塌腐烂；香菇因浸泡时间太久而发酸，简直像块塑料片。更难以恭维的是碗里的菜汁，被蒸了一遍又一遍，污水般浑浊。整个餐厅只剩下一对恋人互相凝视，明暗恍惚中视对方为公主和王子，根本不在意口中滋味。而铁皮笼屉中，还剩二三十个小碗。想到这些菜要一直捂到傍晚，吃进肚里的东西便翻涌着要喷出喉头。

路上的雨越下越大，路面油湿。我撑着伞，踮着脚尖绕过积水，逃到电子厂门口时，已浑身黏糊。这一天即将接近下午迎来黄昏。等镇中心的高楼亮起灯光，再喧嚣的夜晚，也会为深夜固有的寂静所感染，人们将逐渐平静，在黑暗中慢慢睡去，慢慢老去，慢慢死去。

保安工资不高，只能招到年纪大的老者来干

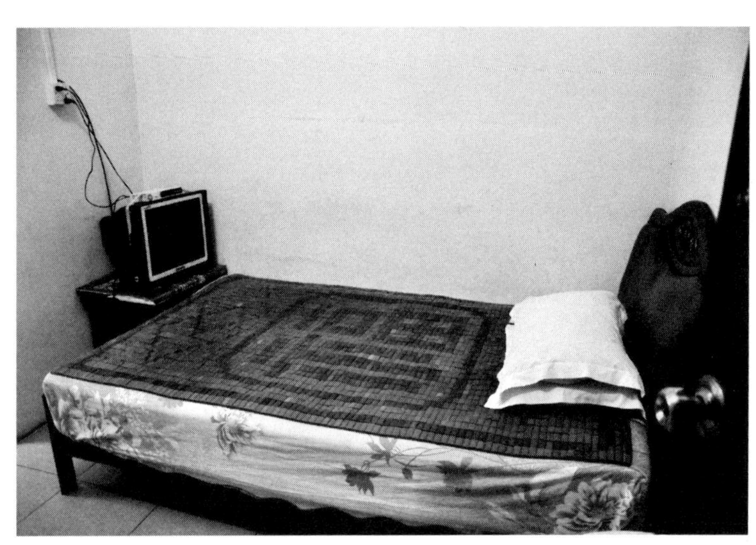

小宾馆内部单间有这种装备的，已算豪华间

第六章

十九岁出门远行

认识这两个十九岁男孩，是在刀削面摊上——看他们吃得津津有味，我也要了一碗面。

这两个男孩是堂兄弟：高天山比高天水大几个月，但两个人都是一米七左右，都有一张獴猫般窄小的脸，都格外单薄，细胳膊细腿，连眼神都是细的，像两根针尖。都运动衫、牛仔裤、长发偏分。堂兄弟间有着轻松的默契，像能用超低音频嘁喳私语。

堂兄高天山的口齿有些问题，令他吃得很艰难——头伏在盘子上，每吃一口都要大嚼一通，发出轻微嘶嘶声，似乎每口面都又长又烫。堂弟高天水则更斯文，像被罢黜的小皇帝，维持着礼仪和规矩。堂兄的碗见底后，多肉的嘴唇紧抿，目光极远，从乌云压低的眼皮下伸出。这样一副面孔虚空无望，可催生出任何一个凶猛念头；堂弟却有着安静的忍耐力，可以让任何非人的环境、粗糙的生活都变得合理。

2014年正月初五，两个男孩从四川渠县土溪镇赶到东莞樟木头。

旅途中的一切都令他们惊诧——中国那么大，人那么多，车站那么挤，车厢那么聒噪，更为广袤的边缘他们无法涉足难以瞭望——他们甚至都不愿意开口说话了。起初，纯粹是因为嘈杂；而后，他们发现沉默能带来力量，便以此为策略：将身体封闭成一座地窖。于是一路上，他们视而不见，充耳不闻，静如雕塑地来到广州，转和谐号至樟木头。后来，等他们回忆起这次长途奔袭，惊诧地发现，这次穿越几个省区的大跨度旅行，在记忆里已成模糊蜃景。

在他们心中，大城市璀璨明亮，到处是发光的霓虹灯，人们穿着节日盛装，吃着糖果喝着咖啡（细节来自电视剧）。但现实的广州令他们无语——火车站近乎废墟，有种大火后的焦煳味。楼房像金炉里被烈焰吞噬的一整扎一整扎冥币，黑色镶金，歪曲丑陋。远远近近的行人，皮肤黝黑，充塞在华丽污秽的街景，踩着一种娘娘腔的烦琐舞步行走，用玻璃珠眼睛互相瞪视。

男孩们像闯入巨大梦境，里面的每一个人都和自己一模一样。像草原上成千上万朵花茎在风中摇晃，那成千上万具身体也在摇晃的场景，令他们胃部痉挛，涌起阵阵恶心。地图帮不了他们——写那东西的人以为上面提到的地名尽人皆知，而男孩们除知道“广州”外，一无所知。试图在这里“待一待”的想法即刻熄灭。在火车站转悠了几圈，吃了碗泡面，便转车来到樟木头。小站显然和大站没法比，但男孩们对视一眼，心有灵犀。

——就是这里！

他们要找的地方，就是这种让穷人显得不太穷的地方。樟木头只比老家高出一两个档次，这难度让他们攀起来有信心。在那个微型火车站，很容易问到工厂区的位置，找到八路车，到达工厂路电子厂。

然而，却吃了闭门羹——这一天，电子厂尚未开始招工。

堂兄弟俩产生分歧：是在电子厂旁住下苦等，还是去旁边的镇试试运气？

他俩的全部资产共六百元（没有更多）！当获悉正月初七会招工时一阵狂喜，随后又跌入冰窖——工资要“押一付一”（上班两月后才能拿到第一个月的工资)。用六百元维持俩人两个月的开销，显然不够——只能先去附近的镇打零工，挣到钱后再回来。

在塘厦镇太阳城找到了临时工：QC(品质管理员)。一小时十元。一个月后，两人各拿到两千多，重返樟木头。再次看到电子厂，破涕为笑，仿佛万劫归来。

“为什么不在塘厦干，反正都是电子厂？”

高天山像被噎住，嘴唇动了动，嗫嚅道：“那边不太好……”

“怎么不太好？”我知道自己饶舌，却铆着劲招人厌。

他忍住不多言，似乎多言便揭了自己的老底：“唉，看快了，看不出坏品会挨骂，看慢了，又要堆货！”

拿起刚生产出来的塑胶产品(垃圾桶盖或晾衣架)，在白炽灯下盯视翻动，查看有无黑点、凹槽、披锋(类似毛刺)。产品源源涌来，让他们像沉船难民，拨开一浪又一浪，直至手臂麻木，双腿僵硬，头脑昏困。这些产品看起来一模一样，而瑕疵如蟑螂似老鼠，会移动会躲藏，潜伏在眼眶之外。等被发现后，像用力扯拽风筝线，让它们从遥远之地复位显现。这个动作重复千万遍后，眼涩口干，感觉自己变形缩小，直缩成面板上的那颗瑕疵。

我追问：“要不要点眼药水？”

高天山愣怔，眼里射出两柱电光，脸上是一言难尽的表情(似乎，那仰头滴液体的动作，透露着夸张至极的矫情)。这回他说得一字一板，声音也雄厚了。那是急于证明自己强壮的少年都会有的瞬间昂然：“嗨！揉两下就算了！”

然后——接着干，九小时或十小时(有时一天十三小时)。

“刚开始真累，可是习惯就好啦……”

话虽由高天山说出，听着却耳熟能详。这些话在珠江三角洲随处可闻，高高低低，嘤嘤嗡嗡，让这个靠近南海的部位像个巨大音箱，能不断重播歌曲——“出来打工，累是肯定的哦”“累一点无所谓，只要工资高哦”“有的组长达标就好，有的组长还要超标哦”“一般是连续做三小时，再休息十分钟哦”……

暴风止后，我噤声呆立。

原来，散落在这里的工厂，并非全是电视里那样高科技、大型、制度完善，有些厂还处原始状——大量人群密集攒在车间；每一道工序都是手工操作；工人们像演员，双脚固定，手指翻飞，眼珠左一下右一下摆动，直演到浑身瘫软如泥；各种导线、电子板、螺丝、塑胶料、纸箱四处堆放；角落里散着烟头、纸片、透明胶带；天车从头顶滑过，砂轮嘶叫，汽锤叮咚。

从车间走出后会惊诧发现，车间外的人脸更光滑，更显年轻，而在车间内，随处可见下垂酒糟脸，刀刻皱纹，灰暗眼圈，萎靡皮肤。车间里的人早早告老，早早谢世。先是他们的痴心妄想一个跟一个地死绝，继而所有与改变有关的可能一个跟一个地，在周围死绝。最后消失的是曾经青春健康的肉体（这个时候已经不痛了）。

返回樟木头电子厂，男孩们做好干长期工的准备。

一下公交车，便见有人在路边举招工的牌子。被一个西装男带到附近中介公司后，说一人交三百介绍费便可进厂。

我猛瞬脱口：“黑中介！”

所幸——男孩们觉得贵，拒绝了。好唏嘘！

之后，在旁边小宾馆租了临时房，到厂门口吃刀削面，伺机进厂。

他们须在最短的时间内找到工作——临时房一天二十，一碗面五元，坐车打电话都费钱，四千元会转瞬底朝天。这些话说得慢条斯理，可词语背后的惊骇度，不亚于见到活火山大白鲨。

刀削面慢慢变了滋味。两个男孩因急着挣钱，脸上浮着雾霾般的阴郁。他们非常非常害怕——我几乎可以听见他们小心脏在承受某种极限时怦怦的鼓响。若计划不周，会变得比离家时更穷。只有钱才能带来真正的兴奋。钱像一个魔鬼，将这些刚从少年变成青年的男孩之精魄全吸走，让他们虽莅临都市却形同乞丐。等待钱，像等待二十四小时营业的小店关门，等待街头醉鬼变成绅士。惶恐袭击着他们，让他们外表干干净净，内里却虚弱得一塌糊涂。

掏出电话，我给劳务公司阿彪打过去。

此前他说："拿机枪在村子里扫，都扫不出几个打工的！"听我说有人想进厂，他热情高涨："来！""让他们来找我！"（我像已看到阿彪脸上五官飞舞，嘴唇拉出笑的弧线）。我随后发了短信，报上男孩们的名字、年龄、籍贯、族别，叮嘱他多照顾。

突然想起门口的招工启事上，作业员（普工）要初中毕业。高天山解释，"有毕业证，放在老家了。"但直觉告诉我——他在撒谎。男孩们无声地保持着原来的姿态，但我知道他们在盯着我看。那个瞬间，精瘦男孩们板着的面孔，像被什么强酸熔蚀过无法做出任何表情。我感到一种紧绷的张力，我感到那横亘在我和他们之间的空隙，太抽象、复杂、冷硬且巨大了。

我希望他们能穿过层层障碍，最终获得工作机会。居然说出——"不行就做个假证"（这话自行其是，冲口而出）！居然还这样补充——"其实，初中的假证查不出来"！

到达工厂路后，我不解何以常能看到"假证"，不解真有人去卖，去买？现在，我的行为简直趋向怪异无厘头、恶搞爆笑。想想看，我像饶舌歌手加二人转，建议别人去做假证，并说"查不出来"……两个男孩抬起头，直戳戳地把目光对着我，不吭声，像两尊橱窗里展示的僵固模特。

天色一直阴沉，空中荡着细雨。我撑起伞："我去门卫那儿问问。”

“招工吗？”“招！”

“什么年龄？”“十八到四十岁。”

“四十岁以上招吗？”保安扑哧一笑，热心地朝楼后一指：“那个厂，五十都招！”

“普工要学历吗？”他笃定地摇头：“只要身份证，二代的！”

返回的途中我异常开心。我这一代人守规矩惯了，任何一点对于我们所规定的命运的偏离都会让我们觉得反常和不道德。想到“不用办假证”，简直是让我消除了某种粗鄙腐朽的趣味，整个人都高尚起来。

我只过去了几分钟（那三四分钟短暂而又似乎永无穷尽），返身告诉他们：“明天早上九点，拿身份证在厂门口找阿彪，就说丁老师介绍的。”笑容是预料之中的（像按下按钮让电动铁门拉下）——而那在震惊和诧异后显出一丝疲倦的笑容，却让我莫名忧伤。

高天山约我去租住的农民房“坐一坐”——他们实在没什么拿得出手的礼物。

从电子厂门口朝街对面走去时，马路坑坑洼洼，又是灰尘，又是晒死人的阳光。人行道边的垃圾桶里，满是快餐盒、饮料罐、香蕉皮、皱巴巴广告。街边挺立着一个接一个亚克力灯箱广告，硕大红字扶桑般盛开，“温馨”“甜蜜”“如家”飞舞相撞，活泼泼如蠓虫，密集集似繁星。

什么是东莞的经典街景？

农民房——聚成一团饼的农民房。

然而，建农民房的农民和租农民房的农民，是各过各的两类人——他们的世界差距太大了。只有本地村民才可享受到的福利（合作医疗、村民平安补偿、口粮款、集体分红、学生读书补助教育经费、老人金、分田、分地、分荔枝等），与来自贫困地区的打工者无缘。而村民与租客的关系是互不干涉，彼此克制而冷漠的。

城市化是现代化的基本动力。到2011年，中国城镇常住人口占人口的比重首次超过一半，这对有千年农业文明历史的中国是个重要转折点。目前，中国常住人口超过五百万的城市已有二十多个，而北京、上海等特大城市的人口已达两千多万。但中国的很多城市却呈现“半城市化”状态——许多农业转移人口在城市化过程中并没有真正成为市民，而让这些城市处于失衡和跛足状态。

东莞是中国被污名化最严重的城市。其实，这座城市还在孕育中，还只是个胚胎（但它已那么名声在外）——它从县开始，不靠国家特区政策或省会优势，自己发展起来。相较于北京的繁复，它更简单，也更宜居。东莞的好处是“来了才觉得好”（但来一两天不行，要住上一段时间才觉得好）。目前，东莞有一千万常住人口（综合手机用户等指标推测而出），本地人口（持东莞户籍）占一百八十万，八百多万外来人口（东莞是中国最包容的城市）。人们成饼成团涌来，在这个初生的城市里自生自灭，形成一个个不可渗透的圈子（圈子外的一切道德、文明和准则，都不能衡量这里）。在这里，人人神出鬼没，编撰历史，创举当今，断绝未来；人人都可拥有全新的空白档案，刹那间，改变自己的运势。

珠江三角洲曾爆发过几次大规模的“逃港潮”（1956年、1962年、1976年），但在1978年之后，东莞靠港台资本的“三来一补”企业实现了经济起飞（虎门镇尝试引进外资，在全国兴办了第一家出口加工企业：太平手袋厂），其经济总量规模不断扩大，成为全球最大的制造业基地之一，为珠江三角洲城市群的一个代表（从1996年后，东莞农村出现了很多人回迁到原来村子的现象）。

有着怎样的人口流动模式，就有怎样的社会与文化类型。伴随着城镇化进程，中国的社会结构发生了迅速重组和空间变迁。当城乡二元结构消解后，城乡社会样态都日趋复杂化。无论是过密化的都市，或过疏化的乡村，或碎片化的城乡结合部，都不是简单的空间位移和一般性的功能转换，而是一个长期复杂的转型过程。

走过陈旧凋败的暗黑街巷，扑面而来的街景令我骇异不止。

这片农民房的最大特点是什么都像——既像禽类垂着翅膀伶仃天地，又像鲸鱼发出浊重鼻息搁浅陆地，还像积木一阵风便能吹倒。这种介于瓦房土屋和摩天大厦间的四方火柴盒建筑，最具当代中国之特点——典型地反映了城乡结合地带的样貌。

那么多人（其实已少了很多）会聚于此，形成种强烈的惊悚气场——似乎任何事情发生在这里，都理所应当。在这里，空间被极度切割和碎化——到处是四五层方块小楼房，无任何特色，背靠背、墙挨墙。这些“贴面楼”“接吻楼”的建筑群内部像曲折迷宫，前后左右皆为相似楼群，外人根本无法辨析道路。楼宇间像建筑工地残骸大仓库：不到一米的楼间距里，胡拉乱扯着各类电缆配线；各角落被污水、垃圾、杂物簇拥；各种面貌的人藏匿于各类窗口。

农民房空间结构的错乱衰败，恰好折射了这片城乡结合部现存的社会关系状态，折射出政府、市场和村民之间的力量博弈。这个区域具有特殊意义：不仅是城市扩张的后备力量，还是农村通往城市的必经之路，也是农民工城市化的落脚地，更是社会边缘人群的栖居地。在这里，密集着传统与现代，具有独特而复杂的社会样态。

这片混杂建筑物的对应体，应该是那些散布在贫穷省份的空心村。离开故土的人到城里打工，而村子里原来的农民，居然，变成了“留守农民”。大片乡村失去了真正有行动力和创造力的人（年轻人不得已离开，却又不能轻易返回），但这些人至今因各种原因，尚未很好地融入城市。

工厂的兴衰和本地发展息息相关。

樟木头镇原来以农业经济为主（到2015年10月，该镇户籍人口两万七千人，外来人口十二万）。1979年，镇上第一家“三来一补”（来料加工、来样加工、来件装配和补偿贸易）企业——樟木头毛织厂投产，让本地人尝到了工业的甜头。现有的工业园，多建于上世纪九十年代初（工厂路所在工业园建于1992年）。2009年，工厂路所在社区的本地人为两千三百人，外来人口约五万人（最高峰约七万人）；到2015年10月，本地人口两千六百人，外来人口两万五千人（近五六年间流失了两万多人）。

跟在两个男孩身后，从楼底堆着的破床垫、旧椅子、自行车、三轮车间绕过，穿过玻璃门进入前厅。弧形小桌围起个吧台，转椅里的二房东一头烫成爆炸的黄发。她慢悠悠抬起头（浓妆下一张颧高颊塌的衰老之脸）瞅着我们（主要是我：我的服饰，我的年龄！），既不表示惊讶也无显露愠怒（她见得多了）。台式风扇吹起她的刘海，却没把她的眼神弄乱。

她一言不发，我们也一言不发。

随即，她低头，开始翻弄电脑旁的账本——默许可以通过。

我们三个依次上楼。即便白天如此明亮，二楼走廊依旧昏暗晦涩，只有微光从尽头射进。这里不像宾馆，而像酒窖。通道四处弥漫着暖烘烘、灰扑扑的发霉汗臭尿骚味——那是潮湿的青苔、发酵的垃圾、做饭的油烟，男女的汗腥，一块块、一堆堆、一沓沓凝结而起的味道，如湿布堵住鼻孔。这味道太过强烈，以致看到墙上脏污尘垢，拐角烟头纸屑，窗台成堆矿泉水瓶，都并不意外。

两侧房屋门对门，门梁上红油漆刷着房号。

一扇门打开，闪出个女孩——她被我们吓坏了，我们也被她吓着了。

她穿的很薄（如果走在大街上，阳光能穿透她）：银光白小外套，绷屁股的短裙，腿像母鹿般细长，又像踩着高跷。她的脸出奇地豪华：涂了太多增白粉蜜，像剥皮香蕉或日本艺伎。假睫毛浓密夸张，让眼睛和整个面孔完全不配套——大到不可思议，像牛眼，时刻充满神经质的警觉，提防四周变化。

她和二房东虽模样迥异，但眼神却出奇相似（古怪得同心同德）——意味深长地瞅着眼前的三人组合（我的年龄和两个男孩太不配套），但都一言不发。随即，她低下头，“咚咚”下楼。她像条礼貌的鱼，维持着内秩序，绝不冲撞到同类。那背影闪动着的银白，像熄灭前的烛焰。转瞬，那灿烂发光物便消遁隐形。

打开211，白炽灯下的小屋比楼道更局促。

其实，就是个长方形盒子——四壁青白发黑，双人床靠左墙，另一侧离右墙仅剩一米。白床单发灰——那沦浃了多少别人体味的薄单子，无任何讲究地铺陈着。在床和阳台之间，用水泥墙隔出个卫生间——没有门——就那么敞着（能看到白凹槽边缘发黄）。地上错繁累聚着各种物件：两个黑色拉杆箱，两个双肩包，红水桶里装着洗漱用具，杂物中露出一把吹风机（银色外壳闪烁，哀伤精美，如落难小王子）。

三个人一下子挤进去，让里面的物件变得超大（我再次发现，原来自己的手脚会占那么多空间）。男孩们让我坐塑料凳，自己坐床沿。我们从刀削面开始聊，说四川人会做菜，说四川的气候和广东不同，说老家工作机会少，他们不得不来到这面食差劲的地方。

堂兄不断夸耀自己的社会经验，并时不时微笑地瞥着堂弟；堂弟并不搭理他，任他一味聒噪。有时，堂兄似乎丢给堂弟一个话题——

好像在讨好他，但堂弟毫不领情，只直愣愣回答“是”或“不”。但堂弟的眼神更澄澈，像孩子般执拗而无知；而堂哥虽还没有彻底成人，却有张恶童般的小鬼脸，眼神里总是快速切换频道上演各种对人世的讥嘲。

对他们来说，现在最需要了解的，是电子厂的工作情况。我不想用垃圾情绪传染他们，却不得不强调——“站着上班行吗？”陡然间，无论得意堂兄或抑郁堂弟都变得不知所终

——那两张脸变得一模一样：都皱眉瞪眼。

他们强烈要求我说一说“里面的情况”（甚至连堂兄，也由饶舌变得沉默）。他们的眼神柔和濡湿，充满憧憬，期待我的讲解，如同一列火车期待工人将一铲铲煤球丢进炉膛烈焰。

我说我曾到过这个厂的内部，看到车间四周到处张贴着“危险”的警示；我说车间里没有凳子——所有的人都站着，穿工装（颜色不同，职位不同），戴工帽，在机器的轰鸣声中埋头苦干，不能说话；我说长条状的工作台上，刚留出一个空当，马上就被另一个毛坯占据了位置；我说有的女工站得太久，便一只脚立着，另一只脚提起，让身体形成个三角形；我说也许胳膊会卡进转动的轮子，膝盖会夹入活塞间。凡此种种，都让他们不断点头再点头。

我说上午两小时是最忙碌的时间，因为那时精力充沛。休息时男人去吸烟室吸烟，而女吸烟者亦越来越多，甚至向宿管抱怨，“为啥没女吸烟室”（于是他俩微笑）。午饭后，会到厂外的大街上溜达溜达，晒晒太阳，嗅嗅飞扬肆意的流动空气。下午的日子难熬，一小时不如一小时。这时候的钟点不像时间，是一级级阶梯，环环相扣，步步相逼。到快下班的最后一小时，车间的模样看起来和清晨一样，人们照样忙碌，但行动明显迟缓；嘈杂声制造的紧张感看起来并没有减少，但工人们像一根烟燃到尽头，就要熄灭。

我说那个时候，整个人会两腿酸胀，手像鹰爪，眼如幻灯片。聪明的老手懂得窍门，知道把省事的活留在这个时候。最后半小时不干新活，只是打杂整理。但并非天天如此幸运。有时，熬过了一整天，到快下班时，又摊上棘手的活——那就必须努力干完再去看表，否则，从上一眼到下一眼，还没过五分钟。

我说对这个动物内脏的布局，等穿上工装开始干活时便一目了然。新工人很快会熟悉一切。那时，他们不用太动脑子便能把活干漂亮。其实车间的活，太聪明的人反而干不好，如果脑袋愚笨些，便不会讨厌正在干活的自己；时间久了，还会喜欢那个工作中的自己。

高天山的父母四十出头，在福建工地打工，但他并不知道具体地址——所谓工地，便是某个未完成的大厦。当大厦建成，工人们便又迁去另一处。所以他没法给父母写信，只能打电话。

“一天打一次，还是一周？”

他愣怔，身体轻微晃动，像被蜜蜂蜇了。原本他的面部表情是统一的，现在像受到干扰，眉毛眼神各自飞扬到不同地方。从喉头挤压出的声音，像鱼身上的鳞片，零碎，散发着腥气。

“那个，其实，一个月，也不打一次……”

沉默像木楔子，硬生生塞入这间小屋。那男孩嘴角下沉，像在掩盖一份难堪的困窘。

他支支吾吾地回答像微型小炸弹，让我震颤。而他吃惊于我的吃惊！他很快从窘迫中解脱出来，讪讪一笑，解释——“父母在工地干活，累得很，没事打电话，只会打扰他们休息……”

他的声音虽然游移飘忽，但内里依旧有着少年所特有的金属色。他纤细得几乎没有臀部，胸腔也不宽阔，简直是个小老头——是那种从童年一下子进入老年，省略了青年和中年的老头。他要经过怎样的历练，才能让体格健壮，眼神镇定，声音淳厚，像狮子像狼在人间丛林里横行穿越？

他有三位姐姐，都已结婚离家。现在父母出门，“干最苦最累的工地活”，主要为给他攒钱结婚。虽然他才十九，但父母希望这一两年就把婚事办了。

“你还不到结婚年龄啊？”

现在，他已慢慢适应了我的痴呆，变得不那么敏感了。在我面前，他以不近人情的速度成熟，变成大人，耐心解释，“我们那里都是先办酒席，年龄到了再领证”“生了孩子也没关系，再补办手续”“只要办过酒席，大家就都认了”……

我突然醒悟：“你家已超生啦？”

我们总处于误会状态——因我的判断错误而引起啼笑皆非的错位。他的小脸腾地变红，手指扭结在一起，恨不能隐形。一切男童的本能此刻全部回到了他身上。好像他一连串挫败的原因，就是他根本不该出生。他的眉心轻轻一抖，仿佛碾碎了一个微小的疼痛；再穿越尴尬，重拾信心，在脸上绽出狡黠农民的笑容。

笑在脸上绽露许久才最后渗到嘴上：“我三姐出生时，管得不严，请计划生育的人吃了顿饭，最后就没交罚款。等我出生时，管得严了，交了罚款，但我不知是多少。”

生了三个女孩才有他，可见他是家里的宝，但他却没骄纵自己的条件。和别的乡村男孩一样，春节后，背上行囊出门打工，他要自己给自己找饭吃。他说他家的情形在村里原来属于中等，转眼物是人非，现在已算较差。因父母用打工的钱在土溪镇买了套商品房，一百多平方米，二十多万（甘蔗榨出汁液后，一地渣滓）。

“现在的女孩都希望男方家在镇上有房，村里的房子再好都不行！”

目前，中国男女比例已严重失调（中国的出生人口男女比例已连续三十多年超过107：100的最高警戒线，大约多出3000万男性）而此现象在农村更甚。若男方条件差，很可能打光棍！所以村里有男孩的父母拼命攒钱，改善条件，以期栽下梧桐树，引得凤凰来。现在说成一门亲，会花不少钱——媒人的要价变高了，彩礼更离谱（十万、二十万是正常，有的还要到三十万、五十万）。除此，还要有房有车。车可暂缓，但房是硬条件！

“这样的话你干吗不在工厂找女朋友？”

我的意思是——为什么把尚且年轻的父母搞得身心俱疲？！

男孩再次骇异，像我是八百年前的古人。唉，真是一代人有一代人的密码符号。你的心态可以年轻，打扮可以年轻，但一开口，马上见了岁数。

男孩的眼神像宁静夜晚的卡车前灯，亮了一下，又被巨大的昏暗吞没。他的声音像钝刀拉肉：“哦，那不可能的！”

原来，年轻女孩都是宝贝，不是在老家定了亲，就是被父母反复叮嘱“要回来相亲”，所以很少搭理外乡人。那些打工的女孩，年龄不大，相貌天真，但心眼如藕孔般繁密，处事老辣。有时，她们会和同厂男工谈一谈，耍一耍（不乏一夜情，或同居一段时间），但等到了春节——该返家返家，该相亲相亲，该结婚结婚。

像高天山这样的男孩，虽外出打工，但要结婚，还要回到村里，找同村女子。所以，他的父母下了血本，买下那幢自己和儿子现在都无法入住的商品房。他们的钱只够首付，余款问亲戚朋友借。“要全部还完，还得五六年。”所以，这个单薄大男孩大年初三便离开家，踏上南下的火车。他急于找到工作：“多赚一点，可以多帮帮父母。”

啊，这满脸戏谑的男孩说出“父母”这个词时让我一震。细想，他的血缘来自父母，父母的血缘来自祖父母，祖父母又来自太祖父母……照此推算，只需几十代，全人类都可统括在先辈的范围内。原来这单薄男孩根本不是一个人，而是一群人中的一个，在他身上已收聚和总结了全人类穿越了几十代的遗传因素。如此，他应和我也有联系，算“四海之内皆兄弟”的小兄弟吧？

而我又忍不住，问出了那句最不讨人喜欢的话——“怎么不好好上学？”

我的意思是——原本，天地并非不见半盏灯火，曾有一星光芒在前方，何以像速溶咖啡般立即融入无底幽暗？

听到此话，他彻底拿我当现代穴居人，震颤得嘴唇僵硬半张，怎么都收拢不回。天下儿童都有这样一个轮廓不清的嘴唇，从吮吸乳汁到吮吸糖果，所有人类的天性都停留在这上下两瓣弧线上。就是这副处于过渡期的嘴唇，在无声品咂过一个个苦辣味后，将原本充满好奇的心喂养成花岗岩。

这十九岁男孩在惊诧和不知所措后，转而诚挚地笑了起来，让自己变成中年大叔。他答非所问：“唉，希望下一代会好一点……我是没有机会了……”

他才十九岁，就已开始寄希望于“下一代”，且断言自己“没有机会”？！

他的意思是，他已走过成熟甚而饱满，即将衰败，故而他全身心期待着子嗣旺盛？这种似是而非的成长，让少年变成一条鱼，虽然有着最敏感、最易受伤的生命网络，但却只能无能为力地抽搐挣扎，无法翻身。这种嬗变属于哪一种进化？或者，这其实是进化中的退化？

父母常年在外打工，三个姐姐相继出嫁，高天山从小跟着爷爷奶奶长大。像他这样的留守儿童，大多不喜上学——孩子天性好动，喜欢偷懒，长时间疏于管理，成绩差是必然。恶性循环就这样开始：父母为让孩子过得好，不得不出门打工；而打工导致长时间离家，让孩子处于放任自流状态，无法顺利完成学业；孩子辍学后，沦为新一代打工者。如果这是一个游戏程序，那最初的设定便有问题——何以那可怕如太古洪荒的异次元黑洞，第二次，将那些果酱般鲜嫩的脸吞噬殆尽？而这第二次的轮回，实在比第一次更惨烈。

“出了门，才知道爸妈好辛苦……”他费力地表白。

这片农民房的最大悲剧在于——它的全盛期，恰就是第一代打工者大举南迁的混乱期。那时，离家远行的人来自各路，拥挤在这个陈旧、便宜、粗糙的空间（像一串绑着的螃蟹，一个带一个，这里站稳了，再招兄弟姐妹过来。来了就进厂，进厂就干活），每个人的气场都像敦煌壁画里的经变图，各有各讨生活的哀伤大历史，各有各一箩筐背井离乡的辛酸家族史。

而今，这里的全盛期已过，第二代打工者更敏感多思。和当初像抛撒谷物般散落东南的老子辈不同（老子辈离开母境跑到异境，在陌生地仓皇讨生活，赤手空拳，慢慢地变成皮肤枯干如火烤橘皮的老人），儿子辈却不愿在一场封闭的梦里循环做梦，总想睁眼问个明白：“为什么？”而老子辈却只能沉默不语。

要过多久，待惊涛拍岸卷起千堆雪，儿子想起老子，石破天惊地大叫：“我错了。”那顿悟的一刻，镭一样，具有无与伦比的辐射性和杀伤力。唉，轻视父母容易，理解他们的苦痛却要花那么长时间！

高天水只有一个弟弟，但也被罚款——他和弟弟年龄仅相差两岁（2015年之前的计划生育政策规定：在农村，若第一胎是男孩便不准再生育；若第一胎是女孩，下一个孩子要五年后才能出生）。他家被罚了五千——他记得很清楚。因为，他的家庭情况一直拮据，难得存下点钱，一下子拿出那么多——五千——他便让这数字烙在脑海。

他的变声期还没过完，声音沙哑略带窘迫：“我们家是轮流生病。”

爷爷奶奶年纪大，各自有病，相继去世；在煤矿打工的父亲被压断腿后，又查出矽肺，不得不放弃当矿工；母亲曾在食品厂干包装，得了喉炎，呼吸困难，不能吃辣，也不得不离厂。父母都没拿到任何赔偿，去医院看病都是自掏腰包（劳动收入占农民工收入的绝大部分，超过95%，如果因病、因失去劳动能力或其他原因失去工作进而失去劳动收入时，农民工比城市居民更容易陷入贫困。对城市居民而言，劳动收入占收入份额的65%。）。

经老乡介绍，父母到上海送报纸，一月能挣八百。“活倒不累，但存不下钱”；又去汕头印刷厂，用三轮车送货，“那活真累”，而父母已过青春壮年期，再这样熬下去，怕连命都要搭上；现在，父母转战到中山工厂区开了家小音像店。起初生意还行，但现在的年轻人不是泡网吧，就是玩手机，小店门庭冷落，“离倒闭也没几天啦”。

所以堂弟比堂兄忧郁：狭长的瘦脸上总像涂了层铁锈，处窒息状。堂兄也累，但只是累，而堂弟则是累到极致（快没力气拿起一根羽毛）。堂弟相当羞涩，我问一句他答一句，间或点头，像认罪般。看那细瘦臂膀，他像只有十四岁。他似乎已在心里放弃生长，不往上、往宽多增一分一毫。那多余出来的部分，对他都是负担（他不仅愿意停止生长，甚至愿意让自己变成一个负面列表）。

他的父亲比我还小一岁。他将我看了又看，感慨：“我爸看上去像个小老头，皱纹多得很！”他母亲甚至比我小四岁，然而，“也有很多很多皱纹！”我像被虎头蜂扎了一下，即刻面红耳赤到头皮里去。

和高天山一直留守不同，高天水自小学起便一直跟着父母——到上海，到汕头，到中山。但他只能进民营学校。虽然一学期学费才一千多，但频繁迁徙，让男孩的学习热情越来越低。“刚开始还行，后来，老师说的话一句都听不懂，只想睡觉。”像患了隧道症，漆黑周遭里他只看见前方亮光悬着“睡觉”二字。除此，什么也看不见。

求学无望，他并不怨父母生活不稳定，只恨自己“听不进去”。

睡觉凿出的洞穴，暗的部分更暗，亮的部分更亮，让他无言依从，只能趴下。丰丽的虚幻世界里有各种美食美景美事，让他不由得像神农尝百草每样都试。等到下课铃骤响，他用舌头转动嘴唇四周口水，起身，移动身子走出教室，如移走一座聒噪的笼子。

现在的他，暮气沉沉地一挥手，简短总结：“想太多也没用，做好现在的事吧！”

洞穴里的黑暗消融了，然而光亮也没有了。他只有十九岁，从头到脚一身肌肉新鲜无比，却全部都笼罩着烦忧。他像看到了自己的未来命运，看到了自己轻若鸿毛的一生，顿时，变得好重、好寂寞，真的好寂寞。然而他不愿自暴自弃，收心把自己调整到恒温状态，不冷不热地补充道：

“我想，我总可以混出点名堂的。”

我惊诧——说这豪气之语的，不是夸夸其谈的堂兄，而是谨小慎微的堂弟。这是一种自我保护法——他受不了别人把自己当成一堆血液、淋巴和肌肉的混合体，他要对自己实施劝慰和鼓舞。他的躯体就是他自己，他要尽可能对它好一些。他要有信心，每一天都认真地过，让父母放心。

他家也在土溪镇买了商品房，也欠了十几万外债。

“啊？”

“别人家都这样。”同样的，正是这笔债逼迫着他和父母，春节还没捂热被窝，便匆忙踏上南下之路。现在，钱是把熠熠闪光的利刃，高悬头顶。他忍住对我惊诧的厌烦，把眼帘放下，把目光衔在帘间，似瞑非瞑，似笑非笑。那眼帘是防护罩，让眼睛变成绝缘体。

现在，“每一分钱”都是这个家的软肋。要齐心协力好几年，才能恢复到零，再慢慢向上迈天梯。他们活得紧张尖锐。“怎么把每一分钱省下来”是全家人的必修课。凌晨起床，眼前的一切都田走湖移，鸟飞兽散，一片混乱。一家人夸父追日，气喘吁吁，翻山越岭地找到目标后，对焦行动，将“每一分钱”扒进腰包。一分，一分，又一分。

他轻描淡写地说起那一次——他从教室中走出，回到出租屋，头晕恶心，浑身难受，像血液停止流动。喝了杯水，躺在床上迷迷糊糊，又睡不着。他知道，只要他一说出那个决定，他的青春便随之死亡。

昏暗灯光下，他向面黄肌瘦、皱纹横生的父母坦言：“我明天不想去学校了！”

他以为这是自己突发奇想的一句话，但其实，这句话是一支箭，一直都在瞄准它的靶心，从未偏离。他突然明白，这是他注定要收获的结果。

孩子抬起头，看着父母。那种看法，像小狗瞪着双眼，直愣愣看着主人，此外再无法摆出别的肢体语言让主人明白，这个小宠儿正传达着对主人的绝对信任绝对忠诚。突然间，风静无息，鸟叫止歇。突然间，父母的视野也变得清晰，看清孩子未来的航道就摆在那里——他只能以那样的时速在那样的跑道里前行。所以面对宣言，他们像把乌漆漆车窗拉开一隙，被那钻进来的潮腥气惊醒，突然恢复了地理感，确认了坐标系。

“不想去就不去吧。”

轮到孩子错愕抬眼（没想到这么容易就获得通行证）。

培养一个大学生要消耗至少十万元。毕业后自己找工作时，寒门弟子根本没机会跻身主流，而从基层进入中产阶级的空间亦日趋狭窄，故很多农村孩子早早熄灭了大学梦，早早出门打工。随着“用工荒”蔓延，普工工资上调，到2013年，农民工平均工资为两千六，而大学毕业生不过四千。

突然，传来隔壁小男孩的哭声，短促尖锐。之后，是女人的哭泣，高高的钢丝绳甩在半空，不可思议地旋转了几圈后，居然还没有挣断。但从那声音里能看到一张皴裂眼袋、干燥嘴唇组成的雌性悲戚面孔。阴阳哀号高高低低，令暗黑密室如音箱，充满耻愧感。

难道，第三代还需出门打工？这大循环何时到头？何时是黎明时刻，摄影棚灯光大亮，令鬼魅般纠缠的迷雾散开，让这一干人（近三亿人！）看清方圆数里，掩映于黄沙荆棘间的道路？这种恶性循环，令人苦苦生恨，如在大海中漂流，茫茫四望混沌煎熬，直至迷途而竭。

我瞥见两个男孩的眼里闪出波光。然而，当我获悉他们并不是可怜那男孩，而是羡慕——他能和母亲同哭时，真像看到大屏幕电影骇异场景，倒抽口凉气。

原来，他们小时候——“嗨！根本找不到妈哦！”

我发觉要用足够的说服力表现那一刹那的情景，那种战栗，以及在情绪激动后所感受到的冲击，真是极其困难。那种震颤真的很难描述——灵魂底层像冰块被敲碎，哗啦。

起身告辞时，两个男孩坚决送我下楼。

穿过门厅时，二房东抬头，闪动着“一切尽在掌握中”的沧桑眼神。站在路边时，堂弟高天水像记起某项规定，面露微笑羞涩道：“丁老师，谢谢帮忙啊。”向我挥手告别时，两个人在小宾馆门前站成两片剪影。

他们的发型那样一致——清清楚楚的偏分，右边拢着大部分头发，左边低而平。其实，无论他们怎么表现得有差异，他们所具有的共同点还是让他们像一个人；其实，他们一点也不邋遢，更不寒碜——只要离开昏暗窄陋的小宾馆，他们被严重损毁的尊严便再次恢复，变得年轻而有朝气。

我希望他们能忍受站立式工作方式，能在六十天后拿到第一份工资；我希望他们像块茎植物，没有在腐土中烂掉，反而催生出新绿的嫩芽。

到达工厂路后，我将目光锁定在“90后”男工身上。

我总觉得，年轻人最敏感，总处于令人眼花缭乱的社会变迁最前沿。他们正值生命历程的中间阶段——从青春转型至成年，这个阶段不仅具有个人成长的意义，更具有特定的社会意义。我希望了解他们是通过怎样的过程而最终“变成男人”的；我希望通过自己眼睛观察感官感受（而不是僵化的数据、表格和问卷）来了解当下中国之巨变。

事实上，接近男工的过程常令我从心底泛出一种懊悔惆怅之感。听着男孩们描述他们的世界、他们的经历、他们的悲喜，总让我有一种隔着毛玻璃观看的残酷之感。我从外围看到的，不过是些模模糊糊的影子，其内部的惨烈惨痛，像海平面下的冰山底座，我根本看不见。

我经常感到费力、无语、震颤。

这么多人（整整两代）自异乡而来的颠沛经验，简直像电脑里属性是隐藏的文件，在表面上完全看不出——必须进入文件夹，打开工具栏，在文件夹选项中把“查看”点出，再点“显示所有文件和文件夹”——才能看到隐藏文件。哎呀，这样僵硬粗糙的历程，却不为外人所知。而我所看到的，不过是些破碎情报、零散单字，根本无法观其全貌，述其全形。那我的所为又有何意义？

也许，这意义的全部就在于体验。

在看惯了各类报告、调查、总结中的各种关于底层的描述，也许最真切的体验必来自亲历。我从不否认工业化进程的重要，我只是感到困惑——我们已积累了令人难以置信的社会财富，而这些财富却越来越被用于阻碍而不是建设一个更公正更富人情味的社会。如果有一天，不断增长的社会财富与其破坏性能解决，如果能消灭生活环境遭到毒化的现象；如果能让贫富差距不断缩小；如果技术进步能够被用来增强人类的自由……也许，真的不需要像我这般的笨拙行动。

事实上，在那天之后，我再也没有见过高天山和高天水。除了第二天打通电话，获悉他们顺利进厂后，我便和他们失联。开始，电话打通没人接，短信不回，后来，电话无人接听。是他们不愿见我，还是太忙？而我就这样把他们弄丢了。

后来，在电子厂大门口，看到那种瘦长身条、漫晃乱走的男孩，我总会停下脚步，下意识地多盯几眼，期望是我认识的堂兄弟。后来，我逐渐意识到，我们何以失联——工人上班时间不能带手机；晚上九点多下班，吃饭冲凉后，要马上倒头就睡，才能保证第二天七点四十赶到车间。周六下班后在网吧熬通宵，周日大睡一天就算休息。而最初到达工厂路的我，对这个生活节奏并不熟稔，所以，总在错误的时间打了错误的电话。

其实，打电话是爷爷级联络方式（甚至发短信，都属老土行为）。“90后”男工的主要联系方式是QQ。不打电话，不发短信，不玩微博，不玩微信，只用QQ（目前，腾讯QQ为中国最多人使用的即时通讯软件和网络社区。2010年3月，QQ同时在线用户人数突破1亿，这是人类进入互联网时代，全世界首次单一应用同时在线人数突破1亿；2014年4月11日，QQ同时在线用户人数突破 2 亿）。对打工者来说，电话号码因打工地点不同而随时更换，但QQ不变。通过QQ留言、发信息、传图片，在空间里写“说说”，是主要信息交流方式。

QQ是全部的时光魔术——忘了QQ号等于忘了全世界；QQ被限制不能用后，便和整个世界失去了联系。登录QQ，那小人儿从黑白变成彩色的一瞬，原本陌生难以理解的独立个体便似伸出触角，可互相粘连，连成一片。通过QQ进行情感倾诉，像一个大工厂必须建立排泄系统，很奇妙地将那些废物啊、故障品啊，通通冲刷到阴暗肮脏的外缘，才能保证第二天正常运转。

后来，我从阿彪处获悉：高天山只干了三天，高天水坚持了一个月（他俩都没能挨过“站立式”这关）。阿彪冷笑时颊肉乱颤。“多进几家厂，也许，他们还会回来”。但如果回来，高天山不能再次进厂，高天水则可以。电子厂规定：未干满一个月离厂者，不能被再次雇用。

在异乡打工，青年男女很容易因为寂寞而牵手，
也很容易因为争执而分手

第七章
母与子的战争

在工厂路待久了，我慢慢习惯了粗红的脸庞，油垢的头发，裤管上的泥点，鼓胀的编织袋。那么多外省离乡流窜的人到达这里，住下来，形成了个庞大数字。而他们非常安静（安静得像根本不存在），每个人都活得悄无声息（像蛰伏于一种宿命的屈从）。生活在花园小区的人，其实，很难想到这镇子里还有他们，亦很难体会那安静里包含的辛酸。

在镇中心，越来越规范的红绿灯，越来越豪华的酒店，越来越时髦的超市，处处散发着蛊惑魅力；而工厂路却不同——在这里，实用性压倒了审美性。但我对镇中心的酒店、商场却没有了解的热情，认为那些地方很容易掌控，反倒是杂芜的工厂路，像个难解的谜团。

不，并非所有的岭南小镇都有工厂路。但只要置身工厂路，便会为一种阴霾的荒凉气息所笼罩（即便正午，从厂门口涌出团团工人）——整个世界的光度被调暗了，到处是荒凉的皴裂地面，荒凉的拉杆箱，荒凉的双肩包少年，荒凉的塑料桌椅，荒凉的面、粥、粉。但厂房却貌似坚固，厂门口的条例却貌似威严，货柜车却貌似繁忙。这些特异而极端的现象糜集一处，形成种无声召唤，简直，简直像一具供美术学院实习生进行素描的活体标本。

尽管大批工人已离开工厂路（按每七年换一茬，三十年间这里流逝了太多青春），这条在岭南农田建起的街道，和初建时并无二致。三十年来，一系列变奏的基因组曲在这里流动过，其中不乏那野性顽健者、逆势攀上者、跃过龙门者，而大多数则成为蜿蜒细流，流过后不复存在。时过境迁的多年后，那些曾在工厂路消耗过青春的人，以另一个自己的模样，用苍蝇复眼的视力，在穹顶俯瞰，慢慢摆弄事物的顺序，以期将那些时候的那些事弄得更清楚（分析、疑惑、自问自答、笨拙而努力地找理由），而关于工厂路上的故事，却似乎是另一个自顾自生长的另一个版本的故事。

“我早晚要走……”每个到达这里的人都这么想。但何时走，如何走，是不同人的不同选择。有一天他突然对陷溺于那段经历的那个青年浮现出一种近乎父爱的温柔情感；有一个瞬间他几乎脱口而出，要对妻女描述深藏心底的那些记忆。然而奇怪的是，当他试图扯起话头时，却不知乱糟糟一团往事从哪里归纳。

——总之那时候大家都出门，我也就出了门；大家都回来，我也就回来了。

在工厂路逛一圈，很容易会发现，服装厂的厂房和周围比，更簇新、摩登。

从围栏朝内望去，哎哟，简直是个大花园。院墙外围着修葺整齐的灌木带，大门两侧伫立着威严罗汉松，院内草坪上茂盛着荔枝树、杧果树。厂房和宿舍楼，不是惯常所见的灰黑棕黄火柴盒，而呈高低错落积木状，外墙颜色招摇，以夸张赤红、宝蓝、银白等炫目色亮相。这些颜色糜集了娱乐、游戏等诸多元素，杂糅出梦幻效果，刚好彰显童装界老大之霸主形象。

服装厂的主楼有六层，顶楼风格延续外墙的童话味——从天井大玻璃处透下的光亮，令环形内部像银色森林。云蒸霞蔚中，那一系列连成串珠的小屋像袖珍城堡，每一间里都藏着个小公主。而其中最大的玻璃屋是展示厅——四壁挂满样品，每一件都优雅精致，都凸显设计师的奇思妙想，都针脚细密色彩和谐……但这些衣衫似乎并不是为“展示”而诞生的，每一件，都释放着独属于它自己的强烈情感：欢快的、沉思的、温和的、激越的。好像，套着这些衣衫的塑料洋娃娃们可以自己站立起来，走到国际服装秀的舞台上，成为一级模特，而不应该挤在这样一间屋里像大锅下水饺。这里拥簇了太多绚丽的颜色，好像眼睛已饕餮一顿，饱到不能再饱。

没想到会客厅却那样袖珍安静，一改迷宫花园中的纷繁绚丽，像一间不记得编号的偏屋，呈高冷风格：黑色椭圆形桌台，黑色靠背转椅，冷香空调，银色玻璃门把手。即便盛夏正午进入其中，也像加了高级冷却剂的车子引擎，整个人会立刻安静下来。

但也许你做梦都想不到，就在这层楼板之下（五楼），是个超级大屋子。

第一次进入，感觉它根本不像车间，而更像实验基地。楼上的墙壁全然消失，这里阔大得像个海滩，但光线又昏暗如地下停车厂。三四百台缝纫机在旋转，三四百号人坐在吊扇下的凳子上。一眼望去，每一台机器和每一个人都一模一样，像某个艺术家在进行装置实验，很快就会被喊“停”，但那“停”一直哽咽着，哽咽着，塞在嗓子眼里。

一种乱哄哄的混响悬浮半空，像三四百个蜂巢被三四百个扩音器放大，声音强劲火辣。这里像大战揭序之前，烽烟四起，快马加鞭，每个人都吼着说话，试图从巨大的背景音乐中跳脱出来，态度狰狞；每个人都明显地感到空气中影影绰绰全是人数超过自己的埋伏者，故而他们变得极端焦躁。

轰隆隆，轰隆隆，声音碾过脊背和头颅，让肩膀哆嗦。鼻孔塞满硕大粉尘，腰肢像一支琴弓被演奏者的激情压弯，像有把看不见的镰刀在收割。这里的一切都处于倒伏飘荡状，像丧失了时空坐标系。没有人的头和脚，只有旋转的轮子，蛛网般的细线，一块块碎布。

那感觉真的很糟。

像闯入一家医院的大型育婴室——人和机器已黏合成一个独立的新生儿，一排又一排等待降生；又像蚁穴最底部一群科技蚂蚁正在不带感情又容易受惊吓地忙碌着，任何与劳作无关的话题都是白痴语言——没看到别人正忙着吗！

林小月生于1972年，脑后拢着束黑发，白衬衣，灰中裤。巴掌大的小脸，鼻子纤瘦，小嘴扁平，面部表情稍嫌缺乏（曾经的娟秀像被删除键删去），但是，唯其因这点呆滞，倒更显出那温柔淳厚的中国乡村情调。她不断回忆2006年的第一次：第一次来到服装厂；第一次参加应聘；第一次做“开袋”，战战兢兢（虽然在老家学过裁缝，是熟手）；第一次领到工衣、工鞋、工帽；第一次拿到工资（两千多）。一晃，八年多过去了。日子过得真快，像戴了副改变折光的眼镜，总是雾里看花，所有的事物一晃便飘浮而过。

她清晰记得进厂日期——不假思索地脱口而出——2006年2月6日。而进厂后的日子，居然过得那样快：一登高，一旋身，一回头，炎夏永昼，悄然无息。现在想起来，还像是做梦。她的眼睛是安宁的，神情是丰足的。她笃定宣布：“我已经习惯了这里！”“这里”就是服装厂。她已习惯了这里的线条、颜色、构图，像驯良的妻子习惯了婚姻。

林小月干活是一把好手——车衣服像写毛笔字，几百几千万个横、竖、撇、捺，丝丝入扣，无可挑剔。她将自己塑在缝纫机前，像它的附件。她像着迷于某个简单动作，反复学习，固执地操练，直至倒背如流，庖丁解牛。看着年轻人只签半年合同，或干一两个月便跳槽，她把头摇得像韵律操——这些孩子！他们的跳槽严重地缺乏联系，上不着天，下不着地，只一个眼神或一句话，便招来一声“我要辞工”。于是，那好不容易进的厂，便像废纸团被他们揉掉，或像廉价易拉罐被踩扁。

服装厂和电子厂的作息略有不同（更仁慈一些）——工作时间是早晨八点至十二点，中午一点半至五点半，晚上六点半至九点半。周日不加班，一个月有两天假期。林小月的身体如潮汐听从月亮，按这个表泛起涟漪。打工八年，什么事都没碰到，顺顺溜溜（只进了这个厂，从未跳槽）。年复一年，日子像永不断头的线，就这样扯下去，扯下去，每一天都一模一样。

现在，她每月工资四千多（旺季五千），根本不必耗费心机频繁跳槽，经历选厂时的对比、纠结、失望、愤懑，而现在只需要坐在车间麻利干活，然后等待下班。她渴望平淡而不愿接受激情，因为所有的激情都像过山车那样惊心动魄，那样危险。那样的经历她从来都敬谢不敏。她要的是简单、安定、有序。她是齿轮，和车间作息时间表刚好互嵌，严丝合缝，囫囵圆满。

而这个事实又多么惊悚——八年多，她一直住在宿舍！

我知道买房对她有些困难，但她老公也在镇里打工，女儿曾来这里打过暑假工，为什么没租房，在“一间自己的屋子”里过家庭生活？租房要花钱：水费、电费（还不一定有单独卫生间）；中午休息一个半小时，若赶回出租屋做饭，便要以急行军速度。而住宿舍，下班几分钟便进食堂吃饭（早餐两元，午餐三元，晚餐四元）；且大部分时间，她其实是一个人独处。老公干的是建筑，和十几个老乡住在工地，流动性大；女儿暑假打短工后，开学即返回老家。

但是不，这些都不是问题的核心。

事实上——她，从未想过租房！

当她用冷静的、纯客观的、中年人的态度，诉说八年来她一直住在宿舍，周末去镇中心逛逛，晚上在手机上看韩国电视剧时，某种残酷就潜伏在这里。长期住宿舍，长期和丈夫、孩子分离，让她从未想过租房（更别说买房）——难道，她已完全被驯化，身体里的钙质流逝而去，变成一条软塌塌的工厂虫子？难道，她真的不需要“一间自己的屋子”？

无论宿舍多么方便，它都不是家。家庭生活首要的私密性，被宿舍的高低床撕得粉碎——你在宿舍的一言一行，皆被一双双眼睛监视着，像有人坐在导演椅上指挥着摄像机在拍摄。长期寄居宿舍，会让个人生活变得异常单调。但几乎所有的工人都只能这样选择：为了省钱，为了方便。

她的儿子叫吴宏伟。她希望他结实强壮，顶天立地，但他却长成一个皮肤白皙，举止秀气的少年。儿子是她的心，那里疼就全身疼，那里高兴就全身高兴。儿子是她身体之外的生命，是比她自己更重要的生命。“他就是要天上的月亮，我也要摘下来。”

可现实是：“我没有带过他，他说他从小就没母爱。”（她沉下嗓门说）

缺席的母亲总是站在被告席上，听儿子抱怨。儿子的眼神那么疲惫痛苦。从儿童成长为少年，他那些需要父母陪伴的时光，是和姐姐、爷爷、奶奶度过的。好像一句话，没有主语、谓语，只剩下宾语、状语，也就不称其为一句话。儿子的眼睛细长，眼皮一睁开，亮晶晶的目光如水，痛苦就盛在里面，什么也不掩藏。儿子之所以痛苦，是因为他比绝大多数同龄人更纤细更敏感。而她只能这样回答：“大家都是奶奶带大的啊！”她反复强调，“大家都是这样啊！”“大家”这个词被夸张得有些动漫感，所以儿子也就姑息了，但内心的埋怨，却如一条条发出去的短信，即便从手机屏幕上删除了，还在半空晃悠。

母亲发怒："是不是因为我在你小时候没带过你，你就这样？！"

潜藏的死火又燃起来，不堪回首的旧时光翻涌而来，让少年浑身战栗起来："你还知道没带过我啊！"她一抬头，看到儿子盯着自己看，单眼皮下全是嫌恶。

她听到自己身体里发出清脆的破裂声，像秋天踩在树叶上，虽然细碎，但破裂确定无疑。她和孩子间曾拥有的千丝万缕，像都已断裂，她和他成了两个互不关联的人。八年来她到底失去了什么，她并没来得及仔细盘点。

吴宏伟初中毕业后到岳阳上技校，后去远大集团分公司上班。但这一切，似乎都和母亲没关系——母亲在孩子成长的每一个步骤中都以缺席出现，所以她简直没资格和孩子交流。而懵懂少年已跌跌撞撞，自己开始小打小闹混江湖了。"他不说一个月挣多少钱，我也不问！"林小月的口气发狠，血滚热滚热地涌过胸口。

这座误解的冰山一点一滴造就时，母亲并不自知。她只知省钱省钱，存钱存钱，不知打电话联络感情。打的都是长途电话，一个字一个字都是钱。她满脑子都是干更多的活，挣更多的钱。甚至连女儿都追问："妈，你给家里打电话没？"啊？一秒钟的疑惑。她的身子绷紧，一下子烦躁起来："你奶奶耳朵背，听不清，你弟弟调皮，总不在家。"她试图用草率的词语来敷衍自己的过失。

女儿默然。做母亲的甚至能想象得出女儿沉思的模样。在这个家，什么都反过来了：女儿、儿子个个显得比自己的年龄成熟，甚至比父母还成熟。成熟的女儿像母亲的母亲，顿了顿，还是说了出来："妈，你现在不给弟弟打电话，以后，他就再也不给你打电话了。"

女儿的声音像《新闻联播》里的女声，各音阶的抑扬顿挫都精准得很，好像某种孢丝在聆听者脑额叶里须茎攀走。做母亲的并非没有触动，只是没想到，事情会演变得那样严重。

果然，等儿子再长大一些，突然就不愿接听她的电话，亦很少给她打电话。他们的对话总是轻描淡写，没有真正的倾诉或探听对方疾苦之热情。总是那样简短，像电报，咔嗒咔嗒之后，即刻结束。但儿子并非对谁都如此冷血。离家上学后他总给奶奶打电话，有时也会打给姐姐。女儿对母亲说，说她去看弟弟，要上公共汽车了，见他还站在那里，手插在裤兜里，脑袋小小的，肩膀窄窄的，但脸上的表情那么早熟，那么沧桑，像个小老头。

林小月省吃俭用，和老公两人耗费十年，存下二十万，准备在老家盖房。

儿子满脸烦躁："别人都赶着往外走，你们还在家里建房子！"

做母亲的有点尴尬，她嗅到的不祥预感突然固体化了。但大家都要下台阶，于是她耐着性子微笑："那你说，在哪里买房？"

吴宏伟只是希望不要在村里建房，在市里买房——但哪个市，他也不知道。他一口气说了周边好几个城市名字，"随便哪个，就是不要在家里！"

"随便哪个？！"林小月瞪圆眼睛，起了急，"好大的口气！"

"嗯！"儿子的笑声里有一种少年有时会有的残酷特质。

母亲声音发颤，骇愕低吟："到底是哪个？！"

"不！知！道！"儿子对答时以一种难以掩藏的厌倦神情看着母亲。他的眼睛里没有一丁点红血丝，依稀还带着婴儿的眼白才有的那种骨瓷蓝，定定地看着母亲。母亲的脸色暗下去，心脏跳得相当吃力，血液稠稠地在脑血管里一次次费劲通过。像世间所有最亲密的人之间必然蕴含着较量般，他们必须忍受阵阵的痛。

做母亲的慢慢点点头，眼神伤心至极：“你好好说，在哪里买？”

儿子抬头，还是那三个字：“不……知……道……”

母亲惊诧眨眼变成大人的儿子，有如此强的抗争能力。他何时完成从稚拙到成熟的过程母亲毫不知情，而这执拗的倔强却如野火，就这样烧着。母子俩面对面，呼哧呼哧大喘气，能听到对方的心跳，看到对方的汗水，以及对方的决心。他们互相都接收到了对方的信息（不可能接收不到）。母亲看着孩子，满眼都是无望的疼爱；儿子看着母亲，却试图从那种过于真实的人物关系中摆脱出来。

母亲拉扯了下孩子，却被他甩开——好凉软的手。他居然连拉一下都不肯，丝毫无犯。他不肯先败下来，不肯承认自己身处逆境。母亲和孩子心有灵犀的道路被陌生阻断，那不是一种陌生，是成百上千个因不在一起而累积起的陌生。陡然间母亲幡然醒悟——儿子确实已长大。一旦长大，便不再盲从。那些母亲规划好的蓝图，复述了多遍的未来，在儿子的眼中，不过是在旧生活的木头上刷了一层油漆，内里并未改变。

儿子离开童年的襁褓后，被环境改造成另外的面孔——好像蝌蚪离开水塘，便用力储备弹跳力，以备在陆地也能生存。从家庭小集体的安全感中脱离后，他终将要独自面对生活。从上小学开始，他便清晰地认识到这一点：他没有靠山。

那个他从出生起就待在那里的小村子，他已待得精疲力竭。而现在，父母居然要回到那里建房，这想法充满霉味。儿子渴望的是彻底改变——连同地点、材质、形状和颜色。他渴望的是一道闪电之后，整个世界雪亮起来，簇新起来。如果舞台是相同的，只是换了幕布，那又有什么改变？

有那么一瞬间，母亲甚至有点儿心慌，感到自己差点要妥协——那么就顺着孩子，随便找个市，买下楼房，等孩子再到那个城市去工作、去居住。丈夫一句话点醒了她：“可是，他自己都不知道在哪儿工作啊！”女人一抬头，看到丈夫黑透了的面孔（那种黑是长期沤在田里晒出来的），倒吸了口凉气。她被儿子弄得智商降到零。丈夫说，老人们不愿出门，在村里住惯了，说啥都不会搬去别处的。

于是2013年，林小月向亲戚借款二十万，开始在宅基地上盖房。无论是砖块、木料或水泥，她都一一过问，仔细盘算，力争花最少的钱干最多的事。家里忙成一团糟，可儿子却不闻不问。那段时间是母子俩关系最坏的时光。有一阵子，他锁上房门，在小小的封闭空间里玩手机；要是出门，便是到网吧打游戏。返回家，照样蛰缩在小屋不现身。母亲喊他出来帮忙，他隔着门板懒洋洋地嗯一声。

对母亲他还是爱的，但不知怎么去爱。他也深知母亲爱他，也是越来越不知该怎样去爱。两个人都爱得南辕北辙。但他对奶奶就是另一回事了，一想到奶奶，他就浮现出太多和奶奶在一起的往事。而他的往事里没有母亲，母亲只是春节时回来几天，一走一年。母亲只记得寄钱，却不知道打电话和寄钱一样重要。等到和母亲一起生活时，两个人都异常别扭。母亲问他吃了吗，他说吃了。又问，吃饱了吗，他说，吃饱了。翻来覆去就是这几句。母亲对他的全部挂念都提纯成这几句。

母亲让他帮忙，可他的整个思维还陷在游戏的厮杀中。母亲又喊了一声，他照样懒懒散散，只答应不动身。母亲的怒气像削尖的铅笔那样，感觉家还没建造好就先败了，日子还没过起来就开始糟蹋了。母亲敲开门，看到根棍子，抄起来就打过去，可被儿子一把捏住。两个人直愣愣杠上：四眼对视，火星闪烁。

母亲怒斥："你这个不孝子，成天就知道上网，家里那么多活，一眼都看不到！"声音刺耳，粗糙，像一片马口铁。

儿子的肤色日渐黧黑，骨节日渐粗大，眉眼日渐鲜明。他现在的壮硕，正是母亲所希望的，而他现在的霸气，却是母亲没预料到的。儿子爆发地喊："人人都出去闯外面，你们可好，把房子盖在家里。我不住，我也不帮忙！"

母亲发抖，锐声控诉："问你在哪里买，你又说不知道。外面买的房子，又贵又小，你爷爷奶奶不愿住。我们在厂里打工也不住，买来干什么？！"

儿子耍赖："横竖我都不要在家里建房！"男孩的眼神从来没有这么冷，好像打人专打脸那般不依不饶。

母亲的心被一只脚狠踹了几下："你爷爷奶奶老了，上楼住能方便吗？再说，趁着爸妈还能拼命做事，先把房子建起来。再过几年，想建都建不起来！"

儿子又横又浑，脑袋一偏，眼神里满是火光："我才不会像你们那样拼命做事！"

母亲的声调提高八度："人不做事怎么行？！要想过上好日子，就得要做事！"

儿子像愤怒的弹簧，调门更高："不做事才是好日子！做事算什么好日子！"

母亲和儿子眼对眼，对了几乎一个世纪。沉默充斥在半空，像一块被浸透的海绵。终是母亲敌不过，眼圈发红，喉头、鼻腔灼热到难以呼吸，便一松手。儿子噔噔向后倒退了几步，扶着墙，总算没摔倒。

儿子眯眼看母亲——永远是那件洗得发黄的白衬衫；永远是那种乡下人的谦和谨慎（无论进城多少年，进的都是别人的城）。他突然换了个口气（一吐为快的口气）：“这屋子就是建好了，我也不住！”然后穷途末路的他转过身，一步步走向门，拉开门，最后把门带上，每个动作都是用足了气力来做，做得恶狠狠。“砰”，响声使整个空间震颤良久。

母亲的眼泪被这声音蜇了下来，是一个中年女人呜咽不成调的哭声，隔很久才剧烈地抽噎一下，自己吓自己一跳。她边哭边想：这个妈妈当得如此糟糕。是什么地方，什么时候把事情搞拧巴的？拧巴成这样？那些远离孩子的日子，一天天，原来都是罪魁祸首。现在，它们像四方四正的砖块，垒砌起一堵墙，硬生生阻挡在母子之间。新屋子还没盖好，可空气里已飘荡着像被火烧过的残骸味（那是烧焦的木炭、烧焦的被褥、烧焦的纸张混合在一起的味道）。

屋子盖好后，林小月累得病倒了。身体轻飘得像吹气娃娃，一下子就泄光气，瘪了下去。在医院躺了半个月返厂后，人都脱了形。人都是这样，以为自己很能干，干着干着就忘了：人是肉做的，血灌的，一张薄皮包着的，能有多少劲使出来。儿子在医院凝视着母亲，躺在被子里是那么薄的一片，简直快失去了实体，脸色白如石膏。他哑着嗓子说：“妈，我们不吵了，好吗？”

母亲愣住了。这算求和吗？

从枕头下摸出个盒子——新款苹果手机。可她想，以前给儿子打电话是少了，现在，就用它来补偿吧。争取做一个好母亲。儿子哽咽着，鼻腔酸胀，一包泪堵在那里。等听到母亲说“多打电话”时，小雨便下个不停，整个世界都变了形。

儿子真的有所变化：周末给母亲的电话里，叮嘱她“别太累了”。这亲昵的话语惊得母亲一动不动，连整个世界都一动不动了，就像一股凉滋滋的细腻皮肤摸着手心。而她已忘记曾触摸过那种细腻皮肤的感觉，忘记触摸时的舒适感。

再一个春节全家人聚齐时，儿子像从一场高烧热病中痊愈，恢复了常态神情。更高更壮的他，周身散发着勤勉和洁净，以及男生特有的香皂味。他说起办公室，说起同事，说起计划时，完全是另一个人，一个陌生人。他的寸头，他的白衬衫和牛仔裤，他的白牙齿，处处都是母亲所陌生的。

见儿子捏着个破手机，母亲奇怪："我给你的那个呢？"

他叹息，恨不得把脸藏在裤裆里："在宿舍被偷了。"

母亲心疼："怎么不买个新的？你不是有工资吗？"

儿子一个劲摇头，一连串嘟囔："舍不得、舍不得、舍不得啊！"

母亲长舒一口气。过尽千帆，儿子并没在生活中变形，而只是一个自己的延伸品。儿子极有可能是个平实质朴的人——一个更合情合理像母亲的人；一个少年版的小母亲。千回百转，他心里藏着的还是那传统的核。

母亲扑哧笑了："真舍不得？！"

他点头时，一股红热爬到脸上、脖子上。他的脸上出现了毛躁的青春痘，让他从少年那细腻的凝练中突破而出，变得粗壮。什么都是成人的：转身，甩手，步伐。眉宇间异常笃定："真是舍不得花钱啊！"他呵呵地笑，还原了大男孩的开朗眉目，"挣钱好辛苦啊！"

知道挣钱辛苦就能知道妈妈打工辛苦，就能一笔勾销十几年的怨气吗？理解母亲是个非常冗长的过程，但只要开了头就好。

母亲好脾气地问："妈妈再买个新的？"

儿子忙摆手："算了算了……"

他喘了一口气："等我自己攒够了钱再买！"

母子间那场扯着木棍互相瞪视的战争，似乎已宣告结束。母亲感觉她紧绷的神经至此可以适度松弛一下。她深深地叹了口气，心底柔软得如一块随时要融化的奶油。儿子看到她眼皮微微下垂（乃多年辛劳所致），便乖顺地端来一杯茶。母亲啜了一口，又啜一口，眼前升起一片白雾。

打工八年，住宿舍八年，其实，林小月并非不想拥有“一间自己的屋子”，而是，时时刻刻，她都在为梦想中的屋子——在老家的新屋，做着准备。八年间她从未抱怨过宿舍，是因为她认定这根本不是“自己的屋子”。

相较而言，林小月非常幸运——没进黑厂，没进小厂，没进最终倒闭了的厂。她在服装厂的八年，是这个企业大发展的八年（不仅迁入新厂房，还预备要上市）。这样首屈一指的企业，偏偏，给她碰到了。然而，即便赶上这样的机遇，依旧没能让她有当家做主的感觉——她和工厂的关系是松散的，她和镇子的关系是游离的。

她不会把户口迁到樟木头——家里还有十几亩地，儿子女儿都已上完学，在老家附近的城市工作；她亦不会在这里买房——两家老人都在老家，不愿迁徙。所以她和丈夫，最后，还是把那间“自己的屋子”，建在老宅基地上。那不仅是一间屋子，还是一个家的外壳，一个象征，一个意义。

以最快的速度干活，以最简朴的方式生活，尽量存下每一分钱……林小月的日子，就这样实际，这样安稳，这样淡然。一切都没有错——林小月有种鸵鸟般的乐观精神在支撑。然而，我总觉得这场戏在某个地方出了岔子，拐了弯子——好像进入了一间无人的卧室，惘惘然的空气不流通，虽然温暖，但却沉闷。好像有一张暧昧之网笼罩着这个女工，让她虽然在努力在抗争，但收获到的改变却甚微。

当林小月年龄再大一点，手脚更迟钝一些，眼睛又老花几度时，她不得不离开服装厂时，无论如何，还是有一点不舍。而除了不舍，她是否有怨憎情绪？她是否觉得在这个花园工厂里度过的那些青春，完全不是“真正的青春，真正的生活”，因为它们像水渍，那样轻易地一笔勾销。

但林小月想不了更远，想不了更多。“大家”都这样，她便也这样。只有当儿子奋力反抗时，她才被迫停顿下来，躺在多人居住的宿舍里思索一会儿。她感觉自己像生活在一个热带的南方小岛上，只有她自己一个人，苦苦挣扎。天气那样热，让所有的植物都丧失掉灵魂的躯壳，同时丧失掉知觉。她和外部世界间的距离越来越远，彼此互不干涉地运转，像有一道冰封之墙。她像一瓶罐头般沉闷，只默默地等待过了保质期后，从货架上被清除。但她能怎样？大家都这样。

快把我耗尽吧，用尽吧，喝尽吧，然后丢弃。

刘红英一身黑：黑衬衫、黑中裤、黑布鞋，发髻绾在脑后。她的脸细致而轮廓鲜明，黑眉毛如飞翔的柳叶，鼻子小而直，皮肤呈栗色富于光泽，深目削颊。和林小月一样，她也生于1972年，也有一女一儿（大的十六岁，小的十一岁），孩子也在老家（湖南娄底），由公婆带管。但她比林小月敏感，总有股莫名的哀愁笼罩在脸上。

她丈夫也是本厂员工，故两人住在厂里的“夫妻房”中。她比画着说：“房子不小，放了床、柜子、桌子后，还有空间。”并且，虽然“夫妻房”每月要交钱，但很少，完全属象征性质。

我心头一暖——原来，拥有“一间自己的屋子”并不难。

对林小月像围城攻顶般的阵仗，到刘红英这里，便像分段以阀门引水，顺理成章地达到了结果。在那间“自己的屋子”中，夫妻俩像河蚌有了阻挡异物侵蚀的硬壳，将自己柔软的腔体藏匿于私密空间。每一个夜晚都是柔弱而松弛的时刻，都能适度消解白天遭遇的暴力伤害。然而，抬起眼皮说起孩子时，她突然哽咽起来。那停顿突兀而出，让我的喉咙猛地一干。原来，虽然她和丈夫可以一起工作和生活，却依然和孩子要分离。这种撕裂的痛，让她看上去极为顽健，实际并不快乐。

女儿顾小薇已上高中，儿子顾伟杰上小学五年级。孩子们分别在不同的暑假，到服装厂来看望过父母。刘红英是幸运的——服装厂为鼓励本厂员工的子女暑假来厂里住，且配有专门老师看护，带孩子参观车间，教他们画画、跳舞。

刘红英在生产部干“包装”：把制作好的成衣折叠起来装进袋子。这样的活无须太高技术含量，只一个字——“快”。工人们拿的是计件工资，谁手快谁就挣得多。为了叠得快，刘红英干活时一直站着，手脚配合，衣服翻飞，让参观者眼花缭乱，喘不上气。儿子顾伟杰一进车间她就看见了。孩子睁着一双黑眼睛，带着那种来自缺人烟地区的懵懂目光，那种横冲直撞，一下子就撞上了母亲。两个人用眼神打着招呼时，母亲的手指依旧按节拍演奏，毫不松懈。她从孩子的眼里看出惊诧，也看出心疼。

晚上听到孩子给奶奶打电话说，“妈妈工作好辛苦”，泪水就像烈酒一样在眼眶里灼烧。

躺在床上，孩子劝她：“妈，你干活那么辛苦，为什么不能少做一点？”

母亲很难说清“计件工资”，便道：“不行！车间有安排，不能偷懒的。”

儿子于是判断：“一定有监控，像银行那样对不对？”

母亲欲言又止，索性点头（车间自然有监控，可还有比监控更严重的压力）。

孩子抽风般地大叫大笑，闹了好久还不睡，最终还是在母亲手掌的催眠下，慢慢合上眼。孩子的面孔和母亲很像，像两只瓷器，某种底胎的质地触感有一种神秘的相近。睡着后的小小身躯让被单起伏成一座小山脉，跌宕曲线上下伏动，哪里都是浑圆，哪里都是娇嫩。到这一年，孩子的脚已正式超过她，要穿三十七号鞋；饭量也大过她。一起吃一样分量的快餐，两小时后就喊饿，到处搜零食。孩子的书包里，多了个带密码的笔记本，眼神总是墨黑墨黑地四处打量，到处探寻，见什么都大惊小怪。这样的时刻最需要父母。父母的角色太全面了：是营养师、偶像、导师、冤家，是征服者又是被征服者。

没有父母陪伴成长的孩子，就是孤儿，满身带着股流浪味（尤其当孩子意识到自己必须接受这种现实时，非常凄凉）。等孩子长大，来到父母打工的城市和他们一起工作时，其实，已错过了时令——那从含苞蓓蕾到丰饶盛开最值得关注的时节全都空空荡荡，于是孩子看到父母时，甚至有些强颜欢笑。

母亲的手一寸寸抚摩儿子，所到之处的曲线全是陌生。孩子的身体里散发着一种好闻的味道，像树木刚被剖开时的那种清新味。母亲轻轻抬起孩子的大脚检查。还真挺难的：犹如一个拙于烹饪的人那样要小心对付锅里的鱼。脚丫的侧面有一点蜕皮，脚底的纹路细腻清浅，处处都是她所陌生的。母亲的手放在孩子侧身凹陷的腰间，茫然而忧伤。孩子一天天长大的速度比她想象得要快。她知道自己在深夜里格外脆弱，知道自己这样悲情实在有些夸张，但还是惘然地对丈夫说：“心里酸酸的！”

第二天夫妻俩上班后，孩子去了厂里的小教室。等大人下班回来，看到孩子蹲在卫生间洗衣服——不是自己的小衣裤，而是爸爸的大衬衫。那织物的面积实在太大，只好先打湿，再铺在地上，赤脚蹲着，拿刷子刷。孩子早就开始洗自己的衣服——冲凉前先泡上，然后唰唰几下就洗好晾起。这一次看到爸爸脱下来的衬衫，便想要表现一番。

看到父母吃惊，男孩露出一脸兴奋灿烂的微笑，又骄傲又害羞，让母亲险些落泪。她宁愿儿子像别的孩子那样耍赖偷懒，可孩子太懂事，知道和父母在一起的时间有限，就极力表现自己，希望下一年的暑假再来（否则就让姐姐来了哦）。

顾伟杰甚至还会做饭（他才十一岁）。而且，不是用电饭煲焖米饭，是炒菜（不仅是青菜，甚至连辣椒炒肉片也能弄得像模像样）。这一手是在老家学的，爷爷要忙地里的活，奶奶身体不好，他便帮忙做事。一开始学做蒸米饭，后来学蛋炒饭，及至炒菜。青菜容易，肉菜有难度。肉太软，切的时候掌握不了分寸，切不匀，只是一个个小方块，但味道还不错。

吃着儿子炒的菜，令这个家在这间屋子的生活有种欢乐气氛，但这样的日子屈指可数。像有一束光来自太空，让这屋子变得透明璀璨，然而时间一到，这里又恢复了黯淡，变成一座夜晚的森林或废弃的城堡。

刘红英的老家在湖南娄底山区。坐长途车从市区出发，在终点出现的小镇毫不显眼。再从镇里出发，穿行过十几里盘旋山路，才能看到深陷山坳的小村。她家就是村东头的一院土屋，并列四间土房。屋前是几亩薄地，种着稻谷蔬菜；屋后是山坡，有条蜿蜒的山路。女儿顾小薇在学校寄宿后，家里便只剩下爷爷、奶奶和男孩顾伟杰。

从村东头到镇小学的路，一圈一圈绕着山体向下，原本是沙土路，后来铺上了柏油。大人一口气要走半小时，孩子走走歇歇，要近一小时。顾伟杰是个爬山好手：个子不高，人又精瘦，灵巧得像只猴子，连走曲折的“之”字形都嫌费劲，不加选择，一个劲往山上直蹿。

顾伟杰在林子里转悠，看到四周树干一模一样的粗壮，树和树之间的距离差不多相等，又在同样的高处发杈，便觉奇怪。“这些树为什么不像班里同学，有高有低有胖有瘦呢？”可一见奶奶，便又在嘴上挂了锁。问也是白问，索性不问。他的问题实在太多，其实所有的问题都是一个问题：“妈妈，为什么我不能和你在一起？”

顾伟杰走山路上学，不怕夏天热，不怕冬天冷，就怕春秋时下雨。傍晚噼啪落雨，让山路变得模糊汪洋，腾起白雾，找不到边界。大雨拍打着树叶，扑簌簌发抖。顾伟杰半眯着眼，一点点朝前挪步，浑身哆嗦。可他又不得不加快脚步，惦着书包不要被淋透。四周扑簌簌的声音像被收进一只黑匣子，他轻手轻脚慢慢向前。夜色越发浓重，树木浓密，相互粘连，形成一道墨墙，似乎再往前走一步，便要撞上脑门。从树影间透出的微弱光亮，像野兽的眼睛。

一脚踩空，男孩结结实实地摔了一跤，颈子和手臂的皮都蹭破了，肋巴骨疼得发酸。趴在地上，男孩想伸出胳膊把自己撑起来，但努力了一下，又跌落回去。蛮荒的黑暗，淅沥的雨滴，跳动的光影，凝聚成一张恐惧的大嘴，正一点点吞噬他，让他失去信心。湿衣服凉凉地贴在身上，越来越像个铁桶。这时，男孩多想划亮一根火柴，借着那点微光，看到温暖，看到爱他的母亲。然而，他却没有力气爬起来，浑身发虚，脑袋迷糊，昏睡过去。

朦胧中远方走来一个人，轻声说：“男子汉！没关系的！”——是妈妈。对，男子汉。妈妈一直这样称呼他。它预示着一种想象，一种挑战。作为一个孩子的稚嫩和怠惰，都被这个词否去。对，没关系的。它像一个背景，像一份不该被感受到的舒适，永远殿后地等在那里，前面的人放心去逛吧。

“男子汉！没关系的！”男孩扭动了一下身子，虽疼痛，但挣扎着，用手掌撑着湿地站了起来。他知道妈妈在远方看着他。摇摇晃晃向前，在密林里摸索，山路从来没有像今天这么长。没有天，没有地，没有空间，没有时间，没有“有”，没有“没有”，只有呼哧的喘息，焦灼的嘴唇，扑通的心跳。走到山路尽头时，雨停了，夕阳硕大，山峦和天空异常明亮，棕褐小屋线条浓烈，像一幅着色的工笔画。

顾伟杰把这件事写成了一篇作文，以《山路》命名。这篇小作文虽然才五百字，可老师还是在班里朗读了一遍。女儿把作文复印后寄给妈妈。妈妈本来很高兴，可看着看着，两侧鼻翼向外掀起而形成的笑意却突变成了哭泣。

事情永远都不像看起来那么简单。做母亲的僵着身子定住，想到最后一次打女儿，她五年级，十一岁，春节时天气突然变冷让她加衣死都不肯。于是，凶巴巴的母亲便挥手揍了凶巴巴的女儿。那之后，女儿看她的眼神不是掠过，而是用擦撞的重力；那之后，女儿悍然要求住校，脸庞默默然释放出不和解气息；那时候她苦苦生恨，认定女儿是在故意折磨她，觉得这么多年不管她。

她和女儿像一对终于翻脸的好友，一个慢吞吞一个急令令。她们总是把一年的问题骤然压缩在春节的两星期内爆发，其惨烈程度可想而知。所以女儿强烈要求住校。她用这样的方式强调自己已长大——做母亲的不必风尘仆仆千里归来怒斥加衣，其实不过是仓皇掩饰自己长久的疏忽，才以责令口气颐指气使。女儿自然反感，反抗，反对。

然而儿子懂事乖顺，令母亲松口大气好舒快，顿时扫荡掉和女儿的苦恨对抗感。现在，女儿寄来儿子作文——像是把自己的怨怒用另一种方式发泄般。作文虽是儿子写的，却也是女儿的檄文，是女儿将母女拉锯战形象化，用一声炮响来刺激母亲令其发现蠢行而觉悟。

到了下个学期，顾伟杰背上书包，被母亲接到了樟木头。

母亲在学校附近租了间房，每日下班后和老公一起赶回家。但孩子放学时间早（下午四点半），等他们赶到出租屋（已晚上十点），中间有五个多小时空当。母亲让顾伟杰去旁边面馆吃晚饭后写作业，尽量不要出门——“丢了可不得了”！

在这一带，早就流传着不同版本的关于孩子被陌生人拐走的传言，邻居们心照不宣地恐惧着，警惕着，各行其是，互不侵犯。陌生人像猫科动物，每隔一定距离便施放一点气味，作用好比铁道信号防止两辆火车相撞。陌生人弄得整条街充斥着惊悚味。

男孩一个人独自在家，写完作业就翻书。把几本书翻破后，倍感无聊。刘红英和丈夫商量，不如弄台二手电视？问题似乎解决了——顾伟杰果然不再闹腾，安安静静地在屋里待着，坐在床沿用遥控器专注地让电视画面不断切换，困守着那个小方框。日子也就这样过了下去。

难道母亲不能八小时工作后下班照顾孩子？你如果这样想就太不了解工厂了。事实上大多数工厂要求工人必须加班（而且同时，工人也愿意加班）。单靠八小时工作，一个月不过一两千，除去吃喝，根本存不下钱。工人要想存钱，全靠那点加班费。

母亲周末去早市买菜，在厨房烹饪。她对主妇角色的生疏，让她在狭小的空间里生出了无数多余的往返。而孩子似乎第一次有了着落感。他等在餐桌边，每吃一个菜就说好吃，就大笑。三个人叽叽喳喳似麻雀，语速快了，脉搏也快了，高高低低没完没了。父母和孩子交换着分享着如此多的信息，如此多的新知。

孩子亦慢慢习惯了学校，成绩虽中等，但热爱劳动，性格谦和，常受老师表扬。于是母亲便认为决定正确，以为可以这样陪儿子中学毕业。然而有一天，父母摸黑回到出租屋，打开门，里面一股浓烈的焦臭味。昏暗光线下，母亲看到孩子趴在床上睡着了，电视一片焦灼：电线短路，引发爆炸。可孩子不敢出门，即便出去了也不知找谁，急得团团转，累了，便趴着睡着了。

刘红英站立不稳，眼前一片墨黑，断了气般呆着。好一阵，才慢慢缓过神来。她悚然地发现，自己建在沙滩上的城堡已瞬间坍塌崩毁成尘粉。这真是伤心的、断裂的一刻。做母亲的冷水灌顶般猛然明白，原来这光鲜城市虽貌似井然，却充斥着不可预知的危险，空气中有股格斗气氛，像是战场，杀进杀出；乡村虽偏僻，但周边尚且安全，孩子可疯跑疯玩，日常生活又有爷爷奶奶照料，实在比现在这样要好（名为跟着父母，却有大段空当无人照料）。

母亲彷徨无主，像站在十字路口茫然四望，默语道："怎么办才好？"

于是，咬咬牙，又将孩子送回老家（那个虽田园日渐荒芜庄稼已发霉废耕的地方，那个有农药有野兽的地方，那个比冰冷的城市要更温暖的地方）；于是，顾伟杰从城里的"流动儿童"，再次变成乡村的"留守儿童"；于是，母子俩又上演了一出涕泗满面的离别戏——那拥抱后地挥手，喉头发出呼哧呼哧的喘息所带来的悲剧氛围，好久好久，都挥之不去（据2010年中国城市劳动力调查数据，1/3的农民工家庭有子女未随同他们在城市居住。目前，城市流动儿童的数量超过2000万，农村目前"留守儿童"数量超过了5800万人。57.2%的留守儿童是父母一方外出，42.8%的留守儿童是父母同时外出）。

送走孩子的那一夜，刘红英像颈子被折断的黑天鹅瘫痪在床，连哭的力气都没有。浓稠的黑夜无边无际地包裹着她，让她的心里充塞着一股巨大的悲恸。在她的心底，总有一张粒质粗糙、模糊跳跃的画面：一个男孩背着书包，一点一点地走在山路上。傍晚时，那一个个山包像倒扣的碗形，一坨一坨灰蒙蒙，将那条路完全湮没不见踪迹。她想让孩子离开那条弯弯曲曲的山路时，根本没想到，离开并非关电灯那么简单，只需咔嗒一下，而无任何瓜葛。原来各种细线、挠钩、钉子、织网都交叉缚缠，相互勾结，并非那样容易挣脱。

儿子没能留在镇上读书，彻底打消了刘红英在樟木头定居的念头。看来最后——“落叶还要归根”。刘红英讲这句话时，语调充满酸涩。显然，她比林小月灵活聪慧，更懂随机而变。而且在她身上，还有股说干就干的爽利劲。她要为自己和家人的未来好好盘算一下。前后二十年，她和丈夫共存下四十万。如何安排这些滴着血汗的辛苦钱？只有在决定要花出去的时候，她才知道，自己有多么不舍。

左思右想，还是要在老家建房——即便自己和丈夫现在无法居住，但可以让老人和孩子先住。于是，咬着牙拿出来了二十万，起了栋二层楼，一百五十多平方米。

另二十万，她居然决定，在娄底市再按揭套商品房！

女人心中有了大计划，双眼熠熠发光，脸庞像荧光水母般透明。她知道老人、孩子、丈夫都在看着她，她知道自己像舞台剧唯一的主角，光柱正打在她的表演区，她要把这场大戏演好。她知道自己不再活在一个理所当然的静止乡村中，而在以分秒来计算金钱的现代时刻，任何打算都要有前瞻性。什么，什么？！丈夫的太阳穴上凸出一道霹雳形状的紫青血管。他从木凳上弹起，说：“村里建房，可以让老人孩子住；市里买房，现在又没人住，要它干什么，不是资源浪费？！”妻子和风细雨，说虽然在服装厂一干就是十年，但经过“出租屋事件”后，她陡然觉得，如果不在这个厂做，她也不会去别的厂（服装厂已是最好的厂，没必要换厂），她会选择回老家。

回老家——对刘红英来说，并非直接回到山区小村种地卖菜，而是到市区打工或做小生意。这些年，虽然人在岭南，但刘红英和家乡亲人的联系却非常紧密。她知道内地也在慢慢发展，工作机会在变多，工资与南方差距不大（普工也有两千多）。在市区买房，可先出租；等过几年回去发展，也有个落脚点。而且现在房价一涨再涨，不如趁早下手；并且，存钱的利息那么少，远不如买房划算。如此，刘红英的日子变成了“两手准备，两手都硬”。

然而，即便这样，当她向我挥手告别时，脸上的微笑依然有着难以言喻的萧索。

走出服装厂重返工厂路后，整条街，街上的人形，那些路边挂须的榕树，那些隔离带中的树篱，全在正午的阳光下失去阴影的陪护，过于逼真地凸显出来，像一张张曝光过度的照片。没有任何多余的细节，只有粗糙的主体支棱着，让周遭笼罩股萧索枯凉味。

我一直都忘不了那间屋——五楼车间。

在那硕大之地，三四百人埋头干活，空气中飘荡着各种纤维，各种轰隆声编织成网，各种气味凝结成块，让那里像个外景地，怎么看怎么不真实。那个空间像网络游戏中的战场，所有的人都梦游一般，在建筑城寨、训练士兵、开弓射杀、奋力抵抗。每个人都有命定的角色和任务。每个人都头发花白，整张脸像整形手术失败——某些部位的软骨被削掉，眼瞳的重心剩下一圈白色的空洞。每个人都不能离开岗位半步，都在类同于电影慢镜头的拆解动作里，一点一点，奉献着自己的能量，直至全身骨架散开。

这车间的阴郁模糊和厂房外墙的童话色彩恰成反比——像童话变了味，成了恐怖故事；像飞翔的天使成为悬丝的傀儡。

我们需要怎样的一间屋？怎样的一个家？

如果农民离开家出门打工，仅用钱在老家盖起小楼，让瓷砖在乡村夜晚闪着肃穆亮光时，实在算不得进步（甚而是对不断扩张的GDP的嘲讽）。抽离了主人的屋子，注定被衰败环绕。那些主人去了哪里？他们何以漂流到异乡，充塞在华丽又污秽的黄昏街景中，滞留于大排档、小宾馆、彩票行、手机店间，像一群有着彩色羽毛的禽鸟无力飞翔，停留在栖息地，将这场永无终点的流浪之途进行下去？

进入服装厂的大门，扑面而来的是干净

这里的学生是和公立学校不一样的学生

第八章
追时代的“90后”

如果电子厂是一座庙宇，那利润便是它的神学。

在电子厂，没有传奇，只有劳作。每一个走进电子厂的人，都是荒岛上的鲁滨逊，没有土地，没有家族，需通过不断的身份认同，才能找准新的定位。

一旦进入电子厂，便是进入了利润游戏；一旦进入电子厂，便成为利润机器的细小齿轮；一旦进入电子厂，无论在里面如何龇牙惨叫，泪落缤纷，待试图讲给别人听时，却不知从何谈起，如何谈起。唉，电子厂的内部世界，完全迥异于厂外由大气压力和地心引力主宰的世界。

A326是间没有桌子的宿舍——没有一张桌子（甚至没有纸箱或椅子）。

五张高低床靠墙摆开，吊扇下空空荡荡。天啊，东西怎么放？塞到柜子里呗。那些零碎小件就摊在床上（所幸，男工的东西比女工少得多）。这个宿舍的墙一律青白，既没有穿泳装的女明星，也没有豪华轿车，更没有旅游地风光。这里和女生宿舍完全不同：那里因为有各类布帘，反倒有种温馨之感。而这间屋子如原始洞穴，就那么赤裸裸打开，各类粗糙毫不掩饰。

从卧室来到宿舍，像回放《变形金刚》的片段：那美丽机器人突然扭动、旋转、变形，诗意全然不见，而蜕变成一辆破车。是的：破败、狼藉、晦暗。住在这屋里的男孩将要上演一出怎样的关于爱情、背叛、希望、绝望的戏剧？在他们的脑额叶里印痕了一个怎样的想象秘界？

十七岁的王小门来自河南，一张女孩般标致的蜡白的脸，穿着帅气长袖衫，美目焦距涣散，神情阴郁。当我向他提第一个问题时，这赤艳妖厉的少年，便用翻白眼来回敬我。他眨巴着眼睛说出自己的名字时，脸部肌肉微微跳动，越发显出孩子气的恼怒（他不喜欢这种半强迫的方式）。

他用流水账总结自己："进厂才一周，在制造部当作业员，干组装。"

唉，像我这样的老家伙，拎着包就进来，打开本子就提问，这种方式本身就携带着暴力，如鲨鱼游弋至河滩，如夜狼独行至公园，这已是过界行为，已闯入另一个区域的另一种状态中。这不仅是打扰（所以别扭），甚至还无理（所以难堪）。唉，我们的谈话没有一点幽默感——总是从惊诧的对抗中开始。慢慢地，双方寻找着平衡点。

但其实，男孩们非常悍，非常悍。

王小门的父母四十岁出头，皆在外打工。他不喜欢听父亲唠叨，说什么当年怎么被卖猪笼（坐车被骗），怎么两块红砖是枕头，怎么用工地上的自来水管洗脸洗澡，怎么赶货赶到夜里十二点，怎么重感冒不请假（就为五十元）……关于父母的话题真的很隔膜，像坐在偏远角落的椅子上看球赛，那种同情感也是遥远的。他用最简短的语言应付我，希望能尽快结束这干巴巴的对话。看我一时间不会收工，他便决意反抗，将话锋一转："其实，我去年就在这儿干过半年。"

看到我惊诧地瞪眼，他得意地笑了起来。

他当然知道这里要“站”，他也不想来，但又没找到别的活。

我顺嘴一问：“你做的是什么产品？”

这次，轮到他惊诧瞪眼：“产品？我做的是货吔。”

工厂生产线的最大特点就是高度分工，这样劳动效率更高，品质更可靠。生产线都是小批量、多批次按订单生产，员工根本不知道产品的名称，干脆一律叫货。无论电视、照相机、手机、钟表、眼镜、手袋，或者电玩、五金、塑胶件，在拉线旁操作的那个人看来，千篇一律，都是货；就像打工者自己那样，是完全没有个性的一个个货。

我问他晚上怎么打发时间，他说看小说。

我于是朝他的床铺扫描过去，没看到一本书。

他又扳回一局地笑了起来：“我在手机上看哦！”

原来厂门外最时尚的生意就是电脑下载（给手机下载）。小老板提供打印好的目录供你挑选（电影一元两部，MP3音乐一元十首，小说一元二部）。看完了再去更新，“费用还得再给哦”。

“看小说看入迷，第二天迟到怎么办？”我再将军。

他挪开枕头，咧嘴笑：“我有法宝！”

除了手机定时外，他备有两个小闹钟，放在枕头两侧。那两个巴掌大的小东西，像两个小婴儿，到了钟点就一起啼哭，保证将他从最沉的梦中唤醒。

我抬眼端详他——灯光昏黄，烘托出眼睫、鼻翼很立体，因得意而微笑的妖丽模样，如京剧戏里花旦把胭脂直擦进两鬓去。这样的面孔，出现在这样的地方，以这样的方式，抵抗这样的粗陋……唉，我莫名心痛，像看到大雷雨用异端方式打落花瓣又将它们碾碎成泥，任鞋底无情地践踏，践踏。

他揪出自己，招供说，打工虽然是混江湖，可混也有混的章法。

他坦承十四岁初中毕业就开始打工，三年时间总结了两句话：“不要迟到”“要快”！——迟到的错误简直是“秃子头上的虱子”，明晃晃，就等着挨训和扣钱吧，真不上算；而一旦起床慢了，穿衣就慢，洗脸上卫生间也慢，及至吃饭慢，到车间动作慢，做坏了被老大臭训……啊，那噩梦的罪魁祸首就是一个字：慢！

在王小门的面孔上叠印了太多的绝望，好像此前他曾置身暗夜，瞳孔里虹膜的悬浮色素改变，让他看到了秘藏之物背后的联系，被惊吓到或伤害到；让他灵魂里的什么东西被掏空；让他以一种和年龄不相配的漠然示人。他变成了他所见到过的那些男人的复制品，他成了小一号的他们（而他们无一例外，都有双冷漠的眼睛）。

不，他没有女朋友。他不知道要找什么样的女朋友，“看缘分吧”。

以前他听别人说，“电子厂是姑娘村，五金厂是和尚庙，制衣厂是婶子店，玩具厂是三七队，印刷厂是七三队”（数字代表男女的比例），等他到了电子厂，乌压压都是大老爷们，从未看到百花斗艳，只零星地见到过几个婀娜多姿的，还没细细打量，就即刻消失在人海。

所以他有时会去厂门外士多店（杂货店）前打台球（每小时四元），让眼睛换一个频道。每天看的都是生产线上的黑色周转胶箱、不锈钢机壳、绿色线路板、白色无尘衣，当看到低胸装女孩趴伏时，他便咧嘴笑。才四元，真值啊。

“发工资那天都干啥？”

“吃炒菜、喝啤酒喽。”他不喜欢喝白酒，因为自己有病，医生不让喝。他的皮肤那样白，难道是因为有病？到底是什么病？他绝口不提，我也不好再问。

上个月再来时，王小门带来了同学邵新磊。两个人简直是“黑白配”——邵新磊个子矮小，头发浓密，脸庞黝黑，五官刚硬，十指粗短，异常老相（像已快七十）。

邵新磊说他“第一次进厂”，拘谨忸怩。来电子厂之前的一年多，他在北京朝阳门卖糖葫芦。什么？北京！朝阳门！他满面绯红，剪剪双瞳，简短地重复那两个词——北京，朝阳门。我屏息静穆，等他继续。但邵新磊用干巴巴语调描述的北京，和升国旗的北京没什么太大关系（那是电视里的北京，别人的北京：簇新、优雅、有序）。他的北京则是粗鄙、阴沉和疲倦的。

朝阳门生活就是不厌其烦地早出晚归。邵新磊穿行在巨大的摩天楼高架桥间，白天所见是超现实舞台布景，晚上则是霓虹灯丛。他目光所及的顾客大多古怪：古怪地臃肿，古怪地散发香气，古怪地发出尖锐笑声。深夜躺在胡同小平房的木板床上，整个人像一条失水的藻叶，黏涩得快要发出咸臭味。他真想赶快逃跑，趁那股臭味尚未溢出。

和他一起卖糖葫芦的六个人，都是他家亲戚（舅舅、小姨、大姨等）。他们形成了一个家庭作坊流水线：妇女制作，男人销售。每人每天工作十二小时。

所以这个男孩说：“卖糖葫芦的人是北京最忙的人。”

他父亲四十二岁，母亲四十一岁。父母总是吵架，而他完全不能理解成年男人对自己女人的躁烦不耐，亦不能理解男人可以将女人长时间丢在家中不管不问。最初，父母是一起出门打工。现在，父亲在县城跑车，母亲在村里种地，照顾八岁的弟弟（上小学二年级）。

他初二时便辍学，但并不遗憾，“村里和我一起玩的男孩到了初一、初二就都不上了”“老师讲的听不懂”“父母想让我上，但我自己不上了”于是，他选择了去北京卖糖葫芦。熬了一年多，他悄悄向母亲抱怨，“太累了”。

忙碌一天，捏着零碎毛票回到小屋，舅舅、姨姨们直通通射来的目光，像铁杵利剑，能把五脏六腑捣烂，令他咽不下米粒。有时卖得不好，他索性不吃饭。饥一顿饱一顿，让他不仅仇恨糖葫芦，还有北京——“那地方不是人待的”。他的肤色渐渐变得像老年人般暗淡。清晨轰然醒来，分不清哪边是梦境，像在半空中俯瞰，而床铺上的那个人则冷汗湿潮，如尸体拉出来在解冻中。

电子厂站着上班是累，可卖糖葫芦更累——“还要喊”。

“喊”带给这个男孩的羞耻感，远甚于“站”。

那时的身体像雨后浑浊的泥河一片慌乱，而试图张开的嘴巴里，插满了碎玻璃片，每喊出一声都是哀鸣，完全不像职业小贩。他那样以此为耻，又能揽到多少客人？只是机械地喊，机械地卖。

暮去晨来，朝花夕拾，短瞬北京已成过去式。现在，他“身累心不累”——只需把分配的活做好就行（工位上不堆货，不出现坏品），下班可完全放松。在这里，“干多少活拿多少钱”（明码标价）。领工资时，胸口翻涌着甜暖酥麻的热流；吃饭无须看别人的脸色（每天三顿花十五元），有时会喝瓶饮料（最喜冰红茶）。

他的手机是“小霸王”，六百元。他羞涩低头：“唉，一个杂牌子哦。”在北京，他学会了抽烟。不，他学会的是抽烟时男人们如何点火和骂粗口的安惬。在那个干冷的城市，到处都起粉起屑，他一个冬天都在咳嗽，持续地咳嗽。到了春天，他变成了个小老头。

他没有女朋友。不是不想找，是——“还没找到”。我说：“慢慢找，总能找到。”

王小门听了后一个劲儿地冷笑，轻蔑评价道：“做梦！”

朱文十九岁，湖南湘西人，中等个子，挺着小肚腩，油嘴滑舌，是个老江湖；卢开元十七岁，四川达州人，黑瘦周正，性情温和。看我进来，他把吊在床沿边的袜子收起，又让赤着上身的朱文披上衣服（这种沉稳细致在男工宿舍很少见）。

朱文两个月前来到电子厂，之前在塘厦（另一个镇）做焊锡（他知道要戴口罩）。他父亲在佛山工厂做，母亲在老家种地。父母曾在他五六岁时离家打工。爷爷奶奶年龄大了后，母亲回到老家。他是独生子，小学毕业后就到外面闯，年纪轻轻就认识了“外面的世界”。现在如果有事，他会给母亲打电话，上个月还寄去了一千元（不是老妈缺钱，是多余的钱放在老妈那里更安全）。

卢开元此前在深圳五金厂干数控，也是站着上班，所以到这里并没有不习惯，只是这里是大厂。“小厂轻松，大厂好玩”。他父亲在内蒙古打工，母亲在老家种地，照顾还在上小学的弟弟。他初中毕后想上高中，但分数不高，只能去一般高中，又不想读技校，于是便放弃求学。“出来混一下也好”“认识一下社会”。他感觉在电子厂工作和寄宿学校差不多。但合同期满后，他“不想再在工厂做了”“想回家学个手艺”。

邵新磊的床上放着两个小音箱（价值四十元）。他喜欢听伍佰的《挪威的森林》，罗百吉的《黄昏》，蒙面哥的《一亿个伤心的理由》；朱文喜欢DJ音乐。他打开一曲《为爱痴狂》。卢开元钟情慢节奏，他喜欢的歌手叫“庄心妍”。听说我“从没听过”，则瞪大眼睛，“这个明星出来一年多了哦！”又补充，“我和我老乡都喜欢！”（“我和我老乡”组成了强大的评审团队伍）“她的歌很好听哦！”他并非单独喜欢这个歌手，而是，“喜欢慢拍的歌”“最好是关于爱情的”“一听猛烈的DJ就会感觉厌烦”。

卢开元在厂里并无女友，情感生活一片空白。他叹息：“没钱没资本。”

他说现在的女孩又简单又直接（厂区随处可见女孩穿露背装、露脐装、低腰裤、超短裙、透视装、低胸装，像最原始雌性动物在炫耀优势：翘臀、纤腰、香肩、玉臂），她们喜欢玩，“玩爽了再说别的”。

“怎么玩？”——对不起，大婶大妈或外婆都这样愚痴。

“嗨，花钱呗！”

有些女孩根本不给家里寄钱，每月工资都花得所剩无几：买衣服、化妆品、新款手机，吃大餐、美甲、唱K、喝咖啡。自己的钱不够，就找个垫背的。一起玩几天可以，可说到结婚，根本没门（女孩已成稀有重金属，一身公主病：强烈的占有欲、攀比、大而不当的消费）。

原来异性间依旧在游戏，只是改变了规则：在此刻的电子厂，男性并不代表必胜的筹码。在这个悬浮着性经验的大型游戏室里，那些像芭比娃娃般的幼齿小妹妹，才是真正的强势者哦。在她们周围，环绕着一堆一堆面色犹疑的大哥，举止拘谨的大叔，而她们总是视而不见。总有更强更帅的，更有钱更有型的。所以——等待在电子厂门口树荫下的时间里，看到女孩抬头嫣然一笑，那浸浴柔光的脸庞靠近自己——简直是江河倒流，昼夜颠倒。

所以，卢开元只是听听情歌就好，不能多想，想想就会心生悲凉。

四个男孩虽长相各异，来自不同地区，但皆为“90后”，父母皆四十岁上下（父亲在外打工，母亲在家操持）；皆未能上高中（初中或小学毕业）；皆抽烟；皆有手机。这些“90后”男孩是第二代打工者的主力，他们的命运和父母辈不同，甚至和他们的弟弟妹妹们也不同。

他们喜欢到有老乡或熟人的厂里。王小门和邵新磊是同学；朱文有老乡在电子厂；卢开元的叔叔在电子厂旁的工业园做事。“让我自己找，我是找不到这里的。”原来电子厂三千人之间，不是单纯的同事关系，而是老乡、亲戚、熟人等关系的重叠。

夜里，工厂路的各类小店中（网吧、台球、小餐厅），总是攒聚着一团团的男孩。他们崇尚《古惑仔》里的义气，有自己的“江湖”。躺在宿舍时，他们用聊女人来打发时间——聊女人的小腿弧线，狐媚眼睛，裙底风光，还聊她们的性欲指数。

他们无须按月给家里寄钱（因没有生计负累，对机器的忍耐力反而比父母辈更低）。他们都不用为房子费心：每个人的老家，父母（命运多舛的第一代打工者）都盖起了楼房（耗费三四十万）；他们虽都在外打工，但总觉这是临时行为，总在不断寻找出路（他们不认为自己除了体力和肌肉便无可出卖）；他们并不排斥重返老家（老家发展了，工作机会多了，也可以回去）。

“追时代”频频出现在他们口中——好像这个现成的时代，需要用“追”才能赶上。而他们确实是在努力地“追”。先从外型上“追”——衣着、发型、说话的腔调，都从电影、电视、周围的人那里模拟；还在一种态度上“追”——他们很少紧张、愤慨、焦虑，更崇尚自由、轻松、愉快。“挣钱当然重要，可太受气了也不行。”好男孩卢开元说。

他们最紧要去“追”的，当然是——“马子”。

朱文是四人帮中的老江湖，老江湖总是滴水不漏——绝不会把失望、担忧、疑惑漏给你看。老江湖给你看的，都是他最得意的东西。他坦言，瞄一眼女孩，便能报75C或80D的胸罩号。他还能看出里面有无加海绵衬垫，能根据大小判断其性欲高低。他坦言自己有马子，是在惠州打工时认识的——他和她在同一条拉线上，他便展开了追求攻势。

“泡妞谁不会啊！”他的嗓音磁性放电，一派如鱼得水的种马模样。

他说妞不需要盘好，只要条好就行。他用手在胸前捏成两个拳头，“这里不要太高，只要腿长”。他迷恋线条特别苗条的那种类型。

他说为了追马子，一个月花了七千多。

即便宿舍里的视听效果异常喧噪热闹，但那“七千多”还是有种意外的杀伤力。

“那你一共有多少钱？”

“两万！”他毫不讳言。

他说他十二三岁就知道“泡妞的事”。他很早就通晓如何和女孩搭讪（很多宅男一辈子都没毕业）。他懂得怎样低下腰身极尽讨好之能事地爱抚、哄诱、拍马屁。他会讲笑话、故事、逗笑段子，具有男工中鲜见的喜剧天分。

“追马子的那一月”，他带女孩去KTV唱歌、爬山算命、酒吧蹦迪、洗脚按摩，又买衣服、买花、买玩具。“溜冰场的啤酒贵死了，要八九块一瓶！”但溜冰却不贵，一个人八元，可“往吧台上一坐就要花钱”。他最讨厌逛服装店，“每一次都花五六百”“一共去了四次”他像受到枪击的老虎呻吟，“再多去几次，老子就破产了！”

两万元是他在老家当粉刷工攒的。

“粉刷工这么挣钱？”

他瞥了我一眼：“干工地很挣钱的。”

初中毕业后，他跟着叔叔干了两年粉刷工，练就了一身技艺。他说，2011年在工地上干活，小工一天一百八，大工两百八，粉刷工按平方计算，一平方米三元。手脚快的工人一天能刷一百二十平方米

（不累的情况下），稳挣三百六。再多干点，四百没问题。

然而，朱文的两万元是诱饵，在“追女孩”的工程里，能说会道才是真正的利器。他的舌头弥补了他的全部缺陷。人们只知道女人用女色能办成不少难办的事，却不知男孩也会用男色。朱文启动他的三寸不烂之舌后，不像是动用了男色而像是施舍女孩，你不跟他混不让他吃豆腐，你就不配活在这繁华簇放的世上。他在情场上练就的这套功夫像一出苦肉计，每次一唱，都能奏效。

另一个要“追”的，是时尚、潮流。

“我朋友挣钱很容易，三个月就换一辆摩托车，新款一出来就换。”

“啊？摩托车不便宜啊！”

他解释：“追时代哦！”

难道，新款摩托车＝时代？

他说：“我知道‘90后’的想法，至于‘00后’的嘛，我就不知道了哦！”

这种宣言让我纳闷。显然，“80后”“90后”“00后”的想法，我都一概不知。

朱文知道，骑上新款摩托车，载着长发长腿美女，在暗夜的街上疾驰而过，那种快乐并不虚妄，而是能用掌心实实在在捏住的。

“90后”男孩要享受生活，才不像别人那样一声不吭地暗中沤着，他们要的就是大鸣大放。他们要把更多的爱留给自己。这些男孩大多是留守儿童，在他们的成长过程中，貌似有亲人存在，实则举目无亲。所以，他们更依赖的是自己。现在，青春就是他们的资本。他们吃自己的资本，就像吃冰激凌一样顺嘴。

所以，朱文理解“90后”——换辆新款摩托车不叫换车，叫“追时代”。

朱文并不喜欢摩托车，而喜欢手机。现在，他正在为怎么“追”而苦恼：“有钱的用苹果，没钱的用垃圾！”“垃圾男人用垃圾手机！”“5S不贵，颜色好……”“6S贵啊，但款型我不喜欢！”“最后，可能还是买5S吧！”“唉，我朋友都拿5S！”……

他终于卸下老江湖面具，露出难得一见的软弱：“追苹果是追不上的哦！”

看来，什么都吓不倒“90后”，除了“苹果”。新款苹果一上市，“90后”就像在城里亲戚家做客被怠慢了，只能忍耐着，不敢发一丝丝小火。虽然在心底里，连渣滓都泛了起来。他们骄傲自尊，生怕自己成为潮流之外的那个人。那被咬了一口的小苹果，让他们晚上睡觉时，心窝子里戳了一千支箭。

他感慨电子厂的工作就是一个字：累。

除了中午休息一小时可以坐一坐，只要在车间，都要站着。一天熬下来，腰疼腿疼。他有些发慌，感觉像是被锁在一栋所有通道都关闭的大楼，虽然能看到各种各样的窗户，但却走不出去。也许到了该离开这个巨大潜水艇的时刻了。所以，他准备和女友一起回老家，再干粉刷工。但他却不会结婚。他意味深长地道：“还早哦！”

不知不觉，上演在珠江三角洲的招工博弈战已经过三个阶段。

上世纪九十年代以前，企业招工难，企业付钱给劳务中介，请中介代为招工；从九十年代至2005年，企业招工容易，劳务中介从求职者身上赚取中介费（拉线作业员只招二十五岁以下的女工，其余机修、啤工、丝印工、机长、车工、邦定等都要熟手。若是男性且又是新手，几乎无立锥之地。故打工者非常珍惜工作机会，不会轻易辞工，不会轻易离厂）；2007年之后，企业又回到付钱给劳务中介的时代，求职者成了香饽饽（最明显的苗头是餐厅和酒店出现了男服务员）。

在2005年之前的珠江三角洲，满大街都是找工作的人。工厂早上八点贴出广告招人，九点就撕掉。第二天早上面试时，求职者还会挤破门。那时，录取人数和求职者的比例超过1：20，最高峰时是1：100。但现在，生产线工人严重不足，只要会写字，根本不需要面试，直接进厂培训，三天后开始干活。

出现在2014年电子厂门口的广告牌，顶部有行“温馨提示”，给初到者一种宾至如归的感觉——“本公司直接在厂门口招聘，不收取任何费用。请各位应聘的人员直接到保安室咨询，请勿轻信他人，谨防上当受骗！”（当“找工难”变成“招工难”时，企业也要从最初的蛮横管理模式向服务模式转化）。

所谓招聘，还是以“作业员”（普工）为主——五百名！其余线长、操作员、日语翻译、韩语翻译、采购跟单员、采购担当、工程师、文员、捆包技术员、守卫、清洁工、日语文员等，仅需一、二、五、十名不等。所有岗位都标注了学历（初中、高中、高中以上），只有清洁工无须学历，而须“身体健康，能吃苦耐劳”。

自2010年后，打工队伍已发生明显变化——新生代农民工（“80后”“90后”）已成打工主力军，占总人数60%；初中文化的打工者占总人数60%（上完高中的打工者只占5%）。办假证很容易——就是一张纸，连塑料封皮都没有，内容自己填，章子提前盖好。没有工厂或公司会去检验初中毕业证（或高中）。劳务公司阿彪坦言：“80%的高中毕业者都是假的。”（以前办高中毕业证要五十，现在二十搞定；若出一百，还可买到大专证）。

对工厂来说，重要的不是学历，而是年龄！

虽然这个标准混在七拼八凑的要求中，但它却是核心要求。就像一个男人择偶，无论怎样申诉黑白胖瘦，其实都围绕着另一个词展开——年轻、年轻、年轻（像苹果，一咬一口水）。年轻是所有资本中最本质的资本。年轻人有股凌厉的气势，像刀锋，能让人群立即发生政变：清归清，浊归浊。可怜二十五岁一过，已成大婶、大妈；四十岁后，已堕落为老太婆。

电子厂这样清晰概括年龄界限：16—40岁（18—25岁的打工者最受欢迎。25—30岁也能找到工作。30—40岁只能靠碰运气）。对那些刚初中毕业未满十八岁的打工者，常借一张身份证入厂，招聘人员睁一只眼闭一只眼（年轻意味着精力充沛，能承受高负荷劳作，且能迅速恢复体力，正是生产线所渴求）；同时，电子厂还亮出附加条件——无文身、矫正视力正常、能吃苦耐劳。这些标准类同主妇购物，不仅希望货物外表养眼，还会凭着莫名臆想，揣测其品质亦有保证。面对一个新工人，运用何种手段才能检测出他将会“吃苦耐劳”？

种种要求后，厂方晒出许诺——“周一至周五11.29元一小时，周六周日15.06元一小时，法定假日22.59元一小时”“每月最低保障工资2700元，月平均工资可达2700—3200元以上”“5天8小时工作制”“中央空调车间”“6人一间宿舍，有独立冲凉房和洗手间，全天供应热水，每月扣15元水电费”“有三间饭堂，丰简由人，可用现金支付或订饭卡”“每月20日准时发上月度工资”“新员工均享受相关技能培训，免费日语培训”……

和其他厂比，像电子厂这样明码标价，三十多年未拖欠工资的厂，已算好厂。但第一次阅读那小数点后的两位数时，我还是感到一种震撼，像有种舞蹈已发展出千百种方式，一整套丰富细腻的技艺，虽然它貌似有着严格的规范，但却真的已在嬗变的过程中成为另一种言说。它所描述的是貌似中立，不掺任何道德判断的数字，但那些数字却令阅读者焦躁不安。压迫就在字里行间。

第二次重读，像用可旋转角度、倒带、定格、细部放大的监视录像机群组，交叉拍摄下特殊时刻，组合起来有种奇怪的效果，因为隐含在这些跛扈词语背后的事实，像一座大冰山。这些词语像穿着潜水衣在深海下那样不真实，各音阶的抑扬顿挫像管风琴般准确，需慢慢破解才知其中深意。

我是住进电子厂后才知晓——想拿三千元工资必须加班（加班费要在干够八十小时后才开始计算）；加班不全是为了赶进度（也是摊薄生产成本的方式）；只要有订单，甚至会通宵加班（如果遇到出货，可能会连续上班三十多小时）；大部分宿舍里住着十个人；第三饭堂专属管理人员；冲凉房只是一间房（没有莲蓬，靠手工舀水冲凉）；热水供应有时间段限制。新工人的工资是“押一付一”（第一个月的工资是押金，要到第二个月月末才能拿到钱）。

无论珠江三角洲怎样缺工，各工厂打出的“招工启事”怎样花哨，那些词语和数字怎样描述车间生活的细节，事实是，打工者依旧处于被挑选状态。如果工厂要招聘的人是会计或电子工程师等重要职务，将会对求职者进行面试。面试官除考察求职者的工作经验、专业知识外，主要查学历真伪。主考官会询问毕业学校所在的详细地址。若对方回答顺利，便再问从当地火车站乘哪几路公交车能到学校。

“招工信息”像结构严密不容磋商的帝国法则，仅凭个人力量，很难撞毁这些硬土砖墙。打工者的选择是狭窄的，像是被锁在一栋夜间已被设定安防，所有通道都关闭的百货公司里。他必须忍受别人无法理解的曲折离奇，才能在这里待下去。

当我称A211为“驻马店宿舍”时，三个男孩都笑了。这个隐遁密宅共有十张床，住了八个人，六个来自驻马店（现在只有三个在场：赖高强、李海洲、刘文闯）。

在岭南的宿舍永远都充塞着窒人湿气，无论什么时候进入，这个空间都像是薄暮黄昏，时间完全失去重力。一旦进入其中，人变得像某种退化的器官，无用地萎缩着，黯淡地蜷在角落，连嗓音都变得沙哑。宿舍里的人总处于恍惚状，失聪般漂浮，心不在焉，落后半拍。

赖高强说他二十几岁时，我反问："二十几？"

没想到这样一句问话，会让他感觉尴尬。那真是个怪诞的瞬间——双方都感觉到很别扭，像冬天第一场雪反射出的刺目白光，世界突然凝固。

顿了顿，他坦言："我不记得身份证是哪一年的。"

他索性承认："我拿的是别人的身份证。"

他只有十六岁。一米六的个头，巴掌大的小脸上一双细长眼。若穿上校服，也只能坐在教室第一排。他是一个半月前来到电子厂的，原来在长安镇的模具厂做（那里工作时间长，但可以坐）。现在，他已慢慢习惯了站立式工作。他哥哥二十二岁，也住这间宿舍，去上夜班了。他和哥哥现在"手上都没钱"，所以，要老老实实待在厂里，攒点钱再说。

什么叫"老老实实"？难道此前他不老老实实？

赖高强突然发出一种短促干燥的笑声，像公鸭嘎嘎的声音。

他说他十四岁出门后跟着哥哥找工作，进了一家玩具厂，是典型的三合一工厂（第一层是车间，第二层住人，第三层是食堂）。先交了一百元押金，发了厂证后开始干活：给玩具塞丝绵。每天加班到九点。做了半个月他们提出辞工时，老板给他结算了四十四元；哥哥干活慢，非但没有工资，还要再倒付四十元生活费。哥哥一听，从办公桌上抄起剪刀要拼命。老板说好好好重算，结果算出了一百元。

两个人找工作无着落，钱又见了底，饿得头晕眼花。哥哥说："不如晚上到公园干一票？"问他敢不敢，他说，"有什么不敢"。

于是就去买了头套，准备吃碗面，养足气力后行动。在面摊上接到老妈电话，说给他们的卡里打了一千元，两个人就把头套丢进了垃圾桶。

这可怕体验最终变成一只灯罩内熏黑的焰苗，被封印在脑海。然而，也许在另一个次元的宇宙，这念头又会如黑夜中的闪电，复又乍亮。

让我感到糟糕的并非是这些事件，而是讲述者的语调。好像不是在说自己，而是在背后说某个其实没有冤仇的人的八卦。那些恶之花般的词语，已经实施了某种可怕的伤害。

赖高强坦承曾有过两任女友，但都分手了，现在还没找到合适的。

“那两任女友是怎么找到的？”虽然我还在扮演询问者的角色，但我感到摇摇晃晃，逐渐失去实体感。

都是拉线上他身旁的女孩儿。

“为什么——都是？”我总是被他牵着鼻子走，在秘密通道里找不到出口，四周完全没有自己认得的地景，而陷入杂沓、混乱、疲惫的过场中。

他再次启动公鸭般嘎嘎笑声（真是丑中之丑，恶中之恶的声音，让我感觉像全身起了红疹），一派松快无聊状。他形容拉线上人和人的距离其实“很近很近”“只有巴掌大的空隙”，所以即使车间是“静音模式”（不能随意讲话），但一天十小时旁边都杵着相同的人，也很容易日久生情。

“泡妞嘛，很容易的哦！”——他帮她多干点活，他向她使眼色表示“老大来了”是第一步；他给她送巧克力，她吃了是第二步；她让他用自己的水杯喝水是第三步。之后，便可深入下去，“要摸给摸，要亲给亲”。整个步骤如渔夫撒网。

赖高强让我想起邵新磊——都精瘦如小老头，但赖高强身上有股要搅得生活惶惶不安的戾气。他眨巴着眼睛说女人时，有种难掩的污浊感。邵新磊没他这么复杂厚颜，目光总是怯怯低垂，总是努力让自己变成一块空白、一片影子。

李海洲大脑袋大肚腩，像个松皱肥胖的大孩童。他们三个人以前不认识，但都通过一家劳务公司介绍进厂，在“新人培训”时认识，又分配到同一间宿舍。

和赖高强、刘文闯不同，已满十八岁的李海洲此前从未进过厂。初中毕业后，他在上海“玩过一段时间”（他这样轻松表白）——其实，是和父亲一起做大理石装修。后来选择进厂，是为了“出来玩一下”“看看大世界”——但其实，是他以为电子厂女工多，能很容易找到女友。

然而，电子厂生活让他发现，“还没跟着老爸自由”。那时，他们“有活就干，没活就玩”。进厂后发现，“这里规矩太多”“不好玩”。

赖高强锐声大笑：“他说的不好玩就是还没找到女友啊。”

赖高强显得比李海洲更有社会经验。似乎，“进过厂”就是不一样——“举世皆浊我独清”。一旦读懂了工厂的秘密，便有了另一个观察世界的角度，便会撇嘴嘲讽，觉得别人蠢。

李海洲只是讪笑，并不否认。他感慨这里“河南人太多了”。街边那些小摊贩，“一说话都是河南口音”。于是，他总是买饼吃，不仅因为快餐没油水，还因为能听到家乡话，“有种亲切感”。他一天不吃饼就睡不好觉。

他说自己是“犯饼瘾”。“饼”不仅和咀嚼有关，更是一次精神回流。“饼”这个字在充盈的口水里浸泡得湿漉漉，再被舌尖恶狠狠弹出口外，在空中爆炸得余音袅袅。

到了岭南，他发现这里的人对面食一窍不通。李海洲回忆起某次寿宴上吃到的肉饼——那肉！那饼！一切关于那次饕餮的精细、丰繁、弹性的感受，都真真切切地回来了。他断言自己还可吃下三五个，可惜被抢光了。

不，他不喜欢“外地女孩”，他更倾心“老家的”。他希望在饼摊前碰到个驻马店女孩，四目相对，从初恋到热恋，再回老家结婚，再一起返回打工——这就是他的“完美人生”。看起来，李海洲是在电子厂工作，其实，是在他们村口晃悠。他有着中国农民的智慧和坚韧，每天雷打不动地出现在饼摊前。

“她要天天吃米怎么办？”李海洲思虑的是实际问题。

而且，“春节回家还要吵架”。

我只能以缄默方式面对这种自问自答。

所以，他天天去吃饼，希望碰到口味一致的家乡女孩。也许这种疯癫并非无理性，反而有科学依据。电子厂人海如潮似泱泱大国，李海洲守株待兔，静候饼摊，等啊等。任何一场邂逅都会变得温暖亲切——有饼护航，这恋情错不了。

和赖高强不同，刘文闯确实如他所说的“二十三岁”——身高一米八，黑衬衫，黑长裤，黑短发，算得上“黑马王子”。他习惯性地绞扭双手，两撇眉毛浓得不近人情，眼睛像蓬乱草檐下的马灯，再亮都显得昏暗。他曾在深圳公明电子厂干过半年，后又回驻马店两年，一个半月前来到这家电子厂。

在老家，他干的是打零工的活，现在想来，那活既“自由”又“工资高”。他干搬运，一天挣三四百是常事。但他又嘿嘿一笑，“有的重活干不了！”像扛大包，他怎么都不会干。他主要在火车站卸啤酒。他说四川女人和云南女人都有劲，河南男人和河南女人都没劲（他并不讳言，承认自己也没劲）。他并不隶属哪个公司，只要卸货单位有需要，就打电话，他再召集同伙。他叹气，“打工不是长活”“在厂里不能干一辈子”，所以他想去“学点技术”。他想进驾校正规学习，再搞个车开开。

三个人中最成熟者当属刘文闯。他说，“在厂里也能找到女朋友，但没合适的结婚对象。”他认为女孩最好二十岁出头，“更靠谱”，如果十七八，“找她也只是玩玩”。

十七八和二十出头有什么差别?

刘文闯用锐利眼锋把我一刮：“差别大了！”

当他定下主攻人群的年龄阶段后，却发现，厂里虽熙熙攘攘有上千女工，但每一个都和自己“离得那么远”。如果贸然搭讪，效果不好，自己也会没面子。所以他一直没找到女友。现在，他最不喜欢过的就是星期天：“除了睡觉还是睡觉”，要不就是“几个大老爷们出去玩”，没什么意思。睡得昏昏沉沉，意识无法集中，脑子里像有个锥子一直在戳啊戳的。还有，总是健忘。昨天发生的事，见过的人，轰一下什么都不记得了，像电脑中了病毒不转了。

我被这种戏剧性的自我描述方式感染着，不禁说：“你可以主动一点啊。”而他却说：“我对爱情害怕了。”和赖高强突然承认自己的年龄，刘文闯变得一脸正色，坦率承认——

“其实，我算是已经结过婚的人。”

我在电子厂外建立的规则像变形金刚眼中的人类建筑，脆弱如蚁筑沙垒，总是顷刻之间，哗啦，倒塌。工厂秘密总是以这样一种突如其来的方式袒露出来。你以为你看到了电子厂，看到了大门和车间，看到了仓库和供货单，但突然间，你体会到了一种惊诧——你发现你根本不了解这个喧嚣的世界。事实上，融入工厂是一段非常缓慢的过程。当你像水浸透纸张般慢慢渗下去时，才会发现那些幽暗细节，那些意外放纵。

原来，刘文闯曾在二十岁时和一个十九岁女孩相爱，育有一子，但没领结婚证。之后，那女孩离家出走，原因是，他们几乎“每天都吵架”。他抱怨那恶女行径：总为一些生活琐事生闷气，“怎么哄都哄不好”。他叹息，“我们吵架时我天天盼着她走，她真走了，我两天没吃没睡。”他实在不懂女人——不懂女孩那如苔藓植物复叶般细碎的心思（她总是忽喜忽忧，时而微笑，时而蹙眉）。

他的前女友长得不算美（长手长脚，皮肤黑）。但和他在一起，别人总说是一家人。他认识她后陷入疯魔，总是来找她，而她也总是像小动物般开心，把年轻的身子往他怀里偎，腴软如麦芽糖。然后突然之间她说怀孕了。他还没来得及作出什么决定，孩子已出生。好像有个按钮是声控的，被那婴儿的啼哭喊亮后，他们的关系便日趋紧张——从相濡以沫到虚与委蛇。

她在决定遗弃他们之前，脸上总浮现着一种迷惘的笑意：他以为她能安下心来做母亲，然后计划着尽快补办一个迟到的婚礼。而他不知道她那控制不住的迷惘之笑，其实，是受到别人的蛊惑。他试着和她搭讪时，她不应，低着头竟然像小女生般害羞。生了孩子她也才二十岁，一脚踏出门，有的是大好前程。然后，她就真的踏出了门。

“你还爱她吗？”

他露出惊惶之色，像一种柔软的物质被锋利金属划出血液。“啊！问题不在这儿……”他陷入忧伤，像个痴情傻瓜，耽溺于幻想，“你知道的，娃娃总是哭着找妈。而且……”他接着说（用的是那种已经开始影响我情绪的字斟句酌的方式），“那个人，总打她……”而他，根本无法想象那个他熟悉的手臂、腰肢、膝盖、脸颊、脖颈，在遭遇各种锤砸后而变红变青变黑，而像一座梦中豪宅遭遇瓦斯爆炸后成为瓦砾废墟。

即便这样，那傻女人也不回头。

铁打的事实逼视他。也许，他的前女友非但不傻反而聪明，以敏锐之眼看透了他，断定他无用，空有一副好皮囊。她对他的绝望应该是逐级发展的，每个阶段都比上一个更难以忍受。最终，绝情离去。刘文闯狠狠盯着女友离开的背影，目光的力度和它所含的诅咒可以变成两个大钉子，把女人的肩膀钉在门框上。只要她不走，他就还有指望。他从来没像那一刻那样充满恶毒祈愿——愿这个女人离开自己后倒霉得落花流水（但听说她挨打，他却万箭穿心）。他若及早洞悉她的去意，定不会跟她缠辩赌气。天啊，他们总是辩论，辩论什么他完全不记得了，多么无谓的内容，但却都以怨怼收场。现在的他是一堆感情打磨后留下的糟粕，遍地狼藉。

这段故事非常突兀，又栩栩如生——从和女友吵架，看她离家，到陷入忧郁，整个过程快刀斩乱麻，毫不拖泥带水。哦，其实，后来她打过电话，“喂”字里的喑哑浮胀，即便相隔十万八千里也难逃他耳膜。但他接听后对方便不再讲话，任凭分秒流逝。

他熬不过她，于是说，好啦，这是长途电话，可以啦……

他的意思是——“你可以回家啦……”他这样退让，只为赎回美好昔时，希望他们之间那被时光莫名层层叠叠遮蔽阻隔的花岗岩峭壁从此消失。

而她可恶地挂断了电话，冲突毫无和解。

后来他才明白，她打电话是为刻意炫示告别。原本她是一只风筝，那电话挂了后，风筝线便彻底断开。她走后，他的心田长出漫漫荒草，除了寂寞还是寂寞。那个已两岁的男孩呢？小家伙被母亲遗弃后，在村子里晃荡，是父亲额头的红字。那孩子让他在乡村社会遭遇道德沦陷。他成为难题，在老家待不住，像一只水烧开的压力壶，每句话都是沸点。媒人为他抱屈，说“不好再找啦”。造成这电影般悲剧人生的根源在哪里？

他归结说：“她太爱玩了。”（看看！他还是舍不得责备自己！）

他想南下打工，在厂里找个女友带回家，可进厂后发现，二十岁以上的女人很难找。可是跟小女生——“我只是玩玩她们”。因为——“她们什么都不懂”“不成熟”“不是过日子的人”。在他看来，成人世界和少女世界之间有条古老裂痕，河流两岸即为深渊，很难理解对方。小女生爱幻想好夸张，根本不具备妻子素质，而他亦没有耐心，一点点等待、一点点培养。他想找适合结婚的女子，却又悲惨地发现，对方已名花有主。

刘文闯是个奇怪的人，和A326的朱文完全不同——朱文是个彻底的老江湖，而刘文闯总喜欢使用轻浮字词，可他说出它们时，表情一点也不油滑，语调甚至苍凉。从本性上来讲，他是个认真刻板的人——难道，这正是他和前女友分手的原因？其实，从女友离去到现在，他的自尊心倒毙一直未还阳，他是个偃旗息鼓的病人。

现在，他两肘抱胸，充满过来人经验：“年纪小的女孩玩性不改。”

顿了顿，他咬牙切齿：“她们又爱玩又现实。”

他一直都在努力寻找合适的女性（他试图变得火眼金睛，但结果总是眼花缭乱），不得不承认，“这很困难”。他总是处于绝望之境，眼看着一拨拨美少女霓虹灯般五颜六色，而自己却两手空空。现在，他屈辱地笑着，形容自己“两头不好找”。在老家，邻居们知道他的糗事，皆退避三舍（想撒谎都难，有孩子为证）；在城里，二十岁以上的女孩都有了主（不是定了亲，就是有了男友），哪有合适的人剩给他？！而他又有什么过人的资本（又穷又老的大叔型角色）？

命运朝无可挽回的方向倾斜，而他毫无办法。他在次次反扑失败后，最终，也许还会返乡，找个离婚女，或更偏远山区的丑女。

总之，“唉，是个女的就行”。

晚餐时的饭堂人潮拥挤，沸腾着一种不知要发生什么事的欢闹，像揭开蒸笼大盖，一切都在腴软白烟中变形。据说此前，第一、第二饭堂最高峰时，容纳过一万人就餐。现在人少了，但一日三餐算下来，也有五六千。我夹在队伍里向前漫游时，感觉各种气味烈火燎原地混拌后，涂抹在脸上，胶结为一层面膜，赶都赶不走。

一回头，身后脸庞甚为熟悉，居然是——邵新磊！

穿了工装的他比在宿舍还单薄，简直是一片薄木板。问他“宿舍的人是不是都下班了”，他摇头，紧绷的脸庞躲进暗影，不愿多谈，“哦，我们不在一条线上”。

他是一个人下班后就来到了饭堂。我说我请客，他摇头，抢在我付现金前，把饭卡往卡机上一刷。等我端着餐盘逡巡时，他已倏然不见——我根本无法把他从一千多张膨胀变形的面团脸中找出。显然，他不愿和我坐在一起。他害怕变成一尊蜡像，被别人的目光盯视。

六元快餐是黄豆炖猪蹄、青菜豆干、煎鸡蛋、蛋花汤。菜量虽不少，但匮乏油水，也没什么滋味。若仔细品咂，倒有股铁铲味（我见过那小铁铲）。送回餐盘时，看到饭堂内的大桌上摆着一片圆鼓鼓的凸起物，斗胆询问：“多少钱一个？”“五毛！”啊！在这个冬天不下雪的地方，居然能吃到馒头！我四处张望，希望能看到李海洲。然而，没有。他还是固执地去厂门外买饼？

此刻，正是晚餐的酣畅时分：满室热雾，恍惚迷醉。饭堂里的六台电视同时打开——有人看新闻，有人看《环球地理》，有人看韩剧，更多的人在看武打片。模糊的人形液态流动，提棍的提棍，舞刀的舞刀。偶尔，中国人和外国人各据一方对峙，剑道高手般蓄着内功好大张力，瞬间爆发，擦身而过，不明二者接招了什么，又各就各位。对决时刻，男主角迤逦出镜，狂风暴雨挥击痛殴，直打得对方哭喊窜逃。观众们癫狂嘶喊：“打他！”“揍他！”“扁他！”

屏幕不断变化的青光，让观众的脸庞变幻莫测（无论从哪个角度看，都具有一种超现实之感）。这些脸庞和身体的其他部位并不协调——脸庞像被海面上的雾气包裹，释放出独有的妩媚，而工衣、工裤、工鞋，却油腻邋遢，曲线模糊，被沉重的现实扯拽，深陷泥沼。

而我居然，又看到了——邵新磊！

那男孩脆薄如苏打饼干，似一缕芳魂，蜷缩在拐角，手握冰红茶。灯光下他的形体线条柔和，但却不知什么地方不对劲，总让他显得和这世界格格不入，像株暗室角落里的植物盆栽。在这个松弛的片刻，他的眼睛大睁，嘴角下弯，扯着一丝微笑。

离开热烘烘的混合味，离开他人身体辐射出的热度，我梦游般走出了饭堂。

站在B栋楼下抬头时，青灰色的天空被大王椰切割成一块一块。我突然感觉，这锯齿般四分五裂的天空，无论怎样细致拼合，那些碎片都粘连不起来；那些碎片和碎片之间的空隙处，都埋藏着一股诡异的死静。

时间会把一切磨损侵蚀殆尽；任何东西都不能永远延续。一切都会消失——人、动物、风景、记忆、齿轮自动运转的社会、蜂巢般的城市。而我想把目睹到的一切写下来的念头，多么虚妄。但我还是止不住要这么做。我试图用手指敲打键盘，用文字挽留下那些曾经见过的鲜活之人（他们以那样的方式那样存在过）。他们举手投足的每一个细节，都是蛛网中的一个结，都互相说明，互相依赖，都与二十一世纪的某些重大事件相互关联。

马尾、工装、短裙、拖鞋：这些元素组合成塑胶厂女工的典型形象

第九章
错位的学生，错位的人生

有近一半的打工者将孩子留在老家，孩子被称为“留守儿童”；而另一半将孩子带在身边，孩子被称为“流动儿童”。在工厂路每每和小孩儿劈面相逢，都让我有种目睹昙花将复瓣层层打开的眩晕感。那些小人儿总是让我处于错位之中，像进入一间光度永远暗几格的老屋，陡然看到大型猫科动物的瞳仁，那种晶亮濡湿、惊悚诧异，总让我的心险险一抖。

没有人能清理打工者和工厂路之间交互累聚的身世或关系。

似乎是，一个年轻的男体或女体，靠出卖劳力得以赖在这条路的某个房间——那房间是某巨大旅馆中的一间。这些人，只是这旅馆数十年如一日来来去去面貌含混的旅人。而第一代何以卷入那场大规模变迁？如今，第二代已继续步其后尘，成主力军；甚而到处都是第三代——地上爬的，怀里抱的，穿校服的，打游戏机的，在各空隙里钻来钻去，圆滚身子亮闪眼睛的……虽模样不同，但却有着某种神秘的相似性。

“行动酷饮”是个活动小板房，长宽四米，被改造成露天饮品店。

即便这里是岭南小镇，是工厂区，是粗鄙电子厂旁的路口，但这个饮品店的属性也确定无疑：它已属城市，不可再随便丢弃至乡村箩筐。“行动”似乎总和警察、缉毒、商界、金融风暴、男人面对秀色等事件相连，现在这个词被微型化，用在一件在乡村非常微小，在城市含义混杂的事情上：喝水；“酷”从“cool”中变异，原本是冰凉，此刻被谐音；“饮”是中国化字眼（不是喝，不是灌，不是吸溜，是文雅文明的“饮”），暗含某种仪式感，是身份的象征，是从世俗生活脱开的某个艺术化时刻。

廖老板戴眼镜，中年，一张酒精熏烘的面孔已不知其本来肤色为何，感觉一直处于灼伤后皮肉新生的赤裸状态，而头发黑浓，整齐抹油地向后梳去，但一口黑牙。三层隔板的柜子里，装着各种工具、杯盘、塑料吸管、银勺、透明玻璃罐。最显眼的，莫过于各种不同塑料桶内，装着不同颜色的汁液：黑、紫、橙。吧台顶部挂着一溜宽宽的广告牌，花花绿绿，图文并茂：糙米黑芝麻六元、西西里浓巧克力六元、抹茶欧蕾七元。好丰丽的小宇宙，似乎准备让神农氏来每样都品尝。

黑脸老廖认真询问：“多糖？少糖？无糖？半糖？”

在这个上午十点，除我之外，突然而至的顾客，是两个半大男孩——各要了一杯八元咖啡。他们咂着吸管，互相对视，嘴角挂笑，浑身洋溢着极舒坦之感觉。

十岁阿力细眉长眼，清瘦秀气，皮肤白皙，黑长袖T恤，深蓝运动裤，分头大面积右偏，发梢几乎盖到眼睛；十二岁小奇粗眉圆眼，翻领黑白道长袖T恤，牛仔裤，运动鞋，皮肤黧黑。两人边喝边聊，甚为亲密。听得出，是阿力在套问小奇还剩多少零花钱，后者老实交代：“七十多吧。”我问阿力：“怎么想起喝咖啡？”他一指小奇：“他请客啊！”原来，这是他们第一次喝咖啡。此前，他们已喝遍各种果汁、奶茶，今天，要尝试一下那大人们迷恋的黑东西。好像喝咖啡，是他们给予自己的成人礼。

“不觉得苦吗？”

阿力抬头看我。那种看法，像猫睁大圆圆眼睛，圆圆嘴巴，盯着主人，即便它如此乖顺，但浑身散发的依旧是一只野生动物的气场——主人不可狎昵它，甚至不能随便拍它的脑袋，否则，它便亮出锋利爪子。

他陡然一笑：“加糖啊……”

他的直觉如此敏锐，反应如此迅疾，甚而，还带着某种成年人才有的黑色幽默。他在轻微地戏谑我；因他感到成年人的强大如泰山压顶，便本能地要变成孙悟空。

我惊诧两个男孩喝了第一次，就表示已喜欢上了咖啡。我并不敢多喝，总觉喝得次数太多，会让身体被某种可怕的东西暗中掌控。但我如何将这个感受告诉孩子们？

还是十岁阿力。他居然说：“喝咖啡美容哦！”

我只知咖啡会让牙齿变黑，脸色发暗，并不知它能美容；况且，“美容”这个词，怎么都不应从十岁男孩口里滑溜吐出。可能是他的词汇系统里接受了太多广告语，他的表现并不像他的年龄，也不像他那还未真正长开的一米四的个头。他就那么偏着脑袋，嘴里衔着吸管，眼睛斜睨，将我逼得愣怔，甚而让我对这类小男孩有种模糊的妒意。

这种对抗明显对我不利。我转而面对十二岁小奇：“你家就在附近？”

一秒钟，男孩停止啜饮，定格下来，脸颊不再蠕动，致上惑疑眼神，好像时空错轨他听到恐龙说话，好奇透了。他以一种肢体语言向我无比清晰地表达：“阿姨你过界了。”阿姨是人贩子吗？阿姨何以要这样问？阿姨的发问如果不是出于某种目的，又居于何种心理？于是，他并不回答这个问题，而是埋下头来，继续——喝咖啡。

小奇面对外界的态度和阿力是钱币的正反两面：一个慢吞吞，另一个急令令，但都有完备的经验体系，能自如应对。是他们的父母反复叮嘱——“不要和陌生人说话”，他们才对像我这样的陌生人，这样的陌生提问，早有准备。

我问小奇：“你爸爸在哪儿上班？”

他的不耐烦虽一路升高，但他不想让自己显得毛躁不安，再一次不回答，埋下头去，假装喝咖啡。我将这个问题转向阿力。而他迅疾回答，像在吟诵一首唐诗：“在叽叽咕咕上班。”

然后，盯着我，嘴里依旧衔着那根细长管，微笑着，像戏弄，像反讽。我的面颊瞬间唰地红了，但已陷入惯性提问不能自拔（我的模样简直太丑陋了）：“你在哪里上学？”

他根本没犹豫，提枪应战：“在吱吱嘎嘎上学。”

我感觉心里一阵被铁柜边角戳到的疼痛。

这是一场怎样失败的对话啊！一切都那么不可逆转。早知我就不会这样自取其辱，然而现在，我不得不在阻塞中憋红了脸。男孩的回答简洁、直接，好一个外交辞令。他勇敢目视我，并不觉得我是个大人。啊，时光荏苒，这样的眼神让我顿显原形。这是一种怎样的残酷：别人是正准备丰饶盛开的花朵，而你是液体抽干的空酒瓶！我和他，他们，根本无法实施交谈。两个男孩让我站在被否定的那一面。没有信任，更谈不上亲昵，甚至没有平和，而只剩下排拒和调侃。这种气息，也许本身就盘旋在这里，只是，对成年人来说，他们至少要维护一种礼貌；到了孩子，一切都变得赤裸裸。

两个男孩的谈话一出又一出，像电视画面不断切换闪动，而我不能再像此前那样贸然。他们有自己的专属笑点，外人很难切入。那一刻，我体会到一种确定的孤单。我只能尴尬低头，做一个聆听者。

咖啡喝完，阿力一个眼神，将分头一甩，唤走小奇。两个男孩离开河岸，将那个疲倦老妇丢弃河心。廖老板忍不住哈哈大笑：“你看看，现在的孩子！”

悲哀啊！尴尬到这个程度，居然，还有观众全程目睹！

今天的失败，好比文明人进入丛林，被打劫成原始人。我根本没有做好准备，就已被对手肢解，弄得颠倒乾坤，残骸交错，还没找出失败机关。

廖老板，浑身写满都市小资，像突然长出复眼，瞧见我内心的沮丧如大河决堤，委婉开腔，说他们是崇德学校的学生，而那小家伙的爸爸，“就是后面这厂的业务主管”。他用手指点戳着那栋火柴盒六层楼，上悬两个红字“建伟”。

而这又说明什么?

到达工厂路后，我的全部人生经验全然失效。我时常陷入困惑——那些话语像隔了一层厚冰嗡嗡传来，简直是梦者的呓语。我感觉身体的某些部位在退化，时光在倒流，眼前一片懵懂搞不清其中的关键性联结。

廖老板正正脸容，打出了那张牌（那张绝门牌）——阿力出生在建伟厂旁的医院，在建伟厂家属楼长大。看我依旧浑然，不得不点醒：“阿力从没在农村待过，只在春节时回去几天。”而小奇是在江西老家出生，长到七岁才被接来，送进崇德学校的。所以小奇没阿力机灵老练。廖老板拿出恒心，像要对我进行震撼教育，泄密般低语：两个男孩的父母是老乡。原来出门打工的男女，大多可归纳到老乡、亲戚、熟人、同学的关系网中，很少有孤零零一人，拿着身份证，到厂门口应聘的。离家打工的人，总是跟着同村前辈，先落下脚跟，后找工作，一个串一个。

在车间之外的工厂路生活圈，像拷贝了老家乡村血亲关系网，繁复错综，勾连摩擦；同时，又增加了新的工业基因。阿力——已熟悉都市生活的打工第三代——对乡村同龄人，表现出强烈轻视，觉得他们傻，不知伏特加、柳丁汁、葡萄柚汁、血腥玛丽，不懂上网买东西，更不知各类小游戏如何厮杀。

虽然阿力和农村同龄人一样，还是农村户口，但他已完全脱离开土地，不仅对各类农活陌生，更对整个农村的景物、生活习惯、风俗人情等通通陌生；但同时，他又和那些出生于花园小区、拥有本地户籍的孩子不同。但廖老板并不为阿力担忧："他学习一般，但适应社会的能力强。"

他补充："他和我们不同。"

我终于明白廖老板的暗示——第三代和第二代，其实完全不同。那DNA在滚动循环中已把前辈栽种的孤独基因晃荡掉，而慢慢融入了其他族群。

事实上，第二代对第三代，只有投降的份。他们内心中最柔软无抵抗力的部分被第三代唤起；而第一代更甚，居然抱怨第二代父母真狠心，总是责备第三代，时不时揍他们的屁股。故而第三代便在肝肠寸断的哭声中茁壮成长，最终，变成独属于他们自己的那类人。

廖老板曾和阿力、小奇的父亲一样，十几岁离家打工。那时，一个月能挣五百都很满意，钱拿在手上舍不得花。但，"那只是打工第一年的情形。"廖老板咧嘴大笑，像看到了年轻时的自己，原谅着，怜惜着。

打工者刚开始觉得自己有钱，是因为在老家，经常半年都见不到活钱进来，于是自己留下零用钱，剩下的都寄回去。第二年，看到本地人是这么过日子的，便也开始大手大脚用钱（买衣服、吃饭、看电影），给家里寄的钱也少了。

而廖老板一个转身，从普工变成小老板。他讨厌拉线上无趣庸碌的生活，总想干点既自由又能挣钱的行当。他清楚地意识到，工厂挣钱再多也不能多干，车间空气不干净，对人体有害，用工资去治病，得不偿失；在岭南开冷饮店比饭馆轻松，无须请大厨，更不用服务员。于是他攒钱，攒钱，再攒钱，将这个冷饮店撑起来。但小店生意好不好，“全靠老天给脸”。他格外期盼气温再升高一点，让路人感到口渴。

我不解：“喝饮料的男工多吗？”

其实，男工和女工差不多。通常的状态，是女工带着男工来——让男工埋单（而不是男工带着年轻马子）。小店的目标客户是周围这些厂的工人。在廖老板看来，工人就是工人，即便底薪提了，努力加班挣个三四千没问题，到底和镇中心市民的消费能力不能比。

离开冷饮店，我拐入侧旁的温馨百货。扑面而来的气息，完全迥异于平常所见超市。像在镇汽车站看到手工黑布鞋的老妇，这个超市亦散发着浓浓乡土味。

工厂路像严密的堡垒，并非一掠而过的眼光可以参透，非要一次次，通过坚韧的时间水滴慢慢渗入，才能廓清。我渐渐发现，工人们很少到镇中心大超市购物，而选择厂区附近小超市，不仅因为大超市距离远，还有，在那种水晶灯透明、地板闪光、往来人群靓丽的环境中，会越发凸显出穷人的自卑。

温馨超市门口吊着两只红灯笼，门旁垒放着四箱王老吉，火红一片。门口的存包柜涂着黄绿色，因长久没擦拭，晦涩黯淡。某个柜门上用黑笔书写“请到收银台换取硬币”，字迹歪歪扭扭。这种粗暴书写让柜子越加不堪入目。超市内部，像个古怪新房——红色柜台上堆满纸箱礼盒。各种红相互撞击，像一张张静物画被陡然放大，拼贴成一幅毫无审美情趣的超级大油画。

我居然看到了他们：阿力和小奇（手里拎着瓶红彤彤的可乐）。

“湖南大碗菜”女店主阿娟热情招手，拉开椅子，“坐坐坐”，又返身端来盘葵花子，“吃吃吃”——好像我不是食客，而是一户远房亲戚。葵花子饱满油亮，在舌尖爆开，令我想起小时候跟着父亲，踩着落雪的田埂去拜年。那时，北方乡村尚未耕种，四野苍茫，偶尔能见到一只麻雀掠过。

阿娟有张标致的脸，但因为胖，有点走了样，眉心处有条极深的竖纹，活脱脱一个中年薛宝钗。她的衣衫相当时尚，但态度却秉承着乡村人的诚恳——始终微笑着，不让嘴合拢。我惊诧她何以将这些事做得那样自然——在南方，小吃店要付钱才能喝到水，怎么会免费端来瓜子？在南方，各类陌生人混杂，眼神冰冷，充满本能警戒。而现在，面对油亮葵花子，每嗑开一粒，便感动一分，似乎享受了不该享受的特权；于是，小店的一切都变得不那么粗陋，而被某种光晕笼罩。

阿娟用娇细尖锐的嗓音推介家乡菜——“炒腊味和炒白菜都很好吃，原料是从老家带来的”。从湖南邵阳运来腊肉腊肠，我能理解，连大白菜也运？她认真点头，不容置疑。听我说先来逛逛，过几天再约人来吃时，她也不失望，态度依旧热情。

在工厂路，决定打工者饮食标准的，不是他们的胃，而是他们的薪水。2014年，普工的月薪从两千五至三千、四千不等。如此收入，哪敢去镇中心吃一顿一千的大餐？！但却可偶尔到“湖南大碗菜”打牙祭。

阿娟的店里并没有客人，只有两个女孩在圆桌上写作业——陈安娜，九岁，三年级；陈安妮，七岁，一年级。两个女孩皆长辫小脸，皆眼睛极大，睫毛翻翘像金属洋娃娃，但大女儿羞涩，小女儿活泼。我惊诧她们的名字那么洋，而母亲只是微笑，并不解释。她说女孩们都是在这里怀上，回老家生的。都是在老家长到三岁，又接过来的。

门口来了个老头，白衬衫、黑裤子、黑皮鞋，扎煞着两只手大声说话，声音变调走样，像救火队员在喊话。他不断重复同一句话，像拿着喇叭对着喊，可女孩们头都不抬，只紧盯作业本，根本不搭理。这个场景真是古怪——似乎老人在不断许诺，而女孩们在经历过多次失望的教训后，懒得揭穿。老者有六十多岁，身材矮小，肌肉强健，黧黑的皮肤闪光。他的面容比身形更苍老——颧骨突出，皮肤犹如浅滩暗礁，头发稀疏。他不断强调自己的霸主地位，讲述语气之快活，像随时能开怀爆笑。

老人慢吞吞开走后，阿娟长舒口气，坐回我对面。像每个人都无法摆脱自己的出身谱系般，阿娟亦无法摆脱那浮夸老人——她的公公。阿娟的老公是他家里的老大，开车的是老二，小弟在深圳工作。老二上过大学，自己开公司，说话底气足，连饶舌的父亲也不得不听他的。而做厨师的老大，憨厚寡言，和父亲是两种做派。每当父亲在工厂路四处游走，高声讲述他所见识的那些世面时，做儿子的心里便疙疙瘩瘩。

丈夫让妻子劝父亲少说话，妻子暗暗叹气："我是晚辈，这话怎么说得出口？!"

丈夫的担忧可以理解：这样的小店做的是周围人的生意。只有熟人熟脸，才会常来常往。进了店的消费者，应是这个空间最受重视的人，可做父亲的，总喜欢抢话题，出风头，令顾客不爽。现在总算好了——阿娟长舒一口气。老爹在这里待得太久，老大便让老二把他接到老三家去。老三开了家小型贸易公司，媳妇懂外语，能拉来外单（我终于明白女孩们名字的由来）。

陈安娜与陈安妮穿同样的校服，梳同样的马尾，同样时不时瞅我一眼。姐妹俩都是崇德学校的学生，虽一起出门上学，却并不一起回家。两个女孩差异甚大：妹妹陈安妮好动，一双腿上上下下不住地变化坐姿，姐姐陈安娜安静，一直稳稳当当。妹妹手快，更早完成了作业，伸手问母亲要五块钱，说有种怪味胡豆很好吃。阿娟竖起眉毛不想给，一派中外童话故事里所有坏晚娘的形象。女孩噘嘴申诉，那味道真的很怪哦。

母亲瞪眼："你怎么知道？"

陈安妮气汹汹回辩："我同学给我吃过！"

母亲警惕起来："不要拿同学的东西！你拿了人家的，用什么还？"

母亲的脸部微妙地痉挛着，像心里的创面上撒了把咸盐加辣椒面，像已看到女儿变形走样，被一股无形而不可思议的力量带走，沦陷进不能自拔的悲剧中。母亲的不安那样强烈，可辐射到女儿那里，被全然湮没。母亲看着女儿无邪无知的脸欲言又止，忍受着唾液在嘴里发洪水。

陈安妮的身形袖珍轻盈，若隐身人群，我定不会注意，可现在，她美丽得闪烁耀人——墨黑眉毛，润红唇片，普通话不急不缓。

母亲语调转软，深情款款："不要拿别人的东西哦！"

陈安妮偷眼看母亲，心里一大堆的混乱都在眼皮子上跳跃："是同学给的，不是拿的。"

母亲悻悻然地掏出纸币递去："再不要拿别人的东西啦！"

女儿嗯嗯着，捏着钱活蹦乱跳地跑出门，根本无畏烈日高温。母亲颓然喘息，像转眼间已鬓发成灰，心智丧失殆半，老了大半截。

跟着陈安妮朝便利店走去时，听到半空中的嗡嗡声特别响亮（简直每走一步，那嗡嗡声就跟着向前一步）——我知道那是车间发动机，却纳闷何以这个时刻如此剧烈？

原来，此刻是周六上午，工人们照常上班（只有周日休息），让整条工厂路的小店都处寂静状，所以那声音才被凸显出来。向前，另一种声音旁逸斜出——是清脆的麻将声。原来，工厂路的每一家便利店，都是隐形麻将室——用货柜或卷帘门掩护，内里蜷缩着几个鼹鼠般神经质的成年人，在没有顾客的上午，厮杀起来，噼噼啪啪。

据守温馨便利店的人是阿东，九岁，三年级。他坐在吧台后的凳子上，面对摊开的作业本挠头。那本子上印刷着“四川省小学作业本”。原来，他从老家转到崇德学校才三个月。他不知东鹏饮料的价格，便从货柜侧面绕进里间询问，出来时回答：“三元！”

阿东的校服穿得一本正经，翻下来的领子里一根汗津津的脖子。在这种沤人的闷热里，他一边听着麻将脆响，一边琢磨数学题，满脸怏怏不乐。他说他讨厌写作业，说在老家学的和这里不一样，“出了错总挨骂”，说崇德学校的老师“骂人可厉害了！”甚至——“还打”“扬起手中的书便朝脸上扇”或“揪耳朵”……

我惊骇：“让你妈给校长反映啊！”

男孩嗔我一眼：“不行，那样老师会更生气，会用更厉害的手段对付我！”

他变得黯然：“再说，全班每个人都被揪过！”

——那怎么办？！

“唉，揪就揪呗！”他才九岁，但脸上已有了可怕的老相。他的父母隐身在货柜后面，在激战中打发时光，而把孩子推到前台，守着吧台，沤在闷热的潮气中自己解决难题。

门口挤来两个女孩，一个粉红，一个宝蓝，都是陈安妮的同学（王媛细眉长眼，苏梅粗眉环眼）。三个人见面就尖叫（她们约好十一点见）。每个人掏出一块钱换了弹珠后，便跑去门口机器上玩。女孩们又拍按钮又拽拉杆，看得让我好奇，问怎么算输赢。

她们瞪眼："你玩一下不就知道了？"

我拿出两块钱，买了二十个弹珠，请她们做示范，终于明白何以争吵——王媛打偏后，换上苏梅。苏梅技术好，弹珠一下正中亮灯轨道，便哗啦啦多出几个奖励弹珠。苏梅继续时，王媛总希望奖励中有自己一份，便不断提要求，又不断遭拒绝。王媛眼睁睁看苏梅将弹珠全部打完，嘴上嘀咕着不爽。

苏梅恼羞成怒，用高八度家乡话炮轰："叽咕叽咕叽咕……"

王媛面颊绯红，眼里含泪，以更高音反击："叽咕叽咕叽咕……"

女孩们陷入歇斯底里，声音因颤抖、尖厉而让我惊诧。原来，她们根本不是什么"小魔仙"，在她们体内，藏着一颗泼辣彪悍的内核。

我赶忙将她们分开："哎呀，我还没玩一次呢！"

于是，屏息，定神，扯动拉杆，试图将弹珠弹进亮灯轨道，然而，不是远了，就是近了。我的笨拙让女孩们忘记了争吵，一起上阵指点，恨铁不成钢。"不能这样！""要用力！""这一次离得这么近，就不能用力啊！"

我变得弱智、呆傻、缺自尊，无可逃遁，只得殷勤认错。这样低脑力值的游戏我都无法掌控——居然，一次都没获得奖励；但又激动得不行——兴奋感一径上涨，像挤进一个簇新境界，世界变得如此简单，只有弹珠，只剩弹珠。

女孩们的尖叫和她们未成年的瘦削骨架不成正比（脖颈上，都吊着绳子，缀把钥匙）。她们小小的胸膛里淤积着愤怒之火，足可燃起任何复仇想象。每日走过工厂路各类大门，她们像野猫般熟知这里的一切规则，但遇到阴暗数学题，可恨英语单词，古怪唐诗，父母只能袖手旁观，看她们自己挣扎。虽然学习平平，但女孩们都手脚勤快，喜欢扫地、拖地、帮母亲买各种零碎。

她们的父母都互相认识——苏梅的父亲搞运输，母亲原本在电子厂上班，刚刚生了一对双胞胎，便辞工在家带孩子；王媛的父亲也搞运输，母亲在电子厂上班，哥哥已十六岁。女孩们会拿零花钱来便利店“耍一把”，“有时一块，有时五块”，但她们都愿意“和伙伴们一起耍”。实在没钱了，又想玩，便去街边捡弹珠。

“你们写作文吗？”

苏梅咧嘴：“小作文，两百字！”

“语文老师厉害吗？”

王媛凑过脑袋：“爆级厉害哦！”

“爆级？”这个词好耳生。

陈安妮补充：“就是很很很厉害哦……”

正说着，从街边走来个男孩，蓝衫蓝裤，小分头，小肚腩。三个女孩触电般跳了起来，即刻丢下我，毫不犹豫地朝他疾走。

怪事发生了——原本皆生猛强悍、火暴犀利的女孩，此刻都变成抿嘴微笑、温顺婉约的可爱版洛丽塔。我追问陈安妮：“他是你家亲戚吗？”女孩已离开我三步远，听到这话，转身一笑：“他是我们的同学！”而王媛、苏梅，早已箭一般凑到男孩身旁，喊喊交谈，眉毛官司打得火热。他们呈群蜂守护蜜蕊状，彼此间释放着看不见的高频电波，有种别样的关爱和依赖。

在这热糨糊般的天气里，我像陡然间被丢弃一旁散乱如杂草的孤老太婆，四周空空荡荡，一阵寒凉。这时我真有一种年华老去的哀感。三个女孩在撒娇时那样乖巧，那些身体真是漂亮，无论脖颈、腰脊、小腿，没有一点赘肉，头发和眼神皆闪闪发光。从头到尾观察战局的阿东，无限同情地瞥了我一眼——那一眼里充满各种寓意。

他终于给出答案：“他爸是大老板！”

原来，十一点是三个女生和那个男生的约会时间；原来，女孩们在温馨便利店替男孩写完作业后便可吃到各种零食；原来，生物链在其最末梢依旧维持着优胜劣汰的残酷性。

崇德学校并不容易找——在工厂路和小竹街像拇指食指比八交接的后巷，其实无甚特殊处，典型东莞那类农民房的巷弄景观，满眼被各种杂乱细节塞满。

清晨的校门口更显烈火烹油：货柜车在呼哧呼哧倒车（巨大鲨鱼体杀气腾腾），三轮车和自行车对峙耍横各不让道，黑壮母亲一脸睡意背卡通图案书包（或湖蓝或艳粉），奶奶们端着碗追懵懂小兽喂食唯恐少吃一口……各种人形车形会聚，让这个路口抓狂成一曲热血嗨歌，变成无法直视，已忍受到极限……但依旧在忍、忍、忍的灼亮刺目之地。

跨入校园大门，里外两重天：操场、篮球架、教学楼、花坛，像幢父祖留下的巨大宅邸，一进又一进，深不可测。这些建筑物像坠入昔日的梦境，有着和外面不同的时间刻度。当那个秃发微胖之中年人，腼腆笑着说我是王校长时，简直如民国年代的一幅画。

这个民办学校虽有一千三百多人规模，但始终伏低做小，处打工地位。“公立学校是铁饭碗，民办学校是纸饭碗。”在民办学校，校长并无实际权力，投资人才是真老板（连买双面胶、矿泉水都要老板批），而王校长像群众演员偶然被拉来做男主角，整个人都不入戏，被一种模糊、光度颜色不饱满不细腻的昏黄灯光照耀，陷入晕焦恍神中。

从他的错位开始，整个学校都处于错位之中——老师错位，家长错位，学生错位。

校区原是公办学校的，公办学生合并到别处后，老板便租下校区

（二十年）。政府每学期给每个学生补助五百多，家长每学期再缴学费两千（每月中餐六百、校车六百另算）。老师少不了要干那些必修课（备课、作业批改、值日、楼梯间安全、早读），也要办特色班（葫芦丝、书法、篮球、乒乓球），工资和考核挂钩（老师须站着上课，着装不能无袖、短裙、涂指甲油、浓妆），但老师的流动性很大（像一群演员，突然梦醒了，便纷纷离场，完全不顾剧情发展）。

民办学校要盈利，这让它从气质上便和公办不同——好像两个人外表看起来一样（没有缺零少件，断肢残骸），只是这一具躯体内部的某个暗处，豢养着一只不安的恶魔。为节约成本，老师配备和实际需求不符（应配七十名，只有五十名）。老师在高度紧张状态下工作，压力甚大（现在都用多媒体电教室，上一节课要用三小时备课）。

虽然民办学校解决了部分“流动儿童”的就学问题，但老师们的平均年收入不过三四万——扣掉社保每月工资不过两千七八（包吃包住），甚至比普工还低（电子厂三千二，塑胶厂三千八，服装厂四千五），简直太让知识贬值了！所以那种觉醒突然而至后，那样不可遏制——突然意识到钱这么少，活那么多，一切都没意思，便拔腿就走。

“别的学校教师流动率达50%，我们这里不超过8%！”王校长突然亢奋起来，话锋一转：“一定要留住老师！”关键是“要人性化管理”——每个老师都有独立宿舍（内配热水器、网线），在饭堂吃饭全包（周末也有饭）；春节前，用校车送老师去车站（老师多来自湖南、湖北、广西、河北）。

但要将胚胎孩子塑形成功，不仅要有好老师，还要有好家长。王校长瞬间刻薄起来：“家长素质很差很差。”（这样直截了当）虽然学校生源稳定，但家长多以小商贩和打工者居多（都是双脚刚从田里拔出），“嘴上说重视教育，心里根本不重视。”

王校长描述的家长形象确实骇人听闻——两个学生因小事发生斗殴，家长到后，当着老师的面痛骂另一学生，老师（气质优雅良善）试图解释，家长转而骂老师，甚至伸手欲掴老师的脸，老师转身上楼，家长从一楼追到三楼，高声叫嚣，“我下面全是湖南人！我要打死你！”

疯狂家长一路诅咒的身影实在可怕——居然让下课学生河流般自动分成左右两半，让出条道给她移动。那是个中年妇女，喉头发出的声音像从高温喷焰融枪中直接喷出的火焰。王校长搞不明白她的火从何而来——是更年期身体受不了燠热暴晒天气，还是遭老公抛弃后淤积太多狂躁，必要找个排泄口？为何那具躯体里充塞了那么多如剃刀般锋利的愤怒？那女人窜至三楼，若没被几个男老师扯住，简直会像正宫娘娘揍女仆般揍老师（好像她真的干了什么不堪的罪行）！

那是张怎样残忍、阴鸷、杀气腾腾的脸！

当晚女老师没吃饭，第二天一早便递了辞职报告。

议论从吃午餐时开始扩散，让校长的面皮像被揭去一层般赤红。哎呀，堂堂学校，堂堂老师，何时变得如此卑贱悲惨？！那女老师肯定被这暴显的生存本貌吓了一跳，人如槁木，陷入全黑梦境，决定出逃。那一夜她过得多么孤独（像独自在深山中死去的狼那样孤独）。

王校长复述这个故事时，语调像语文老师讲述课文。他说那女老师的皮鞋永远比别人黑，衬衫永远比别人白，天生是个好老师。可惜了，可惜了。这样的好老师简直是公主流落凡间，而他身为校长，却无力护卫。那一刻在饭堂，他体验到受磔刑的剧烈痛楚。

他以神鬼之复眼看出自己的傀儡命运，生命全景，不再像以前那样死板，甚而学会用调侃的语气说话。俱往矣。他在心里哀伤自己的变化。他的一连串感叹听着像在讲冷笑话，让我一阵阵发笑，可笑过后又觉凄凉（那些历历如绘的细节简直不能细想）。

哎呀，那些家长啊，穿睡衣、穿拖鞋、打赤膊；总是骂骂咧咧，我出了钱，教育就归你管；老师去家访，家长坐在麻将桌上不下来。所以错位家长培养出错位学生——学生在学校，比的不是成绩，是鞋子、车子、厂子；说我爸不读书，照样有钱；有个高一男生，常有人到学校来找他签字（他父亲把企业管理权交给他，但拜托，他只有十六岁耶）；有个父亲和九岁儿子聊天，说怎么和对手打拉锯战，怎么最后赢了大单，立志要把儿子塑造成“生意人的仔”。

而因为错位社会制造了错位价值观——“老师要有一桶水才能给学生一碗水”，而现在，社会上的成功人士都是商人，聪明的人都去经商了，“读书有什么用？”“谁还听老师的？”而那种合适的老师遇到合适的学生，四目相望在黄金交叉时点的状态，河流般一去不复返。

1974年出生在湖北农村的王校长，考入师范时家里摆了两天酒席，为庆祝他“端上铁饭碗”。毕业后在家乡公办学校干了七年后停薪留职南下。最初当老师，他感觉无上光荣，“从穿草鞋的变成穿皮鞋的”，而现在穿的是皮鞋，但干的还是穿草鞋的活。他在崇德当了五年校长（年薪八万，奖金一万），根本不敢奢望改行，亦不敢轻易跳槽。他形容自己“上不上，下不下”，刚好卡在中间段——老人孩子都要花钱，老家按揭买的房子每月要还贷，所以只能如傀儡般乖乖照着剧本演，不敢有任何差池。

他的女儿和儿子都在崇德上学（女儿五年级，儿子一年级），但在校园见到他，一律喊：“校长好”。他的教育理念是“一定要严”。女儿和班里女生闹矛盾，发脾气说想回老家读书。他只是说你好好想想，“你要为你的选择负责”，第二天女儿便绝口不提；儿子有些调皮，常被他罚站，面壁思过，“不打不骂冷处理”。

他到樟木头已有十四年，但并不打算在这里买房，也不想转户口（像他这样的条件，可通过积分入户成为东莞人）。嫌麻烦当然是借口，深层次的原因是，“工作不稳定，迁来户口也不能改变现状”。他像被甩出地球引力的孤独星球，决计不再假装是那整个高科技系统的一部分，而默默确认了自己的流浪本质。

他像说漏嘴般说出了那句感慨：“做得好是校长，做不好随时走人。”

谈话出现了停顿——像最内里的一膜窗纸被捅破，我和他都变得尴尬起来。

世界是一场失控游戏，我们能掌控多少（一根大海边礁石上寄生的海葵触须）？日历一页页撕去，四十多岁的中年男女，有多少可再整理的库存？而不过是一截盲肠，无任何特点，任何用处。作为漂泊客，若他某一天从这里消失会像从未曾出现，不会让空气打半个旋。

他随即调整心绪，笑了起来，说虽然和老板的合同两年一签，但对工作还是尽心尽力，“凭赤诚管教育，凭良心办学校”（他在一种虽晦暗但却如鸵鸟般乐观的情绪下生活着）。有老师周末去培训机构代课，有老师租房子私带学生，他都不干——他时刻记得自己是校长（虽然那王冠如水晶球，会随时摔碎，银光乍迸，细珠一片）。他坐困愁城，一脸可怜，却无法自救——无法像秀气女老师，一个夜晚后，断然启动逃生按钮，将自己弹射出去，彻底离场。

他心心念念的是故乡——“还是要回去的”“家里人多”。啊，年轻时因工资太少而毅然离开，晚年时因人多热闹，而要再次重返那腐烂、贫穷、闹哄哄之地——好像老家是个巨大育婴室，既豢养胎儿，又豢养老人，一任青年中年们在陌生城市四处流转。

不，他并不后悔当初南下。每年春节见到过去的同事依旧浑浑噩噩，他都认定自己的选择没错——只是这样的人生充满残缺。现在，他只能寄希望于自己的孩子们，希望他们的人生不要错位，不要像老爸，在外面跑了一圈，等变成堆肥老人时又回到原点，那真是叫萧索啊！萧索！

老夏完全不像老板——根本无大肚腩、金戒指、溜光背头，而清瘦、精干、内敛如大学教授，然一开口，全然没有学院派酸腐，而是见过世面的透彻。

他的生意做得神秘古怪——环顾铺面，根本看不出卖什么货（除了环形吧台、紫红皮沙发、姜黄大茶台，并无货柜）。老夏笑："货不在我这儿。"吧台上一溜摆着六台POS机，我便擅自揣测他"生意火爆"，他却自顾自点起烟，冒了一口，嘿嘿苦笑，说银行的人来推销，免费装就装了，其实生意没那么好。

老夏主要经营的是塑胶（樟木头是岭南最大的塑胶批发交易之地），他的身份是二级批发商。他以何种方式盈利？一级批发商从石化公司把货（各种型号的塑胶）发到公共仓库，再分流给二级批发。工厂若要用货，从一级批发那里拿货相对稳定，但工厂采购更愿到二级那里拿（有回扣），且一级批发的量要大（但品种单一）；二级批发更灵活，"服务更贴心"（自己没货，可按顾客要求去找货）。老夏集中做几种固定的货，慢慢地做出名，不仅卖给工厂，也卖给其他二级批发商。"最可怜是三级。"俗称"跑业务的"——自己没货，整日靠不断打电话找业务，若碰上有人要货，再去有货的地方拿，完全是白手起家。但大多数年轻人都是从跑业务开始的（老夏自己也是）。

说是二级批发，但资金流动量巨大，"半年账上过个三五千万是正常"，"上了亿的也有"。但老夏的声音陡然感伤起来，叹息现在利润空间越来越低。"现在一年也就赚个八九十万，想突破一百万，难！”老夏的生活重心完全围绕“利润”二字旋转——此前他在黄江镇空手打天下，后搬至樟木头镇，势头越来越好；现在，他又常往常平镇跑，想着把店面和家都搬过去。

他已算得上成功人士——老家有一百多亩山地（他交给二叔打理）；他在惠州买了海景房，“推开门就是大海”，九十平方米一百多万（显然是一时冲动的结果）；在工厂路附近有两套门面房（复式结构：一楼店面，二楼自住），他自用一套，另一套出租。他和老婆一人一台车。他每日睡到大天亮，坐等生意上门，却不断摇头，根本不觉得自己成功。

他是湖南邵阳人，小学毕业后跟父母务农，十六岁学汽修，一直在机油、扳手、轮胎中打转转，直至一点点攒下辛苦钱自己开了汽修店（像雀鸟，一次次忙碌衔着草茎、枯枝、败叶、羽毛，一点点黏合粘贴，一点点补漏塑形，慢慢构筑起一座小屋舍）。

2005年，他怀揣五十万跟着老乡到东莞，开始做塑胶批发。他的改变是陡然的：从一个沉闷汽修工一天说不了两句话，转换成整日打电话舌头都发木的业务员，简直像油画里的人跨过画框跑出来，到了另一个世界。他和过去大脱节，而要做一个全新的新人。他总是白衬衫黑西装，开着辆面包车，掌心里的电话打到发烫，皮囊里所有的液体都蒸发干，心想，“如果有辆好车就好了”。他像蛇一样，往各种可能的缝隙里钻（但缝隙在哪里，他怎么找到的，如何钻的，又如何返身，他决然不提）。等到买了好车，再也不想穿白衬衫，打电话，往头发上喷发胶，给陌生人递名片。

老实说，我根本不明白他如何就发了（我不明白其中的关键性联结），老夏的讲述几乎没有提及确切日期，好像他是游泳健将，在一条河流里向前，一会儿浮起，一会儿跌落，这样的波动频繁发生，似乎永无终结之日——无论他所遭遇的那些事是什么，换了怎样的地点和规模，总是那样起起伏伏。

但他终于在喷了口白烟后，从牙缝里冒出一句：“2008年赚了钱。”

这一年出现了一个偶然：有个台资厂有一百吨的订单取消了，要把货处理掉。那老板想起了他：他的白衬衫和他的名片。于是，老板在茫茫记忆大海中将他的电话捞起，试探地丢下一个诱饵。那瞬刻，他一激灵，意识到“大鱼来了”。他没有丝毫犹豫，当即拿出十万当押金，再接下来一个月时间，他像高速运转的陀螺，将自己的关系网压榨、再压榨（简直像榨甘蔗汁），倾尽全力寻找各种可能，将那一百多吨货又卖又批发，及至最后全部售空！

那原本和他毫无关系的一百吨货，不知道通过怎样的乾坤大挪移，被他吹了一口气，一点点，一堆堆，分散到了别处（他陷入回忆，虽不免炫耀，但这个没头没尾的故事对我来说还是像雾里看花）。他一锤定音，“那一年赚的最多”“一吨料赚了五六千”。他感觉在残酷世界他已竖立起自己的强者之姿。那老板回到台湾还给他发了四车货，可那种“正规渠道的货”，他不断摇头，“价格高税高”，反而没赚到钱。这单买卖越发显出此前意外的一百吨货，根本就是上帝弦弓拉出的岔音。

然而，“2011年亏了”“亏得太多”——甚至，“一笔单一次性就亏了六万”。

何以如此怪异？我瞪大眼睛。试图搞明白生意场中的猫腻，那简直是深海捞针，然而，总有个规律性的东西吧？总不能太无厘头没来由地让人这样亏空吧？老夏的总结是“价格浮动太大”。他像一场大战后侥幸逃命的伤兵，瘸着腿或瞎了眼，怀着深刻隐痛：“把货送出去并不等于挣了钱，”有时候，“反而要亏钱”。原来料价的波动太大，而给大厂送的货，不是今天下单今天送。有时上周买，下周去送时，已经亏了。

他如何在一片坍塌如地震、焦煳如火山爆发的惨烈现场爬起来，跑出来，甚至还为自己包扎了伤口，一概不记得，他只是感叹，本来已“必死无疑”，但又“起死回生”。但记忆中残留下的伤痛景象再也挥之不去，像整批水果从车厢倾倒而出，很便宜地倾销，在那可怕的时间段里响起嘀嗒一声，所有的东西便彻底腐烂坏朽。

老夏开始惶惑，感到了个人之力的微弱——何以周遭景物像被炽白强光融化，一切都变得瘫软无力？他瞎着眼在烈日下窜跑逃命，感到自己如此卑微脆弱。他手头上捏着的那点钱，随时像肥皂泡被晒爆裂。他和命运的关系，简直就是虾米和鲨鱼。老夏越来越像哲学家。他关注着周围人群的变化，甚而能从平静中预测到危险。他眼见白手起家的人搞到了几千万，又眼见着这些人不是因为赌就是因为嫖而轰然坍塌。听说最初带着他离开老家一起做的老乡，几起几落后进了局子（背叛、倒债、出卖），他的胃酸液翻涌，被一股巨大的恶心感统摄，狂吐一通，涕泗满面。

“事情从来没有按想象的方向发展”老夏变成了悲观主义者，“现在塑胶已是微利行业，面临转型。有些老板去搞房地产，有的因为资金链断了，彻底跑路（人间蒸发）。”老夏把烟头按熄，皱起眉头，说做工厂有成就感，而做贸易的人根本不愿给别人讲自己的经历，好像害怕被凡人窥视到神祇最脆弱难堪的那一面。他陷入绝望，说自己还是社会边缘人，“根本没有成就感”“没有根”——今年运气好便赚了，明年运气不好就亏了。他们根本上不了台面——像被咒术凝固成石像永远蹲在黑暗里。

老夏的声音像从阴冥异境传来，“我们有故事”“但我们的故事见不得光”（好像他和他的同业都活在晦暗不明的底片世界），可他却找不到十分具体的那个仇恨对象，只觉周围是一具具充满恶意的躯体，他每日的生活便是和隐形人近距肉搏，刀剑肢解，呼哧嗨哟。

而现在生意越来越难做——网络发达，各种型号的货网上一查，都能看到相应价格（工厂老板也不傻）。怎么有利润赚？有的人改包（以次充好），有的人换品牌（用价格高的袋子装价格低的产品），有的人说瞎话（不告诉你货从哪儿进，或讲个假地址）。

“钱不是靠努力赚来的，而是看给业务员的回扣多少。”

残酷世界的显影，一点一滴，在他的视网膜上清晰起来。他的沮丧像可调式控光，在一种无法挽回的逐渐阴郁里任由黑暗吞噬自己。信任感在一夕间崩塌如海边沙堡。“投机的成分越大，风险也就越大。”某种强弱关系掉进原始力量的角逐层面，让他陷入困惑，忍不住感慨自己的悲剧命运：“工厂想结钱就结，不结，报警都没用。”所以，“跑了二三十万”，哈哈，很正常；“跑了上百万也不会说”，说了，也没人同情你。

老夏像人在烈日下被晒出猿猴原型般垂头丧气，“赚的是卖白菜的钱，操的是卖白粉的心”“做下去做得心冷冷的，根本没保障”。他的眼神，像活畜交易市场那些等待被贩卖后宰割的牛羊，那样疲惫哀伤。

动荡的生意场让老夏羞耻而疲惫——从此不再信任任何人，多疑而愤怒。这种情绪不可能不影响到家庭——像一家人坐在车里，头顶总是罩着灰色厚积云层，总感觉会有一道从天而降的闪电劈下。那种时时刻刻都要提防的惊骇，让这辆车虽然奔驰在明信片般的甜美画面中，但一个拐弯，便能从画框里跌落出来。

他有四个孩子，大儿子在湖南老家，三个在樟木头跟着自己（因为超生，他已没办法通过积分入户把户口办来）。做父亲的感慨：“养个孩子容易，可养好就太难了！”

大儿子在长沙读高二（学费每年一万二，租房每月一千三，杂七杂八算下来，每年至少要花五万），小儿子上幼儿园（还处嗷嗷待哺的小兽阶段），两个女儿在崇德学校上小学（最是拔节变异时）。

四个孩子完全是放养（如四条解了颈链的小狗），但他独独对大儿子更感抱歉。“生多了，就对老大的关注少了”。做父亲的并不是很忙（有的是大把时间），却想不到给孩子打电话。“不知道如何管”“功课也帮不上忙”。过年过节时打通也没话聊，只是说，“努力读书，听话，靠自己”，自己都觉得干瘪无味，像没有台词的临时演员被推上场。

大儿子如果没考上大学，他便让孩子来这里学做生意。他喃喃嘀咕，“与其给别人打工，不如跟我学。”他并不逼迫孩子一定要考上大学——一方面离得远他管不了；另一方面，他并不真的认定“知识改变命运”。他要招业务员，在网上挂出信息，一下涌来八个男大学生（个个都拿着真正的毕业证，网上都能查得到），那些黑西装白衬衫的菜鸟男孩，个个都争着要干这底薪一千八的活。可他一个都没录，“要有工作经验的”。他戒惧那些目光直愣愣的新人，他们还没掌握生意场的秘密符码（其内部如劳力士表般复杂精密），而要让他手把手地教，简直是把噩梦重演一遍。对儿子，他有耐心讲解在这个伪诈之城，子民们要靠伪诈手法才能过活之种种，而傻乎乎的大学生，就让他们头破血流去吧。

两个女儿学习都一般（从黄江转到樟木头，又要转去常平）。而颠簸是“一般”的全部根源吗？老夏并不深究。但他对家中女性似乎宠溺有加——当老婆领着两个女儿购物归来（像王后带着两个公主），做父亲的带着关怀甚至娇纵的微笑，一一浏览女儿们买的纱裙、巧克力、新款带密码铅笔盒、色泽诱人的蛋糕，不厌其烦。两个豆蔻女孩笑得无忧无虑，是两朵在完足饱满、没有伤害的静好家庭里，蓬勃长出的娇嫩玫瑰。

这一家人鲜衣怒冠，得意尽欢。

然而，我总感觉这幅和美家庭图有种错位感——好像这是个新款机器人之家，外部的各个细节都和人类一样簇新时髦，但内里的灵魂却又老又旧，还散发着铁锈味。

下午五点，是热带地区一天中最最要命的时间：早晨的凉爽早已蒸发一空，阳光直愣愣暴晒，让绿树青草厂房酷热难熬，忧郁无比。街道像在笼屉里蒸了一天格外肿胀，矮小的人们行走时，像被恶灵附身。

虽然到达岭南已五年，盘桓工厂路也一年多，我却还是不能摆脱从寒带地区带来的习惯，对这种潮热、腥臭、嘈杂的场景无法适应。某个混沌晃摇的瞬间，我不免走神——好像这路根本不真实，而是外星人的实验室，我和我身边的人都不过是模仿环境里的实验室小老鼠，在某个时刻，皆会被大风吹刮得干干净净。

路东头是座坡度平缓的山丘，浑圆的山峰在半空起伏，长满荔枝树、杧果树、鸡蛋花树，杂乱葳蕤。服装厂就在山坡之下，其建筑群组桀骜现代，却只能远观而不能进入也——围墙上挺立着摄像头；厂门口贴着告示：禁止小孩进厂；穿服装厂衣服者禁止入内。

五岁小井被母亲带到服装厂对面炒粉店时，模样扎眼：黑短发，黑眼睛，白T恤，牛仔短裤，是个干净小绅士（不仅是衣着，更有那一板一眼的神态）。他母亲白色短袖T恤，牛仔短裤，人字拖，黑发扎起，干练清爽。

小井父母的经历，似乎是工厂路打工族的典型案例：一对江西男女在服装厂从普工做起，丈夫做到销售，妻子做到跟单，愣从胼手胝足的拮据蓝领干到有滋有味的小白领。回忆最初，夫妻俩为了省钱，总是吃白饭。如果哪天白饭上添了些“菜色”，便喜不自胜，美意十足。我凭孩子干净的衣衫，母亲从容的气度，揣测父亲收入不菲。

母亲摇头："一般啦。"

电子厂三五个月能培养出一个熟工，而服装厂要三五年。熟工拿钱更多。因为"熟工车出来的线又快又好，根本不用返工！"

小井亦说："根本不用返工！"（那声音是小男孩面对母亲才会有的嗲声。）

我笑了起来，做母亲的也忍不住扑哧起来，说小井是个话痨，什么都想"掺和一下"。

孩子煞有介事："掺和一下！"

母亲补充："现在啊，车工拿钱真的很多哦！"车工不过是服装厂的普工，能和领导有多大差别？母亲否定了我的猜想，"熟练车工，如果狠狠加班，工资会高于中层领导。"她莞尔一笑，把手掌伸开，"同样的手，不一样的十指！"

"不一样的十指！"小井又成功地插了一嘴。

小井出生后，这对夫妻并没有方寸紊乱，而是做出了新规划——妻子辞职，一心一意带孩子。夫妻俩不愿让孩子蜗居乡下，"既省不了钱，又和娃娃没感情""能自己带就自己带""感情是钱买不来的"。他们已在申请积分入户（服装厂每年都有名额），等小井到了入学年龄，便可到镇上公立学校上学。

再等两年，小井上学后，做母亲的还要再回服装厂。服装厂以老员工居多，干五年八年很正常，很多人都干了十几年。她说现在刚出门打工的男孩女孩，总是这山望着那山高。"反正现在厂子多，今天在这家不爽，明天就去那家"。可总是跳槽，根本存不住钱。

2010年后，珠江三角洲缺工状态日趋严重。即便像服装厂这样的豪华大厂，依旧常年贴着启事招车位员工、查衫、剪线、裁床、大烫、专机等。以前招的都是年轻女子（十八到二十五岁），现在年龄放宽至四十二岁。

小井吃完炒粉，用餐巾纸仔细地擦嘴。我发现他有很多地方酷肖他母亲，不但面部轮廓与五官四肢，连发音的方式与种种小动作都像。

男孩笑着撩开衬衫，鼓出肚腩，极可爱地对母亲说："圆了没有？"

母亲笑了："这么圆，几个月啦？"

小井耐心地回答："五个月了！"

母亲再问："要剖腹产还是顺产？"

小井正色："顺产吧！"

母亲抿嘴笑："要弟弟还是要妹妹？"

他想了想："还是妹妹好！"

旁边剔牙的男青年宽肩膀，黄黑皮色，从椅子上站起："当然是妹妹好喽！"他拉开冰柜的门，拎出瓶矿泉水，朝小井一摆头，"等下去爬山？"

小井丢下母亲，跑到男子身旁："小舅带赛罗爬山喽！"

母亲追问："赛罗到底是好人还是坏人？"

小井不屑解释，只纠缠小舅："现在就去！现在就去！"

正说着，进来一家三口——一对中年夫妻带着个十几岁女孩。女店主问妇女："小妹跳舞学得怎样？"那女人得意起来："都代表学校去演出了！"

小井一听，触电般大喊："我也会跳舞！"

只见他身体绷紧，假扮骑手，举起纤细柔嫩的手，挥动虚拟马鞭跑了起来，嘴里重复"喔吧钢南斯达""喔吧钢南斯达"，有板有眼，颇似顶尖大师鸟叔的中国徒弟。那一刻我体内某根神秘的琴弦突然颤抖了一下，好像面前突然摆上一份"快乐儿童套餐"，各类颜色皆鲜艳，各种气味皆芬芳。

五岁男孩被某种癫狂控制，像油汪焰亮的烛台，身体的每个部分都在摇颤，手指脚趾发丝都在跃动——此刻的他已不再是小孩，而是真正的舞者（多奢侈的造物恩典）。他像只金属昆虫，长着隐形翅膀，任意旋转，随意晃动，让小身体炫耀得像团小火球。他模仿大人的姿态和神情时惟妙惟肖，又因为是缩小版，有种别样童稚，让观众忍俊不禁，在看好戏的情绪下哈哈大笑，甚而鼓掌。

像变魔术般，舞台场景切换得那么快——刚才还处懵懂小兽状的呆瓜小男孩，那样愿意在公共场合展露自己。一旦舞蹈起来，又那样率性自由、毫无负累，而四周似乎闪动着镭射灯，伴奏着重金属魔音，让这个寒酸便利店充满游乐场气氛。

那孩子确信自己是这出舞台剧中唯一的主角，确信有根光柱正打在他的表演区，晕晕陶陶，如痴如醉，直至妈妈大喊“再不来，就别想爬山喽”（如女王下诏），才顿住身体。甫一收住舞步，即刻从痴狂舞者变回小男孩，小手一挥道“拜拜”，一溜烟跑出门。

这真是个奇异瞬间——在工厂路，我见过太多陷溺于荒凉之梦的人满脸抑郁，罕能体验到如此简单之快乐。好像流年偷渡运转，三十年间，这路上的第三代已有了另一种全新的生命系统。

和第二代（身体与灵魂皆处僵麻疲惫状）不同，与第一代（生命力全部预支燃烧殆尽状）更相去甚远，第三代没有强烈历史包袱，多在父母身旁长大，有幸享受父母的呵护关爱。在品格和气质上，他们将和大多数孩子一致无二。他们将不再为漂泊无根所困扰，为迁徙衍生的痛苦所纠缠，被累聚的黏稠情感弄得精疲力竭，不再是忧伤小孩，脸上浮现着那种无一丝阴影的笑容，凭充沛精力和聪颖资质崛起，拓展出更广阔的生活疆域。

小学生途径广告墙走向出租屋

小学生穿行在工厂路的街道

第十章
学生工的抗争

一群人坐在饭堂的长条桌前，并不吃饭，像巢里的蜜蜂般嗡嘤，满屋子荒腔走板。

是贵州来的学生工（有近两百人）。一眼望去，到处是灵透灵透的女孩：个头不高，衣衫鲜艳，肤色发亮，散发着薄荷般的清新味（和车间重油味完全不同）。女孩们抬着丰润的脸，黑发在发际线铺了茸茸的一圈，让她们每个人都是一个毛茸茸的春天。哈哈笑时，每个人都一模一样地露着牙齿，顾不上掩饰儿童原形。这些野蜂漫山遍野地扑扑啦啦，成群成团地冲撞，直到被一声声“坐好坐好”唤回理智，才拢起翅膀，歇在长凳上。

饭堂的气场亦和平日不同——还是那样拥挤，只是衣衫花花绿绿。人一旦套上工装，就偏离了常态，偏离了时尚。工装里有种强行灌注的规范，将人的本性表征遮盖住，让形状和色彩流失，让身体蜕变成哑口无言的瓶子。

坐在餐桌顶头的男人，很粗的手臂，很尖的胳膊肘，很大的喉结，很可观的身高。每当他意识到自己的威严时，便深吸一口气，同时，猛一勒脊梁骨。好，很好，人都齐了。他有一种对所有事情都准备就绪的眼神——那准备里也包括他自己。而他将那样壮的身躯硬塞进餐桌，像大人骑儿童自行车，别扭显而易见。

虽然他左手捏着红牛，右手攥着身份证（差不多五六十张），眼睛盯着表格，但因他处于视线焦点，每一个动作都有些僵硬。他也在调整，逐渐适应裁判角色。举目巡视，学生们堆挤在长凳上，左侧较为安静，右侧尚且亢奋。他的脸上升起浅淡的笑容，眼皮垂下来，像打了个短暂的盹，或做了一番迅疾的暗算。

他朝右侧挥臂道："这边的，开始了！"

最前排的女生端直走向他，滞在桌前，将掌心的身份证递出。男人举起身份证，像电影里FBI般训练有素，一点也不偷懒地盯视，核对这现实的眉眼与照片上的是否重叠——前额刘海，柳叶眉，酥白的颈子弧线优美，嘴角衔着一种忍住瘙痒不敢笑的故作娴静。男人将这真实面孔微缩定格，让它与照片不再分离，犬牙密咬，核算出两个版本的基因密码果然统一（即便两张脸在岁月中被不同深浅地削刻毁坏）。之后，他将四方卡片收纳掌心，嘴角浮笑，允许她进入下一环节。

考试实在简单——要求对方读"上面那行"或"下面那行"的英文大写字母。纸条用透明胶固定在餐桌边，低头便能看到。每行十几个，顺序凌乱。女生们战战兢兢，努力让自己从蛋黄蛋白混淆一团的糊泥中走出，让视线清爽，从最细处辨认，继而控制整体。她们凝神屏息，让僵硬的E、K、N、B、F被一一辨认，从舌尖翻腾而出，恍如唤出"芝麻开门"。

一旦过关，世界便被重新丈量。

学生们令我咂舌——有人把H读成M，有人根本不认识Q，有人只认识A和B。"什么时候开始学英语的？""初一。""怎么不认识字母？！""只认得小写的……"

在那高个男的逼视下，她们的唇齿舌慌乱选择，一个个读音被磕绊送出时，落地即死，根本救不起来。连她们自己也变成了僵尸，挺着易折的脖颈，一动不动。

在工厂，各类字母、各种符号四处乱飞。没有解释，没有后缀，只是那么突兀古怪地组合：QC、LED、IC。甚至连汉字，也妖兽般令人眩晕——工单上是繁体字，小卖部是简体字，楼道的通知是繁体、简体、英文和网络用语的大杂烩。工人们虽穿统一工装，但聊天时一张嘴，便能通过方言确定“非我族类”。语言混搭是当代中国工厂几近自虐的风格。

高个男被女生们的智商弄得发癫，甚至已经不会愤怒了。突然间，他爆出个多牙的笑容。他试图心平气和，但功亏一篑，狞笑起来顾不上遮掩。那些笨女孩被男人用长胳膊扫到墙角后，并不离开，而是低着头，捏着纸，嘴里嗡嗡嘤嘤。那纸上铺陈着密麻麻的字母，有正常顺序的，有顺序颠倒的，每个字母下都标注着汉语——B：闭；F：矮夫。她们要迅疾将这些现代主义冷色调极简字母攻克，才能进入城市大门。她们脸上浮着一种古怪的坚定，“既然来了，就不走了”。

有个纤细女孩，一把青丝衬着雪白瘦脸，颧骨跟刀削似的，刘海湿湿的，一绺一绺贴在额上，眼窝暗灰地塌着，两排黑睫毛，唇上无一丝血色。她软软地抬手，递出身份证。男人用眼神扫描，静默片刻，反问：“这是你吗？”

警觉和敌意一瞬间能穿透一百年而射进对方内心。

我心里一紧，咯噔，完了。我确认林黛玉会即刻出局。

然而，那女孩却小声反抗：“是我。”

她并不是胆怯，而只是口慢。声音细细的，句尾微微扬起，带着一丝被质疑后的惊奇。她抬着眼皮，黑眼睛像瞎子般透着超脱。

“是你自己吗？！”

男人把逻辑重音放在“自己”上：先下滑后上挑，舌头紧挤上颚，造成口腔狭窄，使鼻音形成强烈张力，充满怀疑和排斥。整个口腔爆出巨大潜语——我不相信！我根本不相信！他简直被激怒了，粗黑脸庞像孩子般涨红，眼神增加了强度，再次盯视女孩，像要看透她的前生后世。

“是我自己。”

他逼，她退，终于他把她逼到墙角。没有退路的她，不怵不慌，不在乎高低文野，反而有了拼命的胆气，索性扬起蜡纸脸，愣愣地回战。她温柔地望着他——那种任人宰割的温柔使她显得有点儿蠢。男人抑制着愤怒，将面皮一紧，脖子一扭，不再多看林黛玉一眼。在这个位阶森严的工厂帝国，他已下嫁自己（坐在这些人对面自不待说），在这样的女孩面前发怒变形，打乱自己的节奏、气度和修养，实在不上算。但他还是有气要出。他的气来自这执拗女生的不屈不挠。她虽垂手敛袖，静默瓷白脸，但却像一滴水珠溅进别族海洋，引起一圈圈轻微涟漪。

他感到自己在某种程度上被冒犯了。

他向侧旁男人（五十多岁，灰衣灰裤）开火。

“我上面是主任，主任上面是主管，主管上面是日本人！”

他的音调逐级递增，到了“日本人”，已高达云端。那声音所制造的回声，把周围的人都吓了一跳。他自己也被弄得有些发窘，不知风度是怎么丢失的——这种羞耻比被人嘲笑还要强烈十倍。

他即刻调整频率，满眼犀利：“发现不是本人，要你们负责的哦！”

灰衣男捣蒜般点头，忙打圆场：“知道！知道！”

高个男再次拿起身份证，摇头，从嘴唇里拓展出的词语，平平静静：“一看就不是，这么明显！”听到这样的宣判，灰衣男静止在一个奇怪的姿势上，眼睛有些斗鸡地愣怔；而林黛玉居然依旧以相同频率辩解，“是我自己哦”。男人从鼻腔里喷出一声“哼”。我揣测他会爆发，把身份证丢出道弧线，再用手指点住女孩的额头，咆哮着让她滚，马上滚，滚得越远越好。可他居然——把身份证拢进掌心，一挥手臂，让那女孩过了。

林黛玉走回人群，肩膀像扛不动衣服似的，背影佝偻。

这样的身体，怎么能在铁板一样的工厂里闯出一条自己的路？

坐在我侧旁的女孩，黑眉圆脸小虎牙，鼓着和平鸽似的胸脯；她的伙伴是个黑皮肤的姑娘，但五官精致，牙齿洁白。两人用普通话聊得不过瘾，又说起家乡话，还不时爆出脆生生大笑。她们姜黄色运动衫的左胸处，都绣着“2014级幼师二（2）班”。

小虎牙叫曾莉莉，十七岁；黑姑娘叫严美兰，十六岁。

老师带她们出来实习，是和家长通报过的。有的家长不同意，所以，全班七十七个人只来了五十个。居然有七个民族：汉族、彝族、白族、壮族、布依族、苗族、穿青族。“穿青族？！”严美兰举着身份证，赫然出现的黑体是“穿青人”。她的唇上围着一圈细茸毛，眉毛眼睛也都毛茸茸的，长得确实不像汉族。“你们有没有自己的文字？”女孩瞪大眼，像孤舟搁浅，茫然无措地摇头：“不知道哦！”

考试结束，等待发证的当儿，女生们三三两两去小卖部，拎着红牛、绿茶、酸奶、甜筒回来，嬉笑着吃喝。这些自由的身体和灵魂，还没为工衣所束缚，厂规所逼迫，还没尝到尊严被贬低的滋味，而只随着性子畅快地欢笑。她们的笑那么嘹亮——是从里到外笑透了的笑。

曾莉莉用炽烈眼光跟踪着一个男人，片刻不离，像那里有块磁铁。那男人裸麦肤色，身材修拔，在实际身高之外给人一种继续向上的错觉。男人是她的班主任，姓邹，但曾莉莉不喊他“邹老师”，而是“老班”。老班身旁站着的男人，红格衬衣牛仔裤，模样比老班时髦（是她们的钢琴老师），但曾莉莉却只盯老班，关注他的一举一动。

老班快三十岁了，依旧如芭蕾舞中的王子，保持着不曾失控的优雅（那优雅在他身上如香水般若有若无）。老班笑眯眯地看着她们，看了好一会儿（王子的惯常做派），而所有的眼光都在盯着他（那些眼光是有重量的）。老班终于扬起男中音，抑扬顿挫地讲起来。他的用词准确态度温馨，严厉但不苛责：“培训时要认真听哦！”“不懂的先记下来后面再问哦！”“态度要好哦！”“这是最最要紧的哦！”老班很会控制节奏，让每个人都能听得到，听得懂，听得舒服。

老班的相貌着实俊气，但让他减分的是服饰——蓝裤蓝T恤，圆头黑皮鞋有些旧。这是小镇时尚青年的装扮——什么都和大都市相似，但怎么看，都有股甩不掉的泥腥味。然而，在女生曾莉莉眼中，老班就是老班，是电影里第一号男主角，浑身透着明星范。她爱他一系列动作中的每一个环节，甚至，连他停顿换气的样子，她都爱。

听老班说要交照片，女生从粉色钱包里掏出一沓小照片。她说这是老班在学校里帮她们照的（老班貌似无所不能）。奇怪得很，照片上的她颇显成熟，简直就像她的大姐。我想起刚才林黛玉反复强调“是我自己哦”，及至现在，连我都迷惑了：那女孩是不是在说谎?

曾莉莉扯着嗓子喊：“老班，照片的底子不是白的是蓝的，怎么办？”

曾莉莉有双美腿，纤细的脚踝转着扭着，仿佛着了火似的。喊完，她又抿嘴向那男人飞了一眼，似乎她和他有个秘密的共谋，她在提醒他别忘了。那密谋肯定是存在的，才足以让他们如此默契。

“先交上哦！有问题再说啦！”老班拉长声调的回答，潜越过一屋子的噪音，安安稳稳地落在女生的耳膜上。

发证件让学生们亢奋，像一群被刀刮去鳞的鱼，活蹦乱跳。牌子上有四个鲜红大字：新人报到。学生们拿到牌子像拿到玩具，把它们夹在任何地方——T恤衫领口、连衣裙领子、夹克衫拉链、上衣口袋、短袖袖口。每个人都仰着脸，笑得简单爽朗，和我平日所见的面孔绝然不同（他们根本没意识到工厂帝国对他们的敌意如酵素，正在慢慢起沫）。

老班扯着嗓子喊："安！静！安！静！"

——要分宿舍了。

怎么分？按名字分。

噢——！曾莉莉一声叹息，带着某种难以解释的委屈。她不断大喊："老班，老班，我们几个要住在一起。"她希望和严美兰住在一起；她更希望的是老班对她的关注（她不要那种游移的关注，而要斩钉截铁的关注）。

老班先念名字，再念房号，说，"你们三个B412""你们四个B517"。每次念完，都会引起一片唏嘘。有的人激动得跳起来，有的人则嚷嚷吵闹。整个饭堂为古怪的躁动所笼罩——总有相熟的人被拆散，搞得像生离死别。老班安慰——只是临时住几天，后面还要再分。可还是有女生离开座位跑上前，强烈要求调换。

老班叮嘱："进到宿舍后，看见哪张床没人就睡哪张，手机要带在身上，钱先存在我这儿。"即便如此混乱，老班的优雅也是明显的——他从学校带来的儒雅和文明，明显地高于这个制造产品的庸俗之地。他像个出色的指挥家，在诗意中恣肆，又抱有科学的精度。他简直就是活着的、行动着的一堆学问。

老班的好，说不完讲不通，要你实际去感受。当你一直被一个人照顾着，你还怎能觉得他和别人一样？你会不自觉地给这个人身上罩上光圈。看他时，真的从身体到心灵都处于匍匐状。没人记得崇拜从何而来，崇拜自己会发生、发展、变化，变成独立的东西。其实，崇拜根本不那么感官，而是内向的；其实，崇拜是种信仰。

但曾莉莉和严美兰依旧被迫分开：一个B404，一个B402。老班安慰："离得那么近，晚上可以串寝室啊！"曾莉莉没有责怪他。她看他的眼光一成不变。她相信有个对应的磁场，就在对方那具体的形骸中。她相信自己笨手笨脚，需要有个像教科书一样正确的男人来纠正。她有被矫正的致命需要。

严美兰询问："寝室可以做饭吗？"

我不得不道出实情——何止不能做饭！甚至不能使用吹风机、电磁炉、电风扇！她颇为惊讶，不甘地噘嘴道："我们都习惯自己做饭哦。"虽然两个女生叽叽喳喳又问了许多——要上多长时间班？真要站着吗？很累吗？能拿多少钱？但却始终笑嘻嘻，并不觉得马上要工作，而像只是换了间学校。那样的笑是需要激情的，需要足够的荷尔蒙。

我一直记得女生们的笑——她们那么年轻，那么美又那么好。然而事情最后何以发展成另一个意想不到的结局？好像是突然间发生的变化，又好像是一点点积累所致。总之，异变像货柜车到来，轰隆隆，轰隆隆，让心脏骤然紧缩，继而疼痛。异变到来的那一刻，我想起第一次见到女生时的欢笑场景。

第三天，在宿管办公室和饭堂间的窄道上挤着一群人，套着青蓝滚红边马甲，捏着笔记本——是新员工要集体考试。内容是他们前两天培训时所学——公司哪一年成立？主营什么产品？哪些化学品有害？如何使用灭火器？如何与他人相处？曾莉莉很快答完，而严美兰有些慢。

我发现她们都有了轻微的变化——从湖蓝马甲散发出的某种规则，将她们的散漫拢起来，像一束野花绑上了丝带。甚至，连笑的幅度都有所收缩。曾莉莉知道加班的工资是平时的两倍。严美兰补充道，“如果周末加班，也是两倍哦”。两个女生都换了本地电话卡（是在工厂路小店里买的），但都记不住那串号码，只好举起卡，把数字念给我。曾莉莉在混乱中拿了别人的卡，告诉我的号码打不通，只好用电话先打通我的手机，再让我念出那串数字，记在本上。

曾莉莉住进B404时，宿舍里已有了七个人。一进门，她就感到一股强大的排斥气息。“她们都是同乡，说方言，只对我说普通话”。这时的“普通话”不是高看而是敌视。她看到有张上铺堆着行李，就取了下来，把铺上的报纸和杂志清到垃圾桶，铺上自己的被褥。有个老员工一进门就变脸，“为什么把行李取下来？”“我要睡哦！”对方一言不发，恶狠狠地瞪了她一眼。等她要出门时，那女工从齿缝里迸出一句“把垃圾带出去！”曾莉莉懒得多言，便提着大袋子出了门。过去在学校里培养的生活秩序轰然坍塌，女生感到这里和学校确实不同。而当她从外面回来，请宿友们吃橘子，她们爱理不理时，曾莉莉才真切感受到一种滞后数秒、难以言喻的疼痛。

宿舍原有七个人，加上三名学生工，把所有的床都塞得满满当当。各种气味混杂，让房间像热腾腾的肉市，睡觉时觉得气喘，连氧气都要拼命争夺。然而，宿舍的气息地图不仅止于此。若使劲嗅闻，还能找出那些曾在这个空间里出现，虽肉体已抽离，但依旧残留的惘惘暧昧味。等你好不容易要睡着，又到了该起床之时——像一个泡沫在冷空气里不断地上升上升，终于濒临界点时，又粉身碎骨。

冲凉是宿舍最紧张、刺激的常规项目。宿舍里没有莲蓬，冲凉无比麻烦——每个人拎着自己的水桶，先接热水再兑凉水，等在冲凉房门口。别人出来，自己进去。在狭小空间转动，用舀子将水泼在身上，尽力让周身被濡湿。无论胸脯或脊背，肩膀或小腿，尽量地“被濡湿”。这种原始冲凉法要靠高超技艺支撑，才能干得迅疾快捷。若冲得时间长，出门后便会遭臭骂。“你干啥了要冲那么久！”“再冲就烂了！”“你把你妈的X也冲净了吧！”这些刻毒言辞万万不能接——你要变得敬谢不敏。人人都一身臭汗，臭得能自己闻到味。人人都想变得凉丝丝。你耽误了别人，再顶嘴，那就是找抽。

曾莉莉和严美兰交了试卷后，还须填“新员工安全培训记录”。女老师扯着嗓门一遍遍强调——时间要写成“前天”（她们刚到厂的那天）,中间空格要写“制造部”，再写上自己的“工号”，并在“受教育人”那栏填“自己名字”。老班出现后，和风细雨地叮嘱，“下午一点要回来，还在原位坐好，继续培训”“饭卡不要掉，掉了就是钱”（“掉”就是丢）“同宿舍间要和平共处”“有矛盾找我”。

曾莉莉变得异常安静，好像有股神秘的快乐在向她袭击，让她的肉体生出一种连她自己都不知晓的鲜活。那炽烈的眼神，足可燃起一场大火。这时候的女生美极了，这时候的女生哪里懂得，这已经是爱情（那老掉牙的人与人之间最致命的感情）。当老班发现女生那样用心打量自己时，翘起嘴角笑了。似乎任何女性对他的好感都在他的预料之中，似乎太习惯了这种瞩目而让他甚至有些疲倦。

前两天吃饭，学生工是数着人头进去的。今天终于拿到饭卡了！一天饭费七元：早餐一元，午餐、晚餐各三元。厂牌是饭卡的豪华版：有彩照，盖了章子，每个人都有编号，还有“入社日期”（繁体字）。

无论马甲、饭卡或厂牌，并不仅仅是它们本身，还裹挟着一股新颖而强大的力量，一股新工人既试图抗拒又不得不被吸附的力量。

学生工拿证件时挤成一团，这时，是上午十点五十分。突然看到有人端着饭盆走动，不觉令我惊诧。靠窗的几张桌坐满了白大褂，有十几个，都在吃饭。应是饭堂工作人员的工作餐吧？之后，他们就要开始做午餐了。接近十二点时培训结束，大家蜂拥到饭堂打饭口，自觉地排起长队。

一周后的晚八点，我走进了饭堂。

大厅的白炽灯还是那样明亮炫目，还是那摞在一起的不锈钢餐盘，还是粗腰大桶的鸡蛋汤，冒着热气的白米饭，然而，一阵阵欢笑声从嘈杂中突围，哈哈哈，哈哈哈，将气流搅得旋涡荡漾。

在电子厂待久了会发现，饭堂非常重要——宿舍和车间都将人群分成一格一格，那些铁罐般严密的小格子成功地将每一个人封锁起来。唯有吃饭时是人人露面的大集体时刻。每个人虽然貌似形态不同，但经过饭堂气味的熏染，又都变得格外相似。每个人都沾染上了饭堂的密度和质感。

我循声望去，那些缺乏纪律性的笑声来自打牌者：四个穿红色运动服（右胸绣着黄色“2014”）的女工正在打扑克，有个男工在观战。而扑克只不过是幌子，让女生们可公然大笑，尖叫，拿牌去掴别人的脸。她们活鲜鲜一片朗朗好心情，笑声像小炸弹，让周围爆出团团热气。

“少说话，多吃饭，撑死了就是一条汉！”

“老乡，老乡，躺着中枪！”

她们那么会说笑。笑声如同雪球般越滚越大，大得背不动，要摊开手脚长喘气。她们的眼神电力充足，面颊像轻轻一弹就要破裂的生宣，红晕如水彩洇了一纸。我暗自祈求，希望学生们千万别在厂里待得太久，否则，脸皮厚了，黑了，红晕便不复存在，清朗笑声也将消失在荒野大漠。

下意识里，我感觉她们和曾莉莉、严美兰有点像。

“曾莉莉？不认识哦。”一个女孩（笑得最厉害，总将眼睛眯成条缝）大叫：“可严美兰是我同学哦！”

世界安静了下来，所有的人都看着她。她的浓密刘海将整个眉毛遮住，瓜子脸，细长眼，眼神闪着麦芒的光，但声音却异常粗粝，哧哧啦啦，像风刮过戈壁滩时碰到大石头。她的右耳上闪闪发亮：三个耳钉像三颗小钻石，依次排列。“扎耳洞疼吗？”她眉毛一挑，颧上飞起两朵桃红，笑声如脆铃：“只疼了一下就不疼了哦。”我问她叫什么名字，她脱口而出，“谭小菲。”

新一轮牌局开始后，三个女工和男工打了起来——他们把谭小菲留出来跟我聊天。女生告诉我第一天上班脚有多痛——“很痛很痛！”然后她摸摸自己的腰，又把手放在肩膀上：“这里，腰，像要断了；这里，肩膀，硬硬的！”

车间里不能走动，只能在一个地方站着！每个人都弓背埋头，像在拉一张无形的犁。灯光下人的身子打飘，连五官似乎都长不稳。第一天站了八小时，之后，便是十一小时。可第一天的痛却清晰如刀刻：“不是脚趾尖，而是脚后跟，像有一千根针在扎。”当晚，女生用热水泡了脚。这并不是她的主意，而是培训课上老师交代过。但那种痛依旧还在，像一句解释被咽回了肚子，一直在里面沤着，沤着，从未消失。

谭小菲说第一天晚上睡觉好香。我笑：“一秒钟就睡着了？”她伸出手掌：“绝对不超过五分钟！”一直沉睡到第二天早晨，差点迟到。她以为自己第二天站不下来，可她却硬是挺过来了。谭小菲和严美兰是小学同学。考上幼师后，她在一班，严美兰在二班。我突然想起，“你们班主任就是那红格子衫帅哥？”她笑着点头，“就是就是。”可他已回贵州去治病，现在，一班二班都归老班管。

突然，像是对我如此耐心的嘉奖，这个女生的声调陡然发生了改变，一个字一个字地清晰吐露：“其实……我……不叫谭小菲。”我愣怔住，感觉周身笨拙，非但不能世事洞明，甚至连最基本的判断力也被废掉。

女生面露羞涩，仓皇解释：“我叫刘丽英。”而她才十五岁！因为年龄不够打工，老师便拿了张别人的身份证给她，证件主人叫谭小菲。此后，同学们便统一改口叫她“谭小菲”。当她慢慢适应了“谭小菲”，听到“刘丽英”，反倒会犹豫。

我想起第一天招工，瘦弱林黛玉反复强调“是我自己”的那件事。

“你和谭小菲长得像吗？”

她哗啦啦大笑：“很像很像！简直一模一样！”

这些贵州女孩，个个都额前挂刘海，脑后扎马尾，小圆脸，精瘦黝黑，肤色泛光，牙齿洁白。但现在的问题不是刘丽英叫谭小菲，而是——她为什么告诉我这个秘密？

但谭小菲（或刘丽英）并不解释，只是一如既往地笑。笑声越听越像十五岁。我听出那笑声里夹杂着刺啦啦的毛刺，便问她“是不是受凉了”，她瞪着眼珠，不置可否。我拿出一包金嗓子，她听话地含了一片，又把其余塞给旁边女生。女生问：“是糖吗？好吃吗？”听说不是糖，女生并不罢休，坚决地往嘴里也塞了一粒（此前，她们从未听说过“金嗓子”）。

突然，坚决要含金嗓子的女孩大叫道：“要回去了，再晚就没热水了！”

像陡然刮来一场风，牌局顷刻间溃散，女孩、男孩们的脚上像安了风火轮般转瞬即逝，落下我一块大石头。我简直坐不下去——虽然饭堂里还有别人（看武打片的，吃面、吃粉的），可环绕在身旁的暖意消散后，我如坠冰窖。

学生工到来已两周，但电子厂依旧在大量招工。

下午五点半，一群新员工涌入宿管办公室，要求换宿舍。女宿管阿丽捏着的大圆盘缀满钥匙，一抖动就哗啦啦作响。进来的十几个女工大多二十几岁。有个女工很扎眼，四五十岁，脸色蜡黄，西装姜黄，头发枯黄，简直像片落叶挤在绿草间。年轻人说的是普通话，而黄外套满嘴湖南方言，粗声粗气要求换宿舍。阿丽取下钥匙，让每人再交五毛钱，说厂里只配一次钥匙，第二次用钥匙的钱要自己掏（宿管办公室旁的超市里，有个人专门配钥匙，是阿丽的老叔）。

拿到钥匙后，这群人团聚在门口，听阿丽讲宿舍规矩——每人按床位牌号轮流搞卫生；宿管查房时安排哪个搞就得搞；下午五点、七点、九点放热水，各放一个小时；不能私自换宿舍，搬动床位；宿舍不能用排插，不能用吹风机；中午尽量不要回宿舍，不要影响上晚班的人睡觉；每天都要冲凉……之后，女人们拎着大包小包，走向B栋。

我迎面碰到劳务公司阿彪——他刚从女工宿舍出来。说前天来了个新员工，1993年出生的，住进宿舍后第一天便因吵架要换宿舍；第二天又吵又换；第三天吵架后直接要求辞职——她甚至还没等到新人培训，不知车间是啥模样，但她振振有词：“钱能不挣，气不能受。”阿彪摇头：“‘90后’女工的忍耐力真是越来越低了哦。”

“90后”的父辈，曾咬着牙进厂，省吃俭用攒钱，回老家造房子娶媳妇。除了填饱肚子，几乎没有别的消费，甚至连梦都不敢做——太困太累。而“90后”早已听厌了这样的故事。他们不愿忍耐，不愿通过自我修剪，从树变成树篱，不愿驯服规矩，适应他人。

正说着话，迎面碰到个男工，堆着一脸嬉笑：“借我二十块，我一天都没吃饭了哦。”他的身体像佝偻的虾米，脸部表情又像喜剧演员，口气里却暗含着威胁（那娘娘腔有种鱼死网破的狠劲）。我能感觉到阿彪的身子有些抽搐，他的点头是缓慢的。显然，他不是第一次面对这种无耻拦截。他的脸死沉沉地走了样。若周围没人，他定会挥拳开揍。他讨厌胁迫——更何况，是当着别人的面。

阿彪掏出钱包，抽了两张。那男孩即刻旋风般窜入饭堂。阿彪瞪着那背影，惋惜着两张纸币的命运：肉包子打狗。“年轻男工既缺乏长远规划，又没有储蓄概念。”可他却不能彻底撒手，完全不管他们的死活。男工们总是到了快没钱时才进厂，熬不到发工资已弹尽粮绝。名义上找阿彪来借，却往往还不了。阿彪说，这样贴出去的钱，林林总总，已超过了两万。有的男工身无分文，便一天两天不吃饭。饿极了，就去偷、去抢。所以工厂路案件频发，常能见到协警走来走去。

阿彪当过兵，也挨过饿（口袋里只剩一块五时，一天吃一个馒头煎熬了三天）“现在的男工跟女生一样娇气！”他摇头。“学生工更好管，他们没有社会经验，又有老师帮忙……”他感叹，“如果在社会上混了两三年，心就活了，就会变得格外挑剔。”

似乎还有一个隐形工厂，藏在这些灰扑扑的四方建筑物内。学生们初来乍到，迷迷糊糊，尚无能力辨识；似乎那个隐形工厂有保质期，一旦过了期限，人们便参破天机，看清迷雾后的真相。

阿彪1990年出生，河南开封杞县人，2006年入伍。“在部队上发展要有钱，有关系！”他什么都没有，只好乖乖退伍。之后的经历平平淡淡——2009年干装修，2010年到东莞打工，而2012年是他的转运之年。有个劳务公司的老板送人到厂里，里面的一个男工突然精神失常，需有人护送回老家。老板获悉男工是阿彪的同乡，便请他帮忙。那男工以前在家就总泡网吧，到了厂里后不吃下喝，大吼大叫，犯网瘾像犯毒瘾。

阿彪把男工捆在大巴车上，昼夜不合眼，终于安全送到后，赢得了老板的信任。

阿彪没想到，“农村青年的网瘾真大！”年轻人整日在网吧厮杀，在虚拟空间过五关斩六将，渴了喝饮料，饿了吃方便面，累了在椅子上打盹。一直打——一直打到昏迷，打到半死。以前说好日子是“楼上楼下，电灯电话”。那男工所在的村是三千人的大村，每一家都起了楼，楼外都贴着瓷砖，楼门口都亮着电灯，楼内都装着电话。“可瓤子里空了”“晚上很少有人走动，一股鬼气”，阿彪唏嘘。

从2012年8月开始，他搬着凳子举着牌子，到东莞各镇区招人，满脑子盘旋的都是“服务”二字。“劳务输出卖的是服务。不能好的人你一直跟踪，不好的人你不管不问”“我们是在一线工作的，一定要把员工稳住，要关心他们的工作和生活”……

然而，可怕的现实是——“没有人！”

2013年，“到大街上拿机枪扫都扫不到人！”他所指的“人”，是指“找工作的人”！2013年年初，阿彪突然发现——“没有人”！（这个时间点，和宿管阿坚告诉我“男工突然多于女工”正好吻合）。

“真是太怪了！”

你永远都搞不明白那些抽象数据代表了什么走向，什么趋势，但你能从最具体的细节中感受到变化。变化像大楼尖顶上的金针，穿过层层麻痹的云层，最终，在高处闪着锐光。变化的最初令目睹者异常不适，但变化还是从深海中浮现。

阿彪皱眉：“2012年，员工们还求着我们找工作，翻过年，突然，出来打工的人越来越少，厂里又急着用人。”他们和各省区的合作公司联系，得到的回答都格外一致——“没有人！”“没有

人！”“没有人！”

在岭南，几乎每家工厂都在呼唤，请求运来更多的人。而这种呼唤自始至终，贯穿在珠江三角洲三十年的工业发展史中。“人！人！人！”呼唤人的声音，像渴望成长的自然之声。以前，只要打个电话就有人被送来；而现在，“没有人”！

2013年是个转折点，这并非抽象的调查数据，而只是工厂路上某些人的直觉。是那些奇异古怪，闪着锐光的刺痛感的总和。三十年工业化发展，早令东莞习惯了外来人口的涌入，然而，2013年，骤然空荡的街道，让这座城市突然间变老了——不是老年突至，而是从青年进入中年。随着青春期的翻篇，这个城市陷入定格状态——像照相前的那个瞬间。一切都变得安静，不动，积蓄力量。之后，涌入城市的面孔里，多了铁青胡子的粗粝。

工人之于工厂，如镰刀之于村庄。虽然村庄业已废弃，田野业已荒芜，年轻人涌向都市，但这些人中，到工厂求职的越来越少。于是，劳务公司的重心便落在了“服务”上——要留住人，要让人带人，要让人变得更多！电子厂为鼓励老员工介绍新员工，每介绍一位则发五百元奖励；而劳务公司将原来自己拿的“人头补贴”发给新员工，叫“车费补贴”。“2013年之前可没这些补贴哦！”还给每个员工缴纳了一份“工伤意外险”。

2013年，到樟木头工厂路电子厂打工的三千多人中，有男工近两千人（“80后”“90后”占一半）。于是2013年，工厂路的地理学变成了性别学。但对管理者来说，性别从来不是中心问题，他们的理念是通过纪律，让任何进入车间的人都变成机器。而性别问题，不过是意外的溢出。工厂需要的是中性人。如果它知道有一天性别问题也会影响效益，也许在制定政策时会稍微谦卑一些。

直到2013年，性别问题才尖锐地扎眼起来——众多男工成了工厂不折不扣的梦魇。

现在工厂的重点，是管理好二十六岁以下的男工。他们讲义气、好攀比。“不是攀比存钱，而是花钱！”“他能花我也能花！”“你买个溜冰鞋四百，我就五百！”下班后互相请吃饭，请打台球，请上网吧。一个月下来，存不了几个钱。而二十六岁后，男工们差不多都结了婚，有了养家糊口的责任，便要想法子去多挣钱。于是，有些人会选择干工地（虽然苦，但挣钱多）；若进厂，也会和老婆进同一个地方（这样才能存住钱）。

对男工的管理，可用极简极粗暴的方式；但对女工，则要提供一系列温情色调的服务。因为年轻女孩的选择机会比男孩多得多。若到了工厂，便要千方百计留住。“换宿舍？”“换！”“请假？”“请！”但阿彪却更喜欢管理男工。“他们要是调皮，我可以震得住！”“大吼一声，想做做，不想做走人，准保管用！”而女工，“一会儿撒泼，一会儿撒娇，很难管哦。”然而，“难管也要管，难留也要留。”

我说在厂里看到了“大妈大爷”级的工人。阿彪并不避讳，“其实，年纪大的人更好管！”因为，他们的想法很简单——多挣钱。他们上有老下有小，吃过苦，知道挣钱不易，所以能忍。年轻人受点委屈就不干了，那是因为年轻人没被逼到死胡同，而他们脑子又活，知道还能寻到别的出路。

第三周时，我去B404找曾莉莉。

有个女工（四十多岁）在上铺绣十字绣。她的长手长脚似要把铁架床撑爆。她应该来了没多久——那么老还住在上铺！焦褐脸庞在户外搂草耙土时暴晒过，粗黑手指拽着针线一上一下。身上的汗背心实在不像话，洗得清汤寡水几近透明，坍塌在皮肉上。昏黄的灯光下，乳房自由散漫，曲线暧昧。她像个山顶洞人，长期退缩在世界边缘，此刻，又被突兀地搡到前台。

听到“怎么没拉帘子”后，她瞪我，“还没发钱，哪有钱买帘子！”

我听到针尖在笑，白布在笑，整个铁架床都在笑，连这个空间里的灰尘也在笑。她用瞳孔将我深深地看进去。她的眼底像咖啡余渍。“你是曾莉莉的老师？”“啊？不是哦。”她喘了口长气，一股闷恹恹之气，再次低头盯视白布，但黑手指里的针线一直僵着，续不了前缘。

曾莉莉的床也是上铺，木板上铺了层薄垫子，被子也薄，用块花布挡住床侧的玻璃窗。这张床也没有挂帘子，像敞开的山洞袒露内里。原来在工厂，隐蔽和羞涩也需要购买。

下楼时，迎面碰到了穿便装的曾莉莉，她和张丽在一起（她的新宿友）。两个女孩一见我，高兴地跳起来。曾莉莉还是那样靓——泥塑的脸上，双眸如雪山融水乌黑清亮，头发像剥了皮的熟栗子般闪光，墨水般的眉毛下，双唇润得像西瓜汁。问她们上班累不累，女孩们异口同声地拖着长音：“累——！”那么亮的声音里，有一层金属光泽。她们叽叽喳喳说车间里的事，东一嘴西一嘴，激动得面孔都白掉了。

原来生活是逐渐粗糙起来的；原来日子久了，工厂生活的真相便清晰得不忍盯视。她们说下班后虽然回到了宿舍，可神经依旧亢奋，伸出无数触角，还在敏锐地搜索信息（和在车间是一个频率）；她们说耳畔还在持续嘤嗡，像蜜蜂在开满油菜花的田野里振翅；她们说身体在车间的金属丛林里一寸寸硬起来，从头到颈到肩到脚；她们说每一次呼吸都是一场战役，每一块骨头每一寸肌肉都在喊疼；她们说最后皮囊失了气力的支撑，像树失了根；她们说双脚固定着，但手指却异常忙碌，到晚上睡觉，手臂不能弯曲，一定要平摊着放，弯一下都觉得累；她们说眼酸是一周后的症状。一抬头，两米外的景色模模糊糊。要不断闭眼，揉眼，点眼药水，才能慢慢恢复；她们说连食欲都迟钝了。嘴巴、牙齿异常疲惫，没有力气对付肉蛋菜，只想喝水。

曾莉莉像宣誓般一字一句道："我一定要站得平平稳稳！""一定不能左斜右靠！"

她用手指了指自己的臀部："要不然，两边会不一样大！"

——啊？！

原来，有些女工的身体已变形：什么都在——四肢、手指、脚趾，都好好的，只是形状发生了异变。据说，这已成为女生们毛骨悚然的热门话题。学校的舞蹈老师总强调体形，让她们劈叉下腰，盯着镜子看；而车间生活却如把细沙，日复一日，将工人的神经触觉全都磨钝，让她们疲惫懈怠后，甚至影响到细胞的棱角。她们的舞蹈老师走路可好看了——身子笔挺（不像多数人那样懒散）。咯噔咯噔，像用鞋跟敲打钢琴键盘。在舞蹈老师眼中，身体是用来展现优美的，要像岩石雕刻般有形；而在电子厂，身体是为了配合机器干活的，是可随意替换的物件。

"我可不敢那样啊！""舞蹈课的作业就是跳舞，如果身体变形，考试就完蛋了！"

也许，女生们这样节制，不仅仅为了作业，更出于爱美的本性。可张丽说，站了几天，感觉身体已变得僵硬，不能像在学校时那样弯腰。那时，她们的腰如新鲜的麦芽糖般柔软纤韧，走起路来一踮一踮的。她们担忧，如果三个月后，腰一定会硬得像花岗岩，她们那"前凸后翘""身材好极了"的舞蹈老师一定会骂死她们！

女生们那么敏感——如果臀部比例失调，就像旷野上长了棵歪脖子树。如何让每一个动作都整齐平衡，如何让身体的左右两边在抗衡中协调，如何保持微妙的张力，这一切，如同在曲折的山路上转弯，时刻有坠入深渊的危险。

一个月后的周六傍晚，我想约曾莉莉吃宵夜。去敲门，开门的正是她！

原本扎成马尾的头发散落在肩，还是那双黑眉黑眼，满含笑意。

“丁老师啊！快进来坐！”

一抬眼，我又看到了那位上铺的大妈，依旧埋头绣着十字绣（粗胳膊能把十头牛拉回，稀疏长发枯草般散乱）；床依旧赤裸，依旧没有搭帘子。我惊诧极了——好像这间宿舍被定格住，一直感到没有改变。好像时间只过去了一秒，一切都如最初所见——床一直洞开，大妈一直刺绣，黑线一直穿过白布。

这种定格让我感到毛骨悚然。

一个个鲜嫩的女孩最终枯干成木乃伊，而时间仅过去了一秒，世间的一切都没有改变。如果工厂是个微型社会，那构成它的有机体——这些鲜活的躯体，它们由盛而衰的操控者是谁？从这间屋子望出去，一万间一亿间一模一样的房子里，坐着一亿个一模一样的枯干女工，她们在下她们人生的最后赌注。

曾莉莉抱歉，不能和我一起去消夜：老班规定晚上要“查寝”。

“九点要是不在寝室，事情就大了！”

曾莉莉说，现在，腿不疼了，腰也不木了，比刚开始好多了。她已慢慢适应了车间生活，但对车间外的生活却心惊胆战。她说同宿舍的女孩周日到市场玩，被人“拍”了一下（下了迷药），不仅把银行卡掏了出来，还说出了密码，六千多被取走后，很长时间都没醒来。醒来后，也什么都不记得。

学生们来到工厂路这件事非常怪诞——她们是被弹弓一下子射到这里的。原本，她们的生活根本不可能和工厂有交集。而现在，她们却容身于此。在工厂路行走时，她们的方位感很差。有时，甚至连时间感都丧失掉。没有哪个学生能说出樟木头镇的全貌。存在于她们头脑的这个工业小镇不过是一条路——就是工厂路。她们惊诧地发现，这条路被秘密的面纱包裹，有着另一层隐含的深意。

所以她们根本不敢去镇中心。下了夜班，在厂门口买个鸡蛋饼，乘着夜色逃回，钻进被窝慢慢咀嚼，一天也就打发了。她们害怕街道上的每一个行人，不知谁手里拿着迷药。她们总是结伴而行。她们不敢坐摩托车，不知道公交车路线，更不敢打出租车。她们只去过市场一次——路缝里龇着草，垃圾堆上塑料饭盒振翅欲飞，热辣的阳光抽去了人和物的实质，让路是白的，房子是白的，天是白的，人是白的。

正说着话，严美兰旋风般跑进来（翠绿带黑点上衣，十字拖），用家乡话急促地吼，语气激烈，手舞足蹈。然后，曾莉莉和张丽触电般尖叫：“啊！”继而旋风般开始披衣服。

原来，周六晚八点要到乒乓球室开会，她们全都忘了——而现在已八点二十！

她们飞快地滑下楼梯，如腾云插翅般轻快。我跟在后面，浑身紧张，生怕踩错楼梯。那些刷了墨绿油漆的台阶，被昏暗灯光映照，黏糊成一团。

飞出楼，穿过宿管办公室，到达乒乓球室时，门口已聚起一堆人，正交头接耳。老班将人群分成两排，自己站在中间，俊气的脸因疲惫而坍塌，浮肿甚至把嘴巴和下巴都泡发了，泡化了，几乎看不出肯定的眉眼。他扯着家乡话，如京剧老生那般用抖抖的指头数落着，嘶喊着，在高分贝的世界里又增加了一缕噪声。他一个劲儿地说，说，说。所有的人都像看戏法般看着他。那声音尖锐如刀，一下子就挑开了耳膜，直直地捅进心脏。挑啊，挑啊，心已千疮百孔。

“你们……”“不要……”“不能……”“否则……”

那声音与声带无关，与喉咙无关，甚至与大脑也无关。它从舌尖直接蹦出唇外，没经过任何一个中间环节的过滤。那声音如鼓点似疾雨，直敲得人眼花缭乱。老班像患了癫痫症，完全控制不了词语，更控制不了词语中的情绪。那些加了后缀或尾音的词如羽毛般飞起来，让整个乒乓球室变成了战场，到处是遍体鳞伤的废人。

曾莉莉像被霜打，整个人都蔫了，脸上显出浅度的恶心，榆树叶儿形状的眼里盛满伤心。她眼看佛像当面坍塌，充满绝望。她不断撇嘴，像一条鱼正被刀去鳞，从齿缝间发出嘶嘶声。疼痛并不遥远。女生能闻到体内的疼痛味越来越浓。原来，她和他完全不是一类人。

她甚为羞愧，忍无可忍，最终直言不讳：“我越来越烦他了！”

迷恋如云雾般散去，真相如山峦般凸现。曾经“人见人爱”的老班彻底变了，一点也不像在学校时那样。老班懒惰成性，根本不在意学生到了工厂后的精神状态，只知一味打压，试图让学生们驯服。他和学生之间的冰凉已不是薄荷和清凉油，而是寒冬腊月的铁柱。他总是训斥学生，甚至将训斥视为习惯。（若学生流失太多，他的提成会变少，也难以向校长交代。）所以在饭堂，看到男生试图鼓动女生回校时，他触电般跳起，唰啦板起脸，即刻就开骂。

所以他一进饭堂便如瘟神莅临，曾莉莉即刻起身，迅疾离去，不管吃没吃完。“懒得听他说话”“饭菜都变了味道”。女生理解男生为什么想造反想回家——累得浑身疼！那种疼像是皮给人活剥了，肉的毛细血管和神经网络直接蹭在砂布上，一动就触电般地疼。要像病人般叉开两腿，夹起胳膊，支起脖子，扎着架势走路，才能让疼稍微缓解些。

老班训完话后，学生们并不解散，反而将劳务公司的代表（穿棕色西装的男人）团团围住，不断发问。

“你说的两千九，怎么又变卦了？”

棕西装反问：“你不吃饭吗？你不交社保吗？这些钱都要扣啊！”

“那你以前怎么不说清楚？”

“吃饭交钱还要说吗？！”

“我这个月每天都加班，能拿多少？

棕西装沉吟：“两千五吧！”

嘘——！一片哗然。

学生们的意思不是说要纠缠两千九，而是——劳务公司原本许诺的是两千九，没说要扣饭钱和社保。工资虽然还没最后兑现，但车间的活太苦太累，学生们人心浮动，暗地里互相串联，商讨着如何逃走又不被抓住把柄。

学生对劳务公司的怨愤情绪越来越强，简直像啤酒泡般丰富，接近炸裂；而老班又不断向学生施压，甚而威胁。老班是何时自我修剪成哈巴狗的？是校长的密令加工厂的提成让他如此惊变？但从表面看，丝毫看不出他遭受过任何暴力之伤害。而他瘦了一圈，不像最初那样亢奋和神采奕奕，却像是被一种不爽利的暗黑情绪包裹，易怒如火药桶。

有个黄发男生挺身而出，和棕西装吵了起来。那男生的声调越来越激越，两眼眦裂，五官都扭到了脸外，头发根根竖起。男生们原本只是一丁点情绪，现在，如同一管水压极大而出口极小的龙头，竟有了出其不意的尖锐和力度。男生的脸上充满粗野，眼冒凶光，不断把手伸向钥匙链——那里，挂着把小匕首。棕西装像被戳到痛处，弹簧般跳起，眼球要爆出眼眶。

这时，从我和曾莉莉所站的位置看过去，视线中的老班原本仰着脸站在人群中，却突然转身，静默地迈着松垮大步，陡然消失，像老虎不和兔子一般见识那样。

——啊？他溜掉了？！

像在心里已作出了某种判断，这个男人，丢下这个火爆戏台，自己走向出口，完全不在乎台上的高潮。老班就这样辜负了大家。那一刻，曾莉莉深深地看着男人的背影，像要一直透过衣衫，看到他的心脏。她已看透了那些隐蔽行为，那么漫天谎言，那么明暗交易。她把他的残忍看得那样透，透到足以让她从此死了心。现在，她像磁场互斥的绝缘体般避开了他。那曾经有过的千丝万缕，都被斩断。而舞台中央的两个男人，依旧傻愣愣眼对眼。半空中飘荡着火药，一擦就着。

“啊！”曾莉莉的眼里打出一道闪电，就像给捅疼了某处那样，她突然拉起我的胳膊：“快走！快走！”她像兔子般飞奔，直窜到B栋楼下才松开手，大口喘气。我发现她像抽了筋剔了骨般绵软，鼻息像一条拨开草叶穿行的小蛇，窸窸窣窣。

她瞪大眼：“刀！有刀！”

我说我看到了，是把小匕首。

女生惊魂未定：“男生们都憋着一团火，什么事都能发生，咱们还是离得越远越好！”

暴力冲突借助的是体力，身体纤薄的少女无法胜任，本能地选择了逃离。而男生的骨子里潜藏着反叛。他们有的是勇气和体力，可以从从容容地肉搏。他们不忌讳脸上和身上有伤疤，甚至得意于那伤疤所释放的冷峻。所以工厂讨厌男工，尤其讨厌青年男工，将他们视为危险的代名词。男工的体内蕴藏着激情或堕落的能量。他们像咖啡，有着热带性格，能把情绪推向极致。

其实，已有两名男生逃了回去——当各种理由都遭拒后，他们采用了最原始的办法：不告而别。他们消失后，留下的不是震惊涟漪，而是沸腾火山。那两个未曾谋面的男生让我想到越狱——那些在熨斗形放风场里来回踱步的罪犯，终于，在想破脑袋后，想到了一招。老班感到惊骇，是因为他从来不曾把这些学生当成一个完整的人，而把他们看成是“小于一”的孩子。老班的恐慌来自控制失灵。他从来没有反问过自己——学生为什么想走？从表面看，工厂和学校差不多，但这里的压抑是活生生的。压抑笼罩着电子厂上空，让这里变成卡夫卡式的小宇宙。于是，调皮的男生便翻墙而逃，将这座铸铁动物园丢在身后。

我担忧：“你们也想走吗？”

女生一脸惊骇，连忙摆手：“不走，不走！”“一定要坚持到结束！”

若提前返校，“学校虽然不会开除你，但会暗中整你，会整得你很难受，还不如在这里干下去！”现在，曾莉莉目标明确：再坚持两个月，安全返校，安全毕业。

同时——臀部不能变形！不能让那里失形松坠（所以她在拉线前操作时从不驼背，脊椎似钢制般挺立）！

这一个月，她对老班失望透顶到“看都不要看见”——这样的语言属于十七岁，它是无忌的后果，更是冒犯、唐突和不圆滑，有着孩子般的莽撞。那男人的行为让她无地自容——完全是虚张声势。我记得第一次见到她时，她用那样的眼神追索他！那时，她开口闭口都会提到他。而那种至清无鱼，几近童话的感情，现在，已彻底枯萎。因为那曾经的甘甜，才衬出现在疼痛的剧烈。她对他的失望不是来自一个清晰的事件，而是滚雪球，越滚，厌恶感越大。

曾莉莉叹了口气。那气极轻极弱，如细细的一缕烟云在我的耳膜擦过，却像一根木棍杵进心窝，钝痛随之而来。

“曾莉莉你别叹气，你还是个孩子，叹气是大人的事哦。”

女生反驳：“谁是孩子！我都十七了！”然后，又绽开一个十七岁无心无肺的笑。

而我清晰地听见青春的花叶在她身上缩卷枯萎的声响。

工厂生活带来的疲劳和疼痛终究会慢慢平复，而在心上刮擦出的伤口，却终身无法愈合。像那些服役归来的人，没有一个人的心灵不曾被服从的约束衣摧残。在异乡度过的工厂生活，最终，将化成血化成骨地长在她的身体内部。她将继续做一名学生，直至毕业，但却已不再是原来的自己。但她依旧是美丽的。当少女的毛躁被镂剔一净后，落定下来的，是分寸恰好的成熟。

和女生告别后，我抬起头，发现夜空如洗，月是细细的一牙，周边的亮斑闪烁如炬，夹杂在大王椰的树冠间。原来这个时候的星斗，竟比以往所见大出数倍。我一直认为电子厂的大王椰长势过于良好，每一片叶子都大得不可收拾，没想到，连星星都会肿胀至此。我听到自己的呼吸浊重，好像我置身于一个微型而又畸形的大海深处，好像我所见到的各类事物都因被盐的过分侵蚀而异常硕大，好像无论多么艰难和疼痛，各类事物总在努力对抗变异，力图保持严谨的对称美学。

……啊，好像。

电子厂在饭堂进行新人培训课

第十一章
定过亲的女工

住进B224之前，我根本不知会和许月芳有这么深的渊源。

她是我的舍友（奇怪了那段时间这个空间只有我俩）。她总是好天真地臆想（以为我在一闲散部门上班），好阔绰地大笑（不懂要适度遮掩爱恨情仇），而我总是忍着不介入她的生活，总试图把眼帘放下，目光衔在帘间，似瞑非瞑，变聋变瞎，任她活泼泼兴冲冲，只作壁上观。后来我惊诧地发现，对她的理解像漆器上了一层又一层漆，外表看不出，日积月累后，却有了重量，有了体积。

她，许月芳，居然成了我计划外的观察对象。当我试图描述她时，所有的记忆碎片都如听到磁铁之母召唤，从各种拐角倾囊而出，飞快聚拢，熠熠闪光地簇拥，满坑满谷地堆积。而当我试图镶嵌，发现那些貌似毫不相关的事件居然能结晶成一座纪念碑（像建筑师预先精心设计）时，高兴得像赌徒终于赢了钱。大多数纪念碑的命运都逃不脱这个——成为符号的同时内容却蒸发了。而许月芳这个小型纪念碑的意义在于，她和她身边的环境，她的家庭，她与同事间的关系，意外地具备了这个时代的典型性。

一个场景（或一个人）的意义并不能在日常的随意观察中窥探，而要在一种极其耐心，一步一步慢慢来的蒸馏过程中才能找到。接近真相的探险不是单纯地走过很多表面的距离，而是一种更深入的探究。如果有足够耐心，让时间将自己和观察者之间的距离拉长，便能看到一种多维的存在。那些偶然的侧面、不起眼的词语、潜伏的阴影，也许都是解释那场景（或那人）的关键所在。

岭南秋冬的温度会低到十一摄氏度：不穿外套会感觉凉飕飕的。于是工厂路常能见到两种着装大比拼：短袖VS羽绒服。常有台风登陆的消息，但到达樟木头时，已萎缩成一场小风小雨。雷暴擦边而过，在不远处的南海水域闪亮成巨兽之腹，既狂啸又蒸腾，恶意地搞着破坏；而小镇的空气却异常干燥，视觉被层层叠叠的绿统治。在岭南，季节的变迁速率那样低下，一切都处停滞状——停滞的棕榈树、杧果树、荔枝树，停滞的街道农民房，停滞的清晨黄昏，停滞的电子厂女工宿舍。

不，许月芳让这个停滞的空间有了灵气。

她穿着件过膝呢外套走来走去。这种完全为御寒而忽视美感的外套，在岭南很少见——这里的严寒总是轻飘飘的，犯不着使用这类重型武器。她把老古董从箱底翻出，却只能在宿舍穿（车间必须穿工装，工装必须将内里的衣衫全部罩住）。

许月芳洗洗涮涮时嘴巴不停，说她师傅一百二十斤，胖嘟嘟的，今年年初才进厂，但是个熟手；她师傅听说有个女孩一口气换了三个男友，瞪着大眼说给她，“你听听！”；说那女工刚满二十，在老家定过亲，但在厂里半年又找了三个男友。

我不懂，吞咽大气：“是同时找，还是一个一个找？”

她扑哧一下笑了：“一个一个找。”

还是不懂。“那……又有什么问题？”

她瞪大眼：“她是定过亲的人哦！”

这个河南女孩说“定亲”时，就像岭南女孩说“拍拖”（谈恋爱）般顺嘴。“定亲”像个线头，能即刻扯出一幅关于家族、氏族及社群关系网的巨大图景。一股虽遥远了但却并不陌生的土腥味弥漫而来，让我感觉高低床变成了大土炕，许月芳一下子就变成了小脚老太。

她真的充满了道德感：“定了亲就是人家的老婆，怎么好再找？那是对男友的不尊重。如果人家知道了来退婚，会让爸妈脸上没光彩！”

想想看：那女孩——居然——一连找了三个！也就是：平均两个月换一个！

“太疯狂了！”她的表情既严肃又悲哀。

她简直太不能原谅：“她是有准老公的人哦！”

许月芳到了岭南，很快就掌握了“准老公”这个词，说明她并不古板。

我像恐龙般痴呆：“她很漂亮吗？”

女孩撇嘴：“哪里啊，不怎么好看，很一般的。”

“那，怎么能两个月换一个？”时间凝固，闪电碎裂。

“唉！”许月芳叹息，“现在男生多，女生少哦。”

多么简单的理由，这么一口气便能陈述完表示已解释了一切。一些“嘎嘎”或“咯咯”的象声词澎湃在喉间真想滥情喷涌，然而，又肃静止住。

女孩坦言，这个秘密是她爷爷发现的。例证：去年春节，村里在外打工返乡的未婚男女中，三个是女生，十个是男生。于是，爷爷的判断坦克般无可阻挡：“到了男人多女人少的时候啦！”这预示着什么？日子照样更新，但内容却发生了变化，让人颇感不自在，像处于脱臼或无根状态——曾经习惯的一切荡然无存。

在“我不是黄蓉”的歌声中，我们边起床边聊天。她蓬头乱颜地洗漱，出出进进忙不停，不是端盆子就是找毛巾，四蹄动物撒蹄狂奔。我穿好衣服后，蜷在被窝里，把整个宿舍的空间都让给她。她一个人忙碌的身影让这里已足够饱满。

在B224住得久了，我越来越喜欢她了——这个中等个子，皮肤黝黑，细长眉眼，说话带浓烈河南味的女孩。她像团跳动的火焰，总有股热辣辣的鲁莽劲。她让我想起多年前我第一次离开家乡哈密到乌鲁木齐后住宿舍的情形。那时的我和现在的她一模一样：虽然前途极其渺茫，但精力却绰绰有余，好像根本不需要睡觉。我是何以变成现在这个样子的？我暗暗观察许月芳，试图找回青春的自己。

许月芳高中毕业，一进厂就到实装部（据全国总工会2010年统计：新生代农民工占总数的60.9%，有高中及以上受教育经历的比例为67.2%，高出传统农民工相应数字18.2个百分点）。电子厂所有工序的第一步，干的都是最基础的活：男工开机，女工检查产品。许月芳检查电视机配件——电容、电阻是否合格。

许月芳检查的元件组装成最新款电视，销售到最发达国家的一系列事件，与她本人并不发生任何精神性联系——她只是机械地干活。她和元件是两个声部，虽然紧张回旋，犬牙交错，但又若即若离。她摆弄着那些无生命之物体，让手指赋予它们能量，如蝶蛾振翅，栩栩如生地变成一个个活物，而自己却如海狮，慢速而忠实，无任何好奇心地守候在拉线旁。

许月芳去电子厂附近的市场吃小炒，“一点也不好吃”；她甚至还去了镇中心，逛了大润发超市和帝王大厦的时装店，到肯德基吃了汉堡。“不好玩！不好吃！不喜欢！”“还是喜欢我老妈做的饭哦！”她如果想吃家乡饭，可去厂里姑姑家打牙祭。姑姑原来做事，姑父疼姑姑，不让她上班。姑父负责出货、进货，忙时月薪五六千，闲时四千多。

“够花吗？”

“够花！”上个月，姑父还给老家大伯寄去三千。“他人很好的。”

说起爷爷时，我吓了一跳，有如发现日常熟悉的店铺原来是座黑道堂口，立刻追问几句，她回答得都丝丝入扣。原来，许月芳这次出门，是和爷爷一起来的；原来，爷爷现在就住在厂里（姑姑在家属楼给爷爷租了套屋）。“他要回去，我不让他回，现在老家冰天雪地的……”

女孩口气亲昵：“我爷爷七十八了，看起来只有六十！”

我诧异乡村老人住进工厂如何生活？离开侍弄了一辈子的家园，在全然陌生的地方，他能干些什么？“每天看电视，下楼到处转，一点都不迷路，到了饭点就去姑姑家。”爷爷的适应能力甚至比孙女强——许月芳羞愧地承认自己总是迷路。而爷爷一辈子所积累的生活经验，在厂里同样发挥了作用。

许月芳顺着自己的思路说下去：“我姑的孩子十几岁了……”

我即刻发现问题——姑父才二十九，怎么可能有十几岁的孩子？

许月芳尴尬起来，讪讪解释——姑姑结过婚，生了儿子，两年前离婚后，又和姑父再婚。姑父比姑姑小三岁，此前没有婚史。来提亲时爷爷坚决反对：按男方条件，完全可以找个大姑娘。但姑父坚决表示：“我就是喜欢她”。许月芳叹了口气，似乎很理解姑父的选择。姑父并非在一种歧突古怪的逻辑下做出这发癫举动，而是不得不。在河南老家，二十岁以上的女孩都出嫁了，只剩下十七八的。想找个合适的结婚对象，不是件容易事。“现在的农村到处都是剩男。”看到姑父如此坚持，爷爷终于点头答应。那段时间姑姑过得七颠八倒，极不顺遂，既然有人这样强烈要娶，索性让她再嫁。婚后，姑姑跟着姑父来到电子厂打工，孩子判给了前夫，由孩子的爷爷奶奶带。

匿居在许月芳身上的乡村道德像洪水般泛滥，令她声音凄厉，宛若暗黑中飘荡的女鬼：“离婚就是让小孩受罪，就是让小孩有爸没妈，有妈没爸！”她对着虚空愤懑嗔斥。她讨厌听那套“为了幸福要离婚”的荒诞鬼话，她说那些都是“烂故事”，她说那些不负责任的男女总是用诡计为自己开脱！

围绕着许月芳的小世界，有个数字被烘托出来——她周边的三个女性，都比自己的丈夫大三岁！这个突兀的、锐角切割般的数字，彻底打破了“男尊女卑”的完整性。姑姑三十二，姑父二十九；姐姐三十一岁，姐夫二十八；师傅三十三，老公三十。她嘿嘿笑：“现在的男人都学聪明了，要找大两三岁的来疼自己，找小的还要管她，很麻烦的！”这就是“女大三”盛行的秘密？而其实，隐含在这个数字背后的，是件可怕的事实：现在，能找上老婆已算幸运，还有很多男人苦苦寻觅而未果。

那是男人们都清楚但却不愿去按的触碰式开关（中国已是世界上出生人口性别结构失衡最严重、持续时间最长、波及人口最多的国家）。一按，在黑暗中的房间被水银泻地的光芒点亮了全部轮廓，所有幽暗线条都变得无比清晰，像一张明信片，瞬间被定格。而那些太过清楚的细节，让眼睛下意识闭拢不愿正视。

是一种可怕的异变：女性一直被贬低被斥责被轻视，然而，百年孤寂后，经过一系列变奏的基因重组，那条神秘的生命之河被某颗巨石或雷击之木阻断改了道，那些被溺死的女婴之灵魂，逆势攀上，释放神秘咒语，套牢每一个雄性。

异变精锐清晰。

原来并非是雌性疯了。

所有的雄性都如忧郁症患者，完全不记得过去那些年份所发生的事情，所遇到的人，等他们清醒过来，每个人都如蜡像般静止不觉，好像自己身处时间之外的时间。环顾四周，每个人都带着嗑药后晕茫茫的痴傻神情，嘴巴空空地张着，惊诧发现死伤遍野，那声法西斯的通知从大喇叭中广播而出——雌雄比例严重失调……

那老人苍凉预测：是到了男人多女人少的时候啦。

这是变态科学家在某个无辜个体上插满线头后所做的实验吗？少年醒来发现整个楼房空无一人。他推开一扇又一扇的门，那些无人观看的梳妆镜，无人弹奏的钢琴，都预示着这里曾经有过异性存在。然而，他找啊找，在那些内部格局几乎一模一样的房间里，没有半个人（更别说女人）。

许月芳又讲了另一个故事：有个男工向女工表白，“做我女友吧”，女孩说，“你先给我买个6S，咱们再谈吧。”那男孩眼一眨，整个人空白了几秒钟，哑声噤口。

男工躺在潮湿逼仄的空间，大脑高速运转。打赢了6，还有7和8在后面排队。各种疼痛绝望搅和在一起，像整个宇宙即将发生爆炸，像大型证券交易所的计算机崩盘，像廉价空啤酒罐被踩瘪。他的情敌不是同性别之人类，而是6S。情敌可以挑战，6S是个既真实又虚幻的影像，像长满壁癌的墙面，怎么才能打赢？于是他跳下床，冲进卫生间，对着白色凹槽，爆发出一阵凄厉的哭声，既像狮子长啸，又像发条玩偶坏掉了。

许月芳上夜班的第一晚，我睡得惊心动魄。

偌大宿舍只我一人，既没有“我不是黄蓉”的歌声，也没有刚洗过的湿发晃动。许月芳的被褥叠得整整齐齐，外面的帘子拉得丝丝入扣。她的小天地保持着少女的肃静和淡雅。她一直用这种方式维护着自己。她像个小母亲（虽然才十九岁，可一举一动都像训练有素），从纹丝不乱中可知，她习惯性地维持一种内在秩序。

她的床头挂着件湖蓝色工衣（即便是工衣，她也会洗得干干净净）。我摸了摸，光滑冰凉如塑料。这样的衣服怎么能抵寒？这样的衣服在二十摄氏度的气温中可称为衣服，但在十摄氏度时，已像件透明衫。

在B224住得越久，越能发现这里的细微变化。我猜测，这间屋子里绝不止我和许月芳有钥匙，应该还有几个人。可她们都去哪里了？衣裤吊挂着，床铺摊晾着，运动鞋、拖鞋横七竖八的摆着，但我从未见过她们。当我不在这里时，她们一定出现过——白流苏蚊帐不见了，布帘子不见了，突然出现一叠衣架，席子裹了起来。所有这些改变，都没有触及那面小圆镜——它绑在前门右侧床头。那是这屋里唯一的镜子，是我们每天都跑去照了又照的宝贝。

我拧开水龙头，流出的是凉水——现在不是放热水的傍晚五点、七点和九点。无奈，只能端着盆子去旁边开水房接水。接水的人挤成团，令电炉子的温度一直徘徊在七十摄氏度。我等不及水烧开，只接了些温水端进宿舍，随便抹了几把脸便草草结束，钻进被子，喉头干涩。

宿舍像草棚，两头通风，我不得不又买了床被子，结果，双层被子压在身上，像扛了座大山。即便这样，依旧浑身寒凉，脚踩冰块。宿舍不仅冷，还充满噪声。陡然闯入这个空间的声音实在太多——从四面八方来，叽叽喳喳，让裹住我的墙面全部镂空。走廊上不断奏响脚步，混杂女中音女高音，并炸开几声嬉笑；房顶的窸窣脚步声，一会儿向左，一会儿向右，像一群老鼠在觅食；从后阳台传来车间发动机的轰隆声，二十四小时不间断。那噪声如唱片跳针周而复始，让我像孤儿被弃之荒野。我愤怒而幽怨。天啊，我如何能从这个声波大网中逃窜而出？

挣扎了半个多小时，终于迷糊闭眼。

“如果许月芳在就好了。”在这个岭南电子厂的夜晚，我无比想念那黑脸女孩。她的迸发雀跃，叽喳絮叨，都会让整个空间变成水彩画。她的手机是个八音盒，能发出动听音乐。她会欢呼起来，举着“V”形手势，像只快乐的螃蟹。

入睡的那一刻我恍然醒悟：工厂里男孩女孩为何总结伴而行——一个人真的真的能闷疯掉！单只为抵消孤单，便会伸手抓住近旁的人——友谊如此，爱情亦如此。一个人挨过整个夜晚委实不易——那骤失凭怙，畸零似一枚孤鬼近不了正堂大屋，只能漂荒着！

凌晨，我起床后去厂门口吃肠粉时，正值夜班散场。栅门拉开后，工装人像泄洪般倾腾而出，冲向各类小食摊。那热烘烘人潮扑来，嬉笑喧哗如沸锅饺子。

返回宿舍后发现许月芳下夜班回来，正准备睡觉。她穿着套头棉睡衣，裸露清瘦锁骨，散着头发，脸颊獴猫般窄小，正欲拉帘子。以这样的视觉关系目睹这个女孩，有种非常突兀的怪异感。哦不，不是像电影里那样有种色情的偷窥感，反而像窥探到女王在软榻衣衫中变成腴软一团，荷尔蒙并未飙升，反而被惊悚摄住。问她“累不累”，女孩摇头，说虽然干的活和白班一样多，但更喜欢夜班，主管少，更自由。哦，自由是件怎样奢侈的东西，甚而让许月芳黑白颠倒，也心甘情愿。

许月芳所在的车间有二十多条拉线，除每条线都有拉长外，还有七八个主任。这么多人都“吃白饭的”，不干活只监工，工资还比工人高。在她看来，一个车间有两三个主任已足够。聊了几句，女孩便沉默起来，声调里释放出浓烈倦意。现在是我的清晨，她的黄昏。我不忍在这个空间继续滞留，即刻作出决定，“我有事，马上要出去”。

夜班人潮退去后，清晨的工厂路如荒梦初醒，罩着层鼠色，到处是灰扑扑凉棚，荒凉塑料凳，枯干树影，到处是等待太阳突然一耀才能看清自身的灰尘。这样的早晨和傍晚没有任何差别。在这样的早晨里，许月芳像洞窟女王隐遁密室，沉沉睡去。当她像蛇般蜕掉一层皮，从长长的困盹中醒来，靠着动物原始的自我疗法，重返人间时，她又复活了（精气神一概回来，无论体温、气息、神志皆交融一处，组成完完整整的一个活力女孩）。

看到八路车我用力招手。门开了，还没上台阶，耳侧却飞过一团黑东西——真是太乱暴了！定睛一看，是塑料袋里裹着的粽子皮。上车后，我狠狠盯着车门旁的男人看。毫无疑问，他就是凶手——他的嘴巴还在蠕动，嘴边粘着米粒。他穿着件灰色羽绒服，深蓝裤腿上粘着泥巴，一双皱巴巴的皮鞋像八旬老人的脸。没有袜子，光着脚踝。他有六十岁左右，花白寸头脏污粘连。脚下是紫色、蓝色、灰色交织的编织袋（真是丑中之丑，恶中之恶之物，一经制造，万年不毁）。

公交车驶了出去，车窗外闪过一栋栋发黄的农民房，一个个挂着招牌的小店，闪过绿橘子黄香蕉，红水桶蓝脸盆，棉花垛白被褥。这些景致，既粗疏简陋，又苦穷默忍，如枯花萎地。

这个岭南小镇，经过三十年发展，其外观已完全达到现代化城市标准（柏油路、摩天大厦、五星级酒店、广场、咖啡馆），但其内里还没有彻底蜕变，还算不得真正的城市。我曾无数次抱怨过镇上街道污浊混乱，甚而质疑这里是否有清洁工。后来渐渐明白，这里自然有清洁工，清洁工自然是工作的，但大量涌入这里的外地人，既对城市规则陌生，又不拿这里当自己的家。所以，无论清晨或黄昏，小镇街道上到处都是垃圾、垃圾、垃圾。

周六傍晚我返回宿舍，掏钥匙开门时，发现门被反锁。

听到里面有动静，便砰砰敲门。磨蹭了好一会，门被打开。许月芳在，且满脸尴尬——一眼望去，我的床铺摊开着。原来，她约了个女孩一起住在宿舍：女孩睡她的床，她睡我的床。看到枕头从床头挪到床尾，被子揉成团，床单皱巴巴时，我顿住了。许月芳刚从那里起身，铺上还留着她蟒蛇翻大浪扯拽被单的痕迹。而我又能去哪儿？从市区赶到镇里，又从镇中心赶到厂里，已耗费两个多小时，精疲力竭几欲瘫软。

我只有硬着头皮走向——我的床。

许月芳虽然不做解释，但不免尴尬。为避免正面看我，她到阳台上忙着洗脸，准备去上夜班，而她的女友靠着床沿斜坐，一声不吭，只捏着手机看。这个女孩有着粉藕般的手和白玉般的脖颈，像个瓷娃娃，虽腰肢细嫩，但胸脯却呼之欲出。我惊诧如此粗鄙的空间，怎么会降落下这样一个小仙女？唉，真是个尤物。看来上帝在它即使最小的花圃里也会栽下一株摇曳生姿的爱丽丝。

我问她："你们是一个线的？"

她以为我问的是"一个县"，即刻否认："我不是河南的。"

之后，她再次低头看屏幕，不再搭理我。从她低垂的眼皮里溢出一股濛濛乙醚味。她非常玲珑，并知道这种玲珑的高额币值，故而有着宋官窑般的矜持。而许月芳像地里拔出来的萝卜，浑身带着泥，一股混不吝的劲儿。许月芳的原生态和小仙女的矫揉造作，简直是天上地下。她俩何以成为朋友？小仙女对"河南"是那样鄙视反感。

为掩饰尴尬，我开始整理床铺：把枕头挪回，把被子叠起，把床单扯平。

门吱呀打开，探进一颗平头脑袋。之后，男孩像黑影，无声地挤进来，无声地坐在小仙女身旁，无声地和她一起注目手机屏幕。那男孩虽静默着，却用身体放电，眼皮一阵乱颤，而女孩愚钝漠然，水草般无知无觉。但男孩跟着魔一般，死黏住梦幻美少女，任其用冷漠来侮辱践踏，甚至以为这就是他本该领受的礼遇。

这一切都太古怪了——对我来说。

我完全不能明白这些举动背后的含义。我不懂那男孩长着那样瘦高的体型，却胆怯如鬼魅，目睹到空间里有人，居然不打招呼，视若无物地兀自低头。而无论他怎样鬼祟，都难以掩饰他不过是只嫩鸟的事实。在手机屏幕的映衬下，他的脸庞像个初中生，温柔而感伤。他浑身都写着不愿离去的字样，他睨眼凝视他的女神。而女孩一直保持固定姿势：斜倚着身子不动，两睛对着屏幕发怔。他们两个人似乎根本搭不上：两种节奏，两样频率，各走各，不犯冲。

须臾，男孩又无声地从门缝溜走。

也许他观察到我并非马上要离去，令他下一步行动无法施展，索性先撤了再说。于是，脑充血一退，他便高个来高个去。他不怕输，只要输得羽扇纶巾。哪个游戏都有输赢。他之前已来过这个宿舍吗？离去时柳絮般轻悄如猫。

更为古怪的是：许月芳接听了一个电话后，即刻换鞋要出门，说去姑姑家。但她神色慌里慌张，像被点到了某个死穴，浑身疼痛难忍地走了（那种状态完全不是走亲戚）。我忍不住问小仙女，怎么这个时候去姑姑家。女孩撇嘴：“唉，不放心呗！”

和小仙女单独在一起令我异常不安。她浑身都弥散着一种气场：别和我说话！别和我多说一句话！她捏着手机，像捏着全世界，整个人进入到梦游状态，哪里有工夫搭理别人。我早已被她打入变种人行列：她的语言系统懒得和我对接，因为我总是痴呆，要她作进一步解释。她累，她烦，所以她皱眉，别和我多说一句话！

我不知道她的童年和少年经历，但她目前摆出的状态是贵族女孩的模样（在纯美环境里长大，保持着不与外界病菌空气接触的传统）。这些小可爱梦幻美少女，有自己的小宇宙，个个不食人间烟火，被藏在一个巨大的圆柱体标本瓶中，是最柔软娇媚的物种。因为漂亮，所以冰冷。她们冰冷地对待世界，对待他人。

但许月芳没有一点白雪公主的甜腻冰冷味。她从未感觉自己纡尊降贵，她从不骄矜、含蓄、自持，她从没把自己屏蔽在玻璃缸背后当鱼，她那么兴冲冲，热辣辣，大大咧咧，率性而为，毫不掩饰自己涉世未深的真实状态。

十五分钟后徐月芳返回。两个女孩即刻细语喹喋，像在讨论一件重要的事。她们不想让我听见，我也不想听。我把枕头摆好，脱鞋后躺下，声称“我累了”，便闭眼盹着。我确实累了。一路上被厢式货车夹击，被颠簸道路折磨，被各种拐弯和高架桥蛊惑，令我头皮紧张，肩膀酸痛，腰肢僵硬。迷糊中，听到两个女孩出了门，便彻底睡着。

半个多小时后醒来，打开灯，陡然发现宿舍变得十分诡异。

许月芳上床的木板上，多了个小盒子装的苹果，盒子外壳绑着艳粉丝带，充满卡通味。我突然意识到今天是圣诞节后的第二天——厂门口水果摊上到处是这种盒装苹果，但没想到，其中一个会出现在B224。是谁送给许月芳的？许月芳有男友了吗？她和小仙女是如何与男友约会的？

仔细逡巡，才发现这屋子呈现典型的欢乐假日后遗症：小桌上摊着五香花生、葵花籽，垃圾桶里有橘子皮、香蕉皮、饮料罐。我惘惘然若触动了心底私密：昨天他们在这里过了圣诞节？他们知道圣诞节的历史渊源吗？但他们却被厂门口的商业气氛弄得激情澎湃。

第二天早晨八点二十分，门开了，许月芳进来。

熬过了倦困时刻，她整个人像夜明珠般滟滟吐放光泽。她惊诧：“你在啊！”又叹，“我说灯怎么亮着？！”她带来股洗涤旋风：洗澡、洗衣、洗袜子、洗鞋。她那样酷爱洗涤。她把胳膊泡在水桶里，蹲在阳台上，或趿拉着拖鞋走来走去，干得兴致盎然。

有人敲门——昨天的白瓷小仙女又出现了。

这一次，我完完整整地看清了她：乌黑长发披肩，无辜的大眼睛，小巧翘起的麻花勾点鼻，太适合上镜的白皙婴儿脸。她住哪个宿舍？她和许月芳是什么关系？那个黑影男孩是怎么回事？

我正纳闷，门又开了——居然，是用钥匙打开的！

一个粗腰肢的中年妇女走了进来，湖蓝运动服拉链大敞，内里的大红T恤让胸脯像一堆燃烧的篝火。梳着马尾巴，但头发稀疏，只拢起小小的一撮。她的脸庞阔大，面呈咖啡色，锋利的单眼皮，一看就是那种彪悍的人。她的年龄从三十至五十皆可。她气势汹汹地进门，捏着钥匙，沉着脸，把肉颤颤黑铁塔般的身子堵在屋子中央，一动不动。

我惊诧两个女孩的反应：小仙女依旧捏着手机，低着头一句话不说，像尊冰雕；许月芳在阳台上洗洗涮涮，好像根本不知道走进一个人，置险象环生于不顾。

我不得不开腔：“你是哪个床的？”

她抬起眼角，勾住阳台上的女孩，声音低沉沙哑：“许月芳是我侄女。”

这就是那个三十二岁，有过一次婚史，生育过一个男孩，又和另一位没有婚史的男子结婚的姑姑吗？我以为她美如玫瑰，却如此臃肿不已。她是怎样征服现任老公的？她老公长得如何？

我把包从床上挪开：“你坐哦。”

她庄严肃穆，不苟言笑：“在家里坐了一天，站一会儿。”

我拧开水龙头，惊诧地发现有热水，赶忙开始洗脸刷牙。忙碌中抽空和她聊几句。我说：“姑姑是很亲的人啊，和妈妈差不多哦。”姑姑即刻缓解，渐渐地春风满面，笑成一朵花，说许月芳年龄小，不懂事，让我多照顾。我说她很懂事。姑姑突然置身于一种大震动中，怒目睁视：“哪里，昨天我恨不得扇她一巴掌！”

我抬头看许月芳——她一直蹲在阳台上洗衣服，像根本没听见这话，表情坦然，动作流畅。这种不参与简直是公然蔑视。

姑姑尖亮的眼神里带着弯弯的钩子：“哼，真想扇啊！”

可是，天知道发生了什么纰漏，才把这个女罗刹搞得如此暴躁？我竟然怕起来——如果真要打起来，姑姑一定会让宿舍变成一个擂台。但我不能推门而出，更不能躲在阳台，只能这么悬荡在正中间。

女泰山大概感觉到有些过界，故意闷哼了两声，两堵隐形棉花塞在鼻腔中。她在静默的对抗中顿了顿，突然信心动摇，意志溃决，自我解嘲道：“唉，我还是不说了。”

整个宿舍都静了一刹那——大家似乎都不适应这突然间的遏止。

唉，没错，没有一种爱没有攻击性，没有一种无爱之恨。可我该怎么办？我将如何处理这团乱麻？我无意识咬牙引起三叉神经紧绷而致耳鸣。我开玩笑缓和气氛：“是不是有人送苹果啦？”

这话被许月芳轻易听到，即刻诧异尖叫：“不是给我的，是给她的……”

她用沾着泡沫的手指向小仙女。

奇怪极了：那女孩并不辩护，坦然接纳，甚至抬起小脸，绽露无比天真的笑靥，好美，好飘忽，好一颗水葱葱的小白菜（可如果这是一出戏，排练得也太炉火纯青，像另一个版本的举案齐眉，有点默契得过了头；或小仙女视周围人群为废墟，感伤地把自己想象成高科技打造的新人类，昂贵水晶灵魂根本没有型号相配，故不屑解释？）。

姑姑攒起眉心，咬着牙望了望女孩，发出攻势很强的泼辣笑声：“是吗？是吗？”

姑姑的笑充满疑惑，其质问也如时空错轨恐龙说话。两个女孩虽静默，但以一种统一僵硬的肢体语言对抗。是的，她们在对抗——塔克拉玛干大沙漠孤简无人烟，唯二人，脸上五官倏地消隐不见了，只剩下两张白幕。可哀姑姑，像盲人杖行于直纹砖铺出的窄条盲道上，非常恐怖地发现，这路根本断头，犹犹豫豫，拿不定主意左拐或右绕。

像突然间恢复了理智，姑姑掉头，将自己从“被困城堡”中揪出，水银泻地吐出一串词，说她老公这两天忙得很，在盘点，夜里只能睡一两个小时，要熬三四天才能把货全盘完。她骄傲地抬起下巴：“原来他只管三四条线，现在管十几条啊！”

我适时接茬：“他是主管吗？”

她正色：“是仓管！”

这几天电子厂人仰马翻：员工们蠢蠢欲动，计划着放假的四五天要怎么过。姑姑盛邀我去她家吃饭，说煤气灶是现成的，做饭很容易，不要到外面吃。我受宠若惊，不断点头说好好好。

屋内气氛缓和许多。姑姑不再佝在暗沉沉的屋子中央，一低头，坐在床沿边。她说起话来像拧开水龙头，满嘴烟熏柴火气，且不时大笑。她说许月芳刚来时她就给老公讲，“不要安排她进办公室，让她去实装部，吃点苦才知道什么是工厂。如果懂事，听话，过完春节再去办公室”。我惊诧——仓管在电子厂有何能量，能如此大手笔地安排新手？

姑姑以监护人身份在管理徐月芳——一个有城市经验的人，苦心孤诣地告诫刚离开乡村的女孩，并对她偶尔的犯规大怒，不惜威胁——“如果不听话，回家后就不要再来了。”甚至，家里的某某和某某，“春节后就来，我还要安排他们工作呢。”

姑姑是这个家的精神母亲，带着大地的气息和天空的印记，掌管着众人的命运，尽职尽责，像老母鸡张着护佑的翅膀。她的话语中有一股狠狠的虎气，她有地母般的能量，有能垫实家族的底子，能让枝枝蔓蔓的小辈们都旺起来。而如果侄女出了事，从女孩变成不贞女人，会让家族蒙羞，让她颜面扫地。

我纳罕：即便侄女偶有不合时宜之行为，也犯不着拉开这么大一个排场，说什么“不要再来了”吧？我想侄女的某些行为或许是随机的、跳跃的、忽而活泼泼猛浪浪地想干点什么，但也不过是玩性大发，最终，仍然会回到真实的人物关系中。

姑姑的话中隐然有种悻悻然的况味，像在有意无意泄露自己的不痛快。而她的不痛快为了什么？难道她心心念念所系者，乃是那个在形骸上已支离崩毁的家族，期盼它能以团结面目继续存在？她不断地念兹在兹，生怕被毁。所以她对侄女那样宝贝得紧，不惜大怒，以示惩戒。

所以，凌晨八点的报到是必要的，完全必要——若忤逆，则是无君无父、不忠不孝。

我赶忙转移话题：“爷爷在厂里能适应吗？”

她豁然而解，眼睛洞亮：“他到处转，能适应。”

第二天早晨，在过道里碰到刚下班的许月芳，我忍不住堵住她询问，“昨晚姑姑为啥怒气冲冲”，她却轻描淡写，“没事的。”说姑姑和姑父生气后总拿她说事（可怜寂寞奇数人，并非如传说中那样幸福亦有罅隙？）；说姑姑规定每天早晨八点去家里报到（如此法西斯规则）。有几天她下班后太累，便直接回宿舍睡觉。于是姑姑判断她一定是“出去玩了”（和可疑人一起干可疑事！）。而她则表白，“我是不喜欢出去玩的。”（她抗拒那可疑之事！）

我至今仍记得那声音——沙哑，略带委屈，近乎撒娇。那是一个女孩在对熟人撒娇。她知道她能在对方那里获得全然肯定。“真的哦。”她睁大细长眼，我不由自主地点点头。整理关于她的碎片记忆，我认定她说的是真的。但一连串的无知与好奇接连而至，令我懵懂：那小仙女？那鬼魅男工？那苹果？那Party？也许她不是主犯，但一定也跟着别人肾上腺激素澎湃过。但她应不会过界——她讨伐那“换了三个男友的女孩”时口气那样强硬。

那是我第一次看到许月芳穿工装——那件我熟悉的工衣（常挂在宿舍床头，湖蓝色，化纤面料，塑料般发光，透明得能看到内里颜色），款型像夹克衫，中间有拉链，袖子和底部用松紧收口，像个大套子。无论怎样形状的人，一旦被它套住，都会变得一模一样（看不出年龄，没有个性，混淆性别）。它粗糙地遮蔽了人身上最真实灵动的那部分。它让所有的人变得异常相似后，会生出一种自我贬低的厌弃感——谁都能替代我，我根本不重要。

但人到底是人，人会生出迷惑。

从北方寒带来到瘴热尘烟的热带，别说芭蕉、杧果、榕树，单是那一树火红的凤凰木，都给人一个震撼级的下马威。不仅植物霸气怒生，那些车间里巡逻的各类“管理者”都七戳八叉，横目相视，摆出一张张夸张脸色。于是有些人便羡慕阳台外的天空，自己纵身一跃，一了百了。

没想到，穿工装的许月芳，是她留给我最后的形象。

我记得，那湖蓝色映衬得脸庞更透黑，牙齿更银白，笑容更稚拙。那之后，我再也没见过许月芳；那之后，宿舍总是空荡荡，我一人孤独躺下，在聒噪中挣扎入睡。

有一天傍晚七点半，我再次回来后，感觉屋内氛围大变——各处凌乱异常。我用挑杆把半空中的衣服都划归到靠墙处，又将床底下各类鞋子摆正，将小桌上纸屑果皮收进垃圾桶，四处乱挂的毛巾收拢到一侧。当我瞥见许月芳的床铺时，顿足惊惧——布帘大敞，被褥瘫痪，枕头上搭着银外套，床头挂着紫胸罩，一派大地震后满目疮痍的样子。此前，那地方整洁如五星级宾馆（床单平整，被褥成条，枕头四方），何以那完美状如此脆弱易毁？何以那看不见然确实存在的界限被冲破，稀里哗啦溃败？

躺在床上假寐时，一个女孩闪了进来。那身影急匆匆奔向后门卫生间，又急匆匆套上工衣，站在镜前梳头。直到这时，我才感到古怪。也是瘦长身材，也是齐腰长发，也是尖下巴侧影，但却异常陌生。

我坐起身子，在昏暗的灯光里懵懂发问："你是许月芳吗？"

女孩回头一笑（比许月芳白，眼神更活泛，但又不是小仙女，眉眼更淡薄透明一些）："她辞工了！"

"啊？为什么？！"

"她要回老家相亲！"

女孩微笑着（她抬眼皮、咧嘴微笑的动作是浅浅的，而许月芳的笑是从精神和肉体深处爆出，从一个疆界纵跨到另一个疆界的欢乐全程），摇头："河南女孩都是这样哦！"

她将浓密黑发束成马尾，向我点头："我要迟到了，先走了。"

我和许月芳的舍友生活已结束？她在厂里遇到了追求者？是姑姑让她辞职的？我像太空旅行者回望来处时，时间突然以一种超自然方式慢下来，所有的人都是慢动作，鸟儿都是用子弹时间在飞，每一点移动都被放缓。然后，依旧寻不到原因——看到的只是自己萧条得一无是处，而对对方离去的原因，完全一无所知。现在，璞玉浑金的她，又回到乡村女孩的老路上——相亲。她打小就熟悉乡村规则，所以她可以不问理由地接受那些规则，并认为理所当然。结婚生子后，她的外貌将越来越酷似自己的母亲。她将变成一个下巴坚固、体格健硕、迈着大步的河南女人。

“定了亲就是人家的老婆了！”

许月芳从工厂逆势一搏，又回到了原始的起点，回到农家子弟最终要依赖的土地上，回到她一直熟稔的氛围中。那湖蓝色工衣呢？那印着圣诞老人的纸盒呢？那侧身溜进宿舍的男孩呢？它们，难道没有一点渗透进这个女孩的心灵，让她有所改变？难道她所携带的乡土基因那样强韧，让她和她的母亲或奶奶相差无几，除了多掌握了几个现代词汇？

又一个周末，当我重返B224后，顿觉眼前一空，好像支轴点超过负荷，嘣，断了。

待脑海一静，明白了，原来这个空间已发生巨大改变——像一个女巫在这里兴妖作怪，所有的东西都不见了。哦，不，应该是所有不属于我的东西都不见了。荒凉统治了这里。每一张床都裸露木板，突兀钢条。吊挂在半空中的衣裤全然不见，床底下拖鞋纸箱亦不见，阳台上的塑料杯、牙刷、牙膏全都消失，空空荡荡。现在，这屋里只剩下我的床上还有铺盖，像布景搭起的小角落。床上是我的床单和枕头，床下有我的箱子和拖鞋，但毛巾和洗脸盆不见了，保温杯的盖子不见了，而床头多了个衣架，搭着条陌生毛巾，及一条陌生牛仔裤。

俱往矣——我再也见不到许月芳了。

白云苍狗，风雨如晦。像稗草一般的许月芳，比城里米谷女孩是小了一号，次了一等，差了一截，但她那么野，那么自由，在湿地和瓦砾上都能生长，甚而能结出串串果实，把日子过得色香味俱全，根本无须额外担忧。她将生活在自己的乡土中，习其礼俗，游其技艺，润其风华，最终会成其大器。

连衣裙美女是工厂路难得一见的好风景

下班后男工女工迫不及待地换上自己的衣服逛街

第十二章

给“女神”打电话

推开A503的门，男工们或坐或躺，似乎每张床上都塞着人。仔细盯视才发现，有的床只是摊着被褥。宿舍共有六个男工，都十七岁，都来自贵州。

乍一看，这屋子和别处并无二般——同样的高低床，同样的粗陋被套、油腻枕头，同样的吊挂在床沿边的袜子，同样的垂悬在阳台上的牛仔裤，但这里却弥漫着一股特殊的氛围——一种特殊的欢快。也许是因为我的宿舍空间限囿，舍友们相互陌生，宿舍总给我一种死气沉沉的感觉，而这间屋子全然不同：这里有特别的专属笑点。

我感觉自己进入的不是一间宿舍，而是某个家庭的客厅。整个空间弥散着一种晕黄晦暗的情调，有点像秘密教派的地下室聚会。每当我和其中一个人说话时，另五个便侧耳聆听，随后肆意大笑，而那个答话的人，像胃被人握住挤缩到一枚拳头大小，眼神紧张，不仅关注我，还瞥向观众，以防他们从舌尖射出意外攻击。

这个时候，答话的人总显得有些窝囊——似乎总有把柄捏在别人手中，无法放肆地美化自己。“真的吗？”“不是吧？”遭遇挑衅的男孩眼神都直了，结结巴巴圆着谎，自己听着都觉得别扭，恨不能有个地洞钻进去。他在恐惧、羞辱和欢快的气氛中，压抑着颤抖，一点点回答，字斟句酌。

一个独体和另一个独体想要发生交流，竟是苦恼的开始。

我是慢慢感觉出不对劲的（这种情况在别处从未碰到）。

和我说话的人不像坐在床沿边，而像坐在聚光灯下，周围的那些人不仅仅是同事，还是审判长。他们晃动着龇牙咧嘴的笑容，介乎人猿之间，每个人都呼哧呼哧，像要从逼仄肺部排泄出油烟来。那个被盯视的人不得不压低声调，小心翼翼（在别的宿舍，一个人说话时别人只是听，也点头，也插话，但却难得表现激动，更不会亢奋。即便是笑，也只是应个景，肌肉缓慢一动，忽然间笑就不知去向，只余下个空脸，像电影开映前的布景）。

而这里却那么不同——那种笑是憋了很久，很久，终于稀里哗啦地释放出来。是每个人都铆足了劲，存心想要笑，超额地笑。等我和别人说话时，前面那个人像犯人蒙赦般快活，转而攻击别人，同样毫不留情面。俱往矣——他得意的模样，像侥幸从一场暴虐游戏中，存活的年轻雄豹舔自己满是创伤的脚背。

原来，他们不仅全都认识，还是朋友；原来，他们是相互邀约着从贵阳来到樟木头，又一起住进电子厂的。他们五个——尚小利、严怀仁、朱新勇、黄家贵、贺宏伟，都是贵州省林业学校的学生，放假后相约出门打工，所以，集体从林业学校“男普223”搬到电子厂“A503”。

朱新勇、黄家贵、贺宏伟都是留守儿童，父母现在都在外地打工，但个性却各不相同；朱新勇性格开朗，一说一笑。他的爷爷、奶奶年龄不大，在村里为人活络。因父母常寄钱来，所以他家的生活属中等。在村里玩着长大，并不让他觉得自己有所欠缺。黄家贵性情平和。虽父母缺席，但他有个好姐姐，所以他在成长阶段从未有孤单感。这次出门，令他越发理解父母的艰辛；贺宏伟是个大个子，看着成熟，却一问三不知——不知父母多大年纪，不知家里盖房花了多少钱，甚至不知父母打工的具体地点。他很少给父母打电话，而总是找朋友聊天。他的眼里有种没开悟的生涩与混沌。

罗大勇不是他们的同学，但他的女友是林业学校的，且是朱新勇的表妹，所以他和男生们玩得很熟。他的脸异常白净，可惜这白却不新鲜，而略带些干涩。他看着很稚嫩，却三句话不离女友。说她今年十七，是他的初中同学。他在学校旁租房打工，只为约会方便。他说他女朋友最大的好处就是不作。他说有的女孩有办法把任何爱上她的男孩全逼疯（那样的女孩像一场瘟疫，而他的女友是一场春雨）。他对她的迷恋难以言喻，无法自拔。但“贵阳打工太便宜，一个月才一千多哦”，听说男生们假期出门打工，便心头起火，口角流水，跟着一起来捞世界。

几句交锋后，我看出来，尚小利是这群人的精神领袖。虽然他的外形毫不起眼（一张皱巴巴的小脸，小平头，细长眼），但一开口，却眉眼飞扬，口吐莲花。原来，长相平淡的男孩并非一律空疏、寡陋、愚笨，也可以有口才好的。尚小利一张嘴，五官跃动起来，像喝了一杯白酒，带着微醺的醉意，妙语连珠。

严怀仁总是被大家唤为“B哥”。为什么不是A哥？

尚小利笑：“《古惑仔》里有个B哥啊。”

《古惑仔》？那么老的电影还能翻山越岭影响“90后”，在其审美领域大赚一票？！电子厂有独属于它的话语方式。只有通晓了这个秘密，才算真正进入到这个庞大动物的肌理深处。

B哥十七岁，是六人中最帅的：一双张国荣的媚眼，黑发梳理得丝丝入扣，像个小锅盖。但近距离观看时，那张年轻的脸上，总挂着吸毒恍神或不耐烦什么的神气。

尚小利嘲笑起B哥来手起刀落——“他很会说话！”“他说话非常肉麻！”他储存了太多历历如绘的桥段。譬如某次，有女生在饭堂里递给B哥两张餐巾纸，他便唤人家为“女神”。吃饭的当儿百般赞美，其谄媚做派能令听众当场呕饭。他要到女神的电话，又嘱对方存下自己的。之后，便展开攻势。

“女神”是兴奋剂，让A503变成锅开水，腾起股股热气。所有的人都陷入亢奋——除了B哥。他可怜地发窘，无力地摆手，虚弱地表白。“没有啊！”“不是啊！”“不是那样啊！”可话音一出口，即刻遭到强力反击。B哥的手指点过来：“你们”“你们”“你们”……他却像口吃患者，无法把后面的段落连缀起来。大伙儿瞪着他，耐心地为他的表演作鉴定。

他不断地给“女神”打电话——站在阳台上打，躲在被子里打，倚在走廊上打，坐在床沿边打——其状态犹如具有顽强意志力的狙击手。“宝贝”“亲爱的”“你最美”“想死你了”“永远爱你”“一百年不够”……像汽车噪声轰隆隆驶过沉寂峡谷，这些词语裹挟着巨大的破坏性，令整个空间火烧火燎。那场景看起来真令人惊讶：身处多人共居的混杂环境，B哥竟然像头上戴了个防护罩，能完全浸淫于自己的唱腔念白，视周遭如无物。

B哥像为语言所控制，像脑袋中的平衡仪坏掉了，身不由己。他像在和恋爱语汇谈恋爱。甚至到了晚上十二点，还电话不离手。那种胡拉乱扯毫无意义的废话居然可以一讲一两个小时（真的不心疼花费哦）。只见他眼皮不抬：眼观鼻，鼻观心，奋勉说话，依旧是惯常的娘娘腔，带着受虐狂的全部征兆，集中意志护持住形骸，不至溃散，全身只剩下嘴巴一张一合。直至收线，终要睡去，袒露出一张肤白唇红的脸，像是痛快做过一场后，那红潮和汗退尽，但皮肤细胞尚充气未消的脸。

“那女生漂亮吗？”

“正常人，看上去一般般，在B哥眼中就是女神喽！”

B哥的血升到脸上，试图反抗却又结结巴巴，一时在词汇库里没找到利器，但又不肯死心，一定要反击才能维护住尊严。原来，问题的核心不是B哥狂追“女神”，四处煲电话粥，而是——人人都知道，他在贵州有女友。现在，大家扯着嗓子开喊：“杜——娟——！”

杜娟当然不知B哥泡“女神”已如痴如狂，照旧打来关怀电话。杜娟和B哥似乎已有了比订婚或结婚更深远的关系——像老夫老妻三十年。杜娟的电话一来，B哥就在唇边竖起手指，示意所有的人都隐遁起来，像一座座倒塌的城墙。他怕有人扯出“女神”，还要他费力地解释。大伙儿受到压抑需要补偿，讹诈B哥请客吃饭。吃得次数多了，他不免嘀咕，可一听“我要给杜娟打电话”，便如遭电击地跳起来拱手道，“好好好”。

另一个问题浮出了水面：原来不仅仅是一个女神，而是女神们!

B哥不仅仅是脚踩“两只船”，而几乎是——“见一个爱一个！”

B哥喜欢往女工堆里凑，愿意和女人们承欢逗乐。当他凑进去后，根本听不到男人在讲话。他的口头禅是“男人有什么好聊的”。他愿意给女人干任何事情：提包、打卡、倒开水。他真是个极好的男孩，可惜好过了头，都好到残酷的程度。虽然他自己根本不觉得。

在车间，看到尚小利身旁的女工漂亮，他居然觍着脸，丧心病狂地找到拉长——希望，把自己换到那女工的身旁……他吞吞吐吐地把话说完后，坦荡荡地望着拉长。

拉长今年四十八，一直都自信满满——为他那一米八的高个儿。无论在车间还是在大街上，他都感觉自己踱得很。他能感觉周围的人都在看他——在嫉妒他，在琢磨这个高个子是谁。不论他进入哪个场合，他知道只要他想，都能轻易地征服那里的女人。可这一切都过去了。现在他去参加饭局，无论在场有多少个女孩，她们对他都视而不见；对她们来说，他，不过是个疲惫不堪的老家伙。他试图想凑过去，把一肚子的经验、眼光、笑话都抖落出来，好热心授予晚生，却发现他所掌握的一切都被视为过时。那些女孩儿，简直不晓得这条老鳄鱼如此念兹在兹是干什么？她们射来的X光，直愣愣穿透他的心肺。

拉长逼视B哥，脑子不停地转动，像火焰烧穿木柴。

这小子除了十七岁，有什么资本？！他哀哀痛骂。

“你说这话真是脸不红、心不跳啊！”

“你不是在追女神吗？那你说，你到底爱谁！”拉长的语气好斗而挑衅。

B哥瞪大双眼，支支吾吾的，像脑子里有块跷跷板，按下葫芦瓢又起。

于是——拉长说他根本就没有真正爱过。

B哥坦白：“是的，我没有爱过，可我一直在努力去爱——就是这么回事。”他就这么换来换去，谁都爱，谁都不爱。他或许算不上忠诚的恋人，但每一次去爱时，他都那么认真；而他遗忘的速度，又那么迅疾。

拉长的训斥里包含着惊怕与嫌恶，“你还这么小，就这么懂泡妞啊！”

B哥的请求遭拒后，脸上清清楚楚写满痛苦。满车间的人都能看到他发生了改变——眼睛蒙上了一层黯淡的阴翳，干活时的手也不再平稳。然而，一旦步入饭堂，看到“女神”莅临，那令他粉碎的痛苦即刻烟消云散。他绽放笑容，快步走去，启动恋爱话语系统，喋喋不休起来，像被一圈神的光环笼罩，那样单纯而年轻。

六人中只有B哥这样。而尚小利斩钉截铁地表白，“从没交过女朋友”。又悠远地说，“没资本，没经济啊”。我纳闷“经济”一词被如此使用；但他的意思我懂——没钱。

B哥是建筑班的生活委员，一个月有生活费七百，是个小富翁。别人抽“红双喜”（四元），他登极加冕抽“福贵”（四十五元）。他虽然钱多，但花得也快：煲电话粥、请吃饭、买礼物。不到月底，兜里已经见了底。于是他倚靠着楼梯给老爸打电话，百般威胁。听到质问后干脆耍赖，使出毒招，“那你让我在这里饿死吧！”

尚小利目睹数次后，感觉B哥几近病态。他无情揭发：“每周他都给他爸打电话哦！”“每次都是要钱，都能要上二三百。”

B哥否认：“哪有啊！有一次才打了一百哦！”

尚小利肾上腺素急速膨胀，不顾对方嗔怪，发狠兜出老底：“他一有钱就出去！几天就把钱搞完了！”B哥的钱和B哥的女友相辅相成——B哥有了钱，便有了魔法，能去勾引女孩，听父亲嘤嘤嗡嗡地训斥也不足介怀。

B哥虽然为年轻女孩所迷，但他却又极实用，知道自己不过是“耍一耍”“不能当真”。干够三个月，返回贵阳，他自然要返回杜娟的属地。到那时，无论“女神”或“仙女”，“美女”或“靓女”，都逃不脱同一结局——“走了就断了呗。”他的表情陡然间肃然，语气重得可以压塌楼板。

那“女神”们呢？我不禁为女孩们叫屈！

尚小利虽对B哥又妒又恨，但这时又要讲公道话，免得同伴赤条条地站在大街上难堪。

“嗨，她们该吃吃，该喝喝，哪会来真的？！”

我瞪大眼，全是惊诧，骇到不行。搞不清、搞不懂、搞不明白。

尚小利忍不住解释："到春节回家，她们该相亲相亲，该结婚结婚，没什么损失啊！"

惭愧啊惭愧——到了电子厂后，我感觉自己变笨、变痴、变傻，脑袋里塞满棉花，总是模模糊糊，处处短路，时时漫黑。看哪，现在，又是一个中枪时刻，满屋子火药味，但每个人都静驻不动。暗里看去，全是非人类，一个，两个，五六个彪形大汉，大头大脸皆为刀斧劈出的石雕。没错，个个都是面向海滩的岩石群，稳稳地不说话。原来电子厂不仅仅是个厂，还是另一个独立世界，这里提供了另外的生活形态、价值观念、话语方式。这里的小宇宙自给自足。

在电子厂住下后，我虽置身密集人群，但工人们的话语含义我只能靠推测。穿梭在工厂路，每日行走数遍，但像永远都走不到尽头，只感觉这里拥塞着工装和车辆，喇叭声和轰鸣声。我经常灵魂出窍，感觉正在行走的那个人并不是自己。五年前，我还在乌鲁木齐五星路的街道上漫步，从未想过自己会来到岭南，会和车间、工装、制度、产值发生联系。而我的这种被命运裹挟的恍惚感，和打工者又有何不同？

也许我的恍惚来源于错位——我的标准非黑即白，不是乡村就是城市，但这恰恰不是电子厂的风格。这一片灰色地带，既有乡村的核，又有城市的形，又介入了各类新元素，风格混搭，最终形成一套单独的体系。

从各个地方会聚到电子厂的人，像逐水草而居的游牧者，他们都是勇敢的迁徙者。他们受到了怎样的蛊惑，放弃家乡，远山远水地来到异地？他们对远行的热情来自哪里？尽管城市的各类统计数据都将这些灰色人群忽略不计，但必须承认，他们是活跃的一群人，而且由于规模庞大，因此在打工之地已形成了一个十足的工业集市。他们已不再隶属古典乡村，已是城市文化的一份子，属新时代中的一员。但奇怪的是，他们一直处于恍惚的游移状态，没有被准确命名。

B哥给女神打电话，打得字斟句酌、搜肠刮肚、口干舌燥、昏天黑地，像在沙漠里打一眼泉，在云朵里汲一点暖。与其说他喜欢给女神打电话，不如说他喜欢这种状态。

——说情话的状态。

一个独体和另一个独体想要发生交流，竟是苦恼的开始。

甜言蜜语像烟雾弹，像传染病——男孩让自己从枯燥的现实中超拔出来，在另一套词汇系统中，重新燃起热情。所以A503别的男孩容忍着B哥，容忍着电话粥。那样长时间的劳作，他需要发泄。他不是说情话，而是念台词——全宿舍的人都屏息，等待他继续演下去。电话不是电话，是催情素。大家跟着他，一起享受情话的眩晕。只有在每夜的一通电话后，满面飞红，才能安然入眠。

但问题的中心是女神。

——她们！她们何以允许男孩儿这样做？

她们和他聚在一起时不停地聊天，分开后一连几小时打电话，直至演化到令人无法容忍的地步。她们和他好像在靠词语维系和现实的关系。她们面对电话时，双眼像猫眼一般在黑暗中放光。那些塞满心尖的恐惧，难逃宿命的悲苦，背井离乡的哀愁，难道通过这种方式都被转化成毫无倦意的亢奋了吗？

难道她们和他都染上了词语症？难道她们和他一同着迷于词语世界，认为这比真实世界更为广袤神奇？她们和他一样，刚刚度过青春期，刚刚丧失掉甜美童音，刚刚进入青年初期，在开始变得沉默寡言时又喋喋不休。于是她们和他建立起一个情色场域，让情色变成词语从口中涌出。

在电子厂，恋爱是有期限的。对B哥来说是三个月；对女工们，是春节前。于是，一种新的恋爱格局这样形成：一个不当真地说，另一个不当真地听。啊！青春多么贱。女孩们有的是时间倾听，毫不还价，就那么心甘地贡献着耳膜，贡献着媚笑和赞美。本来是毫不相干的个体，什么时候已在身上着芽生根，一点点啮入肉里，甩也甩不掉。

在情话中，大腿不是大腿，乳房不是乳房，一切都变得神魂颠倒，值得每天晚上穿过电话线的迷宫去寻找那些踪迹。白天在车间浑浑噩噩，好像那个干活的人是自己派出去的替代品；到了夜晚，甚至从工厂路约会返回宿舍，冲了凉，依旧要再打一通电话（一个人躺在床上，像睡在炭火席上，直愣愣地等着睡眠来临，简直能让人萎靡不振到想去自杀）。那些大胆、热烈、殷勤的情话像气味，从一个人的皮肤里渗出，再渗进另一个人的皮肤。于是两个人都变了，变成另外的人。他们在情话中膨胀、疯狂（而他们正需要这种膨胀、这种疯狂）。

而恋爱无果的原因，是他们根本就是一群灰色人。他们走得那么远，用的时间那么长，可还是农民，不能切实地进入城市。他们一直处于分裂状态：长期生活的地方不是自己的“家”（而被称为自己的“家”的地方是想象中老了以后才能回去的地方）。这种分裂所造成的“生活不在当下”的精神痛苦，催眠出这个怪胎——不断给“女神”打电话，而那些电话又根本不算数。

打工是一回事，年龄又是另一回事，两者不能相提并论。男孩进了工厂算是男工；可按年龄算，他们尚处少年向青年转换阶段。这些半大小子从故乡来到陌生之地讨生存，难免紧张害怕。他们的身躯还未彻底健壮，而他们的见识也只是浅浅的一点水洼，他们所拥有的，是青春的生气，勃发的激情。每个人都如一滴露珠，高速旋转着七彩阳光，而那些光彩会在眨眼间全无踪迹。

这些贵阳男孩如愿以偿地共住同一间宿舍，但却没分配在一条线上。上班后各自散去，下班后集体行动：一起吃饭、打台球、打游戏，什么都一起（绝不会丢下哪一个）。在电子厂，每个人都是一点萤火，空挂挂地孤单晃动，难免会陷落渺茫，而众人会聚，即便周围是硕大昏夜，也不至让自己缩小至无，总有一点微光在前方。

所以，一定要“一起”；所以，工厂很讨厌男工的这种结盟状态——其中的哪一个要想走，便呼啦啦一起走，根本不管一时间找不到替补，让拉线卡壳。而年轻的女孩会像兵马俑般，安然置身拉线旁，整齐排列，啪啪挥动指关节，专注肃穆，像听到导播的倒数计秒。时间一到，铃声一响，女孩们同时抬头，离座，走出车间，走出厂门——连摄影师都会为涌动人群的整齐感所震撼，令镜头摇晃起来。

到达樟木头之前，男孩们对工厂生活一无所知，但尚小利的父亲在黄江镇打工，而黄江紧挨着樟木头。这个亲密的地理位置给男孩们壮了胆。每一次，尚小利和父亲通话时，总是按下免提，让粗粝的男中音响彻全宿舍。A503的人在听到电话后，异常亢奋，像狗望见了主人，气势顿长。

看起来，男孩们的生活和在贵阳没太大差别，白天进的是车间而不是课堂。但车间到底是车间，里面的一切都在考验男孩们的忍耐力——无论是脏兮兮的墙壁、黏腻腻的地板、站着不能移动的十小时劳作还是飞舞在头顶的训斥。他们在风霜雨雪后，累得如龟孙，倒毙在床，但一说要出去，依旧兴高采烈。他们的兴致并没有被热带暴戾的阳光晒萎烘懒，一直持有兴冲冲的劲。

男孩们在业余时间里夸张胡闹，是对车间僵硬生活的反叛。他们异常坚韧，要让这个假期成为自己的“成人礼”。三个月，他们要痛快地挣一把钱。林业学校一年的学费加生活费要一万多（虽然学校每年补助一千五，但家里至少要掏一万）。三年花三万，对农村家庭是笔沉重负担。所以男孩们趁假期出门打工，干满三个月再返校，每人存下的五六千，能给家里帮大忙。

“在学校时总听人家说外面怎么怎么好，等出来一试才知道，和想的完全两个样！”男孩们窥伺打工机会已许久，但没想到一来就是“站”。“哇塞，太邪恶了！”每个人都愤愤地咒骂。每个人都如伶仃长颈鹿，站得腰酸脚痛。“不加班还能撑，一加班就特别累！”但是，“一定要坚持下来！”七嘴八舌的声音里并不全是绝望。这个时候的男孩们，统一地，带着一种失聪般的飘浮感，眼神温柔又模糊。

尚小利一挥手：“只要选择了远方，就要风雨兼程！”

第二天晚上七点二十五分，我在A栋楼下给尚小利发短信时，他回复说等一等，他们正在换衣服。我即刻懊悔——不该比约定时间早五分钟。

男工们七点二十下班，三分钟后走到宿舍，脱下工衣，换上便装，对着水龙头抹一把脸，用手指捋一下头发，到出门时，至少七点三十。在电子厂，生活精确到每一秒。这里已形成自己的一个单独生态圈。这里已是一座发射成功的人造卫星，无重力，无意志，不过在自己的轨道上自如运转，常态规则束缚不了它。

在楼下等男孩们时，看到了宿管阿坚。他刚从派出所回来，说今天在那里耗了一天。上午九点，车间里两个男工发生争执，一个人抄起手边铁棍，朝另一个的肚腩捅去；一个被拉进医院，另一个被拉进派出所。阿坚配合警察办案——不断带车间里的目击者到派出所，录完口供后再送回厂里，来来回回折腾到现在。

我邀他一起去吃饭，他即刻点头，“正饿着呢！”

看我和阿坚站在楼门口，六个男工全都止住了步伐——他们怕的不是我，是阿坚。原来此前，因他们在宿舍嗑瓜子，皮铺了一地，被阿坚狠狠训斥过。阿坚的作风是，平时妙语连珠，一进宿舍就把脸板成花岗岩。他不得不这样。他要管他们，哪里能嘻嘻哈哈。阿坚对男工们是不耐烦的。从2013年起，当男工数量第一次超过女工时，阿坚就感觉烦躁：宿管工作明显比以前难干。当男工走进电子厂，让这个地方整个陷入一种动荡的旋涡，总处于防不胜防的状态。此前的黄金时代，真是一去不复返了。从数字上看，工厂依旧是那么多工人；但从精神来讲，工厂生活变得比原先更紧张（工厂路上多了面露凶相的少年，踉踉跄跄的酒鬼，气急败坏的购物者）。

男工们看到阿坚后，第一反应是想转身就逃。但已梳洗打扮好，便只能硬着头皮往前。更何况，是大家一起。一起就好。

于是，我们集体朝厂门口走去。

我和阿坚商量吃什么。他说："还是去那家吧！"我点头。他指的是电工的侄子开的那家火锅店。电工和阿坚一个办公室，总是央求他带人来。所以阿坚每次吃饭，总首选这家店。虽然它正对着的是塑胶厂，和电子厂有两三百米的距离。

我们八个人往凳子上一坐，黑压压一片。我突然想起曾莉莉也是贵州的，便发短信让她来。两分钟后，她回信："来不了啊。老班正在训话，改天一起吃啊，谢谢！"于是，这一堆人中，我是唯一的女性，令旁边吃客不时拿眼神扫描，揣测我们的关系。等火锅热腾腾端上来，借着啤酒和白酒的劲，吃客的面貌混淆成一片后，便再没有人朝我们这桌张望。

阿坚点了两个锅，且无论羊肉、羊腩、魔芋、茼蒿、大白菜、金针菇，每样都两份。哗啦啦端来的盘子把整张木板桌占得满满当当——我疑心根本吃不完。阿坚吃了一口羊肉，惊声哑住。待再开口时，眉头越深，不住抱怨："这羊肉怎么有味？""味怎么这么大？"

他简直不像坐在拥挤的饭馆，而像是在空旷的荒野上独语。奇哉，羊肉。那些可怕的块状物简直坐实了有人会得失心疯。这时候肉块们在滚水里快意狞笑，对筷子道，我又不是被吓大的！

然而且慢，我夹起一块，仅一块，放在舌尖。那味道没有天山羊的鲜嫩，也没有内蒙羊的精美，一定是东山羊。铺天盖地，茫茫南粤大地，皆是东山羊的天下。而那淡淡腥膻，是羊肉的招牌，确定无疑。这块小豆丁在我的舌尖翻滚，前后咀嚼，并不觉难堪，碎后吞咽，倒也顺畅。但阿坚，只吃了一块，便像被毒蛇痛咬，忽焉而至的恶心，简直无法抵挡。他来自陕西，按理，不应该有如此强的反应。然而，到岭南已十多年，他的肠胃系统已进行了大置换，他自己尚且不知，等这块羊肉入口，才引得一片哗然。

阿坚手里的筷子变得有千斤重。他犹豫：这里？那里？简直不知该如何取舍。没救了的胃口。什么都能遮掩，唯胃口没办法装修。喜欢挡不住，不喜欢也拦不住。胃口有自己的一套辨认系统——美味便连续跟进，一旦斥为糟粕，便非杀而不可留也。

和阿坚的犹豫恰成反比，六个男孩你追我赶，忙个不停。他们频繁举起筷子，准确打捞食物，迅疾咀嚼，用眼角辐射汤锅里的剩余，大脑指挥手指，再次进攻……一系列动作完成得那个漂亮，宛如奥运会跳水运动员。

男孩们忌惮阿坚，不似昨晚在宿舍和我聊天时那样放松。除尚小利偶尔调侃几句外，其余只顾埋头猛吃。也许，他们早就吃厌了饭堂，刚好换换胃口；也许，换个场合，他们又恢复了趾高气扬、妙语连珠的状态。而现在，所有的目标都是一个字：吃！捞起食物，即刻吞咽，毫不忸怩，更不谦虚，简直是场龙卷风，时不我待，心跳怦怦！

我的担心完全多余。那些菜倒入锅中，简直如泥牛入海，瞬间消失。男孩们的胃是辽阔贫瘠的戈壁滩，此刻正平摊开，迎接着食物风暴的袭击。更猛烈些吧！食物让他们变成出山饿虎，五官飞扬，口齿含混，眼神锐利。犹如变魔术，刹那间，所有的盘子空空荡荡。继续点菜！甚至，再来些啤酒！再来瓶白酒！男孩们开始给阿坚敬酒。阿坚直瞪眼："一个一个上啊！"但他为人实在，每次碰杯后，皆咕咚一口全干。

罗大勇不敬酒也不喝酒，脖子上套了条蓝围巾，越发衬得脸庞像剥了壳的糯米糍（一种荔枝的品种），团团白白。纤细的骨架在黑T恤牛仔裤的包裹下，像某种水鸟而非人类。他哀叹昨夜"痛得想死人"，今天在宿舍"又死睡一天"。但饕餮一番后，白脸上有了红晕，又拜托蓝围巾的烘托，让他像个卡通人。蓝围巾自然是他女友的爱心，免不了被别人哄笑。但罗大勇不是B哥，他的女友是他唯一的情感所属。他自然也给他的"女神"打电话，只是偷偷地打，绝不招摇。那个他日夜思念的"女神"——不仅让他爱，还让他膜拜，为她煎熬成骷髅亦甘愿。他不许别人用言辞轻薄，大伙儿也就收敛三分。

男孩们离开学校来到工厂，不仅在车间内锻炼，车间外更是一门新课。他们恭谨地点头，端着酒，眼神高度警戒，配合着相关语汇，做得有板有眼。甚至连B哥，都内敛而节制。昨晚在宿舍，他是当仁不让的主角；现在，他从纨绔少爷降格为普工。除偶尔和我碰杯，那个能迷倒女神们的小帅哥，魅力尽失。

吃到正酣，阿坚起身，手端酒杯，朝旁边桌子走去。那里聚着六个男女，吃喝正酣。其中有个女子长发蓝风衣（我曾在劳务公司阿彪的办公室见过），颇有女神风范；另一个男孩，短发、格子衫、牛仔裤，第一次见。阿坚一走，男孩们都松了口气，纷纷向我敬酒，灿烂地微笑，嘴巴像抹了蜜。

从那桌返回后阿坚低声道："你看到格子衫了吗？"

他眯着眼微笑。没错我真的听到了那句话（直到现在我用十指敲打键盘时依旧能感受到那时心跳的速度）——“她是个女的！”

啊？！这样一个人（逾越，冒犯，侵入），居然出现在工厂路逼仄的小店。一时间，我听不见木板长条桌旁嗡嗡的交谈声，咀嚼声，餐具轻碰的刮磨声，像投射灯陡然打来一束光，耀得眼睁不开。我感觉这个词的指向并不真实。我适才分明看清了那张脸：不施粉黛，五官玲珑，皮肤白皙，骨骼清秀。在偶尔的一瞬，我们的目光还碰到了一起——内心的某种锋芒对上了，引发出一阵轻微的战栗。

她是那种重义气，有话挑明了说，不拐弯抹角的女孩吗？她是那种因被男人伤得发狂欲死转而寻求彼岸抚慰的女孩吗？现在，那叉腰、那挑衅、那吆喝，处处都印证着她溢出雌性之外的雄性气息。而那个长发蓝风衣，只低头浅笑，宛如阿拉伯舞女，轮廓凹凸，小脸苍白如冥纸，正布尔乔亚地叽叽歪歪欲拒还迎，拿捏得让观众呕吐。

一个独体和另一个独体想要发生交流，竟是苦恼的开始。

某种禁忌被破除了，空间里弥漫着背叛的味道（还有悲壮）。而我和她（那畸零者！）仅相隔两米——相互的汗气先一步进入对方的生物感知。现在，我和她只有性别，没有其他。我甚至看到格子衫下，耸起两个浅浅的小丘，很小。但那触点格外刺目，看一下就被灼烧，像看到了要害。那点凸起是她的罪，是这个空间所有人的罪，是混合了敏感、激情和危险的罪。

而她生得那样干净干练，模样清新，何以演化成异类？她走过怎样的漫长曲折，经历了怎样的惊变动魄？她那具清丽的身体里，好像充塞了太多像剃刀插满的锋利伤害。是什么事情让这女孩就变成一堵监狱的外墙，冷硬不可攀？而“女神”瘦高长腿，整个人都带着种橱窗展示顶级钻石的味道，于他人有种自惭形秽的不愉快感。她的盛装艳容在黯晦小店里灿烂辉煌。她那样装腔作势，难道因格子衫甘愿隐形其后，当金丝绒，才烘出这水银般流动的冷艳美？

男孩们不为所动——该吃吃，该喝喝，每个人都拉下眼睛的帘幕，绝不透露出一丝丝情感的判断，像戴上面具的人模。只有我，像遭电击，举着筷子凝固着，不知朝前还是朝后。所谓差异或代沟，就是指这种理解上的沟壑吗？其实，我很想问一问他们的感受，但他们一本正经吃东西的状态，让我把要说的话忘了（或者，在不断盘旋脑际时都改了样儿）。我不知该从何说起，话直打结。我和男孩们从来没有顺畅地交流过——我们总处在错位中（想法错位，词汇错位）。男孩们的脸淹没在火锅雾气中，像虚幻的影子，根本对不成焦。

如戏如梦。众人嬉笑举筷，隔着满桌杂混酒瓶，狼藉杯盘，似笑非笑地盯着那一对。原来所有的人皆知这两人有一段情，而她俩如跳探戈，你进一步，我退一步（周遭的人都格外识趣，只抿嘴儿微笑）。这一切看起来那么协调又那么荒谬，好像每个人都是一块玻璃碎片，靠虚腾腾的白雾黏合成一个整体，脆弱而虚妄！

我舀了半勺汤，咂摸着汤的滋味。我必须学会缓慢地吃饭，学会每喝完一勺汤后，都适度地停顿一会儿。

像为从不安情绪中转移，尚小利突然说起上午车间发生的冲突。

“人被抓走时，戴着手铐，还有脚铐！”

“脚铐”比“同性恋”更具震撼力——所有的人都顿住筷子。

他重复：“真的，真的是脚铐哦！”

那个冲突暴力时刻，车间里的人都提起心尖，诧异这经历和此前完全不同，故无档案可附笔。车间里谁都不敢擅自挪动位置，走过去凑热闹，所以，大家只是看到宿管、保安的身影交错晃动。而尚小利所处的位置，刚好能纵览全局。但他只瞥过去一眼，便——“吓得不敢多看”，“赶忙低头干活”。他在心里感叹，“还是管好自己吧！”他爸爸此前再三警告，并透露过车间生活的暗黑，所以他有心理准备。当那冲突像云母般闪着水晶光猝然出现时，他条件反射地记起了那些教诲。

这时，空降来一个老头——端端正正的脸，规规矩矩的西服，满头银发梳得锃亮如钢琴内弦，缄默不语，行走如风，把威严的磁场留在身后。这老古板是谁？这老怪物是大老板吗？

尚小利的词库中搜不到合适的称呼，慌乱间选了个异常别扭的词——“管理者”。

“我看见管理者也来了。”

他突然脸色通红，嘴角扯起一丝尴尬的浅笑。连他自己都被“管理者”这样的大词给噎了一下。他根本不知道那老头的来历（也不可能知道：身处生物链最低级别），而那人走过时，表情那样平淡（像对小瑕疵有所责备，但立刻又原谅），那种深感自己已走到人生萧索之境的气度，让众人无法视若无睹。

冲突发生在上班两个小时后。两个人突然争执起来，像有毒的烟雾一下子钻进一个人的嘴里，让他整个上颚都被封住，呼吸困难。他的胃刺痛起来，肠子也咕噜咕噜转着疼，像里面有一把弯刀。疼得太厉害了，他便四处寻找凑手的东西，不愿只自己一个人疼。铁棍伸出去的瞬间，那人的嗓子眼直跳，紧张得一身透汗。可他到底还是干了。

他没想到对方的身体那样薄而易碎，他误以为那里有个无比坚实的内核。

那过程像盖指纹一样。

对方身体的关节像火车钩扣被卸开松脱，整个人昏沉沉地倒了下去。

一个人拆卸了别人的身体；而另一个，像性爱高潮时那样忍不住猫叫出声。

整个车间两百多人，每日都在白炽灯下忙碌干活，没人记得住仇恨从何而来。仇恨自己会萌发、成长、变异、壮大，成为独立的东西。在上午的光线里，仇恨变得新鲜丰满。那根直愣愣的铁棍幸灾乐祸地完成了从眼睛渡向脑子，再由脑子回到手指的一种咏叹。仇恨无声息地穿过一只手，找到了铁棍。用尽力气发射出去。铁棍出其不意，让车间里所有的人都看到了血淋淋的仇恨就摆在眼前。所有的人都顿住手臂，僵成雕塑，对这场肉体冲突带着浅浅纳闷，眼珠子左一下右一下，像月亮的碎片在河滩幽幽发光。

时间一秒一秒地过去。

于是结局变成极简的几个镜头：警察连喝带嗔地押走了一个，担架吱吱嘎嘎地抬走了另一个。空了两个人的地面颤出一圈圈恐惧，像一块大石头落入水中……

上午就此黯淡下去，整个车间变得萧索起来——好像那老头身上的味道一直盘桓着。

当然后来一切都像平常那样恢复了平静，但那不是重点，重点是，铁棍预示着某种征兆——这地方弥漫着看不见的仇恨。在场的每一个人，其实，什么都不是，不是工人，不是正在干活的人，不是穷人，nothing，其实，是另一些直愣愣的铁棍，只不过外面包着血和肉，挂着衣和衫，晃着眼珠子而已。

车间是个很现实的世界。羞愧和胆怯工人们担负不起，人人的行为都坚定而冷漠，甚至还带着绝望的满足。每个人的手边都有凑手的工具，只是下不了狠心。再说又何必。离开这家再到别家，不在这个车间就到那个车间。工厂路到处是工厂，取之不尽，用之不竭，像一个舞台，足可满足任何人的表演愿望，又何必急着下台？不如慢慢干，把一天天，一年年过完。

铁棍事件会成为往事，不断上映在每个人的睡梦中，像一台剪接机故障后乱跳的画面，一幅幅插入脑际，删不掉擦不去。

离开火锅店朝电子厂走去时，已是夜里十点半。阿坚忙碌一天，要赶回家睡觉；我也困意四起；而男孩们却个个意犹未尽，依然亢奋，耳廓上的动脉血管像红丝线般闪亮。路边，三层小楼顶部撑出的“网吧”在榕树枝头闪着魅光，似女妖在伸手召唤。

穿过厂门后，我惊诧驻足。

这是第一次，在这个时间，从这个地点，窥视电子厂内部。平时所见景象，盲肠般毫无特色，此刻，却庙门坦开，光影交织的视觉印象那样强烈。那扇玻璃门大敞（平日不仅紧闭，且挂着链子锁），内部世界像珠宝陈列馆熠熠放光，工装人在光线下动作，剪影清晰。

原来在电子厂，时间不是直线的，而是环形的——上白班的人在夜晚睡去时，上晚班的人便开始了工作。所以，夜晚是结束，也是开始；所以，回到结束，就是新的开始。周而复始，循环往复，把二十四小时的每一个空当都填满。

竖在饭堂与车间的栅栏门亦大敞，货柜车的后门也洞开，工装人在忙碌搬运胶箱。我平日所见的这些货柜，个个都是公路海洋中的大鲨鱼，龇牙咧嘴，横冲直撞，像得了躁狂症，完全无法抑制地肆意脱轨，非要把体内的脂肪、肌肉、精力通通消化光才歇息。而此刻，这庞然大物驯服恭良，不仅垂下双翅，耷拉眼皮，毫无示威之意，反而谦卑地表现出宠物面对主人时绝对信任，绝对忠诚。

现在，来来往往的工装人运送着胶箱：六个摞起，形成一座小黑塔。箱外贴着白色小纸单，标明——实装部，NO.258117。搬箱人像工蚁，幽暗身影一个挨一个，把货物从车间挪进车厢。但他们又并非完全被暗黑浸染，四周笼罩着黄光，浑身毛茸茸的。一抬头，发现此刻的弯月亮如一张锡箔纸，很近很近地贴在房顶上。

现在，一场肢解宰杀“大鲨鱼”的工程正在进行：成千上万的小人儿，正用他们的绳索标枪钩住鱼的脑袋，试图乱针密缝地缚住它。只要它一醒来，一顿悟，将一切绷紧的细丝扯断，整座大厦便会轰然坍塌，里头每一个房间的每一个故事，都将消失殆尽。然而，不，它如此乖顺地忍耐着。

货柜车终于拢起两扇门，收起围板，亮起大灯，缓缓启动，朝厂门口驶去。从车身内部发出的，是一种微弱而坚韧的嗡嗡声。此刻的货柜车苍老之极，蹒跚起步，缓慢踱向门口。那里，早有保安敞开大门。当它拐弯驶入工厂路时，一股冷风吹过，掀起路边沙尘，噼噼啪啪打在车厢上。像打了个寒噤，像终于从懵懂恍惚中惊醒，这辆车突然加大马力，嗡的一声，朝前冲去。

它终于恢复了霸道常态，杀入车河，开始搏杀。

它终于驶进魔法城堡的深处，变成躁狂症患者。

原来我平日所见，都只是事物的一半形象——无论车间，无论大门，无论货柜车。原来日日上演的拉锯战，不过是惯性思维。原来视觉中那融会贯通的整体里总有离异叛逃分子。

回到B224，宿友许月芳已经睡了，我便省略了刷牙洗脸，摸黑换了睡衣躺下。从后门射进的光让宿舍内部像一幅南宋水墨，三笔两笔，格调清淡。但我却睡不着，耳边响着嗡嗡声，整个人都恍恍惚惚。

暗黑中回想今日所见系列事物——无论是晚餐上的羊肉、尚小利描绘的脚铐、罗大勇的蓝围巾、敞开大门的车间、轰然醒来的货柜车，都感觉异常迷茫，好像这一切都是飘移的碎片，但又为一股强力所吸附。这些破碎的片段貌似互不关联，却又互相制衡，互为因果。这里的生证实了那里的死；这里的凸印证了那里的凹。

在焦虑和慌乱的心情中，我迷迷糊糊睡着。

但后来，却轰然而醒——是被一阵激烈的话语吵醒的。那声音如冤魂呜咽吟哦，下决心不接收，全屏蔽。但来了，又来了，越来越大，刺穿耳膜到心上，像唱针刻画唱盘一样，一圈一圈磨转着，磨转着，磨转到把人的心尖都用钢丝绞住，越绞越细，越细越紧，简直要吧嗒彻底崩断。

久久不晓得在哪里？

我以为睡了几世几劫，摸出手机，才十二点。

我以为这一睡和醒来之间如永死那么久，其实短促如鳄鱼沉重眼皮合上又打开。

我甚至不记得自己在电子厂宿舍，在B224三床下铺，而像在另一个世界的另一张床上。不可思议那银昼般的月光，从阳台射进屋内，终于让我恢复了意识。等溃散的肉身和魂魄凝聚成一体时，我才醒悟——自己是被楼道外高高低低的声音吵醒的。而那声音甚至并不陌生，也并不难听（若不是出现在此时，我完全可容忍）。然而，那喋喋不休，那聒噪狰狞，处处都让我骨拆骸散，盛怒中推门而出。

楼门口蹲着个白衣女生，用胳膊抱着黑发脑袋；路灯下站着个男人，不是别人——正是老班！他像一艘在急湍中挣扎的拖船，哇哇哇，哇哇哇哇，把所有咒骂词汇陈列，纠缠呐喊。显然，他的愤怒已出离得太远（似乎那犯规触动了他的暗疾）。突然间我感觉世界变得好宽敞——简直宽敞得过分了。我甚至能听到老班的皮囊和骨架相撞时发出的咚咚声。

一个独体和另一个独体想要发生交流，竟是苦恼的开始。

这岭南电子厂的深夜十二点！这里的夜晚不是爱情小说里的浪漫之夜。这里的人们在劳作十小时后要尽快入眠，否则第二天便无力干活。在这睡眠的关键时刻，老班站在路灯下，影子像花瓣般瘫在地上。我伫立楼门，用眼神奋力瞪他一眼，再僵硬返身。我整个人都气呼呼的，连我的睡衣。我想我那瞻顾徘徊欲言又止的样子，已表达了我的愤怒。

在床上复又躺下，以为世界将一片安宁，自此后平旷似野。

然而，那吟哦声居然持续不断，那贵州味男中音持续不断地为虐四方，把所到之处都践踏为泥。那变味的普通话云淡风轻地充满禅腔，像神经病发作，有些字清晰如石刻，有些字飘蓬高飞如蒲公英，随便到哪里，随便。我的耳膜像电蚊拍，终于电到几个词语，并闻到股模糊冒烟味——安全、为你好、千万不要、除非……老班真的有问题！他应该拘住自己，免得词语胡乱飞舞。

不由分说，一股怒火直蹿头顶，我再次出门。

噔噔噔到楼门口，冲那男人绝望大喊："老师你好，你的声音太洪亮，楼道的回声大，宿舍里听得一清二楚……"我知我已踩过线越过界，已弃置风度不顾而像疯子，然而我像酒精中毒的醉鬼，在醺烘中不知理智为何物，瞪眼朝男人射去X光。

老班惊叹的不是我的语言，而是我的状态——那稀里哗啦不顾一切的疯女人状态。

他一念之间了悟，即刻错愕失笑，点头道："好好好，我们到旁边……"

再次躺下，虽然耳畔依旧模糊地有声响，但却像隔了一两座大山，任它怎样，也无法通过错综密道粘上耳膜。复又陷入昏沉，企望能尽快陷入全黑梦境。

在最后快要幻化成槁木时，我突然想起了许月芳——我这么大动静起床，出门，进门，反复两次，她不可能不被吵醒，而她居然哑口无言，只是躺着，既不参与，也不助阵。何也？

第二天在楼道里碰到谭小菲，她盛邀我去宿舍聊天。

跟在她身后走进B519，她让我坐在下铺后，取下发圈，打散头发，准备洗头。

“每天都要洗！车间里不知飘的是什么，头发腻腻的，不洗没法睡觉哦。”这么长的头发能干吗？她又笑眯眯，“一会儿就干了，没事的啊！”

谭小菲的工作是检查收音机的音波是否正常。每日站在拉线前，将每个产品进行调试，把不正常的货挑出来。这活谈不上技术，师傅一教就会，之后，便是将那个动作重复一万次。十一个小时站下来，腰痛眼酸。

我饶有兴味地看着她走来走去。顷刻间她已清洗完毕，将整个头发倒倾过脑袋，用手指拍打着，试图让水滴尽快脱离。这真是一头好长发——黑、浓、密。这女孩吊梢眼，双颊削窄，嘴唇微翘，鼻梁挺直，身材好到不行。这真是一具好到曼妙的身材——从颈子、肩膀、手臂、背部、腰肌、臀部，那弧线像一只昂贵的瓷瓶，一点赘肉都没有。在这蛛网般繁复逼仄的宿舍里，到处是这样的好头发，好身体。

我近乎嫉妒地感受着她那像一整壶盛满着水的状态，那像花的颈须般性感的手指，那像毛色丰润的雌性动物般抖动的肩膀。也许只有到了我这样的年纪，才会体会她的美好：那身体完全处于无意识的荡漾中，完全是造物主奢华的恩典。那稀薄的皮肤，那浓黑的头发，全都发着微光。每个女孩都是一个微光体，而她们却不自知。等她们变成邋遢老太婆，泪腺失控头发灰白时，她们也许会想起曾经的某个瞬间，被一个牡蛎般静默的中年妇女长久地注目。

我询问“白衣女生挨训”的缘由。她说，老班规定晚上九点要返回宿舍，那女生九点半才回来。谭小菲撇嘴——“其实啊，我们不到九点就睡了。”“太累了，哪里有工夫出去？”突然我回过神来——曾莉莉没来吃饭的原因，也许就因为这白衣女生。

想到B哥一顿饭能要到女神电话，便不难理解白衣女生的晚归。好像进入电子厂就是进入到一个密闭的容器，只能装上恰恰好的情感内容，装得要合宜，要不多不少。譬如学生工吧，是三个月；譬如非同乡的男工女工吧，最多到春节前。如此，每一个寻找女神的人都抱着“癞蛤蟆能吃天鹅肉”的愿望；而每一个被别人寻找到的女神，都如速冻人般痴呆，不知今夕何夕，被一种茫然感围困，好认真好兴头地听着对方讲话，直到过了九点，过了九点半。

说话有这么重要？B哥打电话打到手痛；白衣女生拍拖到过了九点？这些已让我吃惊，更令我感到意外的，却是谭小菲！原来，她根本不是B519的人，而应住在隔壁B517——她像坦白地告诉我她不叫谭小菲一样，说出了这件事。

咦？怎么回事？

原来她分配进的B517，只有她一个学生，旁边宿舍里有她的同学，于是，她便抱着枕头来和同学挤一张床。

“这张床，你们俩睡？！”而她笑眯眯点头。

宿舍陌生如异国，景色皆非我所惯见。那床——几乎是悬空城堡，虽然轮廓历历，但，一人睡都逼仄，俩人如何分配空间？白天不动十小时，晚上再睡二分之一床铺，能休息好吗？我嗫嚅着，忍无可忍，终于把疑惑说了出来。我的意思是……已经很累了吧，挤在一起不是更累？女孩突然把头发甩到脑后，将脸容正一正，美目直愣射出闪电：“白天太累了，晚上再不说说话，第二天没法过。”

“说说话”这么重要？那从词语里释放出的乙醚，能将苦痛折磨都化为乌有？非要来那么一下子，碰，胡了！大叫一声，才觉得这一天没有白过？这一天，憋了十一个小时的气球，终于爆炸开来。

一个独体和另一个独体想要发生交流，竟是苦恼的开始。

周六晚八点，路过乒乓球室，发现那幽暗黑洞里挤满人，如密匝匝灌木丛。

站在前面甩着水袖表演的，还是老班。还是那种惯用的打压式口吻，攻势很强的聒噪——“你们不能……”“你们要……”“校长说……”真是奇怪。总是他在诘问（肩膀像被无法控制的痉挛摇晃着），释放自来水语言；而泱泱大众如蜂巢里的幼兽，躁动不安，嘤嘤嗡嗡。这拉锯战要演到何时？这毫不让步铆上劲的训话除了证明自己无能愚蠢，还有什么？

掐指一算，学生工来厂已两个月，而学生们依旧没被彻底驯化，依旧在抗争，虽然被逼得五官起舞，不是“哇”“噢”，就是“吔”“切”。这些一窝蜂的感叹词里藏着不言而喻的丰富。老班并非不懂，但面孔绷得很紧，眉毛压低，像所有身居要职的人那样显出稍稍的烦躁和沉重。他气急败坏地说说说，那种说像一根筋绷着，随时会裂断，气绝倒毙。他神经乱躁却毫无对策，理解力总是施错了地方，像对方身上受伤，他却偏向皮肉完好处去敷药包扎，完全无心无肺，根本不搭界。他不懂视角转换，不懂自己这样的丑陋举动也会散发出负能量，而这能量不会轻易消失，如天地万物的一切能量不会消失只会转换般，它只会转换成另一种形态，却仍然是同等能量。

我试图在黑压压人群里寻找曾莉莉，但两百多人拥挤，让这里像火车站候车室，根本看不清人的面孔。我隐约感觉上次和曾莉莉分手，怕是最后一次见她（而我多么想再见这个女孩）。经过工厂生活的放逐，人人都会变粗，而她却试图保持一种平衡——臀部的平衡。这种抗争在这个如煮沸饺子喧哗上天的场域，多么难得。

到A503后，我惊诧发现，除白脸罗大勇辞工外，其余的都在。

我错了。我原以为第一个要逃走的定是B哥，而他却留了下来——好像浪荡只是迷彩装备，只为伪变，而内核却异常坚韧。罗大勇从戴上蓝围巾起就打定逃跑的主意。他不是学生工，不用和老师斗。只要他说了第一句谎，便用第二句来补，那么还差第三句吗？轻易于焉变得更加轻易。及至他戴着蓝围巾离去，A503的人并不觉奇怪。

走了就走了，大家懒得拆解这行为背后的缘由。说到“累”——哪个人不累；说到“累病了”——哪个人不是病人？软弱、妥协、自怜，这些原本塞在一千零一夜魔瓶里的巨兽，一旦窜出，便猛暴成蘑菇云，甚至都吓到了自己。于是，那肉身七零八落地逃遁而去，背影里闪着一点点蓝，像天空一样幽深，像宝石一样沉寂。

A503的人无比同情学生工——虽然他们也是学生，但他们是主动打工，出门前知道要吃苦（即便这样，罗大勇还是逃了）。学生是被动打工。他们和老班的矛盾已白热化。尚小利说和他一条线的男生想回家想到疯，但老班押着身份证不给，学生就背地里跺脚骂老师“坑人”，说要想办法拿回身份证，一拿上就走；说老班每周给学生一百元零用钱，但车间太累，宿舍太无聊，所以男生熬不住想回家，而老班总是恐吓，“如果没做完就回去，要被开除”。

尚小利说进厂后工资是笔糊涂账：干一样的活拿不一样的钱，交的社保也不一样（有的七十四，有的一百九十四）。他叹息不解：“我这么小的年纪，买什么社保？”

而现在，他们已完全适应了工厂生活。说刚开始，“脚痛得不能忍”，而现在，“脚已不疼，变得有些麻木”，甚至，“站得时间太长了，如果坐下，大腿会觉得特别酸痛，反而不愿意坐。”

啊？！甚至，——不愿意坐！

一阵绞紧的感觉扼在心里。

站得太久后会忘记坐，乃至不习惯坐，甚而到最后——不想坐！

那种虽然细小但却连绵不断的折磨，最终让人的身体内脏发生了异化。站着的人宛若圣徒——一直处于单纯的正在进行时中，而不能随便移动。于是，站，虽然没有鞭子和钢刀，依旧带着狂怒的野蛮之力——它剥夺了人对美好的感受，它在摧毁意志，牢固地占有你的每分每秒。不久你就会发现，它已经不吐骨头渣儿地整个吞噬了你（没有打折，没有回扣，没有矫情）。你彻底地变成了一个你根本想不到的人——你经历着痛而不觉得痛，如哑巴般保持沉默，甚至不想从痛的堡垒里穿过。难道你真的需要这种痛——如鞭打派需要鞭打——才能完成那无法替代的救赎?

尚小利说现在的生活是“上班、下班、吃饭、睡觉”，每天重复，枯燥如服刑，老剧情老台词老情绪，天天上演。“特别单调，特别无聊”，完全忘记时间有长短针。长夜漫漫，骨头生锈。上班不能说话，“小声说几句都不行”。于是，人变得拘谨寒简，如枯木般静默，白白长了灵巧的舌头。要悍然关闭记忆之田，感觉之田，让每个毛孔都枯萎，要做到对什么都不吃惊。啊，吃惊是一件多么奢侈的事。啊，大漠蛮荒，一分一秒。

说有人偷偷把手机带进车间，但，根本没时间玩——太忙。而且，如果给“管理者”看到，“会骂得很凶，很凶……”。挨骂时的心情，真是坏到谷底，觉得整个人都像一摊刚出土的动物遗骸，散发霉气。那样的时刻，“赶快低头不吭声就好，如果顶嘴，会更惨”。在尚小利看来，车间好像一个池塘，各种生物互相寄生，相互开发，相互利用，相互勾连。员工身处最底层，如果触了霉头，一定要“不顶嘴”。若把老大搞得面孔发红像醉酒，定要出事。和老大争辩真是太天真，是智商降到零，不如干脆不说话。

一个独体和另一个独体想要发生交流，竟是苦恼的开始。

尚小利边说边笑，十七岁的脸上显出皱纹。和吃饭时忌惮阿坚不同，这一次，他又恢复了率性而为的状态。他说话的模样幼稚可笑，像个没头没脑嘎嘎叫的孩童，语言的稚气让他幻化成了七八岁。

他说如果员工做得不好，一堆货，那就惨了："三级痛骂"开始循环——主任骂老大，老大骂员工（主任从不直接骂员工）。有时员工被骂急了，也会和老大吵。但现在工厂缺工，一般不会随便炒人。然而，"最好不要和老大吵"，他呻吟了一句，"你等着穿小鞋吧"。

星期天干什么？男孩们异口同声——"睡懒觉！"然后呢？"出去爽一下喽！"去市场买衣服！吃小炒！在网吧熬通宵！他们中没有一个人到过镇中心。尚小利说如果放长假，他想去看他爸。他爸三十九岁（二十二岁当爹），在黄江镇田心村工厂已干了五年。他爸说，村子里什么都有，像个镇；他爸的声音很体己：让宿舍里的人都来玩。

有这样一个结合了智力和善心的爸爸真好——大家还能向生活要求什么呢？每个人都等待着放长假。尚爸爸对工厂生活了如指掌，不仅关注男孩们的生活，还进行适时的指导。他完全能理解男孩子们的遭遇，因为，可以说，这些生活就是他曾经生活的翻版，他就是在这种磨砺中逐渐变成社会学家的。

他告诉男孩们"要忍耐，多为别人着想，吃点苦不怕"。他的话语里有种钟爱到极致的无可奈何，有点小小的舍不得，有点无尽的感慨，像一只手掌抚摩在脑袋上，轻极柔极。

这电话包含着比爱更重大的东西，让所有男孩都着魔——简直是蝉声扎耳的闷热中唯一让人凉爽的东西。一种新异的滋味生发出来，像婴儿初次尝到甜味之外的陌生，那混合的酸苦让他们知道，成长原来就是这样。

尚爸爸说：你们要干够三个月，你们要听话。

他和老班说的意思都一样，可一个是关心疼爱，另一个是盘剥勒索。

尚小利还是那么瘦那么黑，但比我第一次见时更俊挺更健朗。他确实有所改变——他一直都在成长。成长就是药方，就是希望，就是罪愆的救赎，就是摆脱旧有的苦痛，就是有机会换穿另一件新衣，以新面目感知新世界的宽阔奇诡。

刚刚下班的青年男工

工装人一旦进入厂内，立刻被各种货物所湮没

后记

为何滞留在樟木头

自2014年1月，我选择东莞樟木头工厂路作为田野调查地点时，根本没想到这段时间会如此之长，直至2015年12月。这期间的几乎所有周末和假期，我都滞留在樟木头。我反复行走于工厂路——这条路集中了小镇最重要的几个大厂：电子厂、纸箱厂、塑胶厂、汽车配件厂、服装厂，一溜烟排下去，或港资或日资，或兴旺或萧条，或整齐划一或毛糙杂芜，让这条路充满乡野、科技、江湖等多重味道。

因工人下班时间多为晚上九点，我便不定期住在电子厂的女工宿舍。我以“90后”男工为采访主体，但也写下了一些计划之外的采访者。我并非想写耸人听闻的传奇故事，而只想写普通个体的内心生活——在我看来，转型期中国的关键变革实乃“个人之崛起”。我不想以传统说教式的框架，用国家和社会、传统和现代等二元模式来展开填空式叙述，而希望自己是个朴素的观察者，和被采访者间建立长期联系，和他们进行深度对话，既融入他们的生活，又保持一种研究距离，最终描摹出一个个鲜活实体。

第一次到达樟木头是2011年年初——如豁然拉开道卷轴，好喧嚣的一幅市井图，我的眼神即刻被黏住。那时，我对南方一无所知，只惊诧于那黑白影像般的街道，那被混乱地用作厂房、出租屋、饭馆、便利店的小楼。没想到，并不在核心位置的樟木头，在我的人生地图上形成了分水岭。

这个小镇之于我，不仅具有空间意义，更是人和环境在某个特定时刻的奇妙同构：它成为我的安慰剂，又成为我难以捉摸的探索对象，而有时，又是充满敌意较量的对手。

樟木头的命运曾紧紧和收容所联系在一起。在2003年“孙志刚事件”之前，它曾作为形容词频繁出现在人们口中。但我和樟木头的关系，似乎是我和整个南方的隐喻：那些最初的、最激烈锐利的时刻，我都没赶上，等我到来，一切已进入尾声。

从2011年年初至2013年年底，我蜗居樟木头。这三年是浓缩的三年，完全无法和此前我在新疆度过的时日相比。在这个坦率到无情的岭南小镇，我的个人感官获得彻底释放，思绪极度飞扬。我常骑在自行车上构思文章，握着车把的手背被南方烈日炙烤。有一天冲凉，我惊诧发现，我手背的颜色单独地变深了。一日复一日，南方以渐进方式沁入我的皮肤，缓慢而有力地改造着我的心身。从外貌看，我还是我，那个女人；然而，内在的某些结构发生异变后，我已不再是我。

我在樟木头摸索着向前：不仅要努力适应南方生活，还要在写作的苦境摸出条道路。时常，四周是一片黑沉沉荒野，我要从泥塘中蹚过去——不得不蹚过去——哪怕双脚在泥泞中呻吟。我一面在清晨的键盘上敲打字句，诅咒我何以陷入如此境遇；另一时刻，又吟诵自己创造的文字，感觉我的全部生命，会因这些文字而不朽。

2013年年底，我在东莞市区有了另一处居所，和樟木头的关系，也发生了改变：我不再每日必经它，而只是间或来访。周末，我从市区出发，经过南城、东城、松山湖、大岭山、寮步、黄江，到达樟木头。这是条从市区到镇区的路，车窗外的街景，从玻璃大厦到低矮民房、水塘、芭蕉叶、宿舍窗台、厢式货车。

当我不用深陷其中时，小镇所彰显的黯淡与颓废，似乎也淡化了许多。那些黑白版画不再像一个个剪影，而变成一片片神秘海域。这种由近及远的视角，让我得以从更开阔之处，俯瞰小镇。这是种全新的感受——我对这个地方没有理所当然的归属感，但同时，我又反复来到这里，瞩目它的每一个细小变化，像精神上的监护人。

黄江和樟木头交接的地方，叫牛屎坳。车从那里俯冲下来，便正式进入樟木头。那一刻，整个小镇骤然冒出。那是紧张的一刻：时间突然以一种超自然的方式慢下来，一切都被放大、放缓、放慢。一切都变得模糊而神秘，像张老照片，看不清逼仄的出租屋，便宜的小旅馆，一个挨一个的大排档，也闻不到混凝土、油漆、灰尘和熟食混在一起的味道，看不到廉价塑料盆、被套、拖鞋相互拥挤的场面，只有一箩筐一箩筐的橘子凸显，像座座傲然金山。道路从这里分成两条，一条依旧是莞樟路；另一条，是先威大道。我的居所，就在先威大道旁。而我要去镇中心，须先穿过整条先威大道，在铁路桥（横跨莞深动车铁路线）处拐弯，才能进入。整个小镇的道路像条大章鱼，不断分岔、勾连、组合，最终粘连成网。

绝不能从建筑学的角度去考量这个小镇，也不能从社会学，而只能从心理学进入。每一次，从市区驶向小镇，我都会有种莫名的兴奋。我知道我即将从有序进入无序，从整洁变为混杂。那些场景，本来我恨得要死，但因长时间浸淫，又让我对它们产生出一份依恋之情（我知道这种感觉很虚妄），但某种无理性的惊喜，总会在越过牛屎坳时油然而生，好像此前脑袋里装的都是糨糊，之后，变成了玻璃，一切都清爽起来。我无法解释这种生理现象，就像我无法解释经期来临前女性会格外暴躁一样。当我的目光扫视那些杂乱建筑时，阳光如魔术棒，倏地一下，点燃了奇迹世界，让我浑身滚过暖流。

在东莞，你随时可以找到干净和精致。尤其，环绕着玉兰大剧院周围，无论是市政大厦、图书馆或展览馆，建筑物都宽大牢固，坚挺笃定，有着金属的闪光，瓷器般高雅。几乎每个镇的中心地带，都是玉兰大剧院的微缩版——相对整洁，相对干净。从牛屎坳进入樟木头，像将优雅品位冻结，闯入另一个场域。这里既喧嚣又寂寞，其独特风格，无从模仿。正午时分，路面被行人、厢式货车、各类垃圾和噪声裹挟；到了傍晚，一场微雨落下，街道如倦怠母蛇从酣睡中醒来，浑身闪着磷光，呈现出某种特殊的冷静和内敛。

当我以小镇"假想游子"的身份再次返回时，慢慢领悟，在小镇的定居生活，已让我发生彻底改变——我终于告别了青春。原来青春期的结束，并不是在某个固定的时间点上。

从2014年1月起，我开始准备新的创作选题时，条件反射般，将田野调查的地方放在了樟木头。首先，三年定居经验，让我对这个小镇已有了全方位的感性认识；其次，我在小镇的小屋依旧保留，它可作为中转站，让我免去后顾之忧。

如果工厂路是一条纬线上的点，那时间便是一条经线。

两年中，工厂路的外表并没有什么变化，最大的改变，是我的眼神。最初所见的那些小摊点、厂房和宿舍，都变得不那么粗陋，现在，它们深具蕴意。是时间帮助了我，让我对工厂路，对樟木头镇，乃至东莞、广东及南部中国，有了新的认识。时间锻造了我的耐心，让我对各类细节不断打量，不断提问。当我在解决这些问题时，发现工厂路不仅仅存在于地图上，更存在于我瞳孔的显微镜下。它不再是简单的点，而变得更丰富，更具有诗意。

工厂路成为我理解当下中国的一把音叉。我慢慢领悟到，在珠江三角洲的工业区，最容易也最会被忽视的东西，其实就是那些最显眼的现实。尽管有那么多描述工厂和工人的书籍，但是，当我全身心沉浸工厂路时却发觉，此前的阅读并不能对我有所帮助，我只能跌跌撞撞摸索，靠自己的眼睛，靠自己的鼻子。

观察是第一步。假如没有日积月累的观察，就提不出问题。而通常，答案就包含在问题里——因为提出问题也不是件容易的事。在经历庞大时间流的淘洗后，我发现不是我在凝视事件，而是事件以千手千眼不同面貌凝视着我。一切都可以勘测，哪怕是深埋人心的秘密——只要你有足够的时间和耐心。

看看那些招工启事便知，生活在乡村的人是被呼唤到城市。他们走出田埂，洗了把脸，拎起包，跳上车，就来到工厂路，开始了打工生涯。他们有更多更好的选择吗？当农村日益凋敝，他们怎能在一片空荡荡的风景中继续住下去？乡村边缘而原始，虽然有着原始的生命力，但却无法满足村民对幸福的向往；而城市有城市的法则与契约，并非遍地黄金。在我看来，新旧碰撞时的那个刹那——那个非常新鲜、非常锐利、非常刺目的瞬间，无异于一块大陆碰撞到另一块，生发出的震颤是辉煌的，是值得书写的。此前的书写误区，是先验地预设进城的乡村人都淳朴善良，强调其弱势地位，强调导致其堕落或失败的悲惨命运皆因都市凶险，城里人冷漠，这样一来，乡村人和城里人都被扁平化。事实一定比这种描述更丰富，更具有弹性，更微妙，更不那么一刀两断。

“90后”男工是个崭新的群体——这些乡村男孩大多是留守儿童，大多初中毕业。当他们离开老家来工厂打工时，会强烈地感受到差距。同“60后”“70后”的父辈不同，他们没有讲不完的大苦难、大话题、大责任，他们更轻松。虽然他们的路比都市青年更窄，但和父辈相比，又有了更多的可能性。现在的他们无须为拿不到工资而担忧，无须赡养父母，无须结婚后非要返回老家。然而，女孩、网吧、械斗、升职、转厂、饮料——这些是他们生活的全部构成吗？其实，他们敏感、好学、自尊、反思，愿意融入城市，并期望成为合格市民。然而，必须有一种非常强的力量支撑着，他们才不会被城市的漩涡迷失（尽管很多人最后都被淹没了）。如何处理好这个关口，不仅是“90后”男工的问题，更是转型期中国的问题。

年轻人很悍——非常、非常悍。在我和他们的交往中，我时常能感觉到一种张力。有时，他们会异常悲观和烦躁；有时，又能自己走出一片天。只能靠他们自己。而我的选择是后退，再后退，保持一定距离的观察。如果乡村是母亲，那城市便弥补了父亲的功能——是城市教会了这些乡村男孩文明的规则、爱的隐忍、生存与进阶之道。这个对本能的压抑过程同时也是成长的过程。在城市，他们学会了自我限制，但成长绝非等同于此，还包括对限制的抗争和对自我的发现。

这些“90后”男孩，无论穿着多么时髦，发型多么夸张，言语多么潮流，身上总有个不可磨灭的印记——乡村印记。他始终记得自己从哪里来。于是他变得愤愤不平——何以人生而不平等？！为什么我不可选择地成为农村户籍的人？需要回答这个问题的——是国家，是时代。但我的焦点并非通过人物去批判社会结构，我只是希望通过描述这些人物，让他们活起来，让他们的生命历程得以真实呈现。人最有能量的时候是面对困难的时候。当男孩们身处困境，是如何发挥潜能渡过难关的？他们那么笨拙——那么笨拙地试图适应成人世界和工厂生活（让我每每心痛）。

从乡野草莽到工业钢铁，这个大时代里有太多的传奇，而我所选定的这些采访对象，不过是汪洋大海中的几滴。把他们作为研究对象，似乎难以和精英人物匹敌，但精英人物的特殊性似乎和普通人的生活相去甚远，反倒是这些升斗小民，因其普通，更具标本性。一勺水亦有曲处，一片石亦有深处。也许最能反映一个时代、社会的本质和变迁真相的，往往不是大事件、大人物，而是作为社会主体的小人物的观念、日常生活和行为选择的细节变化。

在我和工厂路的彼此适应中，我渐渐明白，时空在这里总处于不断穿梭中，因为这是个尚未定型的区域，故而，它还没有形成某种僵化；在这里，传统的悲悯和同情皆派不上用场，我每每感受到的，是强烈的震撼与颠覆。我试图用以小见大的方式，通过个人微观史来窥视当下中国。我无法用别的方式开拓写作，我只能用属于我一个人的、独有的方式，来描述我所看到的生活现场。我在樟木头的写作，无法不和工厂路息息相关。

我像动物学家般，敏感地意识到这里——这条工厂路——是独属于我的天然标本。

当我用现实主义的眼光挽留下那些飘忽街景，用实录般的词汇描绘下诸多细节时，工厂路像酵母，让最琐碎最贴身的视觉经验，变成了坚实可靠的证词。我变得异常简单，一心一意，只干这件事——观察小镇，揣摩工厂路。我试图用文字记录下两种视觉记忆的隐秘联系——睁着眼睛时所看到的，闭着眼睛在眼睑内部所唤醒的。

感谢我在创作这本书的两年间遇到的有缘人。

首先要感谢的是我采访到的那些男孩们——当我推开宿舍的门，贸然打开笔记本时，他们向一个陌生人讲述了自己的经历，这种信任让我感动不已。我还要感谢那些在工厂路遇到的其他人：宿管阿坚、阿丽，劳务公司阿彪，冷饮店老板老廖，宿友许月芳，大门口的男孩阿杰、阿林，以及服装厂的母亲，王校长，批发商老夏，等等。没有他们，我便无法揭开工厂路的面纱，亦无法看清此地繁复的内部肌理。

特别的感谢送给樟木头“中国作家第一村”的村民朋友：他们在

我定居小镇时提供了无微不至的关怀，帮助我熟悉和进入这个岭南场域。细致入微地了解樟木头，对我廓清工厂路提供了前提保证。同时，作家朋友们的勤奋创作在此地形成了强大的能量场，亦有效地激励着我的创作。

最深切的感谢要给予我的家人。从2014年1月开始采访起，我作为妻子和母亲的角色日渐淡化：周五傍晚我坐车去樟木头，利用周六周日采访，而将家务琐事丢给丈夫；而儿子亦默默忍受我的强迫症（我的写作从凌晨三点开始，而儿子六点半起床后需自己解决早餐）。某个周日午后，我在叠衣服时，突然惊叹：我已很久很久没有干家务了。整整两年，我像被一股强力吸附，全身每一个细胞都投入到那个火山口，而对身旁的一切皆处目盲状。

在创作中途，我遭遇到一次意外阻碍：2015年春节前几天，我骑自行车和另一辆自行车相撞，致使右手骨折，整整一个多月都裹缠绷带。我焦灼似火，不知未来是否还可使用手指。我积累了那么多素材，难道，就这样白白流逝？或者，是上天看我太过操劳，用这种方式让我休息？当我终于可以重敲键盘时，心尖阵阵颤抖。能够书写多么幸福。多少人，满怀心事而无力诉说。而掌握了书写能力，便不能那么自私，总纠缠在一己之私的小天地，而应该更多地看看周围，看看别人。

最后时我变得异常焦灼、暴躁，简直像个核弹头。面对诸多信息碎片，不知道如何整理、粘贴，宛如站在地震现场。某个凌晨，我用胳膊将脑袋环抱，陷入苦恼，简直想就此放弃。突然间，又想起某个雨夜的经历，醍醐灌顶般打了个激灵。

那一天坐上公交已是傍晚，眼看着车窗外景色逐渐暗黑，而司机却发疯飙车。一个恍神没及时下车，已错过了站，等看到路面多了刺目白道时——车已过樟木头进入清溪！车子戛然停止后，将我弹出。

我是从一座桥上开始反方向折回的。一路上风雨将伞吹打得歪歪斜斜，我完全失去了时间感——周围全是黑黢黢道具（道具树木、道具工厂、道具林荫道），我像在泥沼中眼耳鼻嘴中全塞满淤泥苦闷不能言，慌里慌张迈着小碎步，在求生本能的驱使下朝前跋涉。

那段时间实在太长——大约四十分钟！

只身一人行走在樟深路，在深夜，急雨中。我艰难地想，难道这是我盘桓工厂路必得的礼物？这“独自一人”的时刻，我所品尝到的悲哀惊悚，无人依傍，将如何向别人倾诉？偶尔闪过的黑乎人影，像风干痨病鬼（但能听到远处有狗吠）。我感觉身心处于极限崩溃状，像进入疯魔地狱，暗黑海底。我不断对自己说，就到了，就到了。终于看到远处闪烁着繁华绮梦的红绿灯时，才松了一口气，身体软得像布袋。

还有一层感谢深埋心里：感谢我的养母李照明和养父丁孝白。他们皆不识字，皆终身为菜农，皆于2013年过世。我常在梦里看到他们，并为自己在他们晚年时期陪伴太少而深深自责。以前养母总是问我：“你还写不写字？”她不知世间有“写作”这个词，但她知道写字是件重要的事情。我希望自己不要虚度光阴，以告慰他们的在天之灵。我相信他们一直在看着我，佑护着我。

1971年，我出生在新疆哈密的一个工人家庭，被养父母领养后，上的是农村户口，直至考入大学才转成城市户口。1993年大学毕业后，我没有服从分配，反而去了乌鲁木齐的媒体打工。此后，我从未有过一份正式工作，一直处于边缘和游离状态。也许，这就是我滞留樟木头工厂路的另一个原因：童年和少年时期的乡村生活经验让我了解中国农民；青年时代的颠簸动荡让我理解迁徙的艰难。我终于明白自己何以对都市，对白领，对官场等其他题材并不敏感，反而愿意沉溺工厂路。在这里，我嗅到了一种自己熟悉的气味；在这里，我看到的任何一个他者，其实都是我自己。我并非单独存在，而是和周围的别人共同组成了“我”。书写他人也是为了更好地看清自己，认识自己。

最后的感谢应给予东莞——这个神奇的城市。东莞并非光鲜得无任何缺点，但这个城市却有着无比的宽容度——它接纳了那么多外来打工者；同时，这个城市的每一点改变都异常艰难（既不像广州有首府优势，又不像深圳有特区政策）。但这个城市不仅有新鲜的活力，还有岩浆般的创造力，更有强大到不可思议的修补能力。所有对它所实施的污名，终有一天，都会像少女出浴般水落石出。

特别需要说明的是：为保护被采访者，本书中的部分地名、人名及厂名作了技术性处理，但本书所呈现的事件，皆为本人亲历。

2014年1月至2015年12月

东莞樟木头“中国作家第一村”、东莞下坝坊

铁肩担道义　葫芦藏好书